Inter

mit

Rumpelstilzchen

Junior

.

Die wahre Liebesgeschichte

»Kein Traum ist zu groß und kein Träumer zu klein.«

›Turbo‹ Dreamworks Animation und 20th Century Fox

.

Lilly Fröhlich

Interview mit

Rumpelstilzchen

Junior

Die wahre Liebesgeschichte

Impressum

Bibliografische Information der Deutschen Nationalbibliothek:
Die Deutsche Nationalbibliothek verzeichnet diese Publikation
in der Deutschen Nationalbibliografie; detaillierte bibliografi-
sche Daten sind im Internet über http://dnb.dnb.de abrufbar.

TWENTYSIX – Der Self-Publishing-Verlag
Eine Kooperation zwischen der Verlagsgruppe Random House
und BoD – Books on Demand

© *2019 Lilly Fröhlich*

Herstellung und Verlag:
BoD – Books on Demand, Norderstedt

ISBN: 978-3-740-70564-0

Illustration: **Nicole Schwalbe**
Goldrahmen: **Designed by Starline, Freepik**
Schmetterlinge: **Designed by Freepik**

MIX
Papier aus verantwortungsvollen Quellen
Paper from responsible sources
FSC® C105338

FSC
www.fsc.org

Inhaltsverzeichnis

Die Einladung

Ich hatte keine Zeit darüber nachzudenken, weshalb ich so todesmutig gewesen war, mitten in der Nacht den Mädchenschwarm meiner Schule in der Pampa aufzusuchen. Aber am helllichten Tag fehlte mir als Mauerblümchen einfach der Mut dazu, Steven die Einladung zu meiner Kostümparty zu überreichen. Die Strafe meines nächtlichen Annäherungsversuches folgte mir allerdings rennenden Fußes.

Irgendetwas Haariges mit extrem gelben Augen und messerscharfen Zähnen war hinter mir her und hetzte mich über den halben Kontinent. Ich wusste, am Ort meiner Vorväter gab es die giftigsten und gefährlichsten Tiere, aber dieses Exemplar hier hatte ich noch in keinem Biologiebuch gesehen.
Und es jagte mir eine Heidenangst ein.
In meiner Panik hatte ich komplett die Orientierung verloren. Ich wusste nicht einmal mehr, wo meine Lieblingstante an diesem gottverlassenen Ort mit null Versteckmöglichkeiten ihr Auto geparkt hatte, um auf mich zu warten. Ihrem Hang zur Romantik war es zu verdanken, dass wir in der Vollmondnacht aufgebrochen waren.
Obwohl ich ein sportliches Ass war, waren meine Lungen bereits nach wenigen hundert Metern kurz vorm Zerbersten, während mein Herz so schnell schlagen musste, dass ich jedes EKG gesprengt hätte.
Die nächste Baumwurzel sollte jedoch meine Erlösung sein - zumindest körperlich, denn ich legte mich der Länge

nach hin. Im ersten Moment fühlte ich tiefste Dankbarkeit, dass ich nicht in ein Nest von Bulldoggenameisen gefallen war, denn ihr Gift war in der Lage, einen Menschen zu töten. Und auch, wenn ich Blut aus Schokolade hatte, wäre das Gift sicherlich in der Lage gewesen, mich innerhalb von wenigen Minuten zu eliminieren.

Ich wollte mich gerade wieder aufrappeln, als mich die Kreatur einholte und wie ein Felsbrocken auf mir landete. »Uff!«, wurde mir aus den Lungen gepresst.
Das war mein letztes Stündlein, schoss es mir durch den Kopf, als ich die Krallen in meinem Rücken spürte.

Während ich also in den letzten Sekunden meines Lebens auf die Reißzähne in meinem Fleisch wartete, rasten die süßesten Bilder von Steven an meinem inneren Auge vorbei. Er war der tollste Junge des ganzen Universums mit dem schönsten Lächeln der Welt. Wenn Steven lächelte, schmolz das Eis am Südpol. Er hatte einen dunklen Struwwelkopf und die außergewöhnlichsten Augen, die ich je gesehen hatte. An manchen Tagen waren sie blau wie ein Gletscher, dann wieder leuchteten sie fast so gelb wie eine Butterblume. Und Muskeln hatte er wie ein Bär, obwohl er, genauso wie ich, erst vierzehn Jahre alt war. Das einzige Problem an meinem Mitschüler war, dass er noch schüchterner war als ich. Mit ihm ein Gespräch anzufangen war in etwa so einfach, wie mit der Queen einen Tee zu trinken.
Und nun sollte ich im zarten Alter eines Teenagers sterben, obwohl ich noch nicht einmal meinen Traumjungen geküsst hatte?
Der Gedanke weckte meinen Kampfgeist.
Ich musste diesen Alptraum beenden.

Also mobilisierte ich meine letzten Kräfte und warf den Angreifer von mir herunter.

»Warte, Emma! Ich will doch nur mit dir reden«, krächzte mir seine männliche Stimme entgegen.

Ich stutzte.

Hatte das Vieh mit seiner Hässlingsschnauze gerade menschliche Sprache angewandt?

Und es kannte meinen Namen?

Ich scannte die Kreatur, die durch die Dunkelheit vermutlich hundertmal schlimmer aussah.

War das die Art und Weise, wie man jemanden zu einem Pläuschen bei Tee und Schokolade einlud?

»Reden?«, quetschte ich atemlos hervor.

Das Ding vor mir nickte heftig und schleuderte seine Riesenohren wie Gummiflieger herum. Das war so ziemlich das Letzte, was ich an diesem mondträchtigen Abend unter freiem Himmel vernahm, denn mein Kreislauf brach vollkommen überfordert zusammen.

Voll gelogen

Es war einmal...

...eine Müllerstochter, deren Vater vor dem König prahlte, seine Tochter könne Stroh zu Gold spinnen...

»So fängt das Märchen an, aber das ist voll gelogen. Ich muss das wissen«, sagte das bucklige Männchen vor mir mit seiner rauen Stimme und zog sich geräuschvoll die Nase hoch. »Das ist mir wirklich peinlich. Ich bin total aufgeregt, da läuft mir immer die Nase. Ich bitte um Entschuldigung!« Da sein Eiszapfenzinken fortwährend tropfte, nahm er sein Shirt und tupfte sich verstohlen die Reste seiner feuchten Nase trocken. »Mein Vater ist nämlich vor zig Jahren hier auf dem Planeten Erde gelandet und daher weiß ich ganz genau, was hier abgegangen ist.«

Ich angelte ein Taschentuch aus meinem Rucksack und reichte es ihm. Schniefnasen machten mich wahnsinnig - egal, ob beim Menschen oder bei...nun, was immer da gerade vor mir saß.

Das herauszufinden hatte ich mir fest vorgenommen, denn mein Gegenüber hatte mich - wie ein Jäger - zum Interview gebeten, um endlich mit den Vorurteilen gegen seinen Vater aufzuräumen.

Er hatte versprochen, mich gehen zu lassen, wenn ich alles aufgeschrieben hatte. Dabei war mir meine Freiheit gar nicht so wichtig. Viel aussichtsreicher war die Tatsache, dass er mir ein Date mit Steven versprochen hatte - wie auch immer er das anstellen wollte!

Sein mit extrem vielen Haaren besetztes Gesicht erhellte sich, als er das Stück Zellstoff erblickte. Dankbarkeit leuchtete aus seinen gelben Augen und machte ihn fast niedlich. »Sehr aufmerksam, Emma, vielen Dank!« Geräuschvoll putzte er sich die Nase.

Ich betrachtete den hässlichen Zwerg vor mir, wie er mit seinen knubbeligen Knien auf dem viel zu großen Sessel saß und sich gelegentlich verstohlen in der Nase popelte.

»Könnten Sie das ›Nasebohren‹ nicht vielleicht auf später verschieben?«, fragte ich zaghaft. Allein der Gedanke an die grünen Klebekugeln drückte mein Abendessen in Richtung Speiseröhre.

Überrascht zog der ausgewachsene Knirps vor mir das Fell über den Augen, welches wage an Augenbrauen erinnerte, hoch. »Wieso? Das regt meine Gedankengänge an. Und du willst doch eine Menge von mir wissen, oder nicht?«

»Nun ja, eigentlich haben Sie sich an mich gewandt, weil Sie jemanden gesucht haben, der die Geschichte Ihres Vaters richtig aufschreibt«, erwiderte ich.

»Das stimmt. Also gut, ich höre auf damit, wenn es dich beruhigt. Aber meine Ohren darf ich zwischendurch mal kneten, oder? Sonst werde ich müde.«

»Geht klar.«

Seine Ohren waren der absolute Hammer!

Sie waren mindestens dreißig Zentimeter lang und sahen aus, als wenn der Erschaffer sie - aus Spaß oder weil er zu tief ins Glas geguckt hatte - verkehrt herum gedreht hatte. Das Fell, welches man eher oben vermuten würde, bedeckte die Unterseite der Ohren und der dünne Hautanteil waberte oben, als würde jemand mit dem Fön dagegen pusten.

Die längeren Kopfhaare, die aus seinem Fell hervorlugten, waren schütter - ob das am Alter lag, konnte ich nur schwer beurteilen, denn bisher war ich keinem Wesen begegnet, welches behauptet hatte, ein paar tausend Jahre alt zu sein.

Ich war bislang allerdings auch noch niemandem begegnet, der sich als Außerirdischer ausgegeben hatte, auch wenn mich Geschöpfe aus anderen Galaxien schon immer wie magisch angezogen hatten. Da war ich genau so eine verrückte Nudel wie meine Mom.

Während andere Mädchen in meiner Schulklasse eher von Prinzessinnen träumten, war ich schon immer total scharf gewesen auf monströse Bösewichte, je hässlicher, umso besser. Dabei sah ich gar nicht so aus, als wenn mich Prinzessinnen langweilten - im Gegenteil. Ich hatte selbst Haare wie ein Haflinger Pferd, Augen in der Farbe eines blauen Schmetterlings und ein absolutes Engelsgesicht. Meine strenge Großmutter Ilse aus Deutschland treibe ich regelmäßig in den Wahnsinn, weil ich mich in kein Prinzessinnenkostüm quetschen lasse, nur damit sie ihre dämlichen Erinnerungsfotos bekommt.

Nein, ICH ging lieber als ›Wookie‹ zum Fasching - der Bekannteste dieses über und über mit Fell besetzten Völkchens ist übrigens ›Chewbacca‹ in der ›Star Wars‹-Reihe. Kinderfotos von mir zeigten mich stets mit Monsterkostüm, da ich zum Verkleiden nicht einmal die Faschingszeit brauchte. Zum Glück war meine Mom auch so ein Freak wie ich, darum liebte ich unsere Kostümpartys auch über alles.

Und exakt zu so einer Kostümparty hatte ich Steven einladen wollen. Ich hatte Bachblüten saufen müssen, um mir Mut anzutrinken. Mit meiner Lieblingstante habe ich alle Möglichkeiten durchgespielt, die mich bei der Frage nach einem Date überrumpeln konnten. Und wenn mich meine körperlichen ›Supernervositätsfunktionen‹ nicht so elendig im Stich gelassen hätten, wäre ich auch total entspannt gewesen. War ich aber nicht!

Meine Lieblingstante hatte drei Straßen entfernt vom Haus meines Schwarms geparkt und ich war mit zittrigen Knien in Richtung Weltuntergang marschiert.

Obertapfer hatte ich bei Steven geklingelt und tänzelnd auf der Veranda gewartet.

Bevor ich Steven jedoch die Karte hatte überreichen können, wurde ich von diesem komischen Etwas vor mir überrascht. Also hatte ich die Karte nur auf die Fußmatte rutschen lassen können, weil ich anschließend durch die nächtliche Gegend gejagt wurde.

Dann erinnerte ich mich nur noch an die zwei Reflektorenaugen. Aufgewacht bin ich erst wieder in dieser komischen Hütte im Beisein von dieser Kreatur, die behauptete, Rumpelstilzchens Sohn zu sein.

»Warum haben Sie eigentlich ausgerechnet mich gefragt? Es gibt doch noch sieben Milliarden andere Menschen.«

»Du bist das einzige Märchenmädchen, das Bösewichte liebt, Emma. Und du vergötterst meinen Vater.«

Es stimmte, ich liebte Märchen über alles. Das hatte ich auch von meiner obercoolen Mom. Mein Kinderzimmer war bepflastert mit Bildern von Rumpelstilzchen, die früher meiner Mom gehört hatten. Sie hatte die Bilder von überall her: aus China, Japan, Deutschland, England…und natürlich selbstgemalt.

Ein riesiges Bild von Rumpelstilzchen prangte - zum Verdruss meiner deutschen Großmutter Ilse - im Wohnzimmer. Er war unser allergrößtes Idol und wir fieberten beide seit unserer Geburt danach, ihn endlich kennenzulernen.

Aber so von Angesicht zu Angesicht dem Spross des wahren Beelzebub gegenüber schlotterten mir doch ein wenig die Knie.

»Leider ist das Märchen grottenschlecht erzählt und absolut unlogisch«, warf ich ein. »Meine Mom hat mir die drei popligen Seiten immerzu vorgelesen. So oft schon habe ich mir gewünscht, es irgendwann einmal ausführlich niederzuschreiben. Ich hatte allerdings gehofft, dass ich den Helden persönlich treffen würde und nicht seinen Sohn.«

»Darum sitzen wir hier, Süßilein! Die Welt der ›Menschlinge‹ soll endlich die Wahrheit über Rumpelstilzchen erfahren, damit mein Vater nicht als Satanskerl in die Geschichte eingeht.«

Rumpelstilzchens Sohn war extrem gut gebaut und hatte erstaunlich durchtrainierte Muskeln. Ganz so, als würde er täglich tonnenschwere Gewichte stemmen. Seine Statur erinnerte mich an Stevens stählernen Körper, aber natürlich war mein Schwarm ein paar Köpfe größer als der Zwerg vor mir.

Fast schon kritisch durchbohrten mich seine Uhu-Augen. »Ich weiß genau, was du denkst, Emma!« Er legte seinen Kopf schief und studierte meinen Hintern. »Aber wenn du schon meinen Körper analysierst, wollen wir doch deinen nicht übergehen, was?« Er kicherte leise. »Du bist wirklich erstaunlich hübsch, wenn man bedenkt, dass du hässliche Kreaturen liebst. Und obwohl du in der Schule das sportlichste Mädchen bist, könnte dein Unterteil glatt als Mini-Ufo-Landeplatz dienen. Das weißt du schon, oder? Die Raumkapsel meines Vaters hätte darauf gut Platz gehabt.«

Ich verdrehte die Augen.

Mir war vollkommen bewusst, dass mein Hinterteil recht ausladend war. Die blöde Anastasia aus meiner Klasse, die wie ein Schießhund aufpasste, dass ich Steven nicht zu nahe kam, frotzelte immer, ich hätte eine ›Büffelhüfte‹.

»Ja«, sagte ich deshalb nur und warf einen Blick auf meine Notizen. »Aber jetzt sitzen wir hier zusammen, damit ich Sie interviewe und nicht, um über meine Ausmaße zu sprechen, oder?«

Neugierig beugte sich mein Gegenüber vor und starrte auf meinen Fragenzettel, den ich eilig niedergekritzelt hatte.

»Wer soll denn eigentlich diese Sauklaue da lesen können? So angelst du dir nie deinen Prinzen, Liebchen!« Er zog erneut geräuschvoll die Nase hoch.

Zum ersten Mal, seitdem ich auf den kleinen Außerirdischen getroffen war, lächelte ich. Ich spürte, wie die Nervosität langsam von mir wich. Er schien harmloser zu sein als sein Ruf - oder der seines Vaters.

Natürlich möchte ich nicht den Eindruck erwecken, als wenn ich ein Angsthase wäre. Aber einen Hauch von Furcht konnte auch ich in seiner Gegenwart nicht leugnen. Zumal ich irgendwo im tiefsten Wald in einer einsamen Hütte ganz allein mit dem Sohn des Individuums war, welches die Menschen seit Jahrhunderten dem Teufel zuordneten.

»Meinen Sie denn, ich hätte eine Chance bei Steven?«, entgegnete ich. Mein Herz pochte so laut, dass es schon fast meine Härchen im Innenohr zu sprengen drohte.

Mein Gegenüber fing an zu grinsen und entblößte eine Reihe spitzer Stumpen, die gelblich glänzten und mit bräunlichen Stellen überzogen waren. Von Zahnpflege hielt er offenbar nix - DAS fiel mir sofort auf als Enkeltochter eines Zahnarztes.

»Du hast ihn dir zwar noch nicht geangelt, Süße, aber ich weiß von ihm, dass er heimlich für dich schwärmt.«

»Was? STEVEN SCHWÄRMT für MICH?«

Mir blieb fast das Herz stehen. Augenblicklich rauschte ein Armee von Glückshormonen durch meinen pubertären Körper und ließ mich hibbelig auf dem Sofa herumrutschen. Am liebsten hätte ich ihn bis aufs Mark über Steven ausgequetscht.

»Aber er geht mir immer aus dem Weg«, bemerkte ich.

»Weil er in dich verliebt ist, Emma! Das sagt man doch bei euch Menschlingen so, oder?«

»VERLIEBT? Woher wollen Sie das denn wissen?«, flüsterte ich fassungslos. In meinem Kopf sausten Trillionen Fragen herum. Mein Körper war kurz vor einer Hormonexplosion.

Er winkte ab. »Wir sind quasi seelenverwandt.«

Ich runzelte die Stirn.

MEIN Steven, der hübscheste Junge aller Zeiten, sollte ein ›Seelenverwandter‹ von dieser…Kreatur sein?

»Okay, wollen wir anfangen mit dem Interview?«, lenkte ich eilig ab. Je schneller ich alles aufgeschrieben hatte, umso schneller würde ich bei Steven sein und konnte ihn zur Rede stellen - falls ich den Mut dazu aufbrachte, was ich bezweifelte. Ich wäre vermutlich mutiger, wenn er so hässlich wäre wie Rumpelstilzchen - oder dessen Sohn.

»Schließlich sind Sie extra aus der Unterwelt gekommen, um ENDLICH Licht in unsere Märchenwelt zu bringen«, fügte ich zaghaft lächelnd hinzu.

Lächeln war immer gut - damit öffnete man Türen, behauptete meine italienische Großmamma stets.

Und die hatte IMMER Recht.

Mein Gegenüber lachte, und die Ohren, die kurzfristig schlaff auf seinen starken Schultern gelegen hatten, richteten sich nun auf wie bei einer Fledermaus. »Na, klar! Was willste wissen?«

Ich räusperte mich. »Wie lautet der richtige Name Ihres Vaters?«

Verdutzt schaute mich der Junior an. »Im Ernst? DAS ist deine erste Frage? Nicht ›*Woher stammen eure sagenhaften Muskeln*‹ oder ›*Wie viele Heldentaten hat dein Vater schon vollbracht*‹? Einfach nur ›*Wie lautet der richtige Name deines Vaters*‹? Ich dachte, es sei bekannt, wie er heißt, nachdem die Märchenonkel dieser Welt alles ausgeplaudert haben.«

»Nun, ich ging davon aus, dass ›*Rumpelstilzchen*‹ nicht sein richtiger Name sei. Ich dachte, dass er eher ein gemeiner Ausdruck für sein«, ich räusperte mich, »außergewöhnliches Aussehen ist. Sagten Sie nicht, er kommt von einem anderen Planeten? Was hat man dort für eine Sprache gesprochen? Was hatten die Bewohner für Namen? Doch bestimmt nicht Hinnerk, Horst und Co., oder?«, versuchte ich meine Frage zu präzisieren.

Ich lachte leise über meinen Witz, aber mein Gegenüber blickte mich kritisch an. »Ja, wir kommen von einem anderen Planeten, Schätzchen. Aber deshalb leben wir nicht hinterm Mond. Nun, zumindest nicht ganz. Und natürlich ist ›*Rumpelstilzchen*‹ nicht sein richtiger Name. Sonst säße ich nicht hier.« Er schniefte geräuschvoll. »Der erste Oberhorst - so ein aggressiver Soldat, der ihn auslöschen wollte - hatte sich gedacht, der kleinen Hässlette dichten wir doch mal einen grauslichen Namen an. Benennungen können Menschlinge glauben lassen, dass jemand Übeltaten begeht. Aber damit ist jetzt Schluss! Ich will aufräumen mit den Vorurteilen gegen seine Person.« Stolz verschränkte er die Arme vor der üppig behaarten Brust. Er trug nur ein loses Hemd, so dass mir sein starker Haarwuchs am Oberkörper nicht verborgen blieb.

»Wenn er nicht Rumpelstilzchen heißt, wie lautet dann sein richtiger Name?«, wiederholte ich meine Frage, schwer bemüht um Geduld. Das würde ein steiniger Weg zu einem Date mit Steven werden!

Mein Gegenüber grinste von einem Ohr zum anderen. »Alle Bewohner auf Violentia trugen nur Nummern. Darum lieben Violentianer Spitznamen. Und meinem Vater gefiel der Name ›*Rumpelstilzchen*‹.«

»Und wie spreche ich Sie an? Rumpelstilzchen Junior?«

»Alle Menschlinge haben einen Vor- und einen Nachnamen. Also heißt es ›*Herr Stilzchen*‹, bitte sehr! Und sobald wir gemeinsam Sumpfwasser gesoffen haben, darfst du mich ›*Rumpel*‹ nennen, Schätzchen.«

»Natürlich. Ich notiere also ›*Rumpel*‹ als Vornamen und ›*Stilzchen*‹ als Nachnamen.«

»Emma, das war ein Witz! Ich bin einfach nur Rumpelstilzchen. Ohne Junior oder so ein Firlefanz.«

»Gut.« Ich wischte mir den Schweiß von der Stirn. Da hatte ich ja einen tollen Komiker erwischt, der überhaupt nicht lustig aussah. »Als was wurden Sie denn geboren?«

»Als Violentianer natürlich.«

Ich lächelte verlegen. »Ich habe mich wohl missverständlich ausgedrückt, Herr Stilzchen, ähm, Rumpelstilzchen. Ich meinte, mit welchem Namen wurden Sie und Ihr Vater nach der Geburt gesegnet?« Ich stockte. »Oder vielmehr mit welcher Nummer?«

Rumpelstilzchen Junior schnalzte verächtlich mit der Zunge. »Süße, glaubst du, es ist ein ›*Segen*‹, wenn man ›*Prinz 14-002*‹ heißt? Oder ›*Prinz 13-003 von Violentia*‹ wie mein Vater? Meiner Großmutter war es zu verdanken, dass wir Menschlingsnamen bekommen haben. Sie liebte alles, was vom Planeten der Menschlinge kam. Meinen Vater nannte sie liebevoll ›*Prinz Hinnerk*‹. Und da mein Vater die Tradition fortführen wollte, hat er mich ›*Prinz Gotthorst*‹ getauft.«

Wollte er mich verarschen?

Ungläubig starrte ich ihn an.

Wollte er mir gerade weismachen, dass er und sein Vater ernsthaft ›*Hinnerk*‹ und ›*Gotthorst*‹ genannt wurden? Gab es nicht noch eine Million andere, und vor allem schönere Jungsnamen auf dem Globus, die man als Spitznamen hätte wählen können?

Ich täuschte ein Lächeln an - um die Tür offen zu halten.

»Interessante Namen. Haben Sie noch Geschwister?«

»Ja, Samira, eigentlich Prinzessin 14-003 und Kyra, Prinzessin 14-001. Ich und meine Geschwister stehen uns sehr nahe, auch wenn Kyra seit Ewigkeiten versucht, dieses Interview zu verhindern. Aber diese Woche ist sie schwer beschäftigt, darum müssen wir die knappe Zeit nutzen.«

»Warum will sie nicht, dass wir miteinander reden?«

»Sie hat Angst, dass die Menschlinge uns in Laboren sezieren und zu Tode foltern.«

»›Verstehe! Es heißt übrigens ›*meine Geschwister und ich*‹«, verbesserte ich ihn. Augenblicklich fühlte ich mich wie meine oberbelehrende Großmutter Ilse. Die korrigierte mich auch ständig, wenn sie zu Besuch war. »Der Esel nennt sich stets zuletzt«, erklärte ich, weil er mich fast schon dümmlich anschaute.

»Ich bin kein Esel, warum sollte ich mich dann zuletzt nennen?«

»Das sagt man auch nur so bei den ›*Menschlingen*‹.«

»Ich bin ein Prinz. Prinz 14-002, und auch wenn ich einen äußerst starken Haarwuchs habe, so bin ich doch kein Tier«, fügte er ein wenig pikiert hinzu. Er deutete auf meine Notizen. »Aber es muss ja nicht jeder gleich wissen, dass ich ein Prinz bin. Kannste also auch weglassen!«

»Aber als Prinz sind Sie doch adlig! ›*Menschlinge*‹ lieben den Adel.«

»Ich bin doch nicht ›*adlig*‹! Ich stamme aus einer Königsfamilie. Oder sehe ich etwa aus, als würde ich von einem Adler abstammen? Erst soll ich ein Esel sein und nun auch noch ein Adlerkind? Tsss! Ich habe weder einen Schnabel, noch habe ich Fänge.« Er hob seine Füße, die so irrwitzig verformt waren, dass sie keinem mir bekannten Lebewesen ähnelten, geschweige denn irgendwie biologisch zuzuordnen waren - oder gar in ein ordentliches Paar Schuhe passten.

Mein Gegenüber schüttelte den Kopf, so dass seine flattrigen Langohren bedrohlich wackelten. Er sah meinen erschreckten Blick und winkte ab. »Schätzchen, keine Sorge, die Ohren sind festgewachsen, auch wenn sie aussehen wie umgedrehte Papiersegler!«

Er deutete mit seinen fast zwanzig Zentimeter langen Fingern auf seine Füße. »Und DIE«, er machte eine bedeutungsschwangere Pause, »sehen auch nicht aus wie deine Füße, das ist mir schon klar. Ihr Menschlinge habt wirklich komische Gliedmaßen. Viel zu kurze Finger, mit denen man in fast keine Körperöffnung kommt…«, er schnalzte verächtlich mit der Zunge, »und eure Füße sehen nicht annähernd so stabil aus wie unsere. Ich könnte ein Baum sein, weil sie so schön verwurzelt sind. ICH falle NICHT um!«

Ich räusperte mich. »Nun, ich falle auch nicht um…«

»DAS ist jawohl voll gelogen, Emma!«

Erschrocken hielt ich inne.

Rumpelstilzchen Junior grinste vielsagend. »Als du bei unserem Schulausflug vor unsere Tür gepinkelt hast, bist du sehr wohl umgekippt, weil du dachtest, das kleine Teufelchen holt dich nun in seine Unterwelt. Also soooo stabil können deine merkwürdigen Füße auch nicht sein.«

Ich errötete - im Übrigen eine meiner leichtesten Übungen. Mich brauchte nur jemand anzusehen und ich bekam rote Bäckchen.

Die Sache mit dem Ausflug war ein oberpeinlicher Anfall meiner viel zu ausgeprägten Phantasie gewesen.

Eigentlich war meine Mom schuld!

Wenn sie mir nicht erzählt hätte, dass Rumpelstilzchen seinen Unterweltseingang im Wald hatte und man niemals vor seine Tür pinkeln durfte, hätte ich auch nicht das halbe Ausgrabungscamp zusammengeschrien, als die blöde Anastasia eine Nebelkugel ›mit lieben Grüßen von Steven‹ vor meine Füße geworfen hatte.

»Aus welcher Familie stammen Sie denn nun?«, versuchte ich den Gedanken zu verdrängen.

Sein Gesicht verdunkelte sich. »Ich bin der jüngste Enkelsohn der königlichen Familie Ozra von Violentia - einem feigen Haufen Taugenichtse! Tatenlos hat mein Herr Großvater, König 10-001 von Violentia, bis zur letzten Stunde zugeschaut, wie der Planet ausgelöscht wurde, ohne ihn wenigstens zu evakuieren.«

»Sie sind wohl nicht sonderlich gut auf Ihre Familie zu sprechen?«

»Nee.«

»Warum nicht? Ich meine, wenn ein Planet explodiert, wird wohl kaum ein König etwas dagegen unternehmen können, oder?«

»Meine Großeltern haben Violentia zu einem Partyplaneten verkommen lassen und als ein Krieg mit dem Nachbarplaneten anstand, haben sie ihn einfach explodieren lassen. *Bumm*!« Geräuschvoll schnäuzte er sich die Nase.

Ein ganzer Partyplanet klang für mich irgendwie verlockend! Mann, was hätte man da alles anstellen können! Wahnsinn!

»Wo lag Violentia denn in etwa?«, fragte ich so einfühlsam wie möglich. Er schien mir gerade sehr aufgeregt zu sein. »Ich muss gestehen, ich habe noch nie von diesem Ort gehört.«

»Das ist auch kein Wunder, Emma! Ihr Menschlinge nutzt ja auch nur zehn Prozent eurer Hirnmasse. Wie sollt ihr da wissen, dass es googolquadrillionen Planeten, Sterne und Lebewesen außerhalb eures miniklitzekleinen Sonnensystems gibt?«

»Also, mein Großvater sagt immer, das ist ein Mythos. Wir Menschen benutzen fast das ganze Gehirn, weil wir sonst niemals überlebt hätten«, widersprach ich.

Mein Gegenüber winkte ab. »Wie dem auch sei, Süße! Auch wenn du dir das nicht merken musst, gebe ich dir mal eine kleine Wegbeschreibung. Also«, er holte tief Luft, wobei sein Kopf eine lila Färbung annahm, die fast schon bedrohlich aussah.

Ängstlich wich ich zurück.

Rumpelstilzchen Junior bohrte sich den längsten Finger in die Wange und ließ die Lippen vibrieren. Dabei verfärbte sich sein Gesicht grün und wurde schließlich wieder roséfarben. »Verzeihung! Ich bin immer etwas nervös, wenn ich von meiner Familie spreche! Also, Violentia ist der

Planet der Langfinger«, er deutete auf seine überlangen Finger, »und liegt etwa nordöstlich von eurem Mond. Aber«, er hob eine Hand, »du fährst nicht einfach nur geradeaus. Nein, wenn du vom Planeten meiner Vorväter auf die Erde fliegen willst, musst du an der blauen Milchstraße vorbei, kreuzt die grüne Sonne und musst an der Steinstraße ein BISSCHEN aufpassen.«

»Ist die Steinstraße denn gefährlich? Die klingt so harmlos.«

Das hätte ich besser nicht fragen sollen!

Mein Gegenüber verschluckte sich fürchterlich. Während er hustete, spuckten seine Haarwurzeln nach wenigen Sekunden tatsächlich kleine Goldfäden aus.

Meine Augen standen denen eines Koboldmaki - diesen Affen mit den Riesenglubschaugen - in nichts nach.

Rumpelstilzchens Spezies konnte GAR KEIN STROH ZU GOLD SPINNEN?

Sie SPUCKTEN es aus wie ein lavaspeiender Vulkan!

Wie genial war das denn!

Fast hätte ich laut aufgelacht, konnte mir aber gerade noch rechtzeitig auf die Zunge beißen.

Er war das reinste Goldmonsterchen!

Als er sich wieder beruhigt hatte, sagte er trocken: »Elendiges Gold. Muss ich nachher gleich entsorgen. Oder willst du das mitnehmen? Ihr Menschlinge seid doch ganz scharf auf das Zeug!«

»Wenn Sie nichts dagegen haben, entsorge ich Ihr Gold gerne«, schlug ich vor.

Und zwar mitten in mein Sparschwein!

Wahnsinn!

Mein nächster Schokoladenkaufrausch war gerettet.

Ach, was sagte ich: die ganze Welt konnte ich mir kaufen!

Ich sah bereits jetzt meinen eigenen Fernseher im Zimmer

flimmern, daneben ein fettes Tablet liegen, und mein Kleiderschrank war gefüllt mit Designerklamotten. Und natürlich hatte ich das beste Handy der Welt.

Anastasia und ihre Kühe würden vor Neid erblassen!

Rumpelstilzchen Junior nickte. »Emma, ich sehe schon, du bist noch nie durchs All geflogen. Wie kann man nur fragen, ob die Steinstraße gefährlich ist?« Er hustete noch einmal und spuckte noch mehr Gold aus, welches in kleinen Spaghettis vor meine Füße fiel. Bevor er die Goldfäden wegkicken konnte, hob ich sie auf und verstaute sie in meinem Rucksack.

»Nee«, entgegnete ich viel zu laut, »wie hätte ich denn auch durchs All fliegen sollen, so ohne Raumschiff?«

Rumpelstilzchen Junior rümpfte die Nase. »Dann kann das Haus deiner Eltern nicht fliegen? Es sieht zumindest aus wie ein Raumschiff.«

Ich schüttelte bedauernd den Kopf. Mein Papa hatte für meine Mom als Liebeserklärung ein Holzhaus in Form der ›Enterprise‹ gebaut, aber das war fest im Boden verankert. Und das war auch gut so. Ich war mir nämlich nicht sicher, ob ich damit wirklich durchs leicht abgekühlte Weltall fliegen wollen würde. Ich schätze, von meinem Engelsgesicht würde nicht viel übrig bleiben.

»Leider ist es nur ein Haus.«

»Das kann ich ändern. Soll ich es verzaubern?«, bot Goldmonsterchen Junior großzügig an.

Vor Schreck verschluckte ich mich nun an meiner Spucke. Geduldig beobachtete er mich, bis ich wieder Luft kriegte.

»Erstaunlich, dass ihr Menschlinge kein Gold ausspuckt, wenn ihr hustet!«

»Apropos Gold, Ihr Vater konnte wohl gar kein Stroh zu Gold spinnen?«, wagte ich mich vor.

Rumpelstilzchen Junior lachte hämisch auf. »Sehen wir aus wie Hausmütterchen am Spinnrad?«

War die Frage eine Falle?

Unsicher blickte ich ihn an. »Äh, nein.«

»Kein Violentianer kann STROH in Gold umwandeln! Bei uns gab es nicht einmal Stroh, weil wir die Getreide-pflanzen aufgefressen haben, BEVOR sie reif waren.«

»Sie können also kein Gold spinnen, wie es im Märchen behauptet wird?«

»Nee, oder sehe ich aus wie ein Alchimist?«

»Äh, nein«, war alles, was mir dazu einfiel. »Alchimisten können wohl Stroh zu Gold spinnen?«

Rumpelstilzchen Junior winkte ab. »Nee, wo denkst du hin? Das hätten sie gerne. Aber soweit ich informiert bin, müssen Menschlinge Gold aus der Natur klauen.«

»Menschen klauen das Gold? Ich dachte immer, Gold fin-det man und darf es auch behalten.«

»Emma, du glaubst auch noch an den Osterhasen, oder? Ich habe neulich erst mit dem Weihnachtsmann gespro-chen. Der hat sich auch darüber schlapp gelacht, dass die kleinen Menschlingskinder ernsthaft glauben, dass Hasen Schokoladeneier legen und in großen Körben austragen können. Sehen Hasen etwa aus wie lastentragende Scho-kohühner?«

»Eher nicht«, sagte ich wage.

»Siehst du! Der Osterhase als Schokoladenlieferant ist eine Erfindung der Menschlinge.«

Ich blickte auf meine Notizen. »Ihr Vater ist also der letzte Spross des königlichen Geschlechts der Violentianer, der die Gefahren der Steinstraße auf sich genommen hat?«

»So weit waren wir schon, Süße!«

»Gut. Aber wie kommt es, dass Ihr Vater seinen Planeten mutterseelenallein verlassen hat? Wäre es nicht sinnvoller gewesen, er hätte ein paar Bewohner gerettet, statt sich alleine ins nächste Raumschiff zu schwingen und zur Erde zu gurken? So stirbt Ihre Gattung doch aus.«

Ich war mir nicht sicher, ob es klug war, die Frage gestellt zu haben, denn nun fing sein ganzer Körper an zu beben. Wie ein stotternder Motor hob er mehrere Zentimeter vom Sessel ab, und ehe ich mich versah, hatte er einen Riesenhaufen Gold AUSGEKACKT.

Wahnsinn!

Der Typ war der reinste Goldesel!

Starr vor Staunen blickte ich auf das glänzende Metall.

»Nun nimm es schon! Ist alles echt«, sagte Rumpelstilzchen Junior ungeduldig und deutete auf den Berg Gold, der ein gutes Pfund wiegen durfte.

»Kam das etwa gerade aus Ihrem Unterteil?«, fragte ich verblüfft.

Prinz 14-002 von Violentia blickte mich an. »Natürlich, was denkst du denn?«

»Ich dachte, das Gold kommt aus Ihrem Kopf.«

Rumpelstilzchen Junior musterte mich ungläubig. »Vielleicht solltest du anfangen und mehr als zehn Prozent deiner Hirnmasse nutzen, Süße! Es sollte dir nicht entgangen sein, dass nur feine Goldfäden aus meinem Kopf kommen, wenn ich huste. Wie soll denn bitte auch so ein großer Haufen aus meinen zarten Haarwurzeln kommen? Anatomisch wohl schlecht möglich!«

Er deutete auf seinen Kopf.

Ich beugte mich vor, um seinen Haarwurzelansatz höflich zu begutachten. »Stimmt, das wäre kaum möglich.«

»Siehste! Ich sehe, wir verstehen uns langsam.«

»Und wann kacken Sie das Gold aus?«

»Ich KACKE nicht«, erwiderte Rumpelstilzchen Junior gekränkt.

»Verzeihung!«

»Bitte«, sagte er gnädig. »Ich ›separiere‹ das Gold.«

»Sie ›separieren‹ es? So, so. Darf ich fragen, was Sie essen, dass Sie echtes Gold ›separieren‹?«

Laut meines Chemielehrers brauchte man zum Umwandeln in Gold mindestens einen Kernreaktor. Der dürfte wohl kaum in seinen Bauch eingearbeitet sein, oder?

Die Frage verkniff ich mir allerdings lieber, nicht dass er das Interview noch abbrach, weil er mich für zu dumm hielt.

»Fragen darfste 'ne Menge, Emma. Dafür sitzen wir hier. Am liebsten esse ich saftiges Gras wie alle Violentianer. Dazu ein schwarz gegrilltes Rindersteak garniert mit Steinen aus mindestens einhundert Metern Tiefe. Und zum Nachtisch Ostereier.«

»Aus Schokolade?«

»Ja, hast du vielleicht welche dabei?«

»Sie essen wohl gerne Schokolade? Da haben wir etwas gemeinsam«, sagte ich lächelnd. Schweigend reichte ich ihm eine Tafel Schokolade, die er innerhalb von einer Millisekunde verspeist hatte.

Offenbar brauchte sein Goldofen Nachschub.

»Wo waren wir stehengeblieben?« Seufzend schaute ich auf meine Notizen. »Ja, genau, wann separieren Sie das Gold aus dem Po?«

»Po?« Fragend blickte Rumpelstilzchen Junior mich an.

»Ja, das Ding, auf dem Sie sitzen«, präzisierte ich.

Mein Gegenüber winkte ab. »Ach so, du redest von meinem Schokoladenpolster! Das Ding, welches du als ›Goldofen‹ bezeichnet hast.«

Hatte ich?

»Den Po nennen Sie also ›*Schokoladenpolster*‹?«, hakte ich nach, um sicher zu gehen, dass ich ihn richtig verstanden hatte.

»Ja, das Ding, was du ›*Po*‹ nennst, ist mein Schokoladenpolster. Da drinnen bunkere ich Schokolade.«

»Die Sie dann in Gold umwandeln.«

Die Miene von Rumpelstilzchen Junior erhellte sich und machte ihn fast zu einem ansehnlichen Wesen. »Ich sehe langsam, du benutzt mehr als zehn Prozent Nudelmasse in deinem Kopf. Sehr gut, Emma!«

Das nahm ich jetzt mal als Kompliment, auch wenn es nicht wie eines klang.

Boah, wie geil war das denn bitte!

Also, wenn ICH all die Schokolade in Gold umwandeln würde, die ich so verdrückte, wäre ich Billiardärin!

»Wenn ich aufgewühlt bin, gibt es Goldfäden. Ansonsten wandelt mein Schokoladenpolster alles, was ich esse, in Gold um. Und weil das Zeug so elendig schwer ist, separiere ich es von Zeit zu Zeit. Bei Aufregung marschiert es etwas schneller durch«, erklärte Rumpelstilzchen Junior verschämt. »Gold ist ja auch nur Abfall!«

In seiner Welt vielleicht, aber bei uns Menschen war Gold unbezahlbar.

»Sagen Sie das besser nicht zu laut, sonst entführt man Sie noch«, gab ich zum Besten. »Bei den Menschen ist Gold alles andere als Abfall.«

»Tsss! Du glaubst, ich habe Angst vor einem Menschling? Emma, niemand kann mir was anhaben. Ich bin unsterblicher als unsterblich.«

»Dann haben Sie keine Schwächen?«

»Doch, die habe ich.«

»Verraten Sie sie mir?«

»Niemals. Aber vielleicht erzähle ich dir eines Tages von ihnen. Bei einem Kelch Sumpfwasser oder wenn ich den Pakt des Lichts mit dir abschließen sollte.«

Ja, darauf freute ich mich jetzt schon!

Vermutlich würde ich nach der Brühe schweinische Lieder trällern und ihn anflehen, auch gleich noch den Pakt zu schließen - wofür auch immer der gut sein sollte. Meine Mom würde ihm anschließend vermutlich die Ohren noch länger ziehen und mir die Leviten lesen - inklusive Handy-Entzug!

»Apropos, erzählen! Sie wollten mir ja die wahre Geschichte vom Rumpelstilzchen erzählen. Hat die Müllerstochter Ihren Vater damals so sehr ›aufgewühlt‹, dass er Gold für das arme Mädchen ausgehustet hat?«, versuchte ich mich vorsichtig an das Märchen heranzutasten. »Laut der offiziellen Märchenfassung ist Ihr Vater ja einfach aus dem Nichts bei der weinenden Müllerstochter aufgetaucht. Und weil er so ein netter Gnom war, hat er Stroh zu Gold gesponnen, damit sie nicht vom König getötet wird. Als Lohn gab sie ihm ein Halsband, einen Ring und dann das Versprechen, ihm das erstgeborene Kind zu überlassen, welches sie nach der Heirat mit dem König kriegen würde. Und da Ihr Vater so ein gutmütiger Kerl war, hat er der Königin das Kind dann doch nicht weggenommen, weil sie seinen Namen beim dritten Versuch erraten hat.«

Der knuffige Hässling vor mir grunzte verächtlich. »Ich möchte mal wissen, warum die ganze Menschlingswelt davon ausgeht, dass mein Vater einer ›Müllerstochter‹ geholfen hat, damit sie ihren dämlichen König kriegt! Aus reiner Nächstenliebe! So blöd können auch echt nur Menschlinge sein! Das ist totaler Humbug. Und mal im Ernst«, er beugte sich vor, »wieso sollte mein Vater einen

Ring und eine Halskette haben wollen, wenn er den Abfall selbst separieren kann?«

»Stimmt, das wäre Quatsch! Dann geht es in der Geschichte also nicht um ein Mädchen?«

»Oh doch, und ob es das tut!« Seine Augen leuchteten.

»Es geht aber nicht um die Müllerstochter, sondern um ein anderes Mädchen?«, versuchte ich, Licht ins Dunkel zu bringen.

Rumpelstilzchen Junior lachte. »In Wahrheit geht es um Saphira Rosina von Violentioni. Und der Menschling, für den mein Vater das Gold separiert hat, war ein Müllerssohn, keine Tochter. Nur zur Info, Schätzchen!«

»Eine Liebesgeschichte?« Ich seufzte theatralisch. »Wie romantisch! Erzählen Sie! Vielleicht erfahre ich dann, wer Saphira war«, drängte ich.

Prinz 14-002 mit dem irdischen Spitznamen ›Gotthorst‹ lächelte verträumt. Er deutete auf ein Bild, welches an der Wand hing. Es zeigte ein Pärchen, wobei das weibliche Wesen weniger Fell und ganz andere Ohren hatte. Ihre Haut erinnerte an Reptilien.

»Ist das Ihr Vater mit Saphira?«

»Ja. Sind sie nicht bezaubernd?«

In seinen Augen waren sie vermutlich unsagbar gutaussehend, für mich sah das Mädel eher aus wie eine aufreizend weibliche Variante kleiner Felltiere, die man versehentlich mit Schlangen gekreuzt hatte.

»Ja, hinreißend«, log ich, wurde dabei jedoch prompt rot.

»Legen Sie los«, lenkte ich schnell ab.

»Haste denn so viel Zeit, Süße? Die Geschichte meines Vaters dauert bestimmt hundert Menschlingsjahre!«

Ich schluckte. »Echt jetzt?«

Gott, bis dahin war ich steinalt, ergraut und hatte eine Million Falten - keine guten Voraussetzungen für den

Mädchenschwarm der ganzen Schule, der bis dahin vermutlich dreimal verheiratet und fünfmal geschieden war, zehn Kinder hatte und nicht mehr alle Zähne im Kiefer.

»Geht das nicht ETWAS schneller? In hundert Jahren geht Steven bestimmt nicht mehr mit mir aus!«

»War nur ein Scherz. Aber vier Tage kannste mal gepflegt einplanen. Und mindestens fünf Kilo Schokolade.«

»Ich habe aber nur zwei Kilo dabei. Sollte ich für die Party meiner Mom besorgen.« Ich wühlte die aller-aller-allerletzten Notfallschokoladentafeln aus meinem Rucksack und reichte sie ihm. Mit einem Happs war die erste Tafel verschwunden, und zwar mitsamt Papier. Eigentlich hatte ich noch eine Einkaufstüte im Rucksack gehabt, aber die musste ich verloren haben.

»Saphira war die Braut meines Vaters, mit der er den Bund der Ewigkeit geschlossen hatte. Einer seiner größten Fehler, wenn du mich fragst.«

»Ein Fehler? Klingt für mich wie eine harmlose Hochzeit.«

»Schätzchen, den Bund der Ewigkeit sollte man nur schließen, wenn man sich hundertprozentig sicher ist, dass man qualvoll sterben will.«

Ich schluckte.

Vielleicht steckte hinter dem Bund doch mehr als nur eine simple Trauung!

»Kommt Saphira auch vom Planeten Ihrer Vorväter oder ist sie ein verzauberter Mensch? Sie sieht irgendwie anders aus«, sagte ich.

Rumpelstilzchen Junior lachte.

Er schnipste mit den Fingern und schon hielt er das Bild, welches bis eben an der Wand gehangen hatte, in den Händen. »Emma, wie kommst du bloß darauf, dass sie ein verzauberter Menschling sein könnte?«

»War nur so eine Vermutung. Wo sind Saphira und Ihr Vater jetzt?« Neugierig blickte ich mich um.

Rumpelstilzchen Junior schniefte und wischte sich eine Träne aus dem Auge. »Dazu kommen wir später«, sagte er mit todernster Miene. »Erst die Arbeit, dann das Vergnügen. Das ist doch euer Motto, oder nicht?«

»Für manche Menschen sicher«, sagte ich naserümpfend. Für mich nicht.

Mich frass Neugier regelrecht auf.

»Saphira stammte vom Nachbarplaneten Violentioni. Sie entsprang der Königsfamilie der Mesos«, erklärte er. »Mein Vater ist ihr als Kind bei einem Kongress der Könige der schwarzen Galaxie begegnet und war im Moment ihres Zusammentreffens sofort in sie verliebt. Er wusste, kein anderes Wesen würde je seinen Herzschlag derart beschleunigen wie sie, auch wenn es auf den Planeten der schwarzen Galaxie verboten war, dass sich die Völker vereinten.«

Wie romantisch war das denn!

Verbotene Liebe auf den ersten Blick!

Ich seufzte leise.

»Er war ihr Held«, wisperte Rumpelstilzchen Junior. »Aber da meine Großeltern etwas gegen ihre Verbindung hatten, ist mein Vater mit Saphira kurz vor dem ersten Mondjahr geflüchtet.« Er schnipste erneut und ließ das Bild zurück an die Wand fliegen.

»Mondjahr?«, hakte ich nach.

»Ja. Wann hast du denn Geburtstag?«, wandte sich Rumpelstilzchen Junior an mich.

»Ich bin am 26. Juni geboren worden, und zwar im Jahr des Hahns«, entgegnete ich höflich. »In der westlichen Welt habe ich das Sternzeichen Krebs.«

»So siehst du manchmal auch aus, Emma«, stellte Rumpelstilzchen Junior fest.

Was immer er mir damit sagen wollte - DAS war auf jeden Fall KEIN Kompliment!

Er klopfte sich gegen die Wange - falls das bei ihm so hieß. »Die sind bei dir auch ständig gerötet, oder?«

»Ja. Ich habe halt auch meine Schwächen«, gab ich zu.

»Wann sind Sie denn geboren worden?«, fragte ich.

»Am ersten Blaumond der Muskatnussblüte«, sagte Rumpelstilzchen Junior stolz und klopfte sich auf die Brust. »Was man mir wohl auch ansieht, oder? Ich bin als Held geboren worden. Darum wird es auch Zeit, dass die Welt von den Heldentaten meines Vaters und mir erfährt und nicht immer nur ›Superman‹ gelobhudelt wird.«

»›Superman‹? Den gibt es doch gar nicht in echt. Das ist eine Comicfigur!«

»Bist du sicher, Schnucki?« Er wackelte aufreizend mit dem Augenfell und brachte mich zum Grinsen.

Er wäre zwar nicht mein Typ, aber irgendwie hatte er etwas Niedliches an sich.

»Ich weiß, was du denkst, Schätzchen! Und ich finde dich auch atemberaubend - als Menschling.«

Verlegen biss ich mir auf die Zunge.

Der Typ konnte doch nicht etwa Gedanken lesen, oder?

»Sie und Ihr Vater sind also die wahren Helden der ›Menschlinge‹?«, fragte ich schnell, um davon abzulenken, dass ich noch tiefer errötete.

»Ja, das sind wir.«

»Dann schießen Sie doch mal los!«, forderte ich mein Gegenüber auf.

»Wie bitte?« Erschrocken guckte er mich an.

»Ähm, erzählen Sie doch mal, wie sich die Geschichte vom Rumpelstilzchen tatsächlich zugetragen hat!« Ich lächelte erwartungsvoll.

»Gut. Aber ich beginne beim Urschleim. Sonst verstehst du die Zusammenhänge nicht. Und wir wollen ja, dass du das richtig aufschreibst, damit die Menschlinge das wahre Märchen erfahren.«

»Bitte, ich bin ganz Ohr.«

Kritisch musterte Rumpelstilzchen Junior meine Hörmuscheln.

»Wenn ICH das sagen würde, würde das Sinn ergeben, Schätzchen! Aber DU? Nun gut, ich gehe mal davon aus, dass deine Zwergenlauscher trotzdem als Hörgeräte funktionieren.«

»Natürlich tun sie das.«

Mein Gegenüber war skeptisch, dennoch holte er tief Luft und fing an zu erzählen.

Urschleim

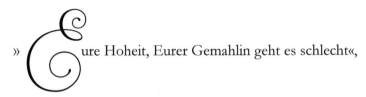

» ure Hoheit, Eurer Gemahlin geht es schlecht«,

sagte der Hofarzt mit bedrückter Miene.

König Laurentz Paulinus von Lichtenwald horchte auf. »Schlecht? Was genau bedeutet das?« Die Sorge ließ sein Gesicht fast wie eine Steinfigur wirken.

Der Hofarzt sprach mit schmerzverzerrtem Gesicht. »Sie hat bei der Geburt Eurer Tochter viel Blut verloren. Sie wird sie nicht einmal versorgen können, so sehr ist sie geschwächt. Wir brauchen dringend Medizin, um ihre Blutungen zu stoppen.«

»Warum gebt Ihr ihr keine Medizin?«, fragte der König ungehalten.

»Mir ist das Rapunzel ausgegangen, Eure Majestät!«

»Dann besorgt welches!«, befahl der König.

Er liebte seine Frau über alles. Und auch wenn sie ihm endlich ein lang ersehntes Königskind geschenkt hatte, so wollte er doch nicht, dass sie an den Folgen der Geburt starb.

Der Hofarzt verbeugte sich untertänig. »Ganz Lichtenwald wurde bereits abgeerntet, Eure Majestät. Rapunzel wächst nur noch im Feenwald.«

»Dann nehmt ein paar Soldaten mit. Und verständigt Horatio, damit er uns die Riesen vom Leib hält, die sein Reich besetzt haben«, sagte der König und fuhr sich nervös durch die Haare.

»Eure Majestät, die Lage hat sich sehr zugespitzt. Ich bin mir nicht sicher, ob ein paar Gefolgsleute ausreichen.«

»Dann nehmt das halbe Heer mit und schickt einen Boten zu Horatio!«

»Wir können keinen Kontakt mehr zum Feenkönig herstellen. Wir sind auf uns gestellt, Eure Majestät. Horatio kann sich auch nicht an unseren Kämpfen beteiligen. Maximus hat ihn mit einem Bann versehen, der ihn kampf- und flugunfähig macht«, erklärte der Hofarzt.

König Laurentz verdrehte die Augen. »Dieser dumme Riese macht mich wahnsinnig! Wie kann eine Kreatur allein so verbohrt und rachsüchtig sein? Jeder hatte sein Reich. Wir alle lebten in Frieden. Wir waren sogar beste Kumpanen. Warum musste sich Maximus ausgerechnet in dieselbe Frau verlieben wie ich? Maria ist ein Mensch! Was soll ein Mensch mit einem Riesen anfangen? Gut, sei es drum! Wir brauchen Rapunzel, sonst wird meine Frau die morgige Sonne nicht mehr erleben.« Der König trommelte die Hälfte seiner Streitkräfte zusammen und schickte sie gemeinsam mit dem Assistenten des Hofarztes auf die gefährliche Reise in die Anderswelt, um Rapunzel zu besorgen.

Doch in den frühen Morgenstunden kehrte nur ein einziger Mann zurück: der Assistent des Hofarztes, und zwar mit leeren Händen.

»Der Herrscher der Riesen war unbezwingbar, Eure Majestät. Wir hatten keine Chance, in den Feenwald zu gelangen, um Rapunzel zu pflücken. Vielmehr noch tötete Maximus Eure ganze Gefolgschaft. Ich war der einzige, der überlebte, weil ich mich in einer Dornenhecke verheddert hatte. Tatenlos musste ich mit ansehen, wie alle ihr Leben lassen mussten. Danach bezwang der Herrscher der Riesen die Lichtwesen und verschloss für immer das Portal zur Anderswelt«, berichtete der junge Mann atemlos.

Starr vor Schreck stand der König in der Eingangshalle seines riesigen Schlosses und fand keine Worte für die Gräueltat des dunklen Herrschers. Hunderte von Männer hatten ihr Leben lassen müssen, die Feen waren gefangen genommen worden und das Portal sollte zeitlebens versiegelt sein?

»Maximus brüllte, dass sich kein Mensch je wieder an die Lichtwesen erinnern könne. Und er sagte noch etwas«, deutete der junge Assistent des Hofarztes an.

»Was?«

»Er sagte, wenn Ihr, Eure Majestät, es jemals wagen würdet, das Portal zu öffnen, um die Lichtwesen in der Anderswelt zu befreien, würde er Euch Eure Tochter Anna auch noch nehmen. So würde er den Tod Eurer Gattin als Warnung belassen.«

Der König nickte nur.

Den Schock, den die Nachricht in ihm auslöste, versuchte er zu verbergen.

»Am Ort des Verbrechens fand ich noch eine Nachricht vom Feenkönig, Eure Majestät! Horatio schreibt, dass Maximus Euch einen Fluch auf den Hals gehetzt hat«, sagte der junge Assistent des Hofarztes zitternd.

Der König horchte auf. »Was für ein Fluch?«

»Die Zauberkräfte, die Horatio Euch geschenkt hat, könnt Ihr nur so lange ausüben, solange Eure Tochter unverheiratet ist und kein Kind geboren hat. Maximus' Fluch könnt Ihr nur aufheben, wenn Ihr die richtige Zauberformel für die Portalöffnung findet und ihn eliminiert, bevor er die königliche Feenfamilie töten kann.«

»Er will die königliche Feenfamilie töten?«

»In der ersten Vollmondnacht nach dem achtzehnten Geburtstag Eurer Tochter, Eure Hoheit!«

»Dann wird meine Tochter fortan eingesperrt und mit dem Fluch der Täuschung belegt. Jeder heiratsfähige Mann, der sich ihr nähert, wird ihr wahres Gesicht nicht erkennen können. Stattdessen wird ihr Gesicht hässlich entstellt sein, damit sich niemand in sie verliebt. Und um sie nicht in Versuchung zu führen, den Turm zu verlassen, belege ich sie noch mit dem Bann der Unsichtbarkeit.«

Der Assistent des Hofarztes verneigte sich, bis seine Nase fast die Füße berührte, und machte auf dem Absatz kehrt.

Schweigend ging der König ins Schlafgemach seiner Frau und hielt ihre Hand, bis sie friedlich eingeschlafen war.

Als er sie einen Tag später zu Grabe trug, schwor er Rache.

»Ich werde die Lichtwesen und meine Frau rächen. Maximus Grobian, du wirst dir wünschen, nie geboren worden zu sein! Ich werde einen Weg finden, die beiden Welten wieder zu vereinen und dann werde ich dich vernichten. Und wenn es das Letzte ist, was ich tue!«

Er verließ die Grabstätte und sperrte seine Tochter, Prinzessin Anna, in den höchsten Turm des Schlosses, den man nicht über eine Treppe erreichen konnte. Er belegte sie mit dem ›Fluch der Täuschung‹ und dem ›Bann der Unsichtbarkeit‹. Beides sollte sich nur durch seinen eigenen Tod oder ihre Eheschließung auflösen.

Er, der König, musste um jeden Preis verhindern, dass sich ein Mann in sie verliebte, bevor er das Portal zur Anderswelt öffnen und Maximus töten konnte.

♛ ♛ ♛

»Was für ein grausamer Vater«, platzte ich dazwischen. Mann, war ich froh, dass mein Papa so cool drauf war! Ich hatte ein Handy, schnelles Internet und bekam immer die tollsten Klamotten. Mein Paps trug mich auf Händen - allerdings war er auch kein böser Zauberer, für den ich eine Bedrohung darstellte.

Rumpelstilzchen Junior schnitt eine Grimasse. »Ja, der König war von blindem Hass getrieben. Er hatte nur ein

Ziel vor Augen, und nichts und niemand sollte ihn davon abbringen.«

Ich schluckte.

»Soll ich fortfahren?«, fragte Rumpelstilzchen Junior.

Schweigend nickte ich.

Wie alles begann

»*F*ch langweile mich, Vater«, sagte Prinzessin Anna

und verdrehte die Augen. Sie hatte bereits alle Freizeitaktivitäten ausgeschöpft, die man in dem großzügig geschnitten Turmzimmer ausüben konnte. Die Wände waren durch die vielen Farbschichten dicker als je zuvor, in einer Ecke stapelten sich gestrickte Bettdecken und ihr Lieblingskartenspiel ›Schwarzer Grobian‹ war bereits so abgegriffen, dass man die Feenpaare und den dunklen Herrscher Maximus Grobian kaum noch erkennen konnte.

»Ich bin letzte Woche achtzehn Jahre alt geworden, Vater. Findet Ihr nicht, dass es Zeit wird, dass ich mal unter die Menschen gehe? Es wird schon kein Riese auftauchen und mich entführen«, redete die Prinzessin wiederholt auf ihren Vater ein, obwohl sie wusste, dass Jammern und Betteln zwecklos war.

König Laurentz lächelte gequält. »Meine liebe Anna, ich will nichts riskieren. Du weißt, dass du hier im Turm am sichersten aufgehoben bist.«

Die Prinzessin schnalzte mit der Zunge. »Was ist das bitte für ein Leben, Vater? Glaubt Ihr wirklich, Maximus wäre nicht groß genug, um sich einfach vor diesen Turm zu stellen, mit der Hand hinein zu greifen und mich heraus zu holen?« Sie lachte verbittert. Sie war es leid, in Gefangenschaft zu leben, immer auf der Hut vor dem Riesen, der seit achtzehn Jahren nicht mehr in der Welt der Menschen gesichtet worden war.

Ihr Vater lachte nicht. Bierernst blickte er sie an. »Würdest du bitte diese Art der Scherze unterlassen! Das ist nicht witzig!«

Unten klopfte es laut, dass es im ganzen Hof nur so hallte.

Einmal, zweimal, dreimal.

Die Prinzessin wusste, dass es nun Zeit war für ihren Vater zu gehen. Traurig blickte sie ihn an. »Müsst Ihr wirklich schon gehen, Vater? Können wir nicht noch eine Runde Karten spielen? Immerzu versteckt Ihr Euch in Eurer Magierwerkstatt und tüftelt an dem blöden Zauber herum. Und was ist mit mir?«

Der König erhob sich, umrundete den Tisch und gab ihr einen Kuss aufs goldene Haar. »Meine geliebte Anna, ich habe Pflichten. Ich muss dieses Land regieren. Und ich stehe so kurz«, er hob die Hand und hielt Zeige- und Mittelfinger etwa zwei Zentimeter auseinander, »vor der Entdeckung der Zauberformel, um das Portal zur Anderswelt dauerhaft zu öffnen. So kurz davor, Mutters Tod endlich zu rächen.«

»Ach, Vater! Rache ist zwar süß, aber sie macht krank. Seht Euch nur an, was Eure Besessenheit, den Riesen zu töten, aus Euch gemacht hat! Ihr seid einsam, dabei liegt Euch mit Eurer attraktiven Erscheinung die gesamte Damenwelt des Königreiches zu Füßen. Ihr bräuchtet nur mit dem Finger zu schnipsen und zehn Weibsbilder würden Euch auf der Stelle ehelichen.«

Der König starrte aus dem Fenster. »Keine Frau kommt an deine Mutter heran, Liebes. Und keine wäre in der Lage, mein Herz mit Liebe zu erfüllen.«

»Ihr habt es nicht einmal versucht, Vater! Euer einziger Lebensinhalt besteht nur noch darin, zu regieren und an dem Zauber zu arbeiten. Wollt Ihr denn keine Gesellschaft haben? Sehnt Ihr Euch denn nicht nach Liebe?«

»Nein.«

»Ich schon. Lasst mich aus dem Turm heraus und einen gediegenen Spaziergang durch die Stadt machen! Ich will Menschen sehen, echte Menschen und nicht nur Zeichnungen in Büchern. Ich will mich mit den Bürgern sämtlicher Königreiche unterhalten und nicht nur mit meiner Zofe, meiner Lehrerin oder mit Euch. Ich will einen Mann kennenlernen, mich verlieben. Ich bin eine junge Frau, ich brauche Romantik.«

Nachdenklich ging der König zum Turmfenster. »Es geht mir längst nicht mehr nur um Rache, geliebtes Kind!«

Seine Tochter lehnte ihr zartes Gesicht gegen seinen starken Rücken. »Worum geht es Euch dann, Vater?«

»Maximus legt mir einmal pro Mondphase eine von ihm eigenhändig getötete Fee auf den Felsen. Hierzu öffnet er das Portal kurzzeitig, um seine Macht zu demonstrieren. Das Morden der Feen muss endlich ein Ende haben. Die nächste Mondphase naht heran und dieser zurückgebliebene Gigant wird als nächstes die königliche Feenfamilie töten. Das Feenvolk würde ohne ihren König sterben.«

»Dann tüftelt eben an dem Zauber herum, wenn es denn hilft«, stöhnte die Prinzessin. »Aber bitte, Vater, gewährt mir nur diesen einen Wunsch und lasst mich einen Mann aussuchen! Ihr könntet einen Ball für mich ausrichten, damit ich einen Mann finden kann. Das hat bei Prinz Theoford im Pfauenland auch geklappt, als er eine Braut suchte. Ihr wollt doch sicherlich Enkelkinder haben, oder nicht?«

Der König atmete sorgenvoll ein. Die letzte Geburt hatte ihm das Kostbarste genommen, was er besessen hatte: seine Frau. Er verspürte wenig Lust, seine Tochter auch noch zu verlieren. Außerdem musste er um jeden Preis verhindern, dass sie heiratete, bevor er den richtigen Zauber gefunden hatte. Wenn er erst beide Welten wieder vereint und Maximus getötet hatte, konnte sie seinetwegen heiraten und Kinder kriegen. Aber vorher musste sie hier im Turm verweilen, sonst würde ihn Maximus' Fluch treffen und achtzehn Jahre durchtüftelte Nächte wären umsonst gewesen.

»Wir haben kein Rapunzel mehr. Es wächst nur noch im Feenwald. Du kannst unmöglich heiraten und dich dann auf das gefährliche Abenteuer des Kinderkriegens einlassen. Ich habe schon deine Mutter verloren«, sagte er. »Du musst warten, bis ich das Portal zur Anderswelt öffnen konnte.«

»Wozu brauchen wir das Kraut? Mir wird schon nicht dasselbe Schicksal wie Mutter ereilen. Ich langweile mich. Ich brauche Gesellschaft. Ich möchte mich verlieben.«

»Das Leben außerhalb des Turms ist für dich zu gefährlich, Anna! Daher befehle ich dir, gehorsam zu sein!«

Die Prinzessin schluckte den Kloß in ihrem Hals hinunter. »Und wenn ich mich entgegen deiner Anweisung aus dem Turm schleiche und nach einem Mann Ausschau halte?«

»Unsichtbar?« Der König lachte höhnisch. Abrupt hörte er auf zu lachen und funkelte seine Tochter an. »Wenn du es auch nur versuchst, wird dein hübscher Körper durch die magischen Sperren an der Außenmauer des Turms zerfetzt und von Feuerkäfern aufgefressen werden. Ich werde die Barrieren noch erhöhen, damit du meine Anweisung nicht umgehst.«

»Bitte Vater, dann ladet wenigstens die Männer unseres Landes zu einem Ball ein! Wir haben schon meinen achtzehnten Geburtstag hier oben in meinem Turm gefeiert. Das ist öde! Wozu bin ich eine Prinzessin?«

»Also gut«, ließ sich der König schließlich zum Schein erweichen, »ich schicke die Boten aus, sobald mir die Portalöffnung gelungen ist. Sie sollen alle starken Mannsbilder zum Ball einladen, damit du dir einen akzeptablen Ehemann aussuchen kannst.«

Die Prinzessin, die ihrem Vater nicht genau zugehört hatte, fiel ihm dankbar um den Hals. »Ihr seid der Beste, Vater!«

König Laurentz lächelte zaghaft. Seine Tochter war die einzige, die ihm noch ein aufrichtiges Lächeln entlocken konnte. »Schatz, lass dein Haar herab! Ich werde jetzt wieder meinen Dienst als König antreten.«

Gehorsam wickelte die Prinzessin ihren langen Zopf vom Kopf und ließ ihr Haar an der Turmwand herunter, damit ihr Vater den Turm verlassen konnte.

Beschwingt tanzte sie durch den Raum. »Ich werde mir ein Kleid schneidern für den Ball, Vater. Bitte lasst mir noch etwas Stoff zukommen«, rief sie aus dem Fenster.

»Natürlich, mein Kind.« König Laurentz winkte kurz und verschwand schnellen Schrittes in seiner Magierwerkstatt. Die Zeit drängte.

Die nächste, unheilvolle Vollmondnacht sollte in sieben Tagen ihre Drohung wahrmachen. Bis dahin musste er das Portal geöffnet und Maximus vernichtet haben. Bis zu diesem Zeitpunkt durfte kein Mann der Welt in die Gemächer seiner Tochter eindringen können, ohne elendig zu verglühen. Er war zu kurz vorm Ziel, um jetzt noch irgendetwas zu riskieren.

♛ ♛ ♛

»Nur zu meinem Verständnis…«

»Bitte, nutzen wir die anderen neunzig Prozent«, erwiderte Rumpelstilzchen Junior lächelnd.

»…wollen Sie mir gerade weismachen, dass das Märchen, welches wir Menschen als ›Rumpelstilzchen‹ kennen, in Wahrheit eine Geschichte ist, in der es ein ›Rapunzel‹ gibt? Oder bringen Sie hier vielleicht etwas durcheinander?«

»Bevor ich das beantworte, frage ich dich, Emma-Süße, was sind Märchen?« Rumpelstilzchen Junior wartete geduldig.

»An Ihnen ist kein Held, sondern ein Lehrer verloren gegangen«, sagte ich verstimmt.

Mein Gegenüber lächelte vielsagend. »Ja, ich liebe die Schule. Darum gehe ich auch so gerne hin.«

Verwirrt kramte ich in meinem Hirn herum, welches zur nächtlichen Stunde nach einem Berg Schokolade schrie. Was tat ich nicht alles für ein Date mit Steven!

»Ich glaube, man unterteilt sie in zwei Kategorien«, wagte ich mich vor.

Rumpelstilzchen Junior legte sich den leicht behaarten Finger auf die schmalen Lippen. Dann ließ er seine kleinen Stumpen aufblitzen. »Richtig. Und weiter?«

Ich kam mir vor, als säße ich vor meiner alten, verbiesterten Deutschlehrerin. Sie hatte ungefähr genauso viele Haare am Kinn - und vermutlich auch auf ihrem Körper.

»Die mündlich überlieferten Geschichten, deren Herkunft anonym ist, also für die es keinen Autor gibt, nennt man ›Volksmärchen‹. Wundersame Erzählungen, deren Autor bekannt ist, werden als ›Märchen‹ abgestempelt«, kramte ich aus meinem Gedächtnis hervor.

»Was ist denn charakteristisch für ein Märchen?«, bohrte Rumpelstilzchen Junior weiter. »Zumindest bei den Geschichten, die sich die Menschlinge seit Jahrhunderten erzählen und als Märchen ausgeben«, fügte er hinzu.

Ich verdrehte innerlich die Augen.

Das war ja ätzender als in der Schule. Nur dass diese Situation hundertmal schlimmer war, denn es gab keine anderen Schüler, die mir aus der Patsche helfen konnten.

Leise räusperte ich mich. »Im Märchen gibt es sprechende Tiere, Hexen, Zauberer, Zwerge und Fabeltiere wie Drachen oder Einhörner.«

»Genau, also sind Märchen voll gelogen, denn Einhörner gibt es nicht.«

»Vielleicht eher *frei erfunden*?«, versuchte ich seine Aussage abzuschwächen.

»Nun gut, wenn dich das glücklich macht. Und weiter?«

»Die Geschichten haben immer eine Botschaft, manchmal sogar eine Warnung. Vielleicht erhoffen sich die Erzähler, die Kinder auf die Gefahren der Welt hinweisen zu können.«

Rumpelstilzchen Junior grinste breit. Er legte seine langen Klauen aneinander und nickte auffällig. »Exakt, Emma! Und wer weiß, ob die Gebrüder Grimm nicht eine einzige Geschichte in viele kleine aufgeteilt haben, um etwas mehr zu erzählen zu haben. Und so wurde aus dem Märchen *Rumpelstilzchen* ein weiteres namens *Rapunzel* geboren.«

Sein Bauch knurrte plötzlich so gewaltig, dass ich erschrocken einen Satz nach hinten machte.

Ängstlich blickte ich mich um. Im ersten Moment hatte es wie ein hungriger Wolf geklungen.

»Verzeihung, aber hast du zufälligerweise noch etwas Nervennahrung dabei? Die alte Geschichte macht mich immer so hungrig und melancholisch. Da schreien meine Zellen nach Schokolade«, sagte Rumpelstilzchen Junior verschämt. »Außerdem wühlt es mich auf, wenn ich daran denke, wie Saphira von einem schwarzen Zauber getroffen wurde.«

Ich lächelte zaghaft, wohlwissend, dass mein Blut ebenfalls Nachschub der klebrig-süßen Schokomasse benötigte. »Meine Mom wird nicht begeistert sein, wenn wir ihre

Partyvorräte aufessen. Aber es ist ja ein Notfall.« Ich holte meine aller-aller-aller-allerletzte Tafel hervor.

»Ist das alles?«

»Ich hatte noch eine ganze Tüte voll mit Schokolade im Rucksack. Aber die muss ich wohl verloren haben, als ich vor Ihnen geflüchtet bin.«

Rumpelstilzchen Junior machte ein nachdenkliches Gesicht. »Ich glaube, so eine Tüte liegt noch draußen vor der Hütte. Die war so schwer, als ich dich trug, dass sie aus dem Rucksack gerutscht ist.«

»Soll ich sie holen?«, fragte ich höflich nach.

Mein Gegenüber nickte. »Super Idee! Ich koche uns eben noch einen Tee.«

Unterirdische Muckibude

Exakt dreihundert Sekunden später klopfte ich mit den Partyvorräten meiner Mutter an die Hüttentür. Die Tüte hatte tatsächlich unberührt vor der Waldhütte gelegen.

Leicht außer Atem trat ich von einem Bein aufs andere. Die Tür, so hatte es zumindest Rumpelstilzchens Sohn erklärt, war magisch verriegelt. Es war quasi unmöglich, sie aufzubrechen. Und jeder, der ungefragt hindurchmarschierte, würde allerschlimmste Verbrennungen davontragen.

Ich war mir zwar nicht sicher, ob er tatsächlich über derartige magische Fähigkeiten verfügte, wollte das jedoch in Anbetracht meiner mir heiligen Haut - und meines bevorstehenden Dates mit Steven - nicht ausprobieren.

»Wer da?«, ertönte eine heisere Stimme.

»Emma Valentino«, rief ich gedämpft.

Ich blickte mich um.

Es war stockfinster.

Wolken hatten sich vor den Vollmond geschoben.

Ich kannte die Gegend überhaupt nicht, war noch nie hier gewesen. Meine Lieblingstante machte sich vermutlich ins Hemd, weil ich nicht wieder auftauchte - wo auch immer sie auf mich wartete!

Ich checkte meine Hosentaschen.

Mein Handy war weg.

Ich musste es beim Weglaufen verloren haben.

Mist!

Nun konnte ich ihr nicht einmal eine Nachricht schicken.

Hoffentlich rief sie nicht die Polizei, um nach mir zu suchen. Meine Mom würde wahnsinnig werden und nicht nur die ›*Menschlingswelt*‹, sondern auch gleich noch die gesamte Unterwelt mobilisieren, um mich aufzuspüren.

An der Tür ertönten an verschiedenen Stellen Klopfgeräusche, dann wurde sie geöffnet und - ein Mann blickte mir entgegen.

Erstaunt legte ich den Kopf auf die Seite.

In meinem Großhirn versuchten die Bilder auf bekannte Informationen zu stoßen, doch es schien keine Synapse zu passen.

Wie, zum Henker, war dieser Typ in die Hütte gekommen? Und wo steckte Rumpelstilzchen Junior?

»Hereinspaziert!«, forderte er mich auf.

»Niemals!«

Warum sollte ich zu einem Fremden in die Hütte gehen?

Ich meine, jedes Kind wusste doch, dass man NIEMALS zu Fremden ins Haus gehen durfte, und schon gar nicht in eine verlassene Waldhütte.

Vielleicht war das irgendein durchgeknallter Schlächter!

»Ich glaube, ich warte lieber, bis…Herr Stilzchen wieder da ist«, sagte ich leise.

Ängstlich blickte ich mich um.

Würde es was bringen, wenn ich die Beine in die Hand nahm und wegrannte?

Nee!

Der Typ war doch hundertmal schneller als ich - und kannte sich hier aus!

Ich hatte keine Chance.

Gott, wo hatte ich mich da bloß reingeritten?

Wenn meine Mom davon erfuhr, würde sie mir die Ohren auf außerirdische Länge ziehen.

»Vorsicht ist die Mutter der Porzellankiste, was?«, witzelte der Typ.

»Natürlich, oder glauben Sie, ich erkenne einen Wolf im Kleid der Großmutter nicht?«

Der Mann runzelte die Stirn. Dann grinste er. »Du kennst die Geschichte von meinem Enkelkind?«

»Ihr ENKELKIND?«

Also ehrlich, der Kerl war doch NIEMALS Rotkäppchens Großvater - oder gar der Wolf im Kostüm der Oma!

Wollte der mich verarschen?

Der war bestimmt irgendwo ausgebrochen, wo man medikamentös ruhig gehalten wurde.

Nervös pustete ich mir die Haare aus der Stirn.

»Ja, ich bin der große, böse Wolf!« Mit diesen Worten packte er mich und zerrte mich in die Hütte.

Heiliger Bimbam, der war ja gewalttätig!

Ich versuchte mich loszureißen, aber der Typ war stärker als ein Stier.

Kaum fiel die Tür ins Schloss, machte es ›Plopp‹ und der Körper des Grobians reduzierte sich um die Hälfte. Er bekam nicht nur einen Haufen Haare an jeder nur denkbaren Stelle, sondern auch ein Gesicht, welches doch eher an eine Fledermaus erinnerte, die zum Schreien das spitze Gebiss zeigte.

»Rumpelstilzchen Junior! Warum spielen Sie mir so ein Theater vor? Ich wäre fast tot umgefallen«, rief ich aus.

»Keine Sorge, ich hätte dich wiederbelebt, Mädchen meiner Träume!«

Echt jetzt?

Ich war mir gerade nicht sicher, ob ich wirklich seine Wiederbelebungskünste an meinem Körper hätte ausprobieren wollen - oookay, wenn ich es recht überlegte, war ich mir sicher, dass ich weder seine Eiszapfennase, noch seine Lippen in meinem Gesicht haben wollte - und schon gar nicht seine blutrünstigen Vampirzähne, an denen noch Blutspuren zu sehen waren!

Rumpelstilzchen Junior klopfte sich stolz gegen die Brust.

»Was dachtest du denn, Emma, wie ich die letzten Jahrtausende in eurer Welt überlebt habe? Ich konnte mich ja nicht ewig unterirdisch verstecken, nachdem ich auf der Erde geboren worden war. Ich brauchte etwas zu beißen wie der Rest meiner Familie. Also habe ich mich einer recht leichten Masche bedient: Ich habe mir von einem Feenrich zeigen lassen, wie man sich als Menschling tarnen kann und habe meine Gestalt ebenso verändert wie mein Vater. Meistens laufe ich als Jüngling umher, weil ich die Schule liebe. Manchmal tarne ich mich aber auch als Mann.«

»Was ist ein Feenrich?«

»Na, eine männliche Fee natürlich, Süßilein!«

»Und Sie leben als Mensch getarnt auf der Erde?«

»Ja.« Er streckte die Hand nach meinem Päckchen aus. »Oder glaubst du, Menschlinge sind freundlich gesinnt gegenüber außerirdischen Kleinwüchsigen, die aussehen, als würden sie ihre Kinder fressen?«

SO deutlich hätte ich das nun nicht formuliert!

Denn das ›angeblich dem Teufel zugehörige‹ Männchen, welches in Wirklichkeit ECHT zuvorkommend und höflich war - und lieber Schokolade fraß als kleine Menschenkinder - war TOTAL harmlos.

»Keine Antwort ist auch eine Antwort«, knurrte Rumpelstilzchen Junior und fauchte kurz.

Erschrocken ließ ich die Tüte mit der Schokolade in seine langfingrigen Hände fallen.

»Ich denke nicht, dass Sie Kinder fressen«, sagte ich eilig. »Ich bin nur manchmal etwas langsamer im Denken und habe deshalb nicht ganz so schnell geantwortet.«

Rumpelstilzchen Junior stemmte die Hände in die Hüften und grinste breit. »Ich kann zufälligerweise Gedankenlesen, Schätzchen. Aber deine Gedankengänge sind in der Tat manchmal derart langsam, dass die Worte so weit auseinandergezerrt sind, dass ich deinen Gedanken nicht folgen kann.«

»Ach! Wirklich?«

SCHEISSE, der konnte ernsthaft Gedankenlesen?

Rumpelstilzchen Junior winkte ab. »Ich nehme es dir nicht übel. Ich habe Menschlinge getroffen, die haben NOCH langsamere Gedanken gehabt als du. Oder schlimmere. Du findest mich ja immerhin noch süß.« Er zwinkerte mir aufreizend zu.

Ich sollte dringend meine Gedanken kontrollieren, nicht dass er mir noch ein Rendezvous anbot, schließlich war ich in Steven verliebt!

Ein leichter Schweißfilm machte sich auf meiner Stirn breit. Der Typ baggerte mich nicht an, oder?

»Natürlich würde ich NICHT mit dir ausgehen. Ich falle Steven doch nicht in den Rücken.« Er stopfte sich Rapunzel, Teufelskralle und etwas Nachtkerzenblütenblätter in einen der Schokoladenhohlkörper aus der Tüte und biss herzhaft hinein. »Willst du probieren? Macht männlich.«

»Nein, danke«, sagte ich naserümpfend. »Das sieht nicht so aus, als wenn ich das vertragen würde.«

Rumpelstilzchen Junior lachte leise. »Ihr Menschlinge seid auch echte Weicheier. Was ihr alles nicht vertragt, geht ja kaum auf eine Kuhhaut.«

»Wir haben nun einmal empfindliche Mägen«, verteidigte ich meine Spezies.

»Es gibt doch nichts über Schokolade! Wenn ihr Menschlinge eines versteht, dann ist es die Herstellung fettmachender, ungesunder Süßigkeiten.«

Na, super!

Vielen Dank für die Verdeutlichung der gesundheitlichen Eigenschaften meiner Lieblingsspeise - da wird mir der nächste Happen Schokolade doch gleich viel besser schmecken mit einem Riesenrucksack an schlechtem Gewissen!

Schmatzend machte sich Rumpelstilzchen Junior über meine Mitbringsel her und erzählte weiter mit vollem Mund.

♛ ♛ ♛

Einige Lichtjahre vor der Geburt von Prinzessin

Anna gab es auf dem weit entfernten Planeten Violentia in der Schwarzen Galaxie eine Königsfamilie mit drei Kindern. Der jüngste Prinz und Thronfolger mit dem Namen 13-003 war ein Rebell.

Das war außergewöhnlich, denn Violentianer waren friedlich und gehorsam. Sie stritten niemals und das Wort ›Kampf‹ kam in ihrem Wortschatz nicht einmal vor.

Statt Königskunde hatte der Prinz heimlich Physik studiert und sich eine eigene Raumkapsel gebaut. Statt die für ihn vorgesehene Prinzessin Krustine zu ehelichen, traf er sich heimlich mit Saphira, dem schönsten Mädchen vom Nachbarplaneten, obwohl auf die Verbindung unterschiedlicher Galaxiebewohner lebenslange Haftstrafe stand.

Eines Tages schwor der Prinz seiner Auserkorenen den Bund der Ewigkeit und gab sich damit der Gefahr eines qualvollen Todes hin.

Feldjäger kamen ihnen auf die Schliche. Sie trennten die Liebenden und inhaftierten beide auf ihren Planeten im tiefsten Kerker der Königshäuser. So vegetierten sie jahrelang unter Seelenqualen in Gefangenschaft vor sich hin, bis eine Naturkatastrophe sie retten sollte.

Der Tag kam, an dem die rote Sonne aus ihrer Bahn geworfen wurde und den Zwillingsplaneten gefährlich nahe kam. Der Untergang rückte stündlich näher. Der Prinz, von seinem Bruder 13-001 und seinem Cousin 12-009 über alle Maßen geliebt, wurde aus dem königlichen Kerker befreit und konnte gemeinsam mit ihnen fliehen.

Da der Prinz 13-003 wusste, dass er ohne Saphira kein neues Leben auf einem anderen Planeten würde beginnen können, ließ er sich mit der Einmann-Rettungskapsel auf dem Nachbarplaneten Violentioni absetzen, um seine geliebte Saphira zu retten.

♛ ♛ ♛

Rumpelstilzchen Junior stutzte, als er bei einer Tafel Zartbitterschokolade angelangt war. »Was ist das für ein dunkles Zeug?« Er drehte die Schokolade in alle Richtungen und hielt sie schließlich ins Licht. »Kann man das essen?«

»Das ist hochprozentige Schokolade mit einem Kakaoanteil von achtzig Prozent«, sagte ich stolz über meine Errungenschaft. Ich hatte sie in letzter Sekunde einem Opa vor der Nase weggeschnappt, der daraufhin so grimmig geguckt hatte, als wenn ER kleine Kinder fressen würde.

Rumpelstilzchen Junior versah mich mit einem kritischen Seitenblick. »Willst du mich damit vergiften?«

Ich versuchte, ein Grinsen zu unterdrücken, was mir natürlich nicht gelang. »Seit wann kann man ein Lebewesen mit gesunden Lebensmitteln ›vergiften‹?«

Goldmonsterchen Junior schnalzte verächtlich mit der Zunge. »Man sieht, dass du nicht Medizin studiert hast.«

»Nein. Meine Familie ist eher auf dem Fachgebiet von Schafwolle anzutreffen«, sagte ich entschuldigend.

»Wolle?« Das kleine Männchen sah mich interessiert an.

«Ja. Ich liebe Wolle. Ich lebe ja auf einer Schaffarm. Und meine Mom hat dort ein Wollstübchen. Ich kann einfach an keinem Schaf vorbeigehen.«

Rumpelstilzchen Junior lachte dreckig. »Das kann ich auch nicht. Allerdings sauge ICH ihm das Blut aus. Die Wolle ist mir schnurpspiepegal.«

»Pfui, echt jetzt?«, fragte ich reichlich angewidert. »Sie saugen Tieren das Blut aus dem Körper? Wozu?«

Nun war ich mir hundertpro sicher, dass ich von ihm NICHT wiederbelebt werden wollte! Vermutlich würde er bei der Beatmung lauter wollige Blutkörperchen in meine Lungen pusten.

Das Auslutschen von Schafen erinnerte mich an eine hässliche Begegnung mit Anastasia. Es war kurz vor Ostern, als meine Erzfeindin plötzlich auf der Schaffarm meiner Nebeneltern, also Onkel Riley und Tante Ella, auftauchte, weil sie ein Osterlamm kaufen wollte.

Ich durfte mir einmal im Jahr ein Lamm aussuchen, welches nicht zur Schlachtbank musste, und es auf meine eigene kleine Weide stellen. Dort standen bereits zehn Schafe, die ich über die Jahre gerettet hatte.

Mein diesjähriges Osterlämmchen taufte ich ›Rumpel‹, weil es so herrlich hässlich gewesen war. Es hatte, im Gegensatz zu den anderen Schafen, schwarze Ohren, eine schwarze Nase und schwarze Beine, von denen zwei sogar mächtig krumm waren. Es eierte total unsicher durch die Herde, niemand wollte es haben, aber ich liebte es vom ersten Augenblick an. Es erinnerte mich ein bisschen an mich, denn ich hatte es dank der Mobbingattacken von Anastasia und Co. auch sehr schwer in der Schule. Ich hatte mich in mein Schneckenhaus zurückgezogen und ließ kaum noch jemanden an mich heran. Steven himmelte ich von Weitem an und getraute mich nur selten, ihn anzusprechen, weil ich stets Gefahr lief, von Anastasia attackiert zu werden. In der Schulkantine saß ich bei den Nerds und atmete jedes Mal erleichtert aus, wenn ich mein Mittagessen in Ruhe hatte essen dürfen, ohne Soße übers Haar geschüttet zu bekommen oder Schokoladenpudding aufs T-Shirt.

Als ich also kurz vor Ostern meinen ›Rumpel‹ abholen und auf meine Weide bringen wollte, war er weg.

Voller Panik suchte ich die sechs Herden ab, die meine Nebeneltern als Großzüchter besaßen, doch mein kleiner Hässling war wie vom Erdboden verschluckt.

Als ich zum Hofladen kam, stand dort Anastasia und kuschelte mit…genau: Rumpel.

»Emma, Liebes, was ist passiert? Du siehst aus, als hättest du ein Gespenst gesehen«, kam mir meine Tante entgegen.

»Tante Ella, was macht SIE da mit MEINEM Schäfchen?«

»Sie hat es gerade gekauft, mein Schatz!«

»Aber…« Tränen stiegen mir in die Augen.

Tante Ella streichelte meinen Arm. »Suche dir doch bitte ein anderes Schaf aus! Das ist doch ohnehin missraten.«

Ich schüttelte den Kopf. »Das ist mein Osterlamm«, wisperte ich. Ich wollte mir vor Anastasia nicht die Blöße geben und anfangen zu heulen, aber genau das tat ich.

»Das ist mein Schaf. Gib es mir zurück! Du musst dir ein anderes Lamm aussuchen«, wagte ich mich zaghaft vor.

Anastasias Mund verzog sich zu einem fiesen Lächeln.
»Emma, keine Chance! Ich habe es gekauft. Es gehört
mir. Und nächsten Samstag liegt es auf meinem Teller.«
Sie beugte sich vor. »Wenn du allerdings versprichst, Ste-
ven für immer in Ruhe zu lassen und ihn NIE WIEDER
anzusprechen, lasse ich dein Schaf in Ruhe.«
»Aber…«
Ich sollte mein Herz verraten?
Mich entscheiden zwischen meiner großen Liebe und
meinem knuddeligen Lämmchen?
Anastasia lächelte mich an und hatte dem Lamm mit einer
Bewegung den Hals umgedreht.
Ich machte auf dem Absatz kehrt und verbuddelte mich
tagelang in meinem Zimmer. Ich wollte niemanden mehr
sehen, weder meine Klassenkameraden, noch meine Familie. Sie alle hatten mir den Buckel runterrutschen können.
Um mich von dem Gedanken abzulenken, bat ich Rum-
pelstilzchen Junior, weiter zu erzählen.

♛ ♛ ♛

*P*rinz 13-003 verließ seine Kapsel.

Die Zeit saß ihm im Nacken.
Auf Violentioni herrschte bereits ein heilloses Durcheinan-
der. Chaos war unter der Bevölkerung ausgebrochen, denn
die rote Sonne war schon sehr weit vorgerückt.
Voller Panik suchte der Prinz seine Geliebte.
Im Schloss fand er sie schließlich vor dem aufgebrochenen
Kerker. Atemlos fiel er vor ihr auf die Knie. Sie war
umgeben von einer Schar Kinder, doch das bemerkte er
zunächst nicht.
»Liebste, komm, uns bleibt kaum noch Zeit!«

»Und was passiert mit all den Kindern?« Saphira deutete auf sieben Violentionis. Eilig scheuchte sie sie die Treppe hinauf in die Abflughalle, in der nur noch eine große Raumkapsel stand.

Das Herz wurde dem Prinzen schwer beim Anblick der großen Kinderaugen. Ihre kleinen Körper zitterten vor Angst. Dicht aneinander gedrängt suchten sie Halt.

»Was hast du vor?«, fragte er seine Auserwählte erschrocken.

»Sie retten.« Saphira scheuchte die Kinder in die letzte Flugkapsel, stellte den Autopiloten ein und schloss das Verdeck.

»Was tust du da? Warum begleitest du die Kinder nicht?«

»Für mich ist kein Platz mehr an Bord.«

Starr vor Schreck sah der Prinz, wie die Kapsel vom Boden abhob und die Abflughalle verließ.

♛ ♛ ♛

»Ich komme gar nicht darüber hinweg, dass Sie Blut trinken«, platzte ich dazwischen.

Mein Interviewpartner schnitt eine Grimasse. »Süßilein, ich muss doch irgendetwas trinken, um mich zu stärken.«

DAS erklärte natürlich die vielen gerissenen Schafe in letzter Zeit! Das waren keine Wildtiere, da hatte Rumpelstilzchen Junior seine Blutsaugerbeißerchen im Spiel gehabt. Nur gut, dass er meinen Schafkindergarten verschonte!

»Ich wusste gar nicht, dass Sie den Beruf des Vampirs ausüben«, versuchte ich zu witzeln.

Rumpelstilzchens Sohn blitzte mich an. »Das findest du witzig, oder?«

Ich gluckste. »Irgendwie schon. Ist es das nicht?«

Mein Gegenüber schüttelte seinen Fellschädel. »Nee. Ich würde auch lieber Limonade zu mir nehmen. Aber davon verklebt mein Blut und stärker werde ich dadurch auch nicht.«

»Sie werden stark vom Blut?«, platzte ich heraus.

»Stärker als ›Superman‹. Willste 'ne Kostprobe? Dann kann ich dir gleich zeigen, welches Traditionsunternehmen ich von meinem Vater übernommen habe«, sagte der Junior und wackelte mit den riesigen Augenbrauen.

»Wie sieht die Kostprobe denn aus?«, fragte ich mutig, obwohl mir das Herz bis in den Hals hinauf pochte.

Rumpelstilzchen Junior winkte mich mit sich. »Eigentlich wollte ich dir meine Firma erst nach dem Interview zeigen, aber ich kann es auch genauso gut jetzt tun. Komm, ich zeige dir, wie wir Violentianer uns hier auf der Erde die Zeit vertreiben!«

Wir traten durch eine Hintertür ins Freie.

Nun, zumindest dachte ich, wir würden ins Freie treten. Wenn man erfahrungsgemäß eine kleine Waldhütte betrat, die inmitten einer schönen Waldlichtung stand, ging man als logisch denkender Teenager automatisch davon aus, dass man beim Verlassen des Gebäudes auch wieder auf derselben Waldlichtung landete.

Aber nein!

Wir betraten natürlich NICHT die Waldlichtung.

Die Hintertür führte direkt in…genau: die Unterwelt - oder vielmehr in das Fitnessstudio der Unterweltbewohner.

Der Anblick war in höchstem Maße beängstigend, schlimmer als jeder Horrorstreifen.

Es war nicht so, dass Fitnessgeräte, an denen Menschen ihre Muskeln schmiedeten, angsteinflößend waren.

Das waren sie definitiv nicht!

ABER an DIESEN Geräten standen keine Menschen!

Sie waren bevölkert von den merkwürdigsten Gestalten, die je ein Mensch zu Gesicht bekommen hatte - oookay, wenn ich ehrlich war, würde ich sagen, DIESE Gestalten hatte noch NIE ein Mensch zu Gesicht bekommen.

»Vorsicht!«, rief Rumpelstilzchen Junior und wich einer schlangenartigen Gestalt aus, die zischend zu seinen Füßen lag und mit mehreren Sandsäcken versehen war. Ihre glänzende Haut war giftgrün und trug blaue Kreise.

»Was wird das, wenn es fertig ist?«, platzte ich gedankenlos heraus.

»Hassst du dem Menschling erlaubt, mich anzusssssprechen?«, zischte das Viech. Die blauen Ringe auf der Schlangenhaut verformten sich zu Sternen, die rot aufleuchteten.

Boah, waren das etwa Wutflecken?

Ehrfürchtig wich ich wenige Zentimeter nach hinten weg, natürlich darauf bedacht, nicht dem nächsten obskuren Unterweltsprodukt auf die Füße zu latschen - oder auf den fußlosen Körper.

Rumpelstilzchen Junior winkte ab. »Reg dich ab, Stromella! Mach deine Übungen, damit du groß und stark wirst!«

Die Zacken wurden gelb und das Ding mit dem komischen Namen zog von dannen - so schnell es eben mit einem Haufen Sandsäcken ging.

»Was war das für ein Viech?«, fragte ich leise.

Rumpelstilzchen Junior blieb stehen und winkte mich zu sich herunter.

Ich beugte mich vor, so dass er mir die Antwort ins Ohr flüstern konnte. »Stromella ist eine Botschafterin. Sie lebt unter euch Menschlingen als Eidechse und ist Berichterstatterin für die Unterwelt.«

»Wozu braucht die Unterwelt«, falls es diesen obskuren Ort nicht nur in meiner Phantasie gab, »eine Botschafterin? Was möchten die Wesen denn von uns erfahren?«

Das linke Auge meines Gegenübers vergrößerte sich gefährlich. Missbilligend schnalzte er mit der Zunge.

»Emma, Liebes! Fragst du mich das ernsthaft? Nutzt du wirklich mehr als zehn Prozent deiner Hirnzellen?«

Boah, DEN vorwurfsvollen Ton kannte ich nur allzu gut! Den hörte ich ständig von meiner Großmutter Ilse.

»Ja«, sagte ich also in dem gewohnt dumm-liebevollen Tonfall, den ich auch meiner Oma gegenüber anschlug.

»Ihr Menschlinge seid ein kriegerisches Völkchen! Schlimmer noch als die Marsianer. Und die sind schon kampfbereit. Darum müssen wir gewappnet sein, falls die Menschlinge kurz davor sind, diesen Planeten zu zerstören«, erklärte Rumpelstilzchen Junior.

»Wollen Sie mir etwa weismachen, dass Sie die Menschen aufhalten könnten?«, fragte ich ungläubig.

»Natürlich. Dein hitziges Menschlingsvolk ist uns gar nicht gewachsen, Schätzchen!«

»Zum Glück sind ja nicht alle Menschen unverträglich. ICH für meinen Teil bin äußerst friedlich, ja sogar ziemlich harmoniesüchtig.«

»Und darum bist du auch so was von unwichtig in der Kette der Menschlingsstörenfriede, Madam!«

Also, als >unwichtig< hätte ich mich nun nicht gerade bezeichnet. Das kratzte dann doch an meinem Ehrgefühl.

»Du bist ja auch eine Frau, Schätzchen«, sagte ein Venusgeschöpf neben mir. Ich erschrak, denn sie war einfach aus dem Nichts aufgetaucht.

OMG[1], die hatten MENSCHEN hier unten eingesperrt?
Ich war schockiert, zumal die Frau an Schönheit nicht zu
übertreffen war.

Wahnsinn!

Wenn ICH so aussehen würde, wäre ich das begehrteste
Mädchen des ganzen Universums und müsste keine
Zwangsaufsätze über Märchen schreiben, um ein Date mit
dem Schwarm der Schule zu bekommen.

Steven würde mich ANFLEHEN, mit ihm auszugehen!

Die Frau zwinkerte mir aufreizend zu und veranlasste
mein vergebenes Herz zu einem Aufregungshüpfer. Es
pochte bis in meine Halsader hinauf. Ich war so beeindruckt von ihr, dass mein Atem ganz flach wurde.

»Ich bin kein Mensch, Süße! Ich bin eine Nymphe. Genauer gesagt, ein Baumgeist.«

Herr im Himmel, konnten denn alle komischen Lebewesen hier unten Gedanken lesen?

Gab es denn überhaupt keine Privatsphäre mehr?

»Dann spionieren Sie auch die Menschen aus?«, fragte
ich.

»Nein, ich sorge dafür, dass einige von euch mal runter-
kommen von ihrem übersteuerten, aggressiven Hormon-
haushalt«, konterte die Schöne.

Mann, sie war wirklich krass!

Ihre großen Augen, umrahmt von dunklen Seidenwim-
pern, erinnerten an den Tiroler Drachensee, so tiefblau
waren sie. Ihr glänzendes Goldhaar war zu einem Zopf
geflochten, der sexy über ihre Wespentaille und die üppi-
gen Brüste floss. Und ihr Popo war schmal - im Gegensatz zu meinem.

---

[1] OMG = Oh mein Gott!

DIESEN Baumgeist durfte man sicherlich nicht gefahrlos auf die Männer da oben loslassen, ohne tatsächlich einen Krieg zu riskieren.

Holla, die Waldfee!

Was war das bitte für eine Granate!

»Du kennst ihren Namen?«, fragte der Junior überrascht.

»Tue ich das?«

Mein Gegenüber nickte. »Du hast doch gerade ›*Holla, die Waldfee*‹ gedacht, oder nicht?«

»Ja«, Mr Elendiger-Gedankenschnüffler.

»Siehst du, also kennst du ihren Namen, denn ›*Holla, die Waldfee*‹ ist ihr Name.« Der Fellprinz deutete mit einem Finger auf den Baumgeist.

Was mich wiederum gleich zu der Frage führte, warum es für den weiblichen Geist keine grammatikalische Entsprechung gab. Oder gab es eine ›*Geisterin*‹ oder etwa eine ›*Geistin*‹?

Ich sollte vielleicht wirklich mehr als zehn Prozent meiner Synapsen beanspruchen. Ich meine, allein für DIESEN Geist der Schönheit lohnte es sich jawohl, auch einen entsprechenden Namen für weibliche Geister zu erfinden.

Mir tropfte der Zahn und ich stand auf Jungs!

Wenn ich diesem Exemplar der Schöpfung noch weiter in die Augen sah, würde ich mich ihr vermutlich an den Hals werfen und ihr einen Heiratsantrag machen.

Holla, die Waldfee, lächelte mich plötzlich breit an und entblößte eine Reihe gerader Zähne, die so weiß waren, dass ich sie am liebsten abgeschleckt hätte.

»Fühlst du dich harmonisiert?«

»Von Ihnen?« Mir rutschte die Zunge aus dem Mund, als hätte jemand Gewichte dran gehängt. »Jooooaaah!«

Aber so was von!

Wenn sie mich weiterhin so anlächelte, würde ich anfangen zu hecheln und sie anflehen, mich ins nächste Unterweltbett zu entführen - dabei wollte ich meinen ersten Kuss doch unbedingt von Steven haben!

Ich atmete tief ein - obwohl es in der unterirdischen Muckibude recht absonderlich roch.

Von ›*Frischluft*‹ konnte hier nicht gerade die Rede sein.

Nun ja, wie denn auch, wir befanden uns schließlich einige Meter UNTER der Erdoberfläche, weit entfernt von gesundem Sauerstoff.

»Natürlich von mir.« Holla, die Waldfee, streckte ihre Hand nach mir aus und berührte meine Haut. Goldfunken sprühten augenblicklich zwischen uns hin und her - oder bildete ich mir das nur ein?

Rumpelstilzchen Junior bemerkte die Funken und verdrehte die Augen. »Auch das noch! Liebessternchen.«

OMG - ich war der Waldfee verfallen!

Mit Haut und Haaren.

Ich würde es - zumindest in diesem Leben - nicht mehr schaffen, diesen Ort je wieder zu verlassen, um zu meiner Familie zurückzukehren.

Morgen würde überall in der Zeitung stehen:

›*Mädchen während des Interviews mit Rumpelstilzchens Sohn auf mysteriöse Weise verschwunden*‹.

Oder ein ganz spitzfindiger Journalist würde schreiben:

›*Sie entdeckte die unterirdische Muckibude der einzig wahren Horrorgestalten und bezahlte die Entdeckung mit ihrem Leben*‹.

Trotzdem breitete sich ein wohliges Gefühl in mir aus.

Ich wollte nur noch eins: Mich ultrafest von Holla, der Waldfee, umarmen lassen.

Der schöne Baumgeist wandte sich mir ganz zu und eine hundsgemeine Schlange der Leidenschaft rauschte mir durch den Leib, verteilte ihr Gift und ließ es bis in meine Zehenspitzen fließen, die fast zu platzen schienen von dem kribbelnden Druck.

Sie breitete die Arme aus.

OMG, gleich sterbe ich, war mein letzter Gedanke, als sich ihre Arme um mich schlossen.

Erwartungsvoll stand ich da, doch nichts passierte. Ich blieb stehen, mein Herz schlug weiter und ich war quicklebendiger, als ich es vermutlich je gewesen war.

Zu allem Überfluss drückte sie mir nun auch noch einen Kuss auf die Stirn und verarbeitete damit meine Knie zu Pudding.

Unschuldig lächelte sie mich an, als sei überhaupt nichts passiert. »So, Süße, und nun wirst du, von der Muse geküsst, wahre Wunder unter den Menschen vollbringen! Wir werden noch Großes von dir hören. Von dem heutigen Tage an werde ich deine Schutzpatronin sein und ein besonderes Augenmerk auf dich haben. Niemand wird sich dir je wieder in den Weg stellen.«

Augenblicklich dachte ich an Anastasia und ihre Mädchengang, die keine Gelegenheit ausließen, um mich fertig zu machen.

Was würde ich darum geben, damit die vier Tussis über dem Höllenfeuer schmorten!

»Pass auf, was du denkst, Emma«, warnte Rumpelstilzchen Junior, der natürlich wieder in meinem Kopf herumgestöbert hatte.

Holla, die Waldfee, lächelte vielsagend. »Süße, die vier Trullas werden dich nie wieder belästigen. Das ist ein Versprechen!«

Ich schluckte.

Meine Knie waren schon kein Pudding mehr, sie waren zur zerflossenen Schlagsahne mutiert. Mein Puls hatte unerlaubte dreitausendachtzig Schläge die Minute erreicht und ich hätte ihr in meiner momentanen Gefühlslage den blauen Himmel in die Unterwelt geholt.

»Heirate mich«, sagte ich leise.

Äh, hatte ich das wirklich gerade gesagt?

Was war mit mir los?

Ich wollte doch Steven!

Und ich war gerade mal vierzehn.

Das war kein Alter zum Heiraten!

Holla, die Waldfee, lächelte und gab mir einen weiteren Kuss. Dabei berührte ihre Zungenspitze versehentlich - oder auch voll mit Absicht - meine Nasenspitze, was mich komplett umhaute.

Ich fiel prompt in Ohnmacht und wurde kurz darauf von lautem Schimpfen aufgeweckt. »Holla, du musst es aber auch IMMER übertreiben! Wieso schmeißt du dich nicht mal an die MÄNNLICHEN Menschlinge heran, so, wie du es mit den Damen der Schöpfung tust? Du weißt doch, dass ein Zungenschlag mehr positive Energie überträgt, als ein Menschling aushalten kann.«

Ich öffnete ein Auge und sah, wie Holla, die Waldfee, verärgert beide Arme verschränkte. »Du gönnst mir aber auch gar keinen Spaß, was? Schlimm genug, dass ich zwischen den Welten pendeln muss! Nein, ich soll auch noch verschwitzte MÄNNER besänftigen und abschlecken, damit sie ihren Hormonspiegel senken. Dabei schmecken die Mädels VIEL aromatischer. Sie riechen süßer und sind durch ihre wunderschönen Rundungen einfach besser anzupacken. Was soll ich mich da mit der männlichen Variante abgeben, die so verdammt aggressiv und kriegerisch ist?«

Rumpelstilzchen Junior stöhnte leise. »Genau das ist aber deine Aufgabe, Holla! Du bist da, damit du eben die Männer unter den Menschlingen besänftigst, auch wenn du ein Faible für Frauen hast. So, und nun zisch ab! Sonst flüchtet Emma noch in die Unterwelt, um bei dir zu sein. Und dann erfährt niemand von den wahren Heldentaten meines Vaters, weil sie hier unten elendig krepiert.«

»Ich hätte nichts dagegen, wenn sie hier bleibt. Weißt du, wie süß Mädchen schmecken, die Schokolade lieben? Mmh, Emma ist ein Schokoholic. Riech doch nur, wie verführerisch sie duftet!« Holla, die Waldfee, beugte sich vor und zwinkerte mir dabei zu. »Ich weiß, dass du wach bist, Schätzchen! Aber wenn es nach mir ginge, könntest du dich noch länger schlafend stellen. Dann habe ich einen Grund mehr, dir die Schokoladenspuren von der Lippe zu lutschen.« Sie wollte ihre Lippen auf meine legen, aber der Juniorchef der Muckibude ging dazwischen. »Gut, das reicht, Holla! Emma ist wach.« Rumpelstilzchen Junior riss sie von mir herunter und fast hätte ich ihm dafür eine gescheuert.

Wie konnte er so ungnädig sein, und meine aller-aller-allerliebste Baumgeisterin von mir wegreißen, die mir gerade einen aller-aller-allerbesten Energiekuss verabreichen wollte?

Voller Empörung richtete ich mich auf. »Prinz 14-002, ähm, Gotthorst, wie können Sie es wagen, Holla so brüsk zu behandeln? Wir sind quasi verlobt!«

Rumpelstilzchen Junior blickte mich ungläubig an, dann legte er mir eine Hand auf die Stirn. »Ich glaube, der

Mangel richtiger Sauerstoffdosierung sorgt für Halluzina-
tionen, Emma! Oder für Fieber. Ihr Menschlinge überhitzt
ja so schnell. Darum kann man euch auch nicht lange in
der Unterwelt herumführen. Wir sollten geschwind weitergehen, damit ich dir noch zeigen kann, was ich dir zeigen wollte. Die Welt soll wissen, was ich hier tagtäglich
leiste.«
Widerwillig rappelte ich mich vom Boden auf.
Holla, die Waldfee, wich nicht einen Zentimeter von meiner Seite - was mir natürlich außerordentlich gut gefiel.
»Komm jetzt«, sagte Rumpelstilzchen Junior ungeduldig.
»Ja, ja, ich komme ja schon. Aber Holla kommt mit«, sagte ich mit Bestimmtheit und lächelte meinen Baumgeist
verliebt an.
Holla, die Waldfee, ergriff meine Hand und brachte sämtliche Zellen in mir zum Singen. »Mit dem größten Vergnü-
gen, Schokoschnute!« Sie zwinkerte mir zu und sorgte für
kurze Herzrhythmusstörungen.
Rumpelstilzchen Junior verdrehte die Augen. »Also gut,
wenn es denn sein muss...«
»Es muss«, sagte ich entschlossen.
»Aber nur, bis ich mit der Reparatur fertig bin«, beharrte
Rumpelstilzchen Junior.
Holla, die Waldfee, drückte meine Hand.
Hatte ich erwähnt, dass Liebe das Schönste aller Gefühle
war? Mein Herz gehörte für immer und ewig dieser be-
zauberndsten aller Baumgeisterinnen.
»Ich werde dich nie wieder verlassen«, versprach ich ihr.
Holla, die Waldfee, küsste meine Hand und löste wahre
Glücksgefühle in mir aus. »Das wäre mir sehr recht, süßes
Schokomädchen!«
»Das werden wir ja sehen«, knurrte Rumpelstilzchen Junior.
»Beim Luzifer, dass Weiber immer so romantisch sein

müssen! Schrecklich!« Kopfschüttelnd winkte er uns mit sich.

Plötzlich donnerte es neben uns, dass mir fast das Herz stehenblieb.

Herr im Himmel, ging das nicht ETWAS leiser?

Ich war auf dem Gipfel der Verliebtheit!

Eine Gruppe von sechs Minotauren hatte ein extrem großes Gewichtssystem angehoben und versehentlich fallen lassen, was die ganze Erde zum Beben brachte.

»Jungs, könnt ihr nicht aufpassen? Nun haben wir wieder ein Erdbeben großen Ausmaßes unter den Menschlingen ausgelöst. Beim letzten Mal hat es schon so viele kaputte Häuser und verletzte Menschlinge gegeben«, schimpfte Rumpelstilzchen Junior laut.

Die stierähnlichen Kraftprotze hoben zerknirscht die muskulösen Arme und entschuldigten sich. »Sorry, Rumpelstilzchen! War keine Absicht.«

Rumpelstilzchen Junior verdrehte die Augen. »Beim Gott der Unterwelt, die Jungs sind wahre Kraftkünstler, aber geschickt sind sie nicht gerade. Ständig lassen sie ihre Gewichte fallen und sorgen für irdische Katastrophen.«

»Echt jetzt? Die Erdbeben kommen durch Unachtsamkeit in Ihrer Muckibude?«, platzte ich heraus. »Und ich dachte bisher, die kommen durch das Aufeinanderprallen der Erdplatten.«

Rumpelstilzchen Junior blieb stehen und musterte mich kritisch. »Muckibude? Glaubst du, wir trainieren hier zum Spaß? Was meinst du, wer die Erdplatten unterirdisch im Gleichgewicht hält?«

Ich schaute mich vorsichtig um. »Joooaaah, Spaß war mein erster Eindruck. Aber offensichtlich ist das ETWAS mehr als nur eine Muskelschmiede. Aber Sie wollen mir doch nicht ernsthaft erzählen, dass SIE die Erdplatten kontrollieren, oder?«

»Schätzchen, wir sorgen hier für das irdische Gleichgewicht und ein stabiles Magnetfeld! Wenn wir hier unten keine Gewichte stemmen, gibt es eine astreine Polverschiebung und eure Welt steht schneller Kopf, als du Schokolade futtern kannst«, erklärte der kleine - auf der Erde geborene - Außerirdische.

»Wirklich? Der Nordpol würde zum Südpol wandern?«

Mein Papa behauptete immer, dass das eine Verschwörungstheorie sei. Wie sollte das auch gehen? Würde sich dann die Erde einmal um sich selbst krempeln?

»Ja, genau. Und nun komm! Du wirst nicht mehr lange hier unten atmen können, ohne dass du halluzinierst.«

Ich glaube, das tat ich bereits.

Wir passierten mehrere einäugige Viecher, die wirklich einer dringenden Schönheitsoperation bedurften.

DIE konnte man NICHT auf die Straße lassen - allerdings kam hier unten jeder Gruselfan voll auf seine Kosten!

Plötzlich schoss eine Gestalt aus einer Felsspalte und blitzte mich höchst unfreundlich aus drei neongrünen Funkelaugen an. »Ein Menschling? Hier?«

Rumpelstilzchen Junior legte ihm eine Hand auf die muskulöse Schulter. »Ich muss nur meine Kräfte unter Beweis stellen, Heinz. Lass sie bitte passieren!«

Heinz?

HEINZ?

Hatte er gerade ernsthaft ›*Heinz*‹ gesagt?

Dieses dreiäugige Monster trug einen MENSCHLICHEN Namen aus der Steinzeit?

Ich glaube, den nächsten ›*Heinz*‹ oberhalb dieser Gleich-gewichts-Magnet-Muckibude werde ich mit anderen Au-gen betrachten!

Holla, die Waldfee, legte ihren Arm um meine Schultern. Wohlig drückte ich mich in ihre Armbeuge, denn Heinz kam mir bedrohlich nahe - und wo wir schon von ›*kriege-risch*‹ sprachen, er war ein Paradebeispiel dafür!

Er beugte sich vor und berührte mit seiner Hässlingsfratze fast meine Nasenspitze.

Augenblicklich rutschte mein Gesicht an die Brust von Holla, der Waldfee, die daraufhin sogleich den zweiten Arm schützend um mich legte.

Wütend funkelte sie das dreiäugige Heinz-Wesen an.

»Wage es nicht, meinen Schützling auch nur anzuhau-chen!«

»Keine Sorge, niemand legt sich mit dir an, Holla! Und warum sollte ich ihren Tod wollen? Auch wenn es reichlich verführerisch wäre, einen Menschling weniger beaufsichti-gen zu müssen«, knurrte Mr Dreiauge.

Alter Schwede!

Dieser Typ konnte Menschen ›*TOTHAUCHEN*‹?

Wenn die Situation nicht so furchteinflößend gewesen wäre, hätte ich lauthals losgelacht. Aber in Anbetracht der leichten Überzahl an magisch versierten, ziemlich hässli-chen Wesen mit extrem tödlichen Fähigkeiten unterdrück-te ich jeglichen Impuls.

Die Umarmung von Holla, der Waldfee, stimmte mich zudem erstaunlich heiter. Heinz konnte mir also mit sei-nem Todesatem mal kräftig den Buckel runterrutschen.

Gott, ich liebte Holla jetzt schon abgöttisch!

»Kann er wirklich Menschen mit seinem bloßen Atem töten?«, fragte ich leise und dachte augenblicklich an

Schulkantinenessen-Sportunterricht-Anti-Rendezvous-Stinkekäse-Atemausstöße.

»Sozusagen. Heinz sorgt für tödliche Stürme«, erklärte Holla, die Waldfee, abfällig. »Dabei zerstört er gerne mal ein paar meiner Behausungen. Aber Bäume sind dir ja nicht so wichtig, nicht wahr, Heinz?«

Der Dreiäugige zuckte lässig mit der Schulter. »Es gibt genug davon auf der Erde. Und den Rest holzen die dummen Menschlinge schon selbst ab. Was wiederum besser für mich ist, denn so habe ich eine herrlich freie Fläche für meine Stürme, Tornados und die anderen coolen Jungs!«

Das wurde jetzt KEINE Umweltdebatte, oder?

Und was bitte waren ›andere coole Jungs‹?

Etwa Orkane, Hurrikane, Taifune und Co.?

Steckten da irgendwelche magischen Wesen dahinter, die sich nur als Mega-Naturgewalt tarnten?

Warum hatte sich DAS noch nicht herumgesprochen?

»Ja«, antwortete Rumpelstilzchen Junior, »ich sehe, trotz Sauerstoffmangel nutzt du mehr als zehn Prozent deiner Hirnmasse.«

Heinz knurrte mich wütend an. »Plaudere das in deiner Welt bloß nicht aus, Blondi, sonst lernst du mich kennen!«

Ich wüsste jetzt nicht, wer mir so eine abstruse Geschichte hätte abnehmen sollen, aber vorsichtshalber nickte ich erst einmal. Er konnte beruhigt sein - sein Geheimnis war bei mir in den besten zehn Prozent Hirnmasse aller ›Menschlinge‹ aufgehoben.

»Geh und hüte das Tor zur Unterwelt, Heinz! In einer Stunde musst du doch eh wieder den nächsten Sturm loslassen. Ruh dich bis dahin aus und lass meinen Schützling in Ruhe!«, fuhr Holla, die Waldfee, den Sturmmann an.

Dieser warf mir noch einen letzten drohenden Blick zu, dann machte er sich wieder fort in seine Felsspalte.

Rumpelstilzchen Junior verschränkte die Arme und ließ seine langen Finger weit über die Unterarme hängen. »Wenn ihr dann fertig seid, würde ich gerne weitergehen. Emma bekommt hier wenig Sauerstoff. Als nächstes wünscht sie sich noch kleine Baumgeisterkinder von dir, Holla.«

Ungeduldig winkte er uns mit sich.

Doch ich hatte plötzlich gar keine Lust mehr, ihm zu folgen.

»Kinder? Kleine Baumgeisterkinder? Wie süß ist das denn! So etwas will ich haben«, sagte ich und hüpfte aufgeregt auf und ab.

Holla, die Waldfee, blickte gütig auf mich herab und nickte.

»Süß, oder? Wir könnten uns ausgiebig der Fleischeslust hingeben!«

»Geistersex?«

Ich hatte zwar noch nie Sex gehabt, aber in Hollas Nähe klang das wie Musik in meinen Ohren.

Die schnappte sich Holla, die Waldfee, auch, denn sie gab meinen Minilauschern den Kuss des Jahrhunderts. Ach, was sagte ich, es war der Kuss des Billeniums!

Ich wollte nur noch eins: mit ihr verschmelzen.

Doch der ruppige Zwerg neben mir riss mich ungeduldig von meinem Baumgeist weg. »Fräulein, nun reiß dich zusammen! Wir sind hier nicht zum Vergnügen. Und Kinder zwischen Menschlingen und Baumgeistern sind leider nicht möglich.«

»Sind wir nicht zum Vergnügen hier? Wie schade!« Bedauernd blickte ich zu Holla, der Waldfee. »Ich finde, Menschen und Baumgeister sehen sich verdammt ähnlich.

Also können sie sich bestimmt auch fortpflanzen. Das werden dann kleine, süße Halbwesen.«

Mein Kampfgeist war geweckt.

Damit hatte ich doch auch schon etwas Geisterhaftes an mir, oder?

»Männer!«, knurrte Holla, die Waldfee, leise und entlockte mir ein Lächeln.

Nun streckte ich die Hand nach ihr aus und zog sie hinter mir her. Ich fühlte mich stark - so stark, dass ich es glatt mit den Minotauren aufgenommen hätte - natürlich OHNE so ein dämliches Erdbeben auszulösen!

Wir passierten noch einige merkwürdige Kreaturen mit drei Armen, fünf Beinen oder acht Augen.

Dann endlich erreichten wir eine Höhle, in deren Mitte eine riesige Goldkugel hing.

»Was ist das?«, fragte ich neugierig. »Die sieht ja schön aus. So beeindruckend. Ist das echtes Gold?«

Boah, heiß war es hier drinnen!

Wo kam die elendige Hitze her?

Ich knöpfte mein Shirt auf und fächerte mir Luft zu.

Holla, die Waldfee, wackelte hungrig mit den perfekt gestutzten Augenbrauen. »Ja, Süße, zieh dich aus! Zeig mir mehr!«

»Mädels!« Verärgert drehte sich Rumpelstilzchen Junior zu uns um. »Jetzt mäßigt euch mal!« Er deutete auf die Kugel. »Das ist der Erdkern. Die Verankerung ist durch etliche Atomtests der Menschlinge leicht defekt und muss repariert werden.«

»Willst du mich verarschen?«, rutschte es mir heraus.

Der Junior machte große Augen. »Wie bitte?«

»Ich meinte, wollen Sie mich verkohlen?«

»Nee, Schätzchen. Dann kannste die Geschichte meines Vaters ja nicht mehr aufschreiben. Ich brauche dich ungegrillt.«

Ich nahm einen tiefen Atemzug, doch die Luft war schneidend dünn hier unten. »Wir sind niemals so weit unterhalb der Erdoberfläche«, krächzte ich. »DAS soll der Erdkern sein? Ich dachte, der ist heiß!«

Hatte ich in Geografie irgendetwas verpasst?

Nicht, dass es sich hierbei um mein Lieblingsfach handeln würde - ich konnte Geo nicht ausstehen. Aber ich war zumindest bemüht, in dem Fach nicht durchzurasseln.

Ehrfürchtig umrundete ich die wunderschön geschmiedete Kugel, stellte mich aufgrund der Hitze aber wieder zurück in den Türrahmen. »Und warum ist der Erdkern so klein? Mein Lehrer meinte, dass der locker einen Durchmesser von siebentausend KILOMETERN hat und EIN PAAR TAUSEND Grad heiß ist«, fügte ich hinzu.

Oder war ich schon tot und das hier war das Tor ins Jenseits? War ich gestorben in den Armen meiner geliebten Waldfee? Oder halluzinierte ich, wie es Rumpelstilzchens Sohn prophezeit hatte?

Verstohlen blickte ich mich um.

Rumpelstilzchen Junior stellte sich unter die Kugel, streckte seine Muskelpakete und hob sie einige Zentimeter an.

So ein Angeber, schoss es mir durch den Kopf.

Wer, bitteschön, hob einen Erdkern an?

»Warum kümmern Sie sich eigentlich um den Erdkern? Und um das magnetische Gleichgewicht der Erde?«

»Das«, sagte Rumpelstilzchen Junior angestrengt, »ist doch ganz logisch! Weil ich diesen Planeten mit dem Rest meiner Familie nicht mehr verlassen konnte, brauchte mein Leben einen Sinn. Darum habe ich mich auf meine

Stärken berufen und kümmere mich als Nachfolger meines alten Herren seit vielen Jahren um das Wohl der Erde. Irgendeiner muss das ja machen. Ihr Menschlinge seid da nicht so geschickt drin.«

Eine Art Flugechse mit extrem langer Zunge schoss plötzlich in die Höhle und leckte die Kugel ab. Ihre flinken Tatzen schrubbten sich das Gold von der Zunge und legten es um die Verankerung der Kugel.

War das die moderne Art der Reparatur?

Ich traute meinen Augen kaum.

Ich war, weiß Gott, kein Fachmann, aber mein Onkel reparierte alles, was er in die Finger bekam, und oft half ich ihm dabei, um mir Schokoladengeld zu verdienen.

Ächzend ließ Rumpelstilzchen Junior die Kugel langsam wieder herunter und krabbelte darunter hervor.

»Was wiegt die Kugel?«, fragte ich neugierig.

»So einiges«, antwortete das Männchen wage.

»Geht es auch genauer?«

Rumpelstilzchen Junior grinste. »Willst du es selbst versuchen?«

Holla, die Waldfee, packte mich am Handgelenk und schüttelte den Kopf. »Süße, deine Hände würden bei der bloßen Berührung verglühen!«

»Echt jetzt?«

Sie nickte.

Voller Empörung wandte ich mich um. »Finden Sie das etwa witzig? Ich hätte meine Hände eingebüßt!«

»Nicht nur das, Emma! Du hättest die Kugel gar nicht erst anheben können. Oder trinkst du etwa auch Blut?« Herausfordernd grinste mich der fledermausartige Typ an.

Verärgert schnaufte ich. »Nee, wie eklig ist das denn! Natürlich nicht oder sehe ich aus wie ein Vampir?«

Rumpelstilzchen Junior musterte mich auffällig. »Nö, auch wenn du super Zähne hast.«

»Also, was wiegt das Ding?«, fragte ich ungeduldig.

Der Junior winkte mich aus der Höhle. »Mehrere Tonnen natürlich. Was für eine törichte Frage!« Er schüttelte den Kopf. »So, und nun komm, bevor Holla dich wirklich noch heiratet.«

»Wäre das so schlimm?«, fragte ich und blickte lächelnd zu meiner Waldfee, die mir gleich darauf einen Luftkuss zupustete.

Ich fing ihn auf und legte ihn mir auf die Lippen.

Rumpelstilzchen Junior stöhnte genervt und verdrehte die Augen. »Weiber! Beim Gott der Unterwelt, ihr könnt auch echt nur an körperliche Freuden denken!«

DAS war jawohl voll gelogen!

Wir Mädels waren TOTAL harmlos!

Jungs waren da VIEL schlimmer!

Rumpelstilzchen Junior drehte sich um. »Seid ihr nicht. Ihr Mädels seid kein Stückchen keuscher als die wilden Buben. Wenn ich so sehe, was ihr tagtäglich denkt und wie viele Burschen ihr lecker findet, nur weil sie eine stählerne Brust und ein knackiges Schokoladenpolster haben, wird mir ganz schwummrig im Kopf. Für eure Phantasien sind euch sogar die inneren Werte der Kerle wurscht.«

Nun, dachte ich, innere Werte ließen sich auch verdammt schwer kuscheln. Ich meine, wer wollte schon einen unattraktiven Super-Nerd mit Hornbrille küssen, der mega charmant war, wenn er einen geschmeidigen Sportler mit Zahnpasta-Werbelächeln bekommen konnte - egal, wie doof der war? Also, ich nicht!

Aber darüber musste ich zum Glück nicht nachdenken, denn Steven hatte beides: Schönheit UND innere Werte. Nicht umsonst war er der tollste Junge der ganzen Schule! Ich wollte etwas erwidern, doch Rumpelstilzchen Junior brachte mich mit einer schnellen Handbewegung zum Schweigen. »Emma, sag jetzt nix! Ich kann deine Phantasien bis in die Unterwelt sehen. Und ich RIECHE deine Pheromone.«

»Mädchen sondern Duftstoffe ab?«, fragte ich perplex.

Der Junior lachte laut. »Na klar, oder wie glaubst du, kriegt ihr die Jungs rum? Glaubst du, die nehmen jede? Die wurden allesamt von euren betörenden Duftstoffen betäubt.«

Ich rümpfte die Nase.

Als wenn wir die Jungs BETÄUBEN würden, so ein Oberblödsinn! Auch wenn mir das außerordentlich gut gefallen würde - es würde nämlich die peinliche Frage nach einem Date überflüssig machen, weil wir unsere schlafenden Opfer nur noch abschleppen müssten.

Wir erreichten den Ort, an dem wir die unterirdische Muckibude betreten hatten. Ich spürte den Abschied von Holla, der Waldfee, nahen und alles in mir sträubte sich dagegen.

»Ich will nicht gehen«, maulte ich wie eine Dreijährige.

»Du musst, Emma! Du würdest hier unten erst deinen Verstand verlieren und schließlich elendig krepieren. Menschlinge können nicht in der Unterwelt leben«, erklärte Rumpelstilzchen Junior.

Wut wallte in mir hoch. Ich war fest entschlossen, meine Geisterliebe nicht aufzugeben. Zur Untermalung meines Entschlusses verschränkte ich die Arme vor der Brust. »Ich streike.«

Rumpelstilzchen Junior legte den Kopf auf die Seite. »Damit habe ich schon gerechnet.«

»Echt?« Ein Strahlen huschte über mein Gesicht. »Dann darf ich bleiben?«

Holla, die Waldfee, wackelte mir verführerisch mit den Augenbrauen entgegen. »Du kannst bei mir wohnen, Süße! Ich besorge uns auch ein großes Bett.«

Echt jetzt?

Leider war mir die Begeisterung nicht nur anzusehen, Mr Oberaufseher wühlte auch mal wieder in meinen Gedankengängen herum. Kurzerhand sprang er vor und packte mich am Handgelenk. Bevor ich auch nur einen Atemzug des Protests nehmen konnte, stand ich wieder in seiner Waldhütte.

»Das ist eine Entführung!«, rief ich lauthals. »Ich will SOFORT wieder zurück! Bringen Sie mich zurück! SOFORT! Ich will zu meiner Waldfee!«

Rumpelstilzchen Junior schnappte sich einen Kelch und einen Trichter und verabreichte mir eine eklig stinkende Sumpfbrühe, an der ich fast erstickte.

»Willst du nicht! Du willst ein Date mit Steven. Der kann es kaum erwarten, dich zu treffen. Und du liebst ihn auch. Also reiß dich gefälligst zusammen!«

Wortlos pflanzte er mich schließlich auf das olle Sofa, auf dem ich bisher meine Notizen gemacht hatte. Dabei redete er wie ein Wasserfall auf mich ein, was mir echt schnuppe war.

Mein Herz war soeben in tausend Stücke gebrochen, denn er hatte mich meiner großen Liebe entrissen.

Plötzlich legte er eine Hand auf meinen Arm.

Eiskalt durchfuhr es mich.

Herr im Himmel, wieso war der Typ plötzlich so kalt?

Ich hörte auf zu schimpfen.

Er tippte mir auf die Schulter und blickte mir hypnotisierend in die Augen. »Ich werde jetzt die Geschichte meines Vaters weiter erzählen, damit der Anti-Liebestrank wirken kann. Das ist bei dir ja ein ganz besonders schwerer Fall von Geisterliebe!«

Es gab ›Geisterliebe‹?

Krass, davon wollte ich auf jeden Fall mehr haben!

»Wo finde ich Holla denn? Sie hat gesagt, sie würde fortan auf mich aufpassen. Und sie will Anastasia und ihre dummen Gefolgshühner für mich im Höllenfeuer schmoren lassen. In welchem Baum haust sie?«, drängte ich mein Gegenüber zu einer Antwort. »Ich muss sie UNBEDINGT wiedersehen!«

Doch Rumpelstilzchen Junior grinste nur. »Das wirst du schon noch. Nun wird erst einmal gearbeitet.«

Anteilnahmslos zuckte ich mit den Schultern.

Es war mir herzlich egal, ob er mir sein blödes Märchen auftischte, ich wollte zurück zu Holla, der Waldfee.

Der Junior drückte mir den Notizblock in die Hände und legte los, aber ich sah gar nicht ein, weiter mitzuschreiben.

Falsche Entscheidung

»**U**nd wie willst du jetzt von hier wegkommen?«,

fragte der Prinz, dessen Einmann-Raumkapsel nicht beide tragen konnte.

Saphira ergriff seine Hände. »Liebster, ich sammele noch eben die Quelle der Unsterblichkeit ein, die meine Zofe bereitgestellt hat. Dann nehme ich die letzte königliche Raumkapsel, die mein Bruder im hinteren Teil des Schlosses für mich versteckt hat.« Sie musste schreien, um gegen den Lärm der kreischenden Bewohner außerhalb des Schlosses anzukommen.

»Warum hast du die Quelle nicht längst beschafft?«, fragte der Prinz. Sein Herz flimmerte, wollte fast den Dienst verweigern.

Sie hatten geplant, zur martianischen Oase ›Nimmdir‹ zu fliegen, einem Planeten mit unerschöpflichen Rohstoffen sowie einem friedlichen Völkchen - perfekt für einen Violentianer.

Waren ihre Pläne nun hinfällig?

Saphira küsste seine Ohren. »Liebster, mein Vater hatte mich eingekerkert und die Quelle streng bewachen lassen. Aber jetzt, kurz vor dem Untergang von Violentioni, konnte meine Zofe mich befreien und die Quelle in den Kelch mit deinem Stein des Lebens abfüllen. Sie musste das Gefäß sichern und konnte es nicht in den Kerker mitnehmen. Ich treffe Gundrella gleich an einem geheimen Ort im Schloss. Dann folge ich dir mit der letzten königlichen Kapsel.«

»Also gut. Ich begleite dich zu deiner Zofe und zur Kapsel, damit ich sicher sein kann, dass dir nichts passiert«, bot der

Prinz an. Doch Saphira schüttelte den Kopf. »Nein, Hinnerk, du fliegst mit deiner Kapsel voraus. Es ist zu gefährlich für dich hier als geächteter Fremdling. Sie würden dich töten, weil du mit mir den Bund der Ewigkeit eingegangen bist. Ich werde dir folgen, sobald ich den Kelch gesichert habe.«

Der Prinz schluckte. Er fühlte sich außerstande, seiner Braut zu widersprechen. Kämpfen lag ihm nicht im Blut, denn Violentianer hassten alles, was mit Gewalt zu tun hatte - egal ob verbal oder körperlich.

»Was ist, wenn ich vom Kurs abkomme und du mich nicht wiederfindest? Die Weiten der Galaxie sind unendlich! Wir haben den Bund der Ewigkeit geschworen. Wenn einem von uns etwas passiert, wird der andere qualvoll sterben.«

»Das wird nicht passieren. Hast du einen Sender dabei?«

Der Prinz nickte und überreichte Saphira ein kleines Steuerelement. Schweiß stand ihm auf der Stirn. Dabei wusste er nicht, ob es an der roten Sonne lag, die gefährlich nahe gekommen war oder an der Angst, seine Braut zu verlieren.

»Ich befestige ihn in meiner Kapsel. Und nun geh!« Saphira scheuchte ihn davon.

Schweren Herzens rannte der Prinz zurück zu seiner Kapsel. Noch einmal blickte er auf das Chaos, bevor er seinen Flieger startete und den Planeten verließ.

👑 👑 👑

» **W**ar das wirklich klug von Ihrem Vater, seine Braut alleine zu lassen?«, platzte ich gedankenlos heraus.

Ich meine, ICH hätte Steven in meine Kapsel gequetscht, fünf Millionen Stunden nicht mehr ausgeatmet und wäre mit ihm gemeinsam geflüchtet.

Nie im Leben hätte ich ihn zurückgelassen!

Rumpelstilzchen Junior knurrte unwirsch.

Er hasste offenbar Unterbrechungen. Aber das war mir egal, denn ich hasste ihn, weil er mich von Holla, der Waldfee, weggerissen hatte. Ich hatte mich nicht einmal richtig verabschieden können.

Mein Gegenüber versah mich mit einem finsteren Blick, was noch eindrucksvoller wirkte, da die Waldhütte, in der wir zum Interview saßen, nur von den spärlichen Lavalampen beleuchtet wurde. »Nein. Natürlich war es NICHT klug.«

»Können sich die beiden Spezies denn überhaupt miteinander fortpflanzen, wenn schon eine Verbindung zwischen ihnen unter Strafe steht?«, bohrte ich weiter. »Ich meine, Sie behaupten ja auch, ich kann mich mit einem Baumgeist nicht fortpflanzen, obwohl ich das bezweifle.«

»Das behaupte ich nicht nur. Es ist so«, beharrte Rumpelstilzchen Junior.

»Woher wollen Sie das wissen? Haben Sie das etwa schon ausprobiert?« Bockig verschränkte ich die Arme vor der Brust und demonstrierte ihm, dass ich nur weiterschreiben würde, wenn er mich aufklärte.

»Glaubst du etwa, du bist der erste Menschling, den Holla bezirzt hat?«

Joaaaa, das hatte ich gedacht.

Unsere Liebe war so was von einzigartig!

»Schätzchen, ich muss zugeben, dass ich bisher noch nie so heftige Reaktionen bei Menschlingen erlebt habe wie bei dir. Du bist wirklich eine absolute Ausnahme. Ich schätze, deine Harmonisierung reicht die nächsten tausend Jahre.«

»Meine Liebe auch«, jaulte ich leise.

Rumpelstilzchen Junior grinste schief. »Liebe kommt, Liebe geht. Auch bei der Geisterliebe ist das so. Sie ist vergänglich.«

»Ach, so einfach ist das?«, erwiderte ich angefressen.

»Na, da bin ich ja auf Ihre Geschichte gespannt! Dann erzählen Sie mal weiter! Also, Ihr Vater konnte sich mit der Spezies Ihres Nachbarplaneten nicht fortpflanzen, aber das ist ja eh egal, weil Liebe kommt und geht.« Es hätte nicht viel gefehlt, dann wäre Dampf aus meinem Kopf aufgestiegen.

Ich war verliebt!

Kapierte er das nicht?

»Süßilein, beruhige dich«, sagte Rumpelstilzchen Junior genervt. »Du wirst die Trennung von Holla überleben.«

Ich schnaubte innerlich, denn MICH hatte er soeben von der größten Geisterliebe meines Lebens gewaltsam entrissen und behauptete nun auch noch, dass ich davon nicht sterben würde?

Tsss!

Rumpelstilzchen Junior winkte ab. »Emma, du wirst Holla, die Waldfee, schon noch wiedersehen. Sie ist nervig wie die Pest. Sie wird sich so lange an deine Fersen heften, bis du ihr einen Baum auf dem Grund und Boden deiner Eltern anbietest. Auch wenn sie dann ihre Arbeit sicherlich erheblich vernachlässigen wird.«

»Ehrlich? Das wäre toll«, sagte ich verträumt grinsend. »Ich werde gleich heute Nacht noch einen Baum aussuchen. Phantastisch!«

»Soll ich weiter erzählen?«

»Ja, bitte.«

»Dann schreib jetzt wieder mit!«

♛ ♛ ♛

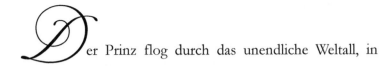er Prinz flog durch das unendliche Weltall, in

Gedanken ganz bei seiner Braut.

Würde sie die Quelle der Unsterblichkeit rechtzeitig holen können? Und wenn es ihr gelang, würde sie den Kelch mit seinem Stein des Lebens heil transportieren können?

Er brauchte diesen Stein, um auch auf anderen Planeten als seinem Heimatplaneten überleben zu können. Inbrünstig hoffte er, dass es Saphira unbehelligt gelang, die letzte königliche Kapsel noch vor der Explosion zu starten.

Der Prinz versuchte, sein beunruhigtes Herz zu bändigen, indem er eine Liebesbotschaft von Saphira abspielte.

Er war noch nicht weit gekommen, da nahm er hinter sich ein Gefährt wahr. Als er die königliche Kapsel erkannte, machte sein Herz einen Freudensprung.

Sie hatte ihn gefunden.

Sie hatte die Quelle der Unsterblichkeit sicherstellen und ihm rechtzeitig vor der Explosion ihres Planeten folgen können.

Nie war er erleichterter gewesen.

Nun würden sie auf ›Nimmdir‹ ein neues Leben beginnen können, ohne dass jemand sie für ihre Liebe abstrafte.

Endlich.

Er drosselte die Geschwindigkeit, bis die Kapsel aufgeholt hatte. Lächelnd wandte er den Kopf, bereit, seine geliebte Prinzessin mit den Augen anzuglühen und ihr ein Zeichen zu geben, dass er sich auf ein Leben mit ihr freute.

Als er den Inhalt des Königsluftschiffes sah, setzte sein Herzschlag aus. Er kniff beide Augen zusammen, blinzelte mehrfach, doch das Bild, welches sich ihm bot, veränderte sich nicht.

Es war keine Täuschung.

Auf dem Pilotensitz saß nicht Saphira.

Dort saß Saphiras Zofe.

Was, beim Universum, machte Gundrella in der königlichen Kapsel? Hatte sie Saphira nicht lediglich den Kelch reichen wollen?

Er öffnete den Mund, um etwas zu sagen, aber er fand keine Worte, die er hätte formen können. Und so schüttelte er nur fassungslos den Kopf.

Plötzlich flimmerte ein Hoffnungsfunke in ihm auf.

Vielleicht hatte sich Saphira hinter ihrer treuen Zofe versteckt. Vielleicht steuerte Gundrella die Kapsel nur, weil sie ihrer Prinzessin auch weiterhin dienen wollte.

Fieberhaft spähte er hinüber in die geräumige Kapsel, doch so sehr er auch den Hals reckte, er konnte Saphira nirgends entdecken. Schließlich hielt er Saphiras Bildnis in die Höhe.

Die Zofe sah das Bild, zuckte ängstlich zusammen und schüttelte schließlich den Kopf.

Im selben Augenblick ertönte hinter ihnen ein ohrenbetäubender Knall. Es sah aus, als wenn ein mächtiger Feuerball seinen gierigen Schlund aufriss, um den Planeten mitsamt seinen Bewohnern zu verschlingen. Violentioni wurde in Milliarden von Splitter zerteilt, die brennend Beschleunigung aufnahmen und sich rasant im Weltraum verteilten.

Nun war der Prinz gezwungen, seine Kapsel zu beschleunigen, wenn er kein Opfer des Infernos werden wollte.

Gundrella hob kurz die Hand, als winkte sie ihm zu. Mit der anderen Hand drückte sie auf den Turboknopf und verschwand in Lichtgeschwindigkeit im dunklen Universum.

Das Herz brach dem Prinzen entzwei, als er der königlichen Kapsel hinterher blickte.

Er hätte Saphira nicht alleine lassen dürfen.

Er hätte sie zu ihrer Zofe begleiten müssen, um die Quelle der Unsterblichkeit zu bergen. Er hätte damit rechnen müssen, dass, im Falle eines Unterganges eines ganzen Planeten, jeder sich selbst der nächste war und seine Prinzessin Gefahr lief, Opfer von Gewalt zu werden.

Königtum zählte in einem solchen Augenblick nicht mehr. Jeder versuchte nur noch, seine eigene Haut zu retten.

Er hätte Saphira unter Einsatz seines Lebens beschützen müssen - beschützen vor dem Überlebenstrieb anderer. Aber er hatte sie alleine gelassen und damit unwiederbringlich ihr Schicksal besiegelt - und seines. Denn nun würde er den qualvollen Tod eines Sterblichen sterben müssen. Der Bund der Ewigkeit war gemeinsam mit dem Planeten in Lichtsplitter zerfetzt worden.

Saphiras Kapsel mit der Zofe war nur noch ein klitzekleiner Punkt im schwarzen Universum. Schließlich verschwand sie ganz. Dabei ließ sie den Prinzen mit all seinen Emotionen zurück, die der Verlust seiner geliebten Prinzessin - der Liebe, der er den Bund der Ewigkeit geschworen hatte - nach sich zog. Wie erstarrt saß er in seiner Kapsel und ließ sich vom Autopiloten treiben. Er war nun sterblich, hatte aber mit wer weiß wie vielen Tagen an Lebenszeit trotzdem noch ein elendig langes Leben vor sich. Der Gedanke, dass Saphira soeben gemeinsam mit ihrem Planeten untergegangen war, hatte sein Herz in eine Million Stücke zerrissen.

♛ ♛ ♛

Der kleine außerirdische Prinz saß mit hängenden Ohren vor mir und hatte einen seiner Finger so tief in seiner Nase versenkt, dass nicht einmal mehr der Knöchelansatz zu sehen war.

Armer Tropf, dachte ich, und spürte ein merkwürdiges Zwiebeln in meinem Innern, welches meinen Tränenfluss in Gang setzte.

Doch dann erinnerte ich mich an Holla, die Waldfee, die nun ohne mich einsam und verlassen da draußen herumirren musste. Wie unangenehm drückende Luft stieg dieser Gedanke aus meinem Magen die Speiseröhre hoch und klemmte die Luftröhre ab. Merkwürdigerweise konnte ich seinen Schmerz trotz meiner Verärgerung spüren. Wie Feuer brannte er sich langsam durch meine Eingeweide.

»Wieso spüre ich Ihre Gefühle? Ich will eigentlich wütend auf Sie sein und Sie nicht bemitleiden.«

»Schätzchen, wir sind sicherlich auf magische Weise miteinander verbunden. UND du spürst natürlich den Verlust von Holla. Gefährliche Mischung. Vielleicht aber sind das auch nur die Nebenwirkungen von meinem Elixier gegen Geisterliebe. Das vergeht.«

Natürlich!

Bei mir war ja auch keine Planetenkollision - oder eine oberegoistische Gundrella-Zofenkuh - für den Trauerschmerz verantwortlich, sondern ein herzloses Männchen, dessen Vater seine große Liebe verloren hatte. Vermutlich war sein Vater der Grund, weshalb ER die Liebe gar nicht erst suchte. Somit konnte ER natürlich ÜBERHAUPT NICHT nachvollziehen, dass Liebe ein Lebewesen zum Erblühen - oder eben zum Sterben - bringen konnte.

Rumpelstilzchen Junior holte seufzend ein weiteres Gläschen von dem Anti-Liebestrank hervor. »Trink noch etwas von dem Zeug, Emma! So kann ich die Geschichte nicht erzählen, wenn du mich ständig unterbrichst.«

»Das Zeug schmeckt nicht. Davon trinke ich nichts mehr«, beharrte ich. Außerdem ließ ich mich nicht einfach so verhexen. Schlimm genug, dass er mich von Holla getrennt hatte.

»Ich mache das Elixier süßer«, bot der Junior an und ließ ein paar lilafarbene Sternchen in das Glas rieseln.

JETZT hatte ich erst recht keine Lust mehr, von dem Zeug zu saufen. Vielleicht wuchsen mir davon noch Schweinewarzen im Gesicht und dann wollte Holla gleichwohl nix mehr von mir wissen!

Doch mein Interviewpartner war unnachgiebig.

Ich musste einen fetten Schluck von der Pampe mit den Glitzersternchen nehmen.

Rumpelstilzchen Junior verschränkte die Arme und wartete so lange mit seiner Erzählung, bis ich den letzten Tropfen intus hatte.

Elendiger Spaßverderber!

Erst beraubte er mich meines Baumgeistes und nun wollte er mir auch noch meine Geisterliebe stehlen, indem ich irgendeinen abstrusen Anti-Liebestrank zu mir nehmen musste - mit lila Sternen wohlgemerkt!

Unfassbar!

»So, dann fahre ich mal fort…«, sagte er schließlich zufrieden.

»Wieso nennen Sie Ihren Vater eigentlich die ganze Zeit den ›Prinzen‹ und nicht ›Rumpelstilzchen‹?«, fragte ich und unterdrückte einen Rülps.

»Für einen literarischen roten Faden muss ich diesen irdischen Spitznamen erst noch einleiten. Also bitte ich um Ausdauer, Madam Ungeduld!«

Ich grunzte nur schweigend, nickte aber brav.

Der Fluch

*P*rinz 13-003 von Violentia trudelte wie gelähmt durch das Weltall, als er plötzlich in einen Sternensturm geriet. Seine Kapsel kämpfte ums Überleben, doch davon bekam er nichts mit. Ohne Saphira machte selbst sein sterbliches Leben keinen Sinn mehr. Wozu sollte er gegen den Sturm ankämpfen? Worin bestand der Nutzen in jedem Atemzug, den er sekündlich tun musste?

Die Kapsel führte den Kampf allein - und gewann.

Die weitere Fahrt verlief ruhig, doch nach einer ganzen Weile ging ihm der Treibstoff aus.

Da er noch nicht einmal in der Nähe des Schlummerlands ›Nimmdir‹ war, zwangen ihn die Umstände, auf der Erde notzulanden.

Seine Mutter liebte die Menschlinge, aber Prinzessin Saphira hatte partout nicht zum blauen Planeten reisen wollen. Sie fürchtete die fremdenfeindlichen Erdenbewohner, von denen alle Universumsreisenden berichteten. Er konnte nur hoffen, dass er einigermaßen freundlich empfangen wurde und zu seinen seelischen Qualen nicht auch noch körperliche Schmerzen hinzukamen.

Er versteckte seine Kapsel unter den Zweigen eines Baumes und suchte sich einen Unterschlupf in einer nahegelegenen Höhle.

Viele Tage vergingen, an denen er sich zunächst nachts auf Treibstoffsuche begab. Ihm fehlten nur noch wenige Zutaten, so dass er Hoffnung schöpfte, den Planeten bald wieder verlassen zu können. Schließlich wagte er sich auch tagsüber aus der Höhle. Auf einer nahegelegenen Farm fand er endlich Nahrung: Gras, Rindfleisch und Steine - die perfekte Mischung für einen Violentianer.

Doch sobald er auf Menschlinge stieß, nahmen diese bei seinem Anblick Reißaus oder verteidigten ihr vermeintlich bedrohtes Leben mit Waffengewalt.

Schnell war er das Verhalten der Menschlinge leid. Er war doch kein Tier, oder gar ein Teufel, der Böses wollte.

Der Prinz war so genervt, dass er entschied, die Höhle nur noch nachts zu verlassen.

Eines Nachts, ihm fehlte nur noch eine Zutat für die Mixtur seines Treibstoffes, vernahm er merkwürdige Geräusche. Er verließ sein unterirdisches Versteck und entdeckte vor seiner Höhle eine Traube von Menschlingen.

Bis auf einen Menschling waren alle bewaffnet.

Dieser eine Mann - figürlich wahrlich eine Wohlgestalt - wandelte in königlicher Kleidung. Aber er schien nicht nur ein König zu sein - er war ein Magier!

Ein mächtiger Zauberer noch dazu, denn er hatte einen riesigen Zauberkessel vor sich aufgebaut und wurde dabei von einer ganzen Heerschar von bewaffneten Soldaten bewacht.

»Besetzt die vorgesehenen Stellen, um Angriffe gegen den König zu vermeiden«, rief ein Hüne von Soldat.

Der Prinz versteckte sich in einem naheliegenden Gebüsch. Von dort aus beobachtete er, wie die Lakaien des Königs ein großes Feuer entzündeten. Es heizte dem dickwandigen Zauberkessel darüber ein und brachte eine grüne Blubberbrühe zum Qualmen. In höchster Anspannung warf der König allerlei Zutaten hinein. Dabei beschwor er den Trank mit fremdartigen Worten.

Eine Weile verfolgte der Prinz das Treiben von seinem Versteck aus. Doch dann kribbelte plötzlich etwas in seiner Nase. Er spürte ein brennendes Ziehen, als würde ein

Eiskäfer durch seine Nasenlöcher in seinen Kopf krabbeln wollen - und nieste.

Einmal, zweimal, dreimal.

Unvermittelt tauchte eine Hand neben ihm auf und packte ihn am Kragen. Im nächsten Moment funkelten ihm zwei hasserfüllte Augen entgegen. »Was bist du denn für ein Rumpelstilzchen? Bist du etwa der Teufel?«, knurrte der großgebaute Soldat ihn mit wutverzerrtem Gesicht an. »Schleichst dich hier an und lauerst dem König auf? Na, dir werde ich's zeigen!«

Ängstlich ließ der Prinz die Ohren hängen. Er war, beim Jupiter, kein Feigling. Aber er fürchtete die verbitterte Entschlossenheit des Soldaten, und die Bleikugeln versprachen ihm als nun Sterblichen langwierige Schmerzen. »Ich heiße nicht Rumpelstilzchen«, sagte er kaum hörbar. »Ich bin Prinz 13-003 von Violentia…«

Weiter kam er nicht, denn der Uniformierte packte ihn noch enger am Kragen. »Ein Prinz willst du vorgeben zu sein, du hässliche Kreatur? Was bist du? Ein verzauberter Gnom? Satan höchstpersönlich? Oder gar ein Dämon aus der Anderswelt?«

Bevor er ihn zum König schleifen konnte, ertönte ein lautes Zischen und etwas Leuchtendes fiel vom Himmel zu Boden. Der König bemerkte von alledem nichts. Er war viel zu sehr in seinen magischen Akt vertieft.

Die Soldaten, die den König aus nächster Nähe abschirmten, legten die Gewehre an, bereit, den Regenten gegen die gefürchteten Riesen zu verteidigen. Die übrigen Soldaten auf den umliegenden Außenposten rannten in die Richtung des züngelnden Objektes. Auch der stämmige Bewaffnete, der den Prinzen noch immer fest im Griff hatte, rannte los und schleifte seinen Gefangenen hinter sich her.

Darauf bedacht, nicht zu stürzen, stolperte der Prinz dem Waffenträger hinterher über den steinigen Boden, bis sie das Objekt in der Erdvertiefung erreichten.

Der Prinz stutzte.

Er erkannte die Kapsel mit dem königlichen Zeichen der Mesos von Violentioni sofort.

Hatte Gundrella etwa die Route geändert?

Oder war ihre Kapsel durch den Sender, der für Saphira bestimmt gewesen war, hierher gelotst worden?

Der massige Infanterist, der den Prinzen noch am Schlafittchen hatte, ließ ihn los und umkreiste die Kapsel mit seinem entsicherten Gewehr. Unbemerkt näherte sich der Prinz ebenso der über und über mit Dreck bedeckten Glaskuppel. Ohne auf die umstehenden Soldaten zu achten, wischte er die Erde von dem gläsernen Dach und versuchte, hinein zu sehen, aber die Kapsel war von innen beschlagen. Man konnte lediglich die Umrisse einer Violentioni in der Kapsel erkennen.

»Was ist das?«, rief einer der Männer erschrocken.

»Das sind ja gleich zwei absonderliche Kreaturen!«, rief ein anderer.

Der Soldat, der den Prinzen im Gebüsch aufgespürt hatte, hob eine Hand. »Lasst ihn! Soll er sich doch zuerst von dem fremden Wesen töten lassen. Geht nach hinten!«

Die anderen Fußsoldaten nickten und zogen sich einige Schritte zurück.

Verwirrt beobachtete der Prinz die Männer.

Wieso gingen sie davon aus, dass Gundrella ihn töten würde? Was ergäbe das für einen Sinn? Sie war auf einem fremden Planeten gelandet und genauso eine Gestrandete wie er. Warum also sollte sie ihre Gastgeber töten wollen, von denen sie Obdach ersuchte?

Kopfschüttelnd wischte er die restliche Erde weg, die sich durch die Landung hartnäckig auf der Glaskuppel abgesetzt

hatte, und blickte noch einmal in die Kapsel. Das Wesen darin putzte zeitgleich das Kondenswasser von der Scheibe. Das, was er nun sah, sorgte fast für einen Herzstillstand.
Wie konnte das sein?
Wie war das möglich?

♛ ♛ ♛

Aufgeregt hüpfte ich auf dem ausgesessenen Sofa herum, kaum noch in der Lage, mir Notizen zu machen. »Oh, sagen Sie schon! Wer saß in der Kapsel? Wer saß drin? War das Saphiras Zofe, bereit, den Bund der Ewigkeit zu übernehmen?«
»Emma-Süße, den Bund der Ewigkeit kann man nicht einfach so übernehmen. Die Bündnispartner sind fixiert.«
Aufgewühlt schüttelte der Junior den Kopf und strich sich immer wieder über die Ohren. »Du bist wirklich unfassbar ungeduldig, Emma! Vielleicht sollten wir doch noch den Pakt des Lichts schließen. Das würde Abhilfe schaffen.«
»Äh, ja, Ungeduld ist leider eine Schwäche von mir«, gestand ich zerknirscht. Mir schlug das Herz bis zum Hals. Ich war wahnsinnig aufgeregt - und das lag nicht an der Aussicht auf irgendeinen ominösen Pakt.
Ich atmete dreimal tief durch und versuchte, mich zu beruhigen. »Okay, erzählen Sie weiter, sonst sterbe ich noch vor lauter Neugier.«
Rumpelstilzchen Junior grinste. »Ich wäre längst beim Punkt angekommen, wenn du mich nicht ständig unterbrechen würdest.«
»Bin ja schon still!« Artig setzte ich mich mit zusammengepressten Beinen zurück aufs Sofa und demonstrierte Aufmerksamkeit, auch wenn alles in mir zum Zerbersten gespannt war.

*D*er Prinz traute seinen Augen kaum, denn in der

königlichen Kapsel saß niemand anderes als Saphira.

Mit zitternden Fingern tastete der Prinz nach dem Kapselöffner, doch er stand derart unter Schock, dass er seine vier Finger nicht in der richtigen Reihenfolge auf die Knöpfe drücken konnte.

»Was, zum Henker, ist das?« Fast schon angewidert starrte der große Soldat das fremdartige Wesen an. »Ist hier heute Jahrmarkt der Gruselgestalten?«, knurrte er voller Hass.

Fieberhaft überlegte der Prinz, wie er die feindlich gesinnten Söldner wieder loswurde, als Saphira das Dach der Kapsel öffnete und ihre Hand hinausstreckte. »Erdenbürger, würdet Ihr mir bitte beim Aussteigen helfen!«

Fassungslos blickte der Oberbefehlshaber, der der Kapsel am nächsten stand, die Kreatur an. »Wie bitte?«

Saphira lächelte liebreizend, was jedoch nur beim Prinzen für das Aufblühen tiefster Liebe sorgte. Sein Herz schwoll um das Doppelte an, Schwindel nahm von ihm Besitz. Er schaffte es kaum zu atmen, so sehr drückte ihm das überdimensionale Glücksgefühl auf die Brust. Nie zuvor war er so erfüllt gewesen von Dankbarkeit. Tränen stiegen ihm in die Augen und verschleierten seinen Blick.

»Saphira, meine Prinzessin, du lebst!«

»Oh, mein Liebster, ja! Nachdem meine Zofe mir den Kelch überreicht hatte, sind wir zur versteckten Kapsel gelaufen. Ehe ich mich versah, hatte sie mir einen Kampfstab über den Schädel gehauen. Ich ging zu Boden und im selben Moment startete sie meine Kapsel. Den Sender, den ich schon aufs Armaturenbrett gelegt hatte, warf sie einfach hinaus. In meiner Panik bin ich dem Sender hinterher gesprungen. Dabei habe ich einen Karton umgeworfen, hinter dem eine zweite Kapsel versteckt war. Mit Ach und Krach konnte ich das Ding starten. Ich war knapp außer Reichweite, als Violentioni explodierte.«

Für einen kurzen Moment schloss der Prinz die Augen und schickte einen Energiestern der Dankbarkeit in Gundrellas Richtung. Sie hatte sich zwar der königlichen Kapsel ermächtigt, ihm aber dann doch noch seine Braut hergeführt.

»Wer, zum Teufel, seid ihr?«, wiederholte der Soldat seine Frage harsch.

»Das sind bestimmt Gnome aus der Anderswelt«, rief ein Soldat. »Bringt sie zum König!«

»Du meinst, der Zauber ist bereits geglückt?«, sagte ein kleiner Waffenträger und schaute gen Himmel.

»Das kann nicht sein«, widersprach ein weiterer Soldat. »Der Zauber ist noch in vollem Gange. Das Portal ist überdies verschlossen.«

»Ich darf mich vorstellen! Ich bin Prinzessin Saphira Rosina von Violentioni. Seid bitte so freundlich und helft mir aus der Kapsel!« Die Prinzessin lächelte die Uniformierten offen an und winkte mit ihrer langfingrigen Hand.

Der bewaffnete Hüne jedoch wich angewidert von dem Himmelsgefährt zurück und zielte schussbereit mit seiner Waffe auf den Kopf der Außerirdischen.

»Du willst eine Prinzessin sein? Willst du mich auf den Arm nehmen?«

»Wie reden Sie denn mit meiner Braut?«, empörte sich der Prinz.

»Halt die Klappe, Rumpelstilzchen«, fuhr der Quadratkopf ihn an.

Der Prinz ergriff pikiert Saphiras Hand und half ihr beim Aussteigen. Es machte keinen Sinn, auf das feindliche Gerede des Mannes zu reagieren, denn das würde dessen Hass nur noch mehr schüren. Also versuchte er, ihn zu ignorieren, auch wenn ihm das Herz bis zu den Ohren schlug.

»Ich bin so froh, dass du zu mir gefunden hast, Liebste«, sagte er außer sich vor Freude und umarmte seine Braut.

»Mein Prinz!« Saphira küsste seine Ohren und lächelte. »Sag, mein Geliebter, was willst du ausgerechnet hier beim kriegerischen Volk der Menschlinge? Wollten wir nicht auf ›Nimmdir‹ ein neues Leben anfangen?«

»Mir ist der Treibstoff ausgegangen und mir fehlt noch die letzte Zutat, um den Tank meiner Raumkapsel zu füllen«, entgegnete der Prinz zerknirscht.

Saphira winkte ab. »Ich habe noch einen Kanister Treibstoff an Bord. Lass uns deine Kapsel füllen und weiterfliegen! Wir haben nicht das richtige Aussehen für ein sorgenfreies Leben auf dem blauen Planeten.«

»Liebste, wo hast du die Quelle der Unsterblichkeit und meinen Stein des Lebens?«

Saphira holte einen Kelch unter ihrem Mantel hervor, dessen Leuchtkraft einen fast erblinden ließ. »Hier, Geliebter!«

»Gott, was ist das? Geht zurück! Das sind Hexen, Zauberer oder andere magische Wesen«, rief der Befehlshaber der königlichen Armee und sorgte dafür, dass sich die anderen Soldaten in Richtung Kesseltanzplatz zurückzogen. Seine Augen blickten eiskalt auf sie herab. Er biss seine Kiefer derart fest zusammen, dass sich sein Gesicht fast zu einem Würfel verformte. »Wenn ihr bewaffnet wäret, würde ich euch als Gefahr einstufen. Aber so seid ihr leichte Opfer.« Er grinste hämisch. »Falls ihr mich nicht mit eurem blauen Licht verhext.« Wieder lachte er leise auf, doch das Lachen sollte ihm im Halse stecken bleiben.

Am Ort der Zeremonie brach Aufregung aus, als der König seinen Zauber zuende gesprochen hatte und roter Nebel aus dem Kessel emporstieg. Noch während der König laute Beschwörungsformeln rief und seine letzten schwarzmagischen Kräfte mobilisierte, um das Portal zur Anderswelt zu öffnen, explodierte die Masse im Kessel mit einem ohrenbetäubenden Knall. Ein großer Feuerkreis bildete sich am Himmel - das Portal zur Anderswelt war geöffnet.

Ein Riese sprang heraus und tötete mit einer Handbewegung alles, was sich um den Kessel herum bewegte.

Nur den König verfehlte er.

Dann verschwand der Riese im Portal, welches sich mit einer weiteren Explosion in Wohlgefallen auflöste.

♕♕♕

»Ist das ein Scherz? JETZT unterbrechen Sie die Geschichte?«

Rumpelstilzchen Junior hatte so viel Schokolade im Mund, dass er gar nicht in der Lage war, weiter zu reden.

»Weniger konnten Sie sich wohl nicht auf einmal in den Mund schieben, oder?«

So ein verfressenes Monster!

Mein Gastgeber hob die langfingrige Hand und rülpste dezent. »'Tschuldigung! Kann weitergehen!«

♕♕♕

Voller Hass ballte der König die Fäuste und starrte

auf den luftleeren Raum am Himmelstor, wo eben noch der Portalstrudel gewesen war. Er machte dem Druck in Kopf und Lunge Platz, indem er markerschütternd brüllte.

Nach endlosen Tüfteleien hatte er das Portal endlich öffnen können, die Feen waren fast schon befreit, der Riese dem Tode näher gerückt. Wieso hatte ihm so ein Fehler unterlaufen können, dass Maximus ihn derart überrumpeln und das Portal so schnell wieder hatte schließen können?

Ein erneutes Öffnen des Tors zur Anderswelt war in dieser Nacht nicht mehr möglich. Der König wusste aus unzähligen Versuchen in der Vergangenheit, dass der Riese den Code bereits in dieser Sekunde geändert hatte und er sich nun erneut auf die Lösung des richtiges Zaubers konzentrieren musste.

Maximus war mächtig, fast schon unbesiegbar. Das machte ihn zu einem außergewöhnlich gefährlichen Feind.

Fassungslos blickte der König auf die vielen Toten, die die rote Erde zierten wie aufgeplatzte Maden.

Maximus war ihm wieder einmal zuvor gekommen. Verzweiflung breitete sich in ihm aus wie ein fiebriges Feuer, Wut zerstörte die unendliche Freude, die er beim Öffnen des Portals empfunden hatte.

Durch den Zauber des Titans war nicht nur das gesamte Gefolge des Königs rund um die Kapsel herum ausgelöscht, auch Saphiras Raumkapsel mitsamt den Treibstoffreserven war gesprengt worden. Sogar der großgebaute Soldat, der im Begriff gewesen war, das extraterrestrische Pärchen zu erschießen, lag mausetot auf dem staubtrockenen Erdboden.

Da Prinzessin Saphira und Prinz 13-003 unsterblich und nahezu unverwundbar waren, sorgte die magische Explosion bei den beiden lediglich für eine länger anhaltende Ohnmacht. Allerdings war der Prinz durch die Druckwelle ins nächstliegende Gebüsch geschleudert worden, während Saphira gut sichtbar neben den Soldaten lag.

Der König, der in seiner Rüstung aus härtestem Metall über das Schlachtfeld kraxelte, lief kopflos um den Felsen herum. Plötzlich entdeckte er den weiblichen Fremdling, den er für eine Gesandte der Anderswelt hielt. Fasziniert nahm er den Kelch mit dem schimmernden roten Stein des Lebens sowie der blau leuchtenden Quelle der Unsterblichkeit an sich, der der Prinzessin aus den Händen gefallen war. Er verstaute ihn sicher und huckelte dann das Fellwesen auf seine Schultern, um sie zum Schloss zu tragen.

♕♕♕

»**W**as? Der König hat die Braut Ihres Vaters entführt?« Erschrocken sprang mein Gegenüber vom Sessel auf und separierte etwas Gold. »Emma, nun reiß dich aber mal zusammen! Du erschreckst mich mit deinem Geschrei ja zu Tode.« Kopfschüttelnd umklammerte das Männchen sein Brustfell.

»Entschuldigung«, sagte ich eine Spur zu pampig. »Aber erst bricht meine zarte Seele entzwei, weil ich glauben musste, dass Saphira mit ihrem Planeten untergegangen ist. Und dann, als sie doch noch, wie durch ein Wunder, auftaucht, metzelt so ein blöder Riese alles nieder. Und der rachsüchtige König muss natürlich überleben und sie in sein Schloss mitschleifen. Der ist doch total scharf auf die Wesen der Anderswelt! Vermutlich wird er sie sezieren, bis von ihr nix mehr übrig bleibt.«

»Vielen Dank für die bildliche Beschreibung«, stöhnte Rumpelstilzchen Junior.

»Nun, der König wäre nicht der Erste, der andersartige Wesen eingesperrt und auf üble Weise auseinandergenommen hätte«, verteidigte ich meinen Ausbruch.

»Wenn du erlaubst, Püppchen, erzähle ich erst einmal weiter.«

»Gut.« Ich legte meine Hand aufs Dekolleté und atmete tief durch. »Ich bin startklar. Wir brauchen unbedingt mehr Schokolade, sonst habe ich morgen keine Fingernägel mehr.«

ls der Prinz Stunden später wieder zu sich

kam, war er allein.

Ächzend rappelte er sich auf. Sein Finger an der rechten Hand schmerzte, als hätte ihn jemand abgetrennt. Tapfer biss er die Zähne zusammen und verließ das Gebüsch.

Die Augen auf die Umgebung gerichtet, schaute er sich um. Nichts, rein gar nichts, deutete mehr auf irgendwelches Hexenwerk oder gar einen Kriegsschauplatz hin.

Wo war Saphira?

Er fand die Erdvertiefung, in der ihre Kapsel zu Boden gegangen war, doch diese war nur noch mit einem Häufchen Asche gefüllt. Lediglich einzelne Teile der metallischen Außenverkleidung lagen verstreut im Staub herum und gaben Zeugnis, dass seine Braut tatsächlich hier gelandet war.

»Saphira? Saphira?« Mit wachsender Panik suchte der Prinz nach seiner Prinzessin. Er konnte nicht glauben, dass er sie zunächst für tot gehalten, wiedergefunden und nun erneut verloren hatte.

Sie musste hier irgendwo sein!

Er kroch in jedes Gebüsch, hob jeden Stein, fand jedoch nur seine eigene Kapsel, die auseinander gesprengt und damit funktionsuntüchtig geworden war.

Der Prinz atmete kurz durch.

Nun war an eine Flucht von diesem Planeten vorerst nicht mehr zu denken. Sie hatten kein Transportmittel mehr, um hier wegzukommen.

Er durchkämmte das gesamte Gelände nach einer Spur der Prinzessin, doch so sehr er auch suchte, er fand kein einziges Haar von seiner Liebsten.

Hatte er halluziniert? War der Wunsch, sie zu sehen, die Sehnsucht, die sein Herz durch den geschlossenen Bund der Ewigkeit an sie fesselte, so groß gewesen, dass er sich ihre Ankunft nur erträumt hatte?
Er rief sich zur Vernunft, denn die Trümmerreste der Kapsel sprachen dagegen.

Die Sonne stand hoch am Himmel und eine Reihe von Tieren graste in der Nähe des Felsens, als hätte es die ereignisreiche Nacht nie gegeben. Nichts, nicht einmal eine Feuerstelle, deutete mehr auf die gestrige magische Explosion hin.
Mit hängenden Ohren schlich der Prinz erschöpft zum Felsen, als er plötzlich im Gras etwas aufblitzen sah:
ein königliches Diadem von Violentioni - Saphiras Diadem.

Und noch etwas sah der Prinz: ein daumengroßes Flügelwesen mit braunem Strubbelhaar, frechen Saphiraugen und einer Stupsnase, die keck zum Himmel zeigte. Die Flügel waren fast zu klein, um den pummeligen Körper zu tragen, dennoch flog es zielsicher durch die Lüfte, bis es das Diadem erreichte. Der Däumling untersuchte das Schmuckstück und ließ es schließlich mit einer großzügigen Prise Glitzerstaub emporsteigen.
Staunend beobachtete der Prinz, wie der kleine Flieger mit seinem Fund ein paar Meter zum verschütteten Höhleneingang flog und dort ächzend Platz nahm.
»Wer bist du denn?«, folgte der Prinz ihm neugierig. »Und was machst du mit dem Diadem meiner Braut?«
»Ich bin ein Feenrich, mein Meister«, antwortete das kleine Geschöpf. »Und mein Name ist Jakob.«
Der Feenrich legte das Diadem auf dem Felsen ab. »Das glänzende Metallding habe ich gerade gefunden. Es gehört Eurer Braut? Es ist wunderschön!«

»Das Metallding ist ein Diadem aus Titan. Es gehört der Prinzessin von Violentioni.«

»Dann nehmt es bitte, mein Meister!«

Der Prinz nahm die Stirnkrone dankend an sich und verstaute sie in seiner Hosentasche.

»Sie scheint ein liebliches Wesen zu sein. Ich sehe ihre Spuren an dem Diadem, mein Meister«, sagte der Feenrich.

»Wieso nennst du mich immerzu ›mein Meister‹? Ich bin ein Prinz«, widersprach der Prinz.

»Jungfeen brauchen einen Herren und Meister, um eine Meisterprüfung ablegen zu können, mein Prinz. Und da ich weit und breit niemanden außer Euch sehe und Eure Aura hell erleuchtet ist, seid Ihr nun mein Meister«, beharrte der kleine Dicke und verbeugte sich mit einem fetten Grinsen.

»Aber bitte zwingt mich nicht, Euch ›mein Prinz‹ zu nennen, denn ich gehöre nicht zur Familie der Wächter der königlichen Familie. Wenn die anderen Feen herausbekommen, dass ich einem echten Prinzen diene, gibt es mächtig Ärger im Feenwald«, fügte er leise hinzu.

»Dann nenn mich eben ›mein Meister‹, kleiner Feenrich«, sagte der Prinz großzügig. Es war ohnehin nicht wichtig, ob er hier auf dem blauen Planeten ein Prinz war oder ein teuflisches Männchen. Hier würde ihn niemand als Führungsoberhaupt akzeptieren.

Und er hatte andere Sorgen.

Er musste seine Braut finden und damit auch sein eigenes Leben retten.

»Habt Dank, mein Meister!« Der Feenrich verbeugte sich.

»Dann darf ich bei Euch bleiben?«

»Wieso willst du bei mir bleiben?«

»Im Feenwald bin ich der stümperhafteste Feenschüler aller Zeiten und eine Schande für meinen Vater. Ich bin zudem viel zu dick und damit nicht einmal ein schneller Flieger. Wenn es brenzlig wird, kneife ich. Aber um meiner großen

Liebe Juna zu zeigen, dass ich eine gute Lichterfee sein kann, habe ich mich davongeschlichen. Ich habe die Wachen der Riesen am Portal der Anderswelt ausgetrickst und bin bei der ersten Portalöffnung in die Welt der Menschen geschlüpft. Mein Vater sagt immer, kein Träumer ist zu klein…«

»Ich finde, das hört sich ziemlich mutig an und dein Vater scheint ein weiser Mann zu sein.«

»Dann darf ich bei Euch bleiben, mein Meister?«

So schnell hatte der Prinz also den Winzling an der Backe. Nun gut, er war ein Violentianer und daher kam ein Streit für ihn nicht infrage. Also gewährte er dem Feenrich diesen Wunsch. »Gut, dann bleib eben bei mir. Vielleicht kannst du mir helfen, meine Braut zu finden, wenn du schon ihre Spuren am Diadem sehen kannst. Ich wette, der böse Menschling, der hier versucht hat zu zaubern, hat sie mitgenommen.«

»Das war König Laurentz. Er ist im ganzen Land der Feen und Fabelwesen bekannt.«

»Warum?«

»Die Bewohner der Anderswelt setzen all ihre Hoffnung in den König. Er soll die Schreckensherrschaft des Riesen Maximus beenden, damit das Feenmorden endlich ein Ende hat«, fügte der Feenrich im Flüsterton hinzu. »Darum verzeihen die Feen dem König auch jeglichen gescheiterten Versuch, die Welten zu vereinen.«

»Was gibt es denn da zu verzeihen?«

»Bei jedem Versuch müssen einige Feen ihr Leben lassen, mein Meister. Alles, was dem Riesen in seiner Wut in die Quere kommt, streckt er nieder.«

»Ist der König denn kein guter Magier?«

»Es ist ein sehr kniffliger Zauber. Der König muss des Riesen schwarzmagische Höllenkunst überwinden und das hat bisher noch keiner geschafft«, antwortete der Feenrich.

»Zum nächsten Vollmond hat Maximus gedroht, die königliche Feenfamilie auszulöschen. Eine Wiedervereinigung unserer Welten wäre danach unmöglich. Also muss es dem König vorher gelingen, das Portal zu öffnen und Maximus zu besiegen.«

»Dann hat der König also gute Absichten?«, fragte der Prinz verwundert.

»Nein, die hat er nicht«, widersprach der Feenrich. »Er will sich rächen, weil der Riese ihm die Frau genommen und sein Reich von dem der Lichtwesen getrennt hat. Rache ist niemals ein Akt der guten Tat, mein Meister.«

»Nun, wenn Maximus aber das Leben der Königin auf dem Gewissen hat, muss der König die Tat sühnen«, verteidigte der Prinz das Vorgehen des rachsüchtigen Königs.

Der Feenrich schüttelte beharrlich den Kopf. »Wenn Ihr mich fragt, wird der König in seiner Rachsucht noch riskieren, dass der Riese die Erde zerstört. Aber immerhin hat er dafür gesorgt, dass ich die Anderswelt im kurzen Moment der Portalöffnung lebend verlassen konnte. Dafür sollte ich ihm dankbar sein.«

»Wird man dich in deiner Welt denn nicht vermissen?«, hakte der Prinz nach.

»Nein. Wie gesagt, ich bin eine Schande für die ganze Lichterfeensippschaft. Aber das will ich ändern. Ich werde in der Vollmondnacht zum Helden meines Volkes. Ich werde Maximus besiegen.«

Stirnrunzelnd betrachtete Rumpelstilzchen den Winzling. Er hatte zwar Flügel und einen Zauberstab, aber machte ihn das deshalb zu einem gefährlichen Gegner für einen unbezwingbaren Titan?

»Wo hält sich der herrische Riese denn auf?«

»An der Grenze zur Anderswelt, mein Meister. Maximus hat letzte Nacht bei der Portalöffnung alle Soldaten des Königs mit nur einem einzigen dunklen Zauber getötet. Nur den

König hat er verschont, denn den will er ja quälen. Seit vielen Jahren hat er eine ganze Armee von Riesen und anderen dunklen Kreaturen an der Grenze der Anderswelt positioniert, um sich im Falle des Gelingens der dauerhaften Portalöffnung gegen den König verteidigen zu können.«

»Dann hat der König wohl gar keine Chance gegen den Riesen?«

Der Feenrich zuckte mit den kräftigen Schultern. »Ich befürchte fast, dass er sie nicht hat. Zumindest nicht ohne meine Hilfe.«

»Hast du denn magische Fähigkeiten?«, wollte der Prinz wissen. »Oder wie willst du einen unbesiegbaren Zauberer, der tausendmal größer ist als du, kleinkriegen?«

»Ich habe Ideen. Pläne. Wenngleich meine Zauber auch nicht immer gelingen.« Der Feenrich errötete.

»Stimmt, du sagtest ja, du seist eine miserable Fee.«

»Aber ich gebe trotzdem niemals auf, mein Meister. Sagt mir einfach, was Ihr braucht, und ich werde all mein Wissen und mein Feenstaub einsetzen, um Euch zu helfen«, schlug der Feenrich hilfsbereit vor.

»Feenstaub ist wohl das Glitzerpulver, mit dem du Dinge bewegen kannst?«, hakte der Prinz neugierig nach.

»Ja.«

»Kannst du auch verloren gegangene Dinge wiederfinden?«

Der Feenrich nickte. »Was ist Euch denn verlustig geworden, mein Meister?«

»Ich suche meine Braut…«

»Die Trägerin des Diadems?«

»Ja, genau. Ich habe den Verdacht, dass der König sie entführt hat, während ich ohnmächtig war«, sagte der Prinz.

»Das sähe dem König ähnlich.« Der Feenrich flatterte aufgeregt um den Außerirdischen herum. »Warum müsst Ihr sie denn so dringend finden? Gibt es nicht noch Tausende andere Grazien mit ähnlich strahlender Aura wie der Euren, die Ihr zum Weibe nehmen könntet?«

»Sicher gibt es das, aber wir haben uns bereits als Kinder den Bund der Ewigkeit geschworen«, entgegnete der Prinz.

»Was passiert denn, wenn Ihr sie nicht retten könnt?«

Mit leerem Gesichtsausdruck starrte der Prinz zum Feenrich, bis sich sein Blick wieder schärfte. »Mein Herz würde brechen. Tausende Nadeln würden in meine Haut stechen, sie aufreißen und zerfetzen. Feuer würde sich züngelnd durch meine Eingeweide fressen und alles Innere würde sich umdrehen, bis mein Körper einen qualvollen Tod erleidet.«

»Klingt für mich, als wenn der Tod eine Erlösung wäre, mein Meister.«

»Ja, vielleicht hast du Recht.«

»Lässt sich so ein Versprechen denn nicht wieder rückgängig machen?«

»Nein.«

»Da wart Ihr aber ganz schön leichtsinnig, einen solchen folgeträchtigen Bund einzugehen. Oder liebt Ihr die Pein?«

»Zeige mir das Geschöpf, welches Schmerzen begehrt! Ich war ein Jüngling. Da tut man leichtsinnige Dinge.«

»Dann bereut Ihr es, den Handel geschlossen zu haben?«

Der Prinz schüttelte den Kopf. »Wie könnte ich etwas verfluchen, was mein Herz mit Liebe erfüllt, jeden Tag besser macht und den letzten Winkel meiner Seele mit Licht ausleuchtet?«

»Klingt in der Tat so, als sei sie die Richtige.«

»Ja, das wird sie dann wohl sein.«

»Ich kann die Fährte Eurer Braut aufnehmen, mein Meister. Wir Feen haben wirklich einen ausgezeichneten Spürsinn. Wir können magische Spuren mit verbundenen Augen wahrnehmen.«

»Prima, dann nimm bitte ihre Spur auf, mein Freund!« Der Prinz freute sich außerordentlich über das talentierte

Flügelwesen. Was war er nur für ein Glückspilz, dass er so ein begabtes Geschöpf an seine Seite gestellt bekam in einer Situation wie dieser.

Während der Feenrich im Schneckentempo vorausflog, humpelte der Prinz hoffnungsvollen Herzens leicht verletzt hinter dem kleinen Lichtwesen her.

Magische Barrieren

»Lebt der Feenrich noch?«

»Süße, Geduld! Sonst muss ich dich leider verzaubern!«
Ich schluckte.
War das jetzt gut oder schlecht?

ach einer ganzen Weile kamen der Prinz und

sein Feenrich endlich an das im ganzen Land gefürchtete
Schloss von König Laurentz Paulinus von Lichtenwald.
Es war imposant, wie es dort mit seinen vielen Türmen und
einer unüberwindbaren Mauer zwischen den Felsen empor-
ragte. Schwarze Raben umkreisten es wie Boten des Bösen,
die Wache über die Lüfte hielten. Die Mauer, die es umgab,
war so hoch, dass kein Lebewesen darüber klettern konnte.
Einzig geflügelte Geschöpfe wie Feen, Käfer und Vögel
waren in der Lage, sie zu überwinden - wenn sie nicht in die
schwarzmagische Barriere gelangten, deren Flammen jeden
im Bruchteil von Sekunden verschlangen.
»Das ist also das Schloss des schwarzmagischen Königs«,
sagte der Feenrich eingeschüchtert. »Es sieht exakt so aus,
wie es im Buch ›Kampf der Feen‹ vom Feenkönig Horatio
beschrieben wird.«
Der Prinz atmete tief ein. Seine Lieder zuckten vor Nervosität und das Herz wollte ihm davongaloppieren.
An diesem finsteren Ort sollte Saphira sein?
Würde er seine Braut hier unversehrt vorfinden?
Würde er in der Lage sein, sie zu befreien?

Fast schon verzweifelt musterte er die mit stacheligem Efeu bewachsene Mauer, die unüberbrückbar schien.

»Soll ich über die Mauer hinwegfliegen und die Lage ergründen, mein Meister?«, bot der Feenrich an.

»Kommst du denn dort unbeschadet hinüber, mein Freund? Du siehst mir recht üppig genährt aus und wenn mich nicht alles täuscht, wabert ein grünes Feuer auf der Bastei.«

Der Feenrich räusperte sich pikiert. »Selbstverständlich, mein Meister. Ich sehe nur so dickgefuttert aus. In Wahrheit bin ich ein absolutes Muskelpaket.«

Der Prinz dachte kurz nach, sah aber keinen anderen Weg und nickte schließlich. »Na gut, dann fliege vorsichtig hinüber und halte Ausschau nach meiner Braut!«

Der Feenrich flog davon und kam kurz darauf atemlos zurück. »Ich habe Eure Braut nicht gefunden, mein Meister! Dafür aber unendlich viele magische Spuren, die in das Schloss und direkt zu dem höchsten Turm auf der anderen Seite des Schlosses führen. Ich vermute, in dem Turm wird die wunderschöne Prinzessin gefangen gehalten, von der man im ganzen Feenwald spricht.«

»Das ist Saphira«, rief Rumpelstilzchen erleichtert.

Der Feenrich schüttelte den Kopf. »Nein, nein, mein Meister, das kann nicht sein. Oder ist Eure Braut ein Menschenkind?«

»Ein Menschlingskind? Niemals.«

»Dort oben im Turm wird ein Mädchen gefangen gehalten, - die Tochter des Königs. Sie ist ein Mensch.«

»Warum sperrt der König seine eigene Tochter in einem Turm ein?«, fragte der Prinz und spürte den Schmerz der Grausamkeit in seiner Brust aufwallen.

Der Feenrich räusperte sich. Dann holte er sein Buch aus der Tasche und schlug es auf. »Unser Feenkönig Horatio hat die Geschichte des Königs niedergeschrieben, um uns Feen zu erzählen, wie es zu der Weltentrennung kam, mein Meister. Soll ich die Geschichte vortragen?«

»Ja, bitte, aber fasse dich kurz!«

»Bevor der Riese Maximus das Portal der Anderswelt dauerhaft verschließen konnte, war er ein Freund von König Laurentz gewesen. Ein sehr guter Freund. Der Beste, würde ich sagen. Doch dann haben sich beide in dieselbe Frau verliebt - eine menschliche Schönheit. Aber nur der König hatte das Herz dieser Wohlgestalt erobern können und hat sie geheiratet. Die Königin gebar bald darauf ein Kind, Prinzessin Anna. Aber durch die Geburt litt die Königin an hohem Blutverlust. Die letzte Zutat der Medizin, die sie noch hätte retten können, wuchs im Feenwald. Dies wusste Maximus, der daraufhin das Rapunzel bewachen ließ. Er hatte Rache geschworen und war bereits im Begriff, die Welten zu trennen. Und so starb die Königin in den Armen des verzweifelten Königs und ließ ihn mit der gemeinsamen Tochter zurück.«

»Wie schrecklich! Und weiter?«, fragte der Prinz ungeduldig.

»Maximus gelang es schließlich, die Welten zu trennen und das Portal immer während zu schließen. Zudem belegte er den König mit dem ›Fluch des Zerfalls‹. Die Zauberkräfte des Königs sind somit zeitlich beschränkt. Der Vollmond nach dem achtzehnten Geburtstag der Prinzessin soll als Quelle des Nichts sämtliche Magie aus der Menschenwelt verschlingen. Dieser Zeitraum gilt jedoch nur, solange die Königstochter unverheiratet ist und kein Kind geboren hat. Der König hat der Zeitrechnung zufolge also nur noch sechs Tage Zeit, das Portal zu öffnen und Maximus zu töten.«

»Also hat der König sein eigenes Kind dort oben im Turm eingesperrt, um sie von der Außenwelt abzuschotten, damit kein Mann der Welt den Bund der Ewigkeit mit ihr schließen kann?«, schlussfolgerte der Prinz.

Er war zutiefst erschüttert.

»Ja, aber damit nicht genug«, fuhr der Feenrich fort.

»Nicht?« Dem Prinzen wurde eiskalt ums Herz.

Was konnte noch schlimmer sein, als sein eigenes Kind wie eine Gefangene wegzusperren? Er wusste, wie sich das anfühlte, denn er war von seinen Eltern ein paar Jahre im Kerker gefangen gehalten worden, weil er der falschen Frau den Bund der Ewigkeit geschworen hatte.

»Der König hat seine Tochter mit einem der schrecklichsten, schwarzmagischen Flüche der Welt versehen«, entgegnete der Feenrich leise.

Der Prinz runzelte die Stirn. »Was ist das für ein Fluch?« Er spürte die Angst vor der Antwort langsam seine Speiseröhre hinaufkrabbeln. Sie lähmte seine Ohren und ließ ihn am ganzen Körper erzittern.

Der Feenrich blätterte in dem Buch herum, bis er schließlich gefunden hatte, wonach er gesucht hatte. »Hier! Es ist der ›Fluch der Täuschung‹. Böse Zungen nennen ihn auch den ›Fluch der Hässlichkeit‹.«

Dem Prinzen fielen fast die gelben Augen aus dem Kopf.

»Was bewirkt dieser Fluch? Sprich, kleiner Feenrich!«

»Jeder Mann im heiratsfähigen Alter, der das Mädchen sieht, nimmt nicht ihre wahre Gestalt wahr. Er erblickt vielmehr eine hässliche Fratze, die mit jedem Blinzeln ihre Gestalt verändert. Und mit jeder Sekunde, die der Jüngling länger bei der Prinzessin verweilt, wird das Äußere der Königstochter gruseliger«, entgegnete das Lichtwesen. »Außerdem soll das Mädchen Spuren eines Bannes tragen.«

»Herrje, reicht denn so ein Fluch nicht aus? Wozu wurde das Mädchen dann auch noch mit einem Bann belegt?« Nachdenklich popelte sich der Prinz in der langen Nase. So viele Informationen musste er erst einmal verarbeiten. Es war im Universum zwar bekannt, dass die Menschlinge nicht zimperlich waren, aber dass sie so erbarmungslos waren, bewegte ihn zutiefst. Dieser unmenschliche Akt war wohl kaum noch an Grausamkeit zu toppen.

»Ja, mein Meister, der Fluch hätte gereicht.« Der Feenrich klappte das Buch wieder zu und verstaute es umständlich in seiner Bauchtasche. »Falls es der Prinzessin einfallen sollte, den Turm zu verlassen, wird sie durch den Bann unsichtbar.«

Der Prinz atmete tief durch. »Und du sagst, die Spuren meiner Braut führen sowohl ins Gruselschloss, als auch in den Turm hinauf?« Nachdenklich spielte er an seinem Ohr herum.

»Ja, mein Meister.«

»Könntest du denn einen Blick in das Turmzimmer werfen? Vielleicht sitzt Saphira dort und erholt sich von der langen Reise und dem mächtigen Zauber«, überlegte der Prinz. »Vielleicht hat der König sie dort oben bei der Prinzessin in Sicherheit gebracht vor dem rachsüchtigen Riesen.« Hoffnung keimte in ihm auf bei dem Gedanken an ihre Unversehrtheit. Der König hatte ja keinen Grund, ihr etwas anzutun, denn seine einzige Gefahr ging von dem Titan - oder gar seiner eigenen Tochter - aus.

»Ich könnte versuchen, den Turm hinauf zu fliegen«, bot der Feenrich zögerlich an. Er war sich nicht sicher, ob die Turmwand nicht auch magische Barrieren als Überraschung für unliebsame Eindringlinge bereithielt.

Der Prinz blinzelte. »Am besten nimmst du mich mit! Ich kann hier nicht untätig herumsitzen. Wir werden gemeinsam nachsehen, wer oder was sich in dem königlichen Gefängnis befindet.«

Der Feenrich hob beide Hände. »Ich werde Euch NICHT auf den Turm schaffen können, mein Meister! An Euch klebt noch immer der dunkle Zauber des Königs. Das würde meine Flügel lahmlegen.«

»Aber die Prinzessin ist doch ein Menschling. Sie muss etwas essen und trinken. Wie wird sie versorgt? Wie gelangen die Menschlinge auf den Turm?«, überlegte der haarige Prinz.

»Es soll keine Treppe geben, mein Meister.«

»Dann muss es einen anderen Weg geben.«

»Wartet, mein Meister! Ich werde das herausfinden.« Bevor der Prinz reagieren konnte, war der Feenrich auch schon verschwunden.

Erschöpft lehnte sich das Männchen gegen die Mauer, schreckte jedoch hoch, als ihn ein beißender Stich in den Rücken fuhr. Er drehte sich um und sah, wie unzählige Feuerzungen aus dem Gestein loderten. Das musste eine unsichtbare Barriere gewesen sein, denn sie war ihm vorher nicht aufgefallen.

Die Erde war ein merkwürdiger Ort. Die Menschlinge, die er bisher getroffen hatte, waren allesamt feindlich gesinnt gewesen. Nicht einmal ihrem Essen durfte man zu nahe kommen. Dabei roch es überall so verführerisch nach Gras, Fleisch und Steinen - und davon gab es doch nun wahrlich genug auf diesem Planeten.

In den letzten Wochen seit seiner Ankunft hatte er schnell festgestellt, dass man den Menschlingen als Andersling nicht über den Weg laufen durfte. Auch jetzt musste er sich während seiner Wartezeit zweimal vor den Wachposten der Schlosswache verstecken.

Nach einer gefühlten Ewigkeit kam der Feenrich endlich zurück und erstattete Bericht. »Die verfluchte Prinzessin wird von ihrem Vater liebevoll ›Rapunzel‹ genannt, obwohl ihr Gesicht aussieht wie das eines Monsters. Sie lebt dort oben im Turm wie eine Gefangene und hat auch keine Möglichkeit, ihrem Gefängnis zu entkommen. Wenn sie auch nur einen Arm aus dem Fenster hält, wird dieser unsichtbar.« Atemlos holte der Feenrich Luft. »Fluch und Bann sind also nicht erfunden. Sie existieren tatsächlich.«

Der Prinz atmete durch. »Hast du meine Saphira im Turm entdecken können?«

Der pummelige Feenrich schüttelte den Kopf. »Nein. Eure Braut befindet sich nicht dort oben, obwohl eine ihrer Spuren hinaufführt. Die Prinzessin scheint nur mit ihrer Zofe im Turm zu leben. Das Kammermädchen kümmert sich um das Königskind und besorgt Essen und Trinken, in dem es einen Korb an einem Seilzug nutzt.«

»Vielleicht könnte ich in dem Korb auf den Turm gelangen«, überlegte der Prinz.

»Der Korb ist im Schlossinnenhof. Da kommen wir gar nicht erst hin. Außerdem ist er viel zu klein für Euch als Transportmittel. Der König selbst besucht seine Tochter einmal am Tag. Er steht unterhalb des Turms und ruft: ›Rapunzel, Rapunzel, lass dein Haar herab‹.«

»›Rapunzel, lass dein Haar herab‹?«, hakte der Prinz verwundert nach.

Der Feenrich nickte aufgeregt. »Ja. Das Mädchen lässt dann einen unmenschlich langen Haarstrang an der Turmwand herab, an dem der König emporklettert, um ihr für eine menschliche Zeitstunde Gesellschaft zu leisten. Nach einer Weile klettert der König an ihrem Haar wieder herunter und verschwindet in seiner Magierwerkstatt im Hochsicherheitskeller, um weiter an dem dunklen Zauber der Portalöffnung zu arbeiten.«

»Wenn meine Saphira nicht im Turm ist, wo kann sie dann sein? In der Magierwerkstatt des Königs?« Nachdenklich fuhr sich der Prinz über die fledermausartigen Langohren.

Der Feenrich machte ein bedröpstes Gesicht. »Eure Braut, mein Meister, wird sicherlich im Schloss versteckt sein, aber da kommen wir nicht ohne weiteres rein. Das Schloss ist sicherer als die sicherste Festung der Welt. Aber Spuren sind ein gutes Zeichen. Es zeigt, dass sie am Leben ist. Wir werden sie finden.«

»Was macht dich da so sicher?«

»Zuversicht hat im ABC einer Fee absolute Priorität, mein Meister. Ohne Zuversicht und den festen Glauben an das Gelingen unserer Vorhaben, wären wir keine Feen des Lichts. Wir sind Hoffnungsgeber, mein Meister.«

Der Prinz seufzte theatralisch. »Gut, wenn du das sagst, kleine Lichterfee! Dann lass uns zuerst auf dem Turm nach weiteren Spuren suchen. Vielleicht weiß die Prinzessin auch, wo sich meine Braut aufhält.«

»Sehr wohl, mein Meister!« Der Feenrich verneigte sich untertänig. »Aber wie wollt Ihr dort hinaufkommen?«

Der Prinz zupfte sich nachdenklich am Ohr herum, bis er eine Idee hatte. »Wir werden es ebenso handhaben wie der König. Ich rufe die Prinzessin und klettere an ihrem Haar hinauf.«

»Und wie wollt Ihr über diese Mauer kommen, mein Meister? Sie ist viel zu hoch für Euch«, sagte der Feenrich besorgt. »Und seht nur die gierigen Feuerzungen in dem Gestein! Sie sind schwarzmagisch und führen ohne Gegengift nach wenigen Tagen zum sicheren Tode.«

»Mit ihnen habe ich bereits Bekanntschaft geschlossen«, erwiderte der Prinz und zeigte seinen verwundeten Rücken.

Der Feenrich schnitt eine Grimasse. »Oje! Ich bin ein miserabler Heiler, mein Meister. Vermutlich werde ich bei dem Versuch, Euch zu behandeln, mehr kaputtmachen als heilen. Aber ich werde nicht aufgeben, damit Ihr daran nicht zugrunde geht.«

»Ja, bitte, tu das! Dann lass uns zur Prinzessin gehen! Die Zeit drängt.«

»Wie sollen wir nun auf den Turm kommen, mein Meister?«

»Der Turm ist sicherlich ein Teil dieser Mauer und damit von außen zu erreichen.« Der Prinz wanderte an der Mauer entlang, bis sie auf der anderen Seite des Schlosses am Turm der Prinzessin ankamen. Er besaß zum Glück auch auf der Außenseite ein Fenster und so rief der Prinz: »Rapunzel!« Er holte tief Luft. »Rapunzel, wirf dein Haar herab!«

Kurz darauf kam ein langer, goldblonder Zopf geflogen. Mühsam kletterte das Männchen die ersten Meter daran hinauf, während der Feenrich mit Leichtigkeit nebenher flog.

Plötzlich ertönte ein lieblicher Gesang und im nächsten Moment saßen Hunderte von singenden Feuerkäfern auf den Beinen des Fellprinzen. Sie bissen sich in sein Fleisch und hinterließen tiefe Risse.

»Meister, wartet!« Der Feenrich schwang seinen Zauberstab, doch dieser wollte ihm einfach nicht gehorchen. Lediglich ein paar müde Funken purzelten aus der Spitze. Voller Verzweiflung schüttelte der Winzling sein Hilfsmittel, doch nichts passierte.

Der Prinz hatte Mühe, sich festzuhalten, denn es kamen immer mehr Feuerkäfer aus der Turmmauer geflogen, die sich überall in sein Fell krallten.

In seiner Verzweiflung entzündete der Feenrich eine Fackel so groß wie ein Streichholz und pustete seinen Feenstaub durch die Flamme. Ein riesiger Feuerball stob nun um den Körper seines Meisters und tötete die Feuerkäfer. Leider verbrannte sie jedoch auch die Haut des Prinzen.

»Verflixt, Jakob! Was tust du da?«

»Verzeiht, mein Meister! Ich war leider auch miserabel in Fluchkunde. Magische Barrieren zu beseitigen ist höchste Zauberkunst. Aber vielleicht will mir die Herstellung einer Brandsalbe gelingen. Auch wenn ich die Wunden der Feuerkäfer nicht heilen kann, so kann ich zumindest die Brandblasen mildern.«

»Na, immerhin«, stöhnte der Prinz und kletterte die restlichen Meter unter Schmerzen den Turm hinauf.

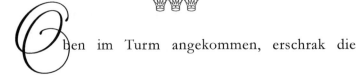

»Das muss Liebe sein!«

»Wie bitte?«

»Was hat Ihr armer Vater nur alles auf sich genommen, damit er mit Saphira zusammen sein kann! Ich bin mir nicht sicher, ob es in meiner Welt Jungs gibt, die solche Qualen und Schmerzen ertragen hätten.«

»Nun«, fing das Goldmonsterchen Junior an, »um ehrlich zu sein, ging es meinem Vater nicht nur um die Liebe.«

»Nicht?«

Rumpelstilzchen Junior schüttelte den Kopf, dass die Ohren nur so schlackerten. »Er war jung und naiv, als er den Bund der Ewigkeit schloss. Als er merkte, was da dranhing, konnte er ihn nicht mehr rückgängig machen. Er musste Saphira im Königreich Lichtenwald suchen, um zunächst einmal seine eigene Haut zu retten.«

»Stimmt. Der Bund versprach ja Höllenqualen«, erinnerte ich mich. Wäre ich bereit, solche Torturen für Steven auf mich zu nehmen?

Die Frage konnte ich eindeutig bejahen!

Eilig stopfte ich mir Schokolade zwischen die Kiemen und hielt mich mit meinem Schreibwerkzeug bereit.

Oben im Turm angekommen, erschrak die Prinzessin beim Anblick des wirklich furchteinflößend aussehenden Fellprinzen. »Wer bist du denn? Und wieso kletterst du an meinem Haar hier herauf?«, fragte sie. »Bist du etwa ein Biest? Oder gar der verzauberte Riese

112

Maximus?« Ihre Stimme zitterte und klang trotzdem lieblicher als Vogelgesang. Aber ihr Gesicht stand dem eines Teufels in nichts nach.

»Das fragt Ihr mich? Habt Ihr schon einmal in einen Spiegel geschaut, Prinzessin? Ihr seht erschreckender aus als ich«, konterte der Prinz. »Außerdem sehe ich wohl kaum aus wie ein Riese. Ich messe nicht einmal die Hälfte Eurer Körperlänge.«

Die Prinzessin verschränkte die Arme vor der Brust. »Du willst doch nicht etwa in meinen Turm eindringen und mich entführen, oder?«

Der Prinz wackelte mit der langen Nase, während er sich krampfhaft an dem Haar festhielt. »Sehe ich so aus, als würde ich so ein schauderhaftes Geschöpf wie Euch entführen wollen?«, schnaufte er.

Er unterdrückte ein Jaulen, als das Blut aus seinen Wunden quoll, die die Feuerkäfer ihm beschert hatten.

»Ich glaube, das will niemand, mein Meister«, mischte sich der Feenrich ein. »Zudem riecht sie etwas streng.« Er hielt sich auffällig die Stupsnase zu.

»Wonach rieche ich denn?«, fragte die Prinzessin erschrocken und wich zurück.

»Nach Bosheit, Eure Hoheit«, antwortete der Feenrich keck und täuschte ein Lächeln vor.

Die Prinzessin verengte ihre Augen zu Schlitzen. »Und ihr zwei seht aus, als würdet ihr am liebsten kleine Kinder fressen.«

»Das Kompliment kann ich zurückgeben«, sagte der Feenrich übertrieben lächelnd.

»Gewährt uns bitte Einlass, bevor ich an Eurem Haar wieder hinunterrutsche und es Euch noch versehentlich ausreiße. Ich bin schwer verletzt«, sagte der Prinz.

Die Zofe kam herbeigelaufen und lächelte den kleinwüchsigen Besucher an. »Lasst ihn eintreten, Prinzessin! Er ist so niedlich! Vielleicht ist er ein verwunschener Prinz und der Retter gegen Eure Langeweile.« Sie zwinkerte dem Männchen zu und veranlasste sein verräterisches Herz zu einem Aufregungshüpfer. »Außerdem ist er verwundet und benötigt Hilfe.«

Ihr rotbraunes Haar schlang sich in zarten Löckchen um ihren Hals, ihre Augen waren so blau wie die Quelle der Unsterblichkeit und strahlten ihn mindestens in selbiger Intensität an. Ihre Nase war zart und fein, während ihr geschwungener Mund zum Küssen einlud, obwohl der Prinz mit Mündern sonst nichts am Hut hatte. Kurzum, dieses Menschlingsgeschöpf war die stärkste Versuchung, der er je begegnet war - und sie war ein Menschling!

»Was redest du für einen Unsinn, du dumme Gans?«, fuhr die Prinzessin ihre Zofe an.

Ihre Garstigkeit stach dem Prinzen ins Herz. Er fühlte den Schmerz der diskreditierten Zofe wie einen Dolch in der Brust, der eine Welle der Wut in ihm hochbrodeln ließ.

Erschrocken über seine heftigen Emotionen, die einem Violentianer fremd waren, hielt er inne.

Die Prinzessin erblickte die blutende Hand ihrer Dienerin.

»Geh und verbinde deine Hand! Der Schnitt in deinen Finger ist offenbar größer als befürchtet. So blutest du mir noch alles voll. Der Verband muss erneuert werden.«

Für einen kurzen Moment war es dem Prinzen, als wenn sein eigener Finger blutete. Mitleid überkam ihn.

»Sehr wohl, Eure Hoheit!« Die Zofe knickste mit hochrotem Kopf und lief davon, um ihre Hand zu verarzten.

»Wieso ist sie verletzt?«, fragte der Feenrich, der erneut Spuren der Außerirdischen witterte. »Wurde sie etwa auch von diesen lästigen Feuerkäfern angeknabbert?«

Die Prinzessin beäugte den geflügelten Däumling. »Sie ist ein dummes Huhn. Sie hat sich bei der Küchenarbeit in die

Hand geschnitten. Darum hat man sie aus der Küche hinausgeworfen. Weil der Staatssekretär aber Erbarmen mit ihr hatte, wurde sie mir als Zofe zugeteilt.«

»Ein tollpatschiges Kammermädchen ist doch besser als die Einsamkeit, oder?«, sagte der Prinz, der um die Notwendigkeit einer Arbeit bei Bediensteten wusste.

Die Prinzessin verdrehte die Augen. »Nun, vielleicht hat sie Recht und ihr seid eine Abwechslung in meinem tristen Alltag. Kommt herein in Gottes Namen!«

Der Prinz kletterte über den Fenstersims in den Turm und streckte seine Glieder. Ihm war, als stünde sein Körper in Flammen.

»Was stinkt hier so entsetzlich?«, fragte die Prinzessin mit gerümpfter Nase.

»Ich habe mich verbrannt«, gab der Prinz zu und veranlasste die Prinzessin zu einem Stöhnen, das ihm mitteilen sollte, dass sie keine Lust auf Pflegefälle hatte.

Der Feenrich flog an der Prinzessin vorbei und ließ sich auf einem Stuhl nieder, den er sogleich akribisch untersuchte. Offenbar hatte er dort eine magische Spur von Saphira wahrgenommen.

Eilig blickte sich der außerirdische Prinz im Turm um, doch er konnte kein einziges Haar von Saphira entdecken. Dann verbeugte er sich, wie es sich auf seinem Planeten in Gegenwart einer Prinzessin schickte. »Seid gegrüßt, Prinzessin Anna! Ich bin Prinz 13-003 von Violentia. Die Menschlinge schimpfen mich ›Rumpelstilzchen‹, weil ich in ihren Augen so ein teuflisches Aussehen habe.«

»Der Name gefällt mir. Er passt zu deinem scheußlichen Äußeren. Ich werde dich auch fortan ›Rumpelstilzchen‹ nennen«, sagte die Prinzessin und lachte ausgelassen. Sie dachte nicht eine Sekunde darüber nach, ob es dem fremdartigen Prinzen überhaupt passte, so genannt zu werden. »Und nun rede nicht lange um den heißen Brei herum, Rumpelstilzchen«, fuhr sie fort, »sag mir, was euch zu mir führt! Seid ihr zwei in friedlicher Absicht hier?«

Der Prinz, mit dem nun garstigen Namen ›Rumpelstilzchen‹, nickte. »Ich suche meine Braut, Prinzessin Saphira Rosina von Violentioni. Habt Ihr sie gesehen?«

»Wie sieht deine Braut denn aus? Genauso hässlich wie du?«, fragte die Prinzessin frech.

»Natürlich ist sie viel, viel schöner als ich«, sagte Rumpelstilzchen mit leuchtenden Augen. »Ihre Haut ist so rosig wie Eure, Prinzessin. Nur an einigen Stellen sieht sie aus wie ein Reptil. Aber das sind magische Flecken…«

»Wofür sind die magischen Flecken gut?«, unterbrach die Prinzessin ihn ungeduldig.

»Das darf ich Euch nicht verraten«, sagte Rumpelstilzchen.

Die Prinzessin verschränkte die Arme vor der Brust. »Sprich! Ich bin die Prinzessin. Niemand darf sich mir widersetzen.«

»Es ist ein lang gehütetes Geheimnis.«

»Dann ist es auch ein Geheimnis, wo sich deine Braut aufhält, kleiner Mann.« Mit diesen Worten wandte sich die Prinzessin von ihm ab.

Panik stieg in dem Prinzen auf.

Er musste sich gut mit der Prinzessin stellen, wenn er eine Antwort wollte. Innerlich verdrehte er die Augen. Dieses Exemplar Menschling war jetzt schon eine Plage - und er war noch nicht einmal annähernd an sein Ziel gekommen, Saphira aufzuspüren. »Die magischen Flecken erfüllen Wünsche«, verriet er also schließlich.

»Das klingt vielversprechend.« Die Prinzessin lächelte fast ein wenig boshaft - was auch an dem Fluch liegen konnte, der ihr Gesicht verunstaltete. »Ich habe viele Wünsche. Sehr viele, um genau zu sein.«

»Vielleicht kann sie Euch ein paar Eurer Wünsche erfüllen, sobald sie befreit ist«, lockte Rumpelstilzchen die Prinzessin wieder zu sich.

»Woran erkenne ich deine Braut denn, wenn sie nichts von einem Menschen an sich hat?«, fragte die Prinzessin um einiges aufgeschlossener.

»Sie ist etwas kleiner als ich. Für ihre Rasse hat sie erstaunlich volles, langes Haar und die schönsten violetten Augen, die das Universum je gesehen hat«, geriet Rumpelstilzchen ins Schwärmen.

»Was faselst du denn da? Was soll das sein, ein Universum?«, platzte die Prinzessin unwirsch heraus.

»Habt Ihr noch nie nachts in den Sternenhimmel geschaut, Eure Majestät?«, versuchte Rumpelstilzchen freundlich zu bleiben.

Der Feenrich leckte mittlerweile den Stuhl ab, was der Prinz mit Verwunderung bemerkte.

»Eindeutige Spuren, mein Meister«, wisperte der Kleine.

»Eindeutig! Haltet die Prinzessin noch ein wenig in Schach, bis ich Genaueres sagen kann.«

»Dieses merkwürdige Wesen mit der Reptilienhaut und den lila Augen gehört also zu dir? Ich habe mich schon gefragt, was sie hier macht«, sagte die Prinzessin fast ein wenig angewidert.

Rumpelstilzchen horchte auf. »Ihr habt sie gesehen? Was ist mit ihr passiert? Wo ist sie? Kann ich zu ihr?«

»Sie wurde von einem Zauber getroffen«, erklärte die Prinzessin gelangweilt. »Von einem mächtigen, dunklen Zauber«, fügte sie eilig hinzu. Es machte ihr sichtlich Spaß, ihren kleinwüchsigen Gast zu quälen. »Aber wo sie jetzt ist, werde ich dir nur unter einer Bedingung verraten.«

Der Feenrich hob vom Stuhl ab und flog im Turmzimmer umher. »Ich werde sie finden, ob es Euch nun passt oder nicht, Prinzessin. Und ich glaube kaum, dass Ihr in der Lage seid, Bedingungen zu stellen.«

Die Zofe wimmerte leise beim Verbandswechsel und sank, vom Schmerz gebeutelt, auf die Knie.

Zeitgleich spürte Rumpelstilzchen ein Stechen in seiner Haut, als wenn Tausende von Nadeln ihn heimsuchten. Tapfer biss er die Zähne zusammen, um keinen Laut von sich zu geben. Dabei jagte ihm die Gravur eine kaum zu ertragende Qual durch den Körper und hinterließ eine Nachricht in seiner Seele, dass Saphira dem Tode näherrückte.

Der Feenrich, der in der Lage war, die Aura seines Meisters zu sehen, vernahm die Dringlichkeit, Saphira zu finden und flog schneller im Turmzimmer herum.

»Hör auf, in meinen Gemächern herumzuschnüffeln, du kleine Mistkröte«, fuhr die Prinzessin den Feenrich an.

Dieser wollte etwas erwidern, doch Rumpelstilzchen platzte dazwischen. »Stellt Eure Bedingung, Hoheit!«

Der Feenrich grunzte übellaunig. Es passte ihm überhaupt nicht, wie die Prinzessin mit ihnen umsprang. Für ein einsames Königskind in Not war sie erstaunlich forsch.

»Als erstes will ich einen Schokoladenkuchen haben. Und magische Zutaten für einen Trank. Mit leerem Magen kann ich nicht denken. Dann überlege ich mir, ob ich euch verrate, wo das zwergenhafte Wesen hingebracht wurde«, sagte die Prinzessin.

»Warum hat dein Vater sie überhaupt ins Schloss mitgenommen?«, fragte der Feenrich vorahnungsvoll.

»Wer sagt denn, dass sie im Schloss ist? Mein Vater wird untersuchen wollen, ob sie ein Wesen aus der Anderswelt ist«, entgegnete die Prinzessin.

»Saphira ist kein Lichtwesen«, platzte der Feenrich heraus.

Amüsiert musterte die Prinzessin den kleinen Flieger. »Du musst es ja wissen, nicht wahr?«

Der Feenrich nickte. »Ja, Eure Majestät! Ich bin Jakob, eine Lichterfee. Ich komme aus dem Feenwald und nutzte die Portalöffnung, um hierher zu gelangen. Und des Prinzen Braut ist gewiss nicht aus meiner Welt.«

»Wenn du eine Lichterfee bist, muss ich dich leider gefangen nehmen und meinem Vater übergeben. Er wartet schon so sehnsüchtig auf euch Lichtwesen! Und wenn ich dich ausliefere, wird er sicherlich auch bereit sein, mir zu helfen, einen Mann zu finden. Ich will endlich diesen gottverdammten Turm verlassen«, sagte die Prinzessin und schnappte sich ein Glas, um den vorlauten Pummel einzufangen.

Der Feenrich flog brummend zur Turmdecke. »Nichts da! Was fällt Euch ein? Niemand nimmt mich gefangen. Viel zu lange schon war ich ein Knecht des dunklen Herrschers Maximus. Glaubt Ihr, da will ich noch in einen Käfig des dunklen Königs?«

Eine wilde Jagd begann, bei der am Ende beide atemlos aufgaben. Die Prinzessin ließ sich auf ihren Stuhl sinken, während sich der Feenrich auf einem Dachbalken in Sicherheit brachte. Die Prinzessin sah ein, dass sie den Feenrich nicht fangen konnte - vorerst. Also widmete sie sich wieder dem kleinwüchsigen Fellknäuel. »Woher kommst du, Rumpelstilzchen?«

»Ich komme von einem anderen Planeten«, erklärte der Außerirdische.

»Von einem anderen Planeten? Was ist denn nun schon wieder ein Planet?«, fragte die Prinzessin ungeduldig. »Erst faselst du etwas von irgendeinem Universum, von dem kein Mensch eine Vorstellung hat, und jetzt willst du mir weismachen, dass du nicht auf der großen Scheibe geboren wurdest?«

»Scheibe? Die Erde ist keine Scheibe, Eure Hoheit«, sagte Rumpelstilzchen. »Die Erde sieht aus dem Weltraum aus wie eine große, blaue Kugel.«

»Du kannst viel behaupten. Aber die Bücher unserer Schlossbibliothek sagen etwas anderes. Wie auch immer«, winkte die Prinzessin ab, »was ist denn nun so ein komischer Planet?«

»Dort, wo nachts die kleinen Lichter blinken, ist das unendliche Weltall«, antwortete Rumpelstilzchen geduldig. Auch wenn die Prinzessin bisher nicht durch Freundlichkeit geglänzt hatte, so wollte er sich gut mit ihr stellen. Je netter er war, umso eher würde sie ihm Saphiras Versteck verraten.

»Ein Planet ist ein Himmelskörper in runder Gestalt, der sich um einen Feuerball namens Sonne dreht. Auf ihm gibt es Leben. Ich komme vom Planeten Violentia, meine Braut ist eine Violentioni und stammt von meinem Nachbarplaneten. Vor einigen Lichtjahren kam es durch den Zusammenprall mit einer roten Sonne, die unsere Laufbahn kreuzte, zu einer Explosion, die unsere Planeten auslöschte. Darum mussten meine Braut und ich fliehen und können nicht mehr zurückreisen.«

»Wie traurig«, heuchelte die Prinzessin Mitleid. »Dann seid ihr ja Heimatlose!« Sie wandte sich ab und wisperte ihrer Zofe zu: »Auch das noch! Flüchtige! Die haben mir gerade noch gefehlt. Ich werde dem hässlichen Zwerg kein Asyl gewähren.«

Die Zofe erwiderte nichts.

»Wir haben bereits einen Unterschlupf. Habt trotzdem Dank für Eure Gastfreundschaft, Eure Hoheit!« Rumpelstilzchen deutete eine Verbeugung an. Er hatte nicht nur sehr lange Ohren, sie waren auch enorm funktionstüchtig und vernahmen sogar Halbblautes. Außerdem konnte er Gedankenlesen. »Saphira und ich haben den Bund der

Ewigkeit geschworen«, erklärte er mit wachsender Verzweiflung, »darum muss ich sie um jeden Preis wiederfinden.«

»Um jeden Preis? Sehr schön. Bring mir zunächst den Kuchen und dann sehen wir weiter«, sagte die Prinzessin harsch.

»Wer hier wohl die Mistkröte ist, Prinzessin! Die Zeit drängt und Ihr denkt an Gebäck? Wisst Ihr denn nicht, dass die Welt zum nächsten Vollmond untergeht?«, fragte der Feenrich.

Die Prinzessin lachte hämisch auf. »Was erzählst du für einen Unsinn, Lügenfee?«

»Noch sechs Tage, dann werdet Ihr mir Glauben schenken.«

Die Prinzessin stutzte und betrachtete ihn nachdenklich.

Der Feenrich flog eilig vom Dachbalken herunter und suchte Schutz hinter dem Ohr seines Meisters. »Der Kuchen wird niemals ihre einzige Forderung sein, mein Meister«, flüsterte er. Ängstlich schielte er auf das Glas, welches die Prinzessin noch immer in den Händen hielt.

»Was haben wir für eine andere Wahl, Jakob?«, wisperte Rumpelstilzchen zurück.

Der Feenrich zuckte mit den Schultern.

»Siehst du! Darum müssen wir auf ihre Forderungen eingehen, wenn wir Saphira finden wollen«, beharrte sein Meister.

»Hopp hopp, worauf wartest du, Rumpelstilzchen? Mach dich auf den Weg in die Stadt, bevor der Bäcker seinen Laden schließt«, scheuchte die Prinzessin ihren unerwünschten Gast zum Turmfenster.

»Mein Meister benötigt erst einmal Medizin, Prinzessin!«

»Die paar Wunden werden ihn schon nicht umbringen.«

»Wenn er Euch aber mehr als eine Bedingung erfüllen soll, tut ihr gut daran, ihn vorerst zu versorgen«, sagte der Feenrich.

Die Prinzessin warf den beiden einen Beutel mit Kräutern vor die Füße. »Reib dich selbst ein, Rumpelstilzchen!«

Geschwind rührte der Feenrich die Kräuter an und zauberte sie auf die Wunden am Bein seines Meisters. »So, nun können wir das Gebäck besorgen.«

»Kuchen könnt ihr nur beim Bäcker auf dem Marktplatz im Stadtzentrum bekommen«, sagte die Zofe, die ihre Hand wieder verbunden hatte, und errötete heftig. Ihre Stimme war lieblicher als der Gesang bissiger Feuerkäfer.

Dankbar lächelte Rumpelstilzchen sie an.

Sie war das erste hilfsbereite Menschlingswesen, welchem er seit seiner Ankunft auf der Erde begegnet war.

Und noch dazu so ein hübsches Ding!

»Habt Dank«, sagte Rumpelstilzchen mit einer angedeuteten Verneigung. »Verratet Ihr mir Euren Namen?«

»Ich heiße Emra«, sagte die Zofe schüchtern und erntete einen finsteren Blick der Prinzessin. »Was geht das diesen kleinen Kerl an, Emra? Steh hier nicht herum und halte Maulaffen feil! Du hast zu tun.«

»Verzeiht, Eure Hoheit!« Die Zofe machte einen Knicks und verzog sich in eine Zimmerrundung, in der ein Tisch mit allerlei Früchten stand, die darauf warteten, mundgerecht geschnitten zu werden. Erschöpft setzte sich die Zofe auf den Holzschemel und fing an zu schneiden.

»Du willst doch wohl nicht ausruhen!«, fuhr die Prinzessin sie an.

Die Zofe sprang erschrocken auf. »Nein, nein, Eure Majestät!« Sie schnitt im Stehen weiter.

»Wie soll sie das Essen im Stehen mit nur einer Hand schneiden?«, fragte Rumpelstilzchen seine Lichterfee leise.

Der Feenrich verschränkte die Arme vor der Brust. »Das soll nicht unser Problem sein.«

»Kannst du ihr denn nicht helfen?«

Der Feenrich schüttelte den Kopf. »Nein, mein Meister. Außerdem würde uns das das königliche Weibsbild übel nehmen. Und Ihr sagtet selbst, wir müssen uns gut mit ihr stellen.«

Rumpelstilzchen seufzte leise. »Die Prinzessin scheint ein ganz schön hitziges Biest zu sein. Vermutlich hat sie mehr als ein paar schlechte Eigenschaften ihres Vaters übernommen. Kein Wunder also, wenn sich trotz ihres Hässlichkeitsfluches kein Prinz in ihre Nähe verirrt.«

»Das sehe ich auch so, mein Meister. Nicht das Äußere ist entscheidend, sondern einzig der Charakter eines Lebewesens. Und dieses Exemplar dort hat weder Anstand noch Manieren - UND schimpft sich auch noch ›Prinzessin‹.« Kopfschüttelnd flog der Feenrich aus dem Turmfenster.

Die Prinzessin wickelte genervt ihre Haare vom Kopf und ließ den Prinzen, den sie aus reiner Boshaftigkeit Rumpelstilzchen nannte, aus dem Fenster gleiten. »Ich weiß gar nicht, wie oft ich mein Haar eigentlich noch waschen soll, nur weil ständig alle Leute an ihm herumklettern müssen wie an einem Turnseil. Beeil dich, teuflisches Rumpelstilzchen! Ich habe Hunger.«

»Habt nur Geduld! Bald wird Euer Schicksal eine Wendung nehmen, Eure Hoheit«, sagte die Zofe schüchtern.

Die Prinzessin schnalzte verächtlich mit der Zunge. »Das Auftauchen dieses Gnoms lässt zumindest sehr hoffen, Emra. Aber ich werde ihn trotzdem noch ein bisschen unter Druck setzen, damit ich schneller an mein Ziel komme.«

»Was habt Ihr vor, Prinzessin?«, fragte die Zofe leise, aber nicht leise genug.

Rumpelstilzchen spitzte die Ohren und ließ sich etwas mehr Zeit beim Hinabklettern.

»Nun, Emra, er ist verzweifelt auf der Suche nach seiner Braut. Da wollen wir ihm doch behilflich sein. Aber nur ein bisschen, denn er wird um einiges mehr leisten müssen, als mir nur einen Kuchen zu bringen, damit ich ihm das Versteck seiner Braut verrate.«

Was die Zofe antwortete, hörte Rumpelstilzchen nicht mehr, denn er war damit beschäftigt an den Haarknoten den Turm hinabzugleiten. Dabei unterdrückte er den Drang, das Haar vor Wut über das Gesagte einfach herauszureißen.

Es geschähe der Prinzessin ganz Recht, wenn sie ihr prachtvolles Haar verlieren würde, kochte es in ihm hoch. Aber natürlich wusste er, dass er seinen Zorn hinunterschlucken musste, denn derartige Gefühle würden ihn nicht zu seinem Ziel führen. Außerdem war er ein Violentianer, dem friedlichsten Völkchen im ganzen Universum. Ihm blieb wohl oder übel nichts anderes übrig, als auf sämtliche Bedingungen der Prinzessin einzugehen.

Ekliges Schlammwasser

Ich musste erst einmal RICHTIG TIEF Luft holen.

Die Prinzessin war ein Braten!

Und was für einer!

Am liebsten wäre ich an ihrem blöden Haar auf den Turm geklettert und hätte der egoistischen Kuh mal gehörig die Meinung geblasen. Wie konnte sie so biestig sein zu anderen, wenn diese die einzigen waren, die sich die Mühe machten, ihr das Leben im Käfig zu versüßen?

Meine Mom hatte Recht!

Ein gutes Miteinander war eben doch nur im Umgang mit anderen Menschen möglich und alle, die isoliert lebten, hatten null Herzlichkeit, Mitleid und Rücksichtnahme.

Die Prinzessin nutzte einfach die verzweifelte Situation dieses leidenden, heimatlosen Außerirdischen aus, der seine totgeglaubte Frau fürs Leben wiedergefunden - und nach dem missglückten Zauber schon wieder verloren hatte - nur um ihre eigenen Ziele zu verfolgen. Und dabei scherte sie sich einen Dreck um seine Gefühle!

Viel zu heftig knallte ich meinen Stift auf den Tisch und kramte in meinem Rucksack herum, bis ich den letzten Schokoladenriegel gefunden hatte. Fahrig riss ich die Packung auf und biss so heftig hinein, dass mir fast die Zähne abbrachen.

»Ich sehe, du bist ein wenig aufgebracht«, bemerkte Rumpelstilzchen Junior - der mittlerweile (m)ein knuddeliger Prinz Gotthorst war, denn mein Herz war dabei, sich für ihn zu öffnen.

»Aufgebracht trifft es nicht ganz.« Wieder biss ich vom Riegel ab. Am liebsten hätte ich meine Faust in der Schokolade versenkt. Wütend knurrte ich so laut auf, dass mein Gegenüber immer größere Augen bekam. »Bist du in Ordnung, Emma-Süße? Oder steigt gleich Rauch aus deinem Kopf auf?« Er grinste mich ein wenig hilflos an.

Ich erhob mich und wanderte dreimal um den Tisch herum. Meine Notration an Schokolade war soeben auf dem Weg in meinen Magen, der sich anfühlte, als hätte jemand einen Knoten hineingeschlungen. Während ich den Tisch umrundete, schrie ich alle paar Sekunden wütend auf. »UUUAAAH - UUUAAAH - UUUAAAH!«

Vor Schreck hob mein kleiner Langohrenprinz vom Sessel ab und separierte jedes Mal etwas Gold. »Ich mache mir jetzt langsam Sorgen. Dich gibt es ja in Rot!« Er schluckte. »Also, ich meinte nicht das Verlegenheitsrot, was ja ganz niedlich ist. Ich meinte, ein knallbissiges Wutrot!«

»Oh ja, und ob es mich in Wutrot gibt! Ich bin fast schon Feuerkäferrot«, pfefferte ich dem armen Kerl an den Kopf.

»Dürfte ich fragen, was dich so aufwühlt?«

Ich blieb stehen. »Die Prinzessin war ein richtiges…Zornröschen!«

Mit großen Augen musterte mich mein Gegenüber. »Sie war WAS?«

»Ein Zornröschen! Niederträchtig und gemein.«

Wenn er die Augen noch weiter aufriss, würden sich seine Augäpfel selbständig machen und aus seinem Kopf kullern, dachte ich. Ich versuchte also, mich wieder zu beruhigen und einigermaßen verständlich auszudrücken.

»Sie erleben mich fassungslos, Prinz 14-002 alias Gotthorst von Violentia«, sagte ich, schwer bemüht, meinen

Herzschlag zu drosseln. Verstohlen wischte ich mir meine schweißnassen Handflächen an meiner Jeanshose ab.

Fast schon amüsiert funkelten mich zwei gelbe Augen an.

»Du hast mich gerade ›Prinz Gotthorst‹ genannt, Emma!«

»Ja.«

»Dann scheinst du wohl SEHR aufgeregt zu sein, was?«

»Ja.«

»Gut. Ich erzähle gerne noch weiter. Aber ich sehe an deinem Notizzettel, dass sich ein paar Fragen angesammelt haben.« Rumpelstilzchen Junior deutete mit dem überlangen Zeigefinger auf mein Gekritzel.

»Ja.« Ich grunzte noch einmal laut und deutlich, dann ließ ich mich wieder aufs Sofa fallen. »Boah, die Prinzessin war echt…fies«, versuchte ich mich verständlicher auszudrücken.

»Ja«, sagte mein Gegenüber. »Aber das war noch nicht alles, Emma! Da ging noch mehr.«

»Was? Sie wurde NOCH fieser zu Ihrem Vater?«

»Ja.«

Ich raffte meine Zettel zusammen und versuchte, mich auf die Fragen zu konzentrieren. »Na, hoffentlich gehe ich dann nicht in Flammen auf vor Wut!« Ich schloss kurz die Augen, dann ließ ich eine Hand von meinem Gesicht zum Bauch runtersacken, als müsste ich die schlechte Energie, die sich in mir aufgestaut hatte, wegdrücken.

»Geht es wieder?«, fragte der Junior liebevoll.

»Ja. Wir können weitermachen.« Ich versuchte zu lächeln.

»Ihre Spezies küsst sich also auf die OHREN?«

»Macht ihr Menschlinge das etwa nicht?«, fragte Rumpelstilzchen Junior, obwohl er die Antwort natürlich bereits kannte.

»Nee. Ich wüsste auch nicht, was das bringen sollte.«

Wenn ich mir vorstelle, Steven würde mich dabei beobachten, würde ich vor Scham in der Unterwelts-Muckibude versinken wollen.

Rumpelstilzchens Sohn lachte leise auf. »Bei dir regt sich vielleicht nix, mein zornfähiges Schokohäschen! Unsere Ohren küssen wir, weil das gefühlvoller und gesünder ist. Oder glaubst du ernsthaft, wir lecken unsere Münder ab, mit denen wir Blut trinken und stinkendes Essen zu uns nehmen? Was meinst du, wie gut ein Ohrenkuss ist?«

»Ich bin mir nicht sicher.«

»Willst du eine Kostprobe?«

Nachdenklich blickte ich den Fellprinzen an.

So ein Ohrenkuss hatte vielleicht wirklich einige Vorteile - sofern man kein Ohrenschmalz erwischte.

Meine Mom liebte Knoblauch und schmiss das Zeug in fast jedes Essen hinein, egal, ob ich protestierte.

Bei einem Ohrenkuss könnte ich also ihr stinkendes Essen zu mir nehmen, ohne dass sich andere beschwerten, wie sehr ich nach Knoblauch und Co. roch. Warum war eigentlich noch kein Mensch auf die Idee gekommen?

»Die Antwort ist einfach«, winkte Rumpelstilzchen Junior ab.

Boah, ey, konnte der Typ mal aufhören, in meinen Gedankengängen herumzuwühlen!

»Die da wäre?«, fragte ich angespannt.

»Menschlinge haben weniger Rezeptoren im Ohr als meine Spezies, was vielleicht daran liegen könnte, dass eure Ohren erheblich kleiner sind. Ich vermute allerdings, dass es sehr kompliziert ist, mit eurem Ohr über den Körper des anderen zu streichen«, erklärte er und hampelte so wild mit seinem zusammengefalteten Ohr herum, als wollte er den Nachteil eines menschlichen Öhrchens demonstrieren.

Ich betrachtete seine langen Hörlappen.

Die Dinger waren also erogene Sexraketen?

Ich war fast neidisch!

Nun ja, ein paar erotische Punkte hatten wir laut einiger Zeitschriften auch vorzuweisen - darüber durfte ich allerdings nicht nachdenken, weil mich das gleich wieder zu Holla, der Waldfee, führte. Und DAS wiederum sorgte bei mir für weitere Aufregung - rosarote Aufregung, weil sich mein Herz schmerzhaft nach ihr sehnte, und wutrote Aufregung, weil mein Gegenüber mich von ihr weggerissen hatte.

Ich räusperte mich. »Apropos, küssen…«

»Nein.«

»Sie kennen meine Frage doch noch gar nicht«, erwiderte ich beleidigt.

Rumpelstilzchen Junior blickte mich genervt an. »Doch.«

»Nein, tun Sie nicht!«

»Meine Antwort lautet ›nein‹.«

Ich schnalzte mit der Zunge. »Wie lautet denn meine Frage?« Herausfordernd verschränkte ich die Arme vor der Brust.

»Du willst zu Holla!«

»Woher wussten Sie das?« Vor Überraschung plumpste ich fast vom Sofa.

Rumpelstilzchen Junior lächelte. »Schon vergessen, dass ich in dein hübsches Köpfchen gucken kann?«

»Ich habe doch gar nichts gedacht.«

»Denkste! Und ob du das hast!«

»Und?«

»Was und?«

»Wie lautet die Antwort?«

»Ich bringe dich jetzt NICHT zurück in die Muckibude, wie du das irdische Gleichgewichtszentrum nennst«, beharrte Rumpelstilzchen Junior.

Ich verdrehte die Augen. »Wieso nicht?«

»Weil dein Verstand durchdrehen würde, wenn du ein weiteres Mal in so kurzer Zeit da runtergehen würdest. Die Unterwelt ist nix für Menschlinge.«

»Aber meine bezaubernde Waldfee wartet dort auf mich.«

»Ich glaube, du musst noch mehr von dem Trank zu dir nehmen. Normalerweise reicht ein Fingerhut des Elixiers aus, um die Geisterliebe zu verflüchtigen. Aber DU scheinst ja eine megagroße Portion Liebe abgekriegt zu haben.«

»Jaaaa«, sagte ich verträumt und bekam glasige Augen.

»Bestimmt war dieser dusselige Zungenkuss schuld. Holla muss aber auch immer gleich übertreiben«, sagte mein Gegenüber kopfschüttelnd.

Er stand auf und blickte auf das Bild von seinem Vater und Saphira. »Du hättest das Elixier bestimmt gleich richtig angemischt.« Seufzend wandte er sich an mich. »Saphira ist die begabteste Zaubertrankmeisterin, die es je gegeben hat.«

»Schön.« Eilig notierte ich mir die Aussage, wagte jedoch nicht, nach dem Verbleib der außerirdischen Prinzessin zu fragen. Ich ging davon aus, dass sie und Rumpelstilzchen getötet worden waren und wollte in keiner Wunde bohren.

»Kriege ich auch ein Bild von meiner Waldfee?«

»Nein.«

»Was? Warum nicht?«

Ungläubig blickte Rumpelstilzchen Junior mich an. Dann verdrehte er die Augen. »Man kann keine Fotos von Baumgeistern machen. Wusstest du das etwa nicht?«

»Nee! Gott, das ist ja schrecklich!«

Das hieß ja, dass es NIEMALS zauberhafte Bilder von Holla und mir geben würde! Oder von unseren Kindern!

»Ich kann dir eine Zeichnung zaubern, wenn es dich glücklich macht. Aber dann trinkst du noch etwas von dem Anti-Liebeselixier.«

»Na gut, wenn es denn sein muss.«

Mein Gegenüber schnipste mit den Fingern und zauberte ein Bild aus dem Nichts hervor. Dieses reichte er mir.

»Danke!« Überglücklich drückte ich meine Lippen auf Hollas Abbild. Da mein Gönner mich dabei beobachtete, drückte ich eilig noch mein Ohr auf die Zeichnung - was natürlich zu nullkommanull Gefühlsregungen führte.

Dann legte ich das Bild vor mir auf den Tisch.

Nun presste Rumpelstilzchen Junior mir den ollen Kelch mit der stinkenden Flüssigkeit gegen die Lippen.

»Wollen Sie keine lila Sterne reinstreuen?«, fragte ich undeutlich.

»Nee. Wirkt bei dir eh nicht.«

Angewidert verzog ich das Gesicht, als ich an dem Gebräu nippte und drückte ihm das Trinkgefäß gleich wieder in die überlangen Finger. »Boah, hätten Sie nicht ein paar Fruchtanteile hinzufügen können? Das Zeug riecht wie abgestandenes Schlammwasser, in dem sich tausend Schlangen den Dreck abgewaschen haben.«

Und es schmeckte auch so, dachte ich so leise wie möglich.

»Gute Beschreibung! Ich schätze allerdings, dass nur etwa hundert Schlangen in das Wasser gepinkelt haben, nicht tausend.« Mein Gegenüber grinste breit.

»Wie lecker«, sagte ich mit so viel Sarkasmus in der Stimme wie möglich. »Das trinke ich nicht. Lieber bin ich verliebt bis über beide Ohren.«

»Willst du nun deine Liebe für Holla loswerden, oder nicht?«

»Nö, will ich nicht.«

»Steven wird dich bestimmt nicht teilen wollen«, versuchte der Junior mich zu überreden.

»Das ist mir egal. Ich bin gerne verliebt, vor allem in meine wunderschöne Waldfee. Fühlt sich super an. Also, warum sollte ich nicht auch noch eine Baumgeisterin lieben - zusätzlich zu Steven? In meinem Herzen ist VIEL Platz.«

Rumpelstilzchen Junior verdrehte die Augen, hielt mir den stinkenden Schlangenpinkelbrei aber weiterhin unter die Nase. »Trink jetzt, Emma, und mach keine Zicken!«

Genervt nahm ich die Keramik ab und überlegte, wo ich den Inhalt ganz geschickt entsorgen konnte.

Doch mein Prinzchen hatte mich längst durchschaut.

»Nun trink es, Süße! Glaube mir, zu viel Liebe ist schlecht fürs Gemüt. Was machst du, wenn Holla morgen schon die nächste Dame verführt? Dann bist du raus aus dem Rennen und hängst ihr unglücklich verliebt nach.«

Seine gelben Augen starrten mich unnachgiebig an.

»DAS würde sie tun? Das wäre…unfassbar herzlos.«

»So sind Baumgeister nun einmal.«

Ich verdrehte die Augen, hielt mir die Nase zu und würgte das schleimige Zeug herunter.

»Gut«, sagte ich schließlich und wischte mir den Mund mit meinem Ärmel ab, mühsam darauf bedacht, die aufkommende Übelkeit zu unterdrücken. »Kommen wir nochmal zurück zu Ihrer Geschichte! Was ist das eigentlich für ein Ekelkönig, der nicht nur seine einzige, nicht ganz so liebreizende Tochter, achtzehn Jahre lang in einen unbeklimmbaren Turm sperrt, sondern sie auch noch mit einem Hässlichkeitsfluch belegt UND bei einem Ausbruchsversuch unsichtbar werden lässt? Und weil das alles nicht ausreicht, entführt er gleich noch eine Außerirdische«, empörte ich mich.

»Super Zusammenfassung, Emma!« Rumpelstilzchen Junior lehnte sich ganz entspannt im Sessel zurück. »König Laurentz war eigentlich kein unbarmherziger Mann, aber er litt unter den Folgen der schwarzmagischen Zauberei des Riesen«, verteidigte er den Schurkenkönig. »Er war blind vor Rache. Dennoch hatte er eine gute Herzklappe, denn er wollte ja auch die Feen retten, von denen zu jeder Mondphase eine getötet wurde! Ich schätze, da greift man manchmal zu drastischen Maßnahmen, die Außenstehende nicht unbedingt nachvollziehen können.«

»Was zu beweisen wäre. Wenn Sie mich fragen, wollte er die Feen nur retten, weil seine Zauberkraft mit der Tötung der königlichen Feenfamilie aufgehoben werden sollte. Und das musste er wiederum verhindern, denn ohne Zauberkraft konnte er weder das Portal öffnen, noch Maximus töten. Außerdem ist es ja ganz angenehm, wenn man zaubern kann. Ich hätte da auch nix dagegen.«

Mann, was wäre das für eine Genugtuung, Anastasia einfach in einen Gegenstand zu verzaubern, wenn sie mich mal wieder davon abhalten will, Steven anzusprechen!

»Süßilein, du nutzt ja mehr als zehn Prozent«, sagte das Fellmännchen grinsend. »Und über deine Zauberkräfte unterhalten wir uns nach dem Interview. Vielleicht lässt sich da etwas machen.«

Die Wanduhr schlug Mitternacht.

Erschrocken fuhren wir beide zusammen.

»Ich bekomme den Ärger des Jahrtausends, wenn ich nicht bald am Auto meiner Tante auftauche«, sagte ich vorahnungsvoll. »Könnten wir das Interview nicht doch morgen weiterführen?«

Rumpelstilzchen Junior seufzte. »Also gut, ich bringe dich zurück! Aber wenn du dein Date mit Steven haben willst, kommst du morgen früh wieder hierher.«

»Wie soll ich Sie finden?«

»Ich hole dich am Haus von Steven ab. Und packe noch Schokolade ein! Viel Schokolade!«

Höflichkeit ist eine Zier

Nur gut, dass meine Lieblingstante so oberromantisch war, dass sie mir ernsthaft abgenommen hat, dass Steven mich hereingebeten und wir die Zeit vergessen hatten. Tapfer hat sie stundenlang in ihrem Jeep ausgehalten und auf mich gewartet. Kein Wort der Beschwerde kam über ihre Lippen, weil ich so ultraspät auftauchte. Stattdessen quetschte sie mich aus, wie mein erster Abend mit meinem Schwarm gelaufen war, als sei MEINE Jugendliebe IHR Lebenselixier.

Ich musste ihr natürlich die Hucke volllügen, aber ich glaube, ich habe mich regelrecht überschlagen mit rosaroten Seifenblasen. Als ich ihr sagte, dass Steven mich am nächsten Morgen wiedersehen wollte, war sie so aus dem Häuschen, dass sie mir versprach, mich hinzubringen und nachts auch wieder abzuholen. Da meine ungnädige Großmutter Ilse ihren Besuch angekündigt hatte, versicherte sie mir gleich noch, dass sie sie von mir fernhalten würde. Meinem Interview mit Rumpelstilzchen Junior und dem damit zusammenhängenden Date mit Steven stand also nichts mehr im Wege.

♛♛♛

»Bereit?«, fragte Rumpelstilzchens Sohn am nächsten Morgen.

»Bereit«, sagte ich und kaute nervös auf meiner Unterlippe herum, fieberhaft darauf wartend, dass mein Gegenüber seine Geschichte weiter erzählte. Ich hatte die letzte Nacht wilde Träume von Feen, Soldaten und fiesen

Prinzessinnen gehabt und musste nun dafür sorgen, dass ich leichteren Stoff für meine nächsten Nächte sammelte. Sonst würde ich nach dem Interview aussehen wie ein Zombie - keine gute Voraussetzung für ein Date und gefundenes Futter für meine Erzfeindin Anastasia.

Wohlwissend, dass ich meine Psyche notversorgen musste, hatte ich nicht nur die geforderten drei Kilo Schokolade für den Fellprinzen mitgebracht, sondern gleich ein ganzes Dutzend Schokoriegel für mich. Dafür hatte ich Rumpelstilzchen Juniors Goldfäden genutzt und meinem Onkel das Geld mit einer filmreifen Geschichte aus der Tasche gezogen. Aber was tat man nicht alles, um an seinen Schwarm heranzukommen!

umpelstilzchen humpelte in Begleitung seines

Feenrichs schnurstracks zum Bäcker in die Stadt. Aus der Backstube waberte ein herrlicher Duft von süßem Gebäck, der ihn wie ein Lockstoff anzog.

Als er die Backstube betrat, erschrak der Bäcker jedoch bei seinem furchteinflößenden Anblick. Er holte sofort einen alten Besen hervor, um ihn wie ein Insekt zu verscheuchen. »Seid Ihr etwa die hässliche Prinzessin? Schert euch zum Teufel oder zurück in den Turm des Gruselschlosses!«

»Nein, nein, oder sehe ich etwa aus wie ein Weib?«, kreischte Rumpelstilzchen erschrocken.

»Außerdem ist die unsichtbar, sobald sie ihren Turm verlässt«, murmelte der Feenrich, zog jedoch den Kopf ein, weil ein hartes Brot Kurs auf ihn nahm.

Jaulend flohen Rumpelstilzchen und sein Feenrich aus der Backstube und versteckten sich hinter der nächsten Hausecke. Schwer atmend wandte sich der Prinz an seinen kleinen Diener. »Wie soll ich bloß an so einen dämlichen Kuchen herankommen, wenn ich mich in meiner jetzigen Gestalt nirgends blicken lassen kann?«

»Wir tarnen Euch, mein Meister«, schlug der Feenrich vor.

»Tarnen? Wie? Und als was?«

»Als Mensch. Und natürlich mit Magie. Schließlich bin ich ein waschechter Feenrich. Ein nicht ganz so talentierter, aber ich bin stets bemüht. Ich werde Euch helfen.«

»Kannst du das denn?«

»Ich will es versuchen, mein Meister.«

»Wieso hast du das nicht gleich gesagt - oder getan?«, fragte Rumpelstilzchen.

Der Feenrich schwang seinen Zauberstab und verwandelte seinen grauslichen Meister in einen stattlichen Schönling.

Erfreut, dass ihm der Zauber gelungen war, grinste er bis über beide Pausbäckchen. »Wahnsinn! Das war das erste Mal, dass mir der Zauber gelungen ist.«

»Ich schätze, dann bist du auch eine Niete in Zauberkunde gewesen?«

Der Feenrich nickte zerknirscht.

Rumpelstilzchen blickte in eine Fensterscheibe und streckte zufrieden die Schultern durch. »Glück für mich! Ich frage lieber nicht nach, was aus mir geworden wäre, wenn der Zauber schief gegangen wäre. Was bin ich für ein schöner Menschling! Vielleicht ist es doch nicht so schlecht, einen Feenrich an seiner Seite zu haben. Aber irgendwann solltest du mir zeigen, wie ich mich selbst verwandeln kann. Nur falls es dir einfallen sollte, mich wieder zu verlassen.«

»Sehr wohl, mein Meister. Allerdings habe ich nicht vor, Euch zu verlassen. Ein Feenrich lässt seinen Herren und Meister niemals im Stich.« Damit flog der Feenrich auf die Hand seines Meisters. »Vor allem nicht, wenn man einen waschechten Prinzen ergattert hat. Das Licht meiner Feenkollegen würde vor Neid erblassen, wenn sie davon erführen.«

»Wenn du meinst«, sagte Rumpelstilzchen und verstaute die Lichterfee tief unten in seiner Jackentasche.

Dann betrat er die Bäckerei von Neuem.

»Seid gegrüßt, Bäckermeister!«

Der Bäcker lächelte ihn freundlich an. »Oh, ein Fremder! Was kann ich für Euch tun, edler Herr?«

»Ich benötige einen Schokoladenkuchen«, entgegnete Rumpelstilzchen in Gestalt des Menschlings und zückte den Zettel der Prinzessin. »Außerdem suche ich die Blume der Illusion und die Beine einer zehnfüßigen Spinne. Vielleicht könnt Ihr mir sagen, wo ich diese finde?«

Der Bäcker erhaschte einen Blick auf das Rezept. »Einen normalen Schokoladenkuchen könnte ich Euch backen, wenn Ihr ihn bezahlen könnt. Aber Magie ist strengstens verboten im Königreich. Und die Blume der Illusion gibt es schon lange nicht mehr in Lichtenwald.«

»Warum ist Magie verboten?«, wollte Rumpelstilzchen wissen.

»Magie obliegt nur dem Königshaus, mein Herr. Und zehnfüßige Spinnentiere sind so gut wie ausgestorben. Man munkelt, der König habe sie durch seine vielen Zaubereien ausgerottet«, antwortete der Bäcker.

»Verstehe«, sagte Rumpelstilzchen und lächelte ein strahlendes Jünglingslächeln. »Aber einen normalen Kuchen könnt Ihr mir backen? Um den Rest will ich mich selbst kümmern.«

»Heute kann ich keinen Kuchen mehr backen, mein Herr, denn mir ist das Mehl ausgegangen. Wir müssen also bis morgen warten, bis der Müller mir neues Mehl liefert«, bedauerte der Bäcker.

Nachdenklich ging Rumpelstilzchen zur Ladentür. Dort wandte er sich noch einmal um. »Wenn ich Euch das Mehl besorge, werdet Ihr mir dann den Kuchen heute noch backen?«

Der Bäcker seufzte leise, nickte aber. »Wenn Ihr ihn bezahlen könnt, werde ich das tun.«

»Natürlich kann ich das«, sagte Rumpelstilzchen. »Wo finde ich den Müller?«

»Draußen am Waldesrand in der Mühle. Folgt einfach dem Fluß, mein Herr«, antwortete der Bäcker.

Rumpelstilzchen bedankte sich und ging zurück auf die Straße. Er beobachtete die Menschlinge eine Weile und fand heraus, dass diese ihre Waren gegen schillernde Taler eintauschten. Kurzerhand sprach er einen Straßenhändler an.

»Sagt, guter Mann, woraus sind die Taler gemacht?«

»Aus Silber, mein Herr.«

»Nicht aus Gold?«

»Nur der König verfügt über Goldmünzen.«

»Dann benutzt der König seine Goldmünzen wohl nicht?«, hakte Rumpelstilzchen nach.

»Doch, doch, mein Herr, das tut er sehr wohl.«

»Aber wenn der König damit bezahlt, müssten die Goldmünzen im Königreich doch auch im Umlauf sein«, schlussfolgerte Rumpelstilzchen. »Sie hätten dann auch welche, oder nicht?«

Der Straßenhändler lächelte gequält. »Das ist richtig. So sollte man meinen. Aber so ist es nicht. Sobald der König mit Goldmünzen bezahlt, kommen seine Staatsherren und kassieren Steuern. Hohe Steuern«, fügte er hinter vorgehaltener Hand hinzu.

»So ein ausgebuffter Teufel«, murmelte der Feenrich, der sich noch immer in der Anzugjacke von Rumpelstilzchens feinem Zwirn versteckt hielt.

»Was habt Ihr gesagt, mein Herr?«, fragte der Händler freundlich nach.

Rumpelstilzchen winkte ab. »Ich habe mich nur geräuspert.« Gold, dachte er, könnte er auch produzieren. Dass die Menschlinge so scharf auf das Zeug waren, war für ihn ein absolutes Rätsel.

Gold war auf Violentia Müll.

»Habt Dank, guter Mann«, sagte er schließlich und ging von dannen.

Gemeinsam mit seinem Feenrich folgte er dem Flußlauf, bis er die Mühle entdeckte. Doch er hielt nicht an der Mühle an. Er ging weiter in den Wald hinein, um sich zurückverwandeln zu lassen. Dort separierte er ein paar Goldklumpen, die er geschwind zu kleinen Talern formte.

Dem Feenrich fielen vor Staunen fast die Augen aus dem Kopf. Verwundert sprach das kleine Flügelwesen ihn an. »Was macht Ihr da, mein Meister?«

»Ich separiere Gold.« Sein Bauch gurgelte erneut und er musste sich noch einmal hinhocken, um einen weiteren Haufen Gold zu separieren.

Der Feenrich nahm einen Goldtaler und biss herzhaft hinein. »Aua! Die sind ja steinhart. Das ist tatsächlich echtes Gold!« Er war sichtlich beeindruckt. »Und so etwas kommt aus Eurem Körper, mein Meister?«

»Natürlich. Was hast du denn gedacht«, erwiderte Rumpelstilzchen. »Was glaubst du, wie wir Violentianer sonst unseren Müll loswerden?«

Die Lichterfee zuckte mit den Schultern. »Nun, es erscheint mir doch sehr denkwürdig, dass Ihr Gold auskacken könnt, mein Meister!«

»Ich kacke nicht, Jakob. Ich separiere. Und nun schwing keine Reden! Hilf mir lieber beim Aufsammeln«, sagte Rumpelstilzchen zu dem kleinen Lichtwesen.

Eilig sammelte der Feenrich das Gold ein und verstaute es in zwei Säckchen. Diese reichte er seinem Herren und Meister.

Sie hatten die Mühle fast erreicht, da sprach der Feenrich zu seinem Meister: »Vielleicht solltet Ihr Euch noch einmal von mir verwandeln lassen, mein Meister.« Fahrig wischte er sich den Schweiß von der Stirn. »Die meisten Menschen sind Euren Anblick schließlich nicht gewöhnt.«

Rumpelstilzchen nickte erschrocken. Daran hatte er in seiner Zielstrebigkeit gar nicht mehr gedacht. »Du hast Recht, aber schnell! Ich höre schon Schritte.«

Kaum wurde die Tür der Mühle geöffnet, hatte der Feenrich seinen Meister auch schon verwandelt. Allerdings war ihm der Verwandlungszauber nicht geglückt, und so stand nun ein holdes Weib auf der Schwelle zur Mühle.

Verärgert schüttelte der Feenrich den Zauberstab hinter Rumpelstilzchens Rücken.

Wieso hatte das vermaledeite Ding nicht gehorcht und statt eines Mannes eine Frau gezaubert?

Leise grummelnd verstaute der Feenrich den zickigen Zauberstab und versteckte sich in der Rocktasche seines (nun weiblichen) Meisters.

Verwirrt musterte der beleibte Müller den weiblichen Gast. Weibsbilder verirrten sich nur höchst selten in den Wald, denn hier lauerten Räuber und andere Gefahren.

Rumpelstilzchen räusperte sich. »Guten Tag, Herr Müller! Ich benötige Mehl für einen Kuchen. Könnt Ihr mir welches verkaufen?«

»Könnt Ihr das Mehl denn bezahlen, holde Maid?«, fragte der Müller und leckte sich fast schon gierig über die Lippen.

Rumpelstilzchen hob eines der Säckchen an. »Natürlich. Ich habe Gold mitgebracht.«

»Gold? Echtes Gold? Na, dann kommt doch bitte herein, edles Fräulein!« Der Müller nickte und ließ Rumpelstilzchen in Gestalt der Frau eintreten.

»Vater, wo…« Der Müllerssohn rannte fast in den verwandelten Außerirdischen hinein. Erstaunt blieb er vor der jungen Grazie stehen. »Holla, die Waldfee, wer seid Ihr denn, holde Maid?«

Rumpelstilzchen schüttelte sein Engelshaar und lächelte. »Ich heiße nicht Holla, junger Mann. Mein Name ist… Anna«, sagte er, weil ihm kein anderer Name einfiel.

»Anna? Wie die hässliche Prinzessin?«, winkte der Müllerssohn höhnisch ab. »Ihr seid nicht zu beneiden.«

»Die Prinzessin soll hässlich sein?«, tat Rumpelstilzchen überrascht.

»Wusstet Ihr das etwa nicht, junges Fräulein?«, fragte der Müllerssohn verwundert.

»Sie ist nicht von hier, Sohn«, mischte sich der Müller ein.

Der Müllerssohn nickte und streckte schließlich die Hand aus. »Ich bin übrigens Valentin. Valentin, der Sohn vom Müller. Woher kommt Ihr? Ein so hübsches Gesicht wäre mir hier in der Stadt doch gleich aufgefallen.«

Rumpelstilzchen ließ sich widerwillig die Hand küssen. »Ich komme aus dem benachbarten Königreich…«

»Sonnenstein oder Dunkelmoor?«

»Dunkelmoor«, log Rumpelstilzchen.

»So seht Ihr gar nicht aus«, sagte der Müllerssohn und musterte die Frau.

»Wie sehen die Leute aus Dunkelmoor denn aus?«

»Eher wie die Prinzessin.« Der Müllerssohn lachte leise. »Hässlich oder gar gruselig, dass es einen schaudert, wenn man sie nur ansieht.«

»Nun, ich wohne an der Grenze zu Sonnenstein, wo mein Meister lebt«, versuchte sich Rumpelstilzchen herauszureden.

»Verstehe.«

»Die Dame möchte Mehl kaufen, mein Sohn. Für einen Kuchen«, fügte der Müller hinzu.

»Ihr könnt backen?«, fragte der Müllerssohn verblüfft.

Rumpelstilzchen lächelte. »Aber nein, das erledigt der Bäcker für mich.«

Der Müller stellte ihm einen großen Sack Mehl vor die Füße und hielt die Hand auf.

Rumpelstilzchen reichte ihm das Säckchen mit dem Gold.

»Ist das Gold echt?«, fragte der Müller entgeistert. »Woher habt Ihr das?«

Der Müllerssohn schnappte seinem Vater den Beutel weg und warf einen Blick hinein. Dann nahm er einen Taler und versuchte, hineinzubeißen. »Es ist tatsächlich echtes Gold, Vater. Dafür bekommt Ihr aber mehr als einen Sack Mehl, holde Anna aus Dunkelmoor.«

»Wirklich? Dann gebt mir noch einen weiteren Sack mit«, sagte Rumpelstilzchen erfreut.

Je mehr Mehl er bekam, umso mehr Kuchen konnte er für die hungrige Prinzessin backen lassen und umso schneller würde sie das Versteck von Saphira ausplaudern.

Der Müllerssohn rannte zum Fenster der Mühle und blickte ängstlich hinaus. »Ich sehe gar keine Steuereintreiber. Ist Euch jemand gefolgt, holde Anna? Niemand läuft durch Lichtenwald mit einem Sack voller Gold, ohne dass die Staatsherren ihm auf den Fersen sind.«

Rumpelstilzchen schüttelte den Kopf. »Nein, ich kam allein. In Dunkelmoor ist es nicht verboten, Gold zu besitzen.«

»Habt Ihr ein Pferd dabei? Das viele Mehl könnt Ihr unmöglich selbst tragen«, bedachte der Müllerssohn rücksichtsvoll.

»Nein. Ich werde es auf dem Rücken tragen müssen wie ein Lastentier.«

»Das kommt überhaupt nicht infrage. Ich begleite Euch und werde das Mehl mit unserem Pferd transportieren«, bot der Müllerssohn hilfsbereit an.

Rumpelstilzchen verdrehte innerlich die Augen. Er hatte als Mann den Kuchen beim Bäcker bestellt und konnte jetzt unmöglich als Frau dort auftauchen. Wenn der Müllerssohn ihn begleitete, wie sollte er sich dann unterwegs zurückverwandeln lassen?

»Das ist doch nicht nötig«, winkte Rumpelstilzchen also ab und lachte zur Bestätigung ein glockenklares Lachen.

Bewundernd schaute der Müllerssohn die Fremde an. »Aber das ist doch Ehrensache. Ich sattle das Pferd und begleite Euch in die Stadt. Eine solche Klassefrau sollte ohnehin nicht alleine durch den Wald gehen, schon gar nicht mit so einer kostbaren Fracht.«

»Nun gut, wenn Ihr darauf besteht«, stöhnte Rumpelstilzchen um Freundlichkeit bemüht.

Der Müllerssohn verließ die Mühle, holte das Pferd aus dem Stall und belud es mit zwei großen Säcken Mehl.

»Damit könnt ihr aber sehr viel Kuchen backen«, sagte er augenzwinkernd.

»Ja. Die Prinzessin ist auch sehr hungrig. Je mehr Kuchen sie bekommt, um so besser für mich«, platzte Rumpelstilzchen unvorsichtig heraus.

»Warum beliefert Ihr die hässliche Prinzessin mit schmackhaftem Kuchen?«, fragte der Müllerssohn neugierig. »Ich dachte, Ihr seid nicht von hier. Was habt Ihr mit dem Königsmonster zu schaffen?«

»Ich komme auch nicht von hier. Aber ich suche Arbeit und die Prinzessin hat mir welche angeboten, sofern ich ihr Schokoladenkuchen besorge«, log Rumpelstilzchen.

Der Müllerssohn hob beide Augenbrauen und musterte die Wohlgestalt vor sich. »Seid Ihr sicher, dass Ihr für das Biest arbeiten wollt? Die Prinzessin soll nicht nur aussehen wie ein Monster, sie soll sich auch genauso benehmen.«

»Ich brauche dringend Arbeit. Auf solche Kinkerlitzchen kann ich keine Rücksicht nehmen«, log Rumpelstilzchen weiter.

Der Müllerssohn trieb das Pferd an. »Ihr könnt Euch Gold leisten und müsst trotzdem einer niederen Arbeit nachgehen? Wie passt das zusammen?«

Rumpelstilzchen schluckte. Er hatte nicht bedacht, dass Gold hier auf dem Planeten so viel wert war. »Das Gold ist nicht meines. Es gehört meinem Meister. Aber der will in den Ruhestand treten. Darum suche ich neue Arbeit.«

»Verstehe. Das macht Sinn«, antwortete der Müllerssohn.

»Es ist sehr großzügig von Euch, dass Ihr mich durch den dunklen Wald begleitet«, flötete Rumpelstilzchen und spielte verlegen mit seinem langen Goldhaar.

»Das ist doch selbstverständlich«, winkte der Müllerssohn ab.

Sie erreichten nach kurzer Zeit die Stadtgrenze.

Fieberhaft überlegte Rumpelstilzchen, wie er den freundlichen Müllerssohn wieder loswurde, als der Feenrich ihm etwas zuhauchte. »Sagt dem Bäcker, dass Ihr das Mehl für Euren Meister besorgt habt! Dann wird er nicht misstrauisch, weil plötzlich ein Mädchen den Kuchen bestellt.«

Erleichtert über diese Ausrede nickte Rumpelstilzchen.

Als sie die Backstube erreichten, hob der Müllerssohn die beiden Mehlsäcke vom Pferd und schleppte sie eigenhändig in den Laden. »Sei gegrüßt, Hans! Ich bringe das Mehl für den Schokoladenkuchen.«

»Valentin, du hast dich höchstpersönlich auf den Weg gemacht, um mir das Mehl zu bringen?«, fragte der Bäcker verwundert.

Der Müllerssohn nickte. »Natürlich. Wenn so eine Schönheit zwei so große Säcke Mehl durch den ganzen Wald schleppen soll wie ein Kerl, wäre sie vermutlich erst nachts hier angekommen, wenn du längst im Bett liegst. Oder gar nicht, weil sie von Räubern ausgeraubt worden wäre.«

Der Bäcker lachte. Dann stutzte er. »Wo kommen Sie denn her, junge Frau? War nicht vorhin ein Fremdling bei mir und wollte den Kuchen haben?«

Rumpelstilzchen winkte ab. »Das war mein Herr und Meister. Ich soll die Kuchenbestellung für ihn erledigen.«

»Für die Menge Mehl kann ich Euch gleich drei Kuchen backen, und zwar die ganze Woche über jeden Tag«, sagte der Bäcker beim Anblick der beiden Säcke.

»Dann backt mir bitte so viel Kuchen, wie Ihr aus dem Mehl herstellen könnt, werter Herr«, sagte Rumpelstilzchen mit einem breiten Lächeln.

Wenn er der Prinzessin mehr Gebäck als gewünscht brachte, würde sie sich vielleicht gnädiger zeigen und ihm schneller verraten, wo sich Saphira aufhielt.

Der Bäcker nickte und verschwand mit dem Mehl in der Backstube.

Unterdessen flog die Lichterfee aus, um die Blume der Illusion und eine zehnfüßige Spinne als magische Zugabe für den Trank zu suchen.

Rumpelstilzchen setzte sich zeitgleich vor die Tür der Backstube und beobachtete das bunte Treiben der Städter.

Auch der Müllerssohn lungerte vor der Tür des Bäckers herum, bereit, der fremden Frau beim Transport der fertigen Schokoladenkuchen zu helfen. Bei der mehr als großzügigen Bezahlung wollte er sich erkenntlich zeigen.

Die Sonne stand schon recht tief, als die drei Kuchenlaibe endlich fertig waren. Geschwind bezahlte Rumpelstilzchen mit dem zweiten Säckchen Gold, ohne auf die Proteste des Bäckers zu achten, der so viel Gold gar nicht annehmen wollte. Er überreichte das Gebäck an den Müllerssohn, der es in den Satteltaschen seines Pferdes verstaute.

Leise schwatzend gingen sie durch die Stadt und näherten sich den Schlossmauern.

Das war ein äußerst angenehmer Menschlingsgeselle, dachte Rumpelstilzchen, als sie ihr Ziel kurz darauf erreichten. Er wäre sicherlich ein guter Mann für die Prinzessin, der ihr in manchen Dingen Einhalt gebieten würde.

Als sie den Turm erreichten, hörten sie wunderschönen Gesang.

»Wer singt da so lieblich?«, wollte der Müllerssohn wissen.

Rumpelstilzchen lächelte. »Das ist die Prinzessin, mein Herr.«

»Die Prinzessin? Wie kann ein so hässliches Monster so eine bezaubernde Stimme haben?«, fragte der Müllerssohn verwundert. Staunend hielt er inne und schloss genießerisch die Augen. »Sie klingt anmutiger als ein Wald voll talentiertester Singvögel.«

Rumpelstilzchen zuckte lächelnd mit den Schultern. »Habt Ihr denn noch gar nicht von dem Fluch gehört, der auf der Prinzessin lasten soll?«

»Nein, welcher Fluch?«

»Die Prinzessin soll verflucht worden sein, als die Menschlingswelt von der Anderswelt getrennt wurde«, erzählte Rumpelstilzchen und verschwieg dabei den Umstand, dass der König selbst hinter dem Ausspruch des Fluches steckte.

»Ich ging davon aus, dass der Fluch ein Gerücht sei«, unterbrach ihn der Müllerssohn nachdenklich.

»Nein, nein, er existiert wirklich. Dadurch sieht jeder heiratsfähige Jüngling die Prinzessin hässlicher als die hässlichste Maskierung, obwohl sie in Wirklichkeit die Schönheit in Person ist.«

Plötzlich spürte Rumpelstilzchen, wie es in seinen Beinen kribbelte. Es ploppte leise in seinem rechten Schuh, der sogleich unangenehm eng wurde.

Was passierte da?

Erschrocken blickte er an sich herunter.

Verwandelte er sich etwa gerade zurück in seine wahre Gestalt?

Mit aufsteigender Panik blickte er sich um, doch sein Feenrich war nirgends zu sehen.

»Nun müsst Ihr gehen, mein Herr«, drängte Rumpelstilzchen den Müllerssohn.

Verwundert zog dieser die Augenbrauen hoch und blickte die Frau mit großen Rehaugen an. »Aber ich habe Euch doch noch gar nicht geholfen, den Kuchen ins Schloss zu tragen.«

Rumpelstilzchen spürte ein Kribbeln in der Nase.

Ängstlich zuckte er zusammen.

Die Zeit drängte.

Wenn sich seine Nase um mehrere Zentimeter verlängerte, würde der Müllerssohn vermutlich vor Schreck tot umfallen oder gleich die Schlosswachen alarmieren.

Das konnte er nicht riskieren.

Zu seiner Rückverwandlung kam nun auch noch das Stechen tausender Nadeln auf seiner Haut, und das war kein gutes Zeichen.

Der verzauberte Prinz von Violentia nieste und spürte seine Menschlingsnase um ein paar Millimeter wachsen. Eilig hielt er sich den Ärmel des Kleides vors Gesicht. »Verzeiht!«, quiekte er erschrocken.

Der Müllerssohn winkte ab und reichte ihm ein Stofftaschentuch. »Kein Problem, holde Anna. Ich bringe Euch noch eben den Kuchen ins Schloss und werde mich dann wieder auf den Rückweg machen.«

Nun kribbelte es auch noch in Rumpelstilzchens falschen Ohren. In seiner Verzweiflung sah er sich nach einem Busch um, in den er sich verkriechen konnte, doch die umstehenden Büsche waren allesamt voller Dornen.

Es gab kein Entrinnen.

Wo steckte nur sein Feenrich?

»Ihr müsst nun gehen!«, drängte er voller Panik.

Wieso ließ sich dieser hilfsbereite Kerl denn nicht abwimmeln?

»Wenn die Prinzessin mitkriegt, dass ich ihren Auftrag nicht alleine ausgeführt habe, wird sie mir niemals Arbeit geben. Bitte überlasst mir den Kuchen und schleicht Euch davon, Valentin! Ich danke Euch über alle Maßen für Eure Hilfsbereitschaft!«

Nachdenklich musterte der aufmerksame Müllerssohn sein Gegenüber. Schließlich gab er seufzend nach. »In Ordnung, holde Anna aus Dunkelmoor! Wenn Euch so viel daran liegt, werde ich mich zurückziehen.«

Während der Jüngling den Kuchen so langsam aus den Satteltaschen holte, dass er fast schon rückwärts arbeitete, spürte Rumpelstilzchen, dass sich der zweite Lederschuh bedrohlich dehnte. Nun war auch sein anderer Fuß dabei, sich in seine ursprüngliche Gestalt zurück zu verwandeln. Plötzlich gab sein rechtes Bein nach.

Binnen Sekunden schrumpfte es um gute zwanzig Zentimeter. Mühsam wackelte er auf einem Bein herum und nahm die ersten zwei Kuchenlaibe mit einer Hand entgegen, während er sich die Nase mit dem Tuch abdeckte. »Habt Dank, edler Valentin! Ich werde Eure Dienste im Königshaus weiterempfehlen«, flötete Rumpelstilzchen angestrengt. Schweiß lief ihm über die Stirn, das Herz wollte ihm davonspringen und sein Kopf fühlte sich an, als wenn ihn jemand als Fackel nutzen würde.

Erschrocken hielt der Müllerssohn inne. »Um Gottes Willen, bloß nicht! Darauf kann ich gut verzichten. Nicht, dass ich meinen armen Vater allein lassen und im Gruselschloss anfangen muss zu arbeiten.«

»Gut«, sagte Rumpelstilzchen leicht außer Atem, »dann werde ich Euch nicht empfehlen. Bitte gebt mir nun den letzten

Kuchen. Wenn ich zu spät dran bin, habe ich meine Aufgabe verfehlt.«

Der Müllerssohn nickte und reichte ihm freundlich lächelnd den letzten Kuchen. Dann verbeugte er sich. »Es hat mich sehr gefreut, Eure Bekanntschaft zu machen, holde Anna! Gehabt Euch wohl! Viel Erfolg bei Eurer Arbeitssuche. Und lasst Euch gerne wieder in unserer Mühle blicken.«

»Danke, das mache ich«, flötete Rumpelstilzchen ein paar Oktaven zu hoch. Schweiß rann ihm mittlerweile in Bächen über den Rücken. Sein rechtes Bein hatte seine Originalgröße erreicht, der Schuh hing nur noch in Fetzen von seinem Fuß. Bemüht hielt er ihn hoch, so dass das Kleid seine Originalgestalt verdeckte.

Noch während er dem Müllerssohn hinterherblickte, machte es ›plopp‹ und er hatte seine ursprüngliche Zwergengestalt zurück.

Im selben Augenblick kam der Feenrich neben ihm atemlos zum Halten. »Ihr seid schon zurück, mein Meister? Und bereits verwandelt? Da bin ich wohl etwas zu spät dran, was?«

»Warum hast du mir nicht gesagt, dass du länger weg bist, als der Zauber anhält?«, warf Rumpelstilzchen seinem Feenrich vor.

Zerknirscht blickte das Lichtwesen auf seinen Meister herunter. »In Verwandlungskunde war ich noch miserabler als in Fluch-, Zauber- oder Heilkunde, mein Meister. Der Tarnzauber hält in der Menschenwelt nur ein paar Stunden an. Davor hatte mein Lehrer immer gewarnt. Aber da ich die Menschenwelt noch nie vorher betreten habe, habe ich die Zeit nicht im Blick gehabt. Das hätte mir nicht passieren dürfen. Bitte verzeiht, mein Meister, und schickt mich nicht weg!«

»Ist schon in Ordnung, Jakob. Es ist ja gerade nochmal gut gegangen«, beruhigte Rumpelstilzchen seinen aufgeregten

Feenrich. Er deutete auf die vielen Kuchen. »Kannst du mir helfen, das Zeug auf den Turm zu schleppen?«

Der Feenrich nickte und schwang seinen Zauberstab.

👑👑👑

»Na, das war ja knapp! Was wäre denn bitte passiert, wenn der Müllerssohn die Verwandlung mitgekriegt hätte?« Eilig riss ich die Packung eines Schokoladenriegels auf.

»Nun, der Müllerssohn wäre vermutlich ohnmächtig geworden oder hätte meinem Vater eins über die Rübe gezogen.«

»Hat der Müllerssohn nie herausgekriegt, dass Ihr Vater ›anders‹ aussah?«

»Doch. Aber so weit sind wir noch nicht.«

👑👑👑

Die fliegende Untertassen schwebten die Kuchen an der Turmmauer hoch, während Rumpelstilzchen erst noch auf die Haarpracht der Prinzessin warten musste.

Auf halber Strecke schoss eine giftgrüne Schlange aus einer Mauernische. Auf ihrer schuppigen Haut waren rote Sterne abgebildet. Sie riss ihr Maul mit zwei gewaltigen Giftzähnen auf und wollte gerade zubeißen, als der Feenrich einen Zauber aus seinem Zauberstab abfeuerte und die Schlange traf. Jaulend verfehlte sie ihr Ziel und flog mehrere Meter in die Tiefe.

»Hab Dank, Jakob!«, sagte Rumpelstilzchen erleichtert.

Der Feenrich lächelte breit. »Wahnsinn! Mir ist der Zauber geglückt! Bald bin ich ein Held!«

»Ja, das wirst du sein.« Lächelnd setzte Rumpelstilzchen seinen Weg fort.

»Ah, da bist du ja, Zwerg! Hast du meinen Kuchen mitgebracht?«, warf ihm die Prinzessin unfreundlich entgegen.

«Ja, habe ich.«

»Das hat aber wirklich sehr lange gedauert. Mir ist schon fast ein Bart gewachsen.«

»Der hätte dich verzogene Göre vielleicht etwas hübscher gemacht«, murmelte der Feenrich.

Rumpelstilzchen schluckte den Ärger herunter, der langsam seine Speiseröhre hinaufkroch. Dieses verwöhnte Königstöchterchen war ja schlimmer als Prinzessin Krustine, die ihm einst versprochen gewesen war - und die war schon kaum zu übertreffen gewesen, was Unfreundlichkeit und Barschheit anbelangte.

Er überreichte der Prinzessin die drei Kuchenlaibe.

»Hast du auch an die Blume der Illusion und an die Beine einer zehnfüßigen Spinne gedacht, Rumpelstilzchen?« Fragend blickte die Prinzessin den Kleinwüchsigen an.

»Wartet, Eure Hoheit!« Mit flatterndem Magen suchte Rumpelstilzchen im Turmzimmer nach dem Feenrich. Dieser saß genüsslich schmatzend in einer Nische auf dem Schoss der Zofe und ließ sich mit Weintrauben füttern.

»Jakob!« Voller Empörung stemmte sich Rumpelstilzchen die Hände in die schmalen Hüften, aber der Feenrich reagierte nicht.

»Jakob, hast du die magischen Zutaten gefunden?«

»Nicht ganz, mein Meister! Das ganze Königreich ist wie leergeputzt. Ich habe lediglich eine halbe Blume der Illusion aufgabeln können.« Er pustete seinem Meister die Blütenblätter zu. Diese überreichte Rumpelstilzchen der Prinzessin.

»Nun, ich will eine Ausnahme machen und erst einmal den Kuchen essen«, winkte die Königstochter ab. »Der Trank hat noch einen Tag Zeit.« Wie eine ausgehungerte Wölfin stürzte sie sich auf den ersten Kuchen.

Mit wachsendem Staunen betrachtete Rumpelstilzchen das Mädchen. »Sagt, wieso esst Ihr das süße Gebäck in solchen Mengen? Mir würde schlecht davon werden.«

»Ich bekomme nur selten Kuchen, weil ich allergisch darauf reagiere«, verteidigte sich die Prinzessin. »Aber fürs nächste sollt ihr zwei ganz dringend die magischen Zutaten finden. Notfalls sucht ihr sie eben im Nachbarreich. Ich habe nämlich Pläne.«

Der Feenrich kam herbeigeflogen und setzte sich auf Rumpelstilzchens Schulter. »Die zehnfüßige Spinne soll es nur noch in Sonnenstein geben! Das ist ein Zwei-Tages-Flug entfernt.«

»Dann übst du am besten schon einmal das Fliegen, Kleiner! Oder du fliegst sofort los, damit du rechtzeitig zurück bist.«

Der Feenrich verschränkte die Arme vor der Brust. »Pläne? Rechtzeitig? Was soll das heißen? Was habt Ihr vor?«

»Das geht dich gar nichts an, du naseweise Fee«, erwiderte die Prinzessin.

»Freches Ding! Ihr habt doch Euren Kuchen«, rief der Feenrich aufgebracht.

»Ich brauche die magischen Zutaten eben«, deutete die Prinzessin wage an. »Und deine Braut, Rumpelstilzchen, ist übrigens im Schloss. Mein Vater hält sie dort versteckt.«

Rumpelstilzchen atmete mühsam ein.

»Das ist alles?«, platzte der Feenrich fassungslos heraus. »Die Antwort lautet einfach nur: ›Sie ist im Schloss versteckt‹? So weit waren wir auch schon mit unserer Suche. Aber wo ist sie? In der Küche, im Thronsaal oder gar im Kerker?« Der Feenrich wurde puterrot im Gesicht, während sich sein Dickwanst langsam aufblähte. »Ihr habt uns an der Nase herumgeführt!«

Die Prinzessin zuckte mit den Schultern. »Und wenn schon! Ihr habt mich wage gefragt und ich habe Euch wage geantwortet. Hättet ihr gefragt, wo sie im Schloss versteckt ist, hätte ich präzise Auskunft geben können.«

»So eine Unverfrorenheit«, platzte der Feenrich heraus.

Die Prinzessin drehte sich weg und machte einige leise, schnippische Bemerkungen über die überflüssige Existenz von Feen, während sie sich am nächsten Kuchenlaib zu schaffen machte.

Der Feenrich ließ sich erneut auf der Schulter seines Meisters nieder. »Unfassbar! Was habt Ihr nun vor, mein Meister?«

»Uns bleibt nichts anderes übrig, als den nächsten Wunsch der Prinzessin zu erfüllen, und dann zu fragen, wo genau im Schloss sich meine Braut aufhält. Der Palast steckt voller magischer Fallen, die wir nicht überleben werden, wenn wir erst noch stundenlang durch das Gebäude irren. Außerdem soll es vor dem Eingang zum Schlosskeller einen Drachen geben. Drachen sind auf meinem Planeten heilig. Ich dürfte ihm also nicht einmal ein einziges Haar krümmen. Andererseits sind sie derart gefährlich, dass wir nicht an ihnen vorbeikommen, ohne sie auszuschalten.«

»Wenn es nach mir ginge, würde ich gar nichts mehr für diesen Königsbraten tun«, knurrte der Feenrich.

»Sie ist vermutlich sehr verzweifelt«, flüsterte Rumpelstilzchen.

»Das bin ich auch langsam«, erwiderte der Feenrich.

»Wenn ihr mir einen weiteren Wunsch erfüllt«, platzte die Prinzessin dazwischen, »werde ich euch die Räumlichkeiten nennen, in denen sich die Fremde aufhält.« Sie ließ den Kuchen stehen und ließ sich pappsatt aufs Bett plumpsen. »Und vielleicht sogar, wie ihr dort hineingelangen könnt.«

»Siehst du! Sie wird uns helfen«, sagte Rumpelstilzchen zuversichtlich. »Und nun kämpfe nicht weiter gegen Dinge an, die du nicht ändern kannst, mein Freund.«

Der Feenrich wandte sich genervt an die Prinzessin. »Wie sieht Eure Forderung aus?«

»Ich will, dass ihr mir einen Mann besorgt.«

Es war mucksmäuschenstill im Turm.

Selbst die Holzwürmer in den Deckenbalken hatten ihre Schmatzgeräusche eingestellt.

Erschrocken blickte die Zofe von ihrer Näharbeit auf.

»Aber sonst habt Ihr keine Wünsche, oder was?«, konterte der Feenrich. Pikiert schnalzte er mit der Zunge, was jedoch kaum zu hören war.

»Einen Mann?«, wiederholte Rumpelstilzchen. »Wo sollen wir den denn hernehmen? Backen kann man den schließlich nicht, oder?«

»Genau! Wo sollen wir den hernehmen? Den kann man nicht backen«, wiederholte der Feenrich gallig.

»Das ist mir schnuppe. Hauptsache, ich bekomme endlich einen Prinzen. Ich langweile mich in diesem Turm zu Tode. Und meine letzte Zofe hat mir verraten, dass ich den Turm in meiner wahren Gestalt erst verlassen kann, wenn ich einen Mann geehelicht habe«, sagte die Prinzessin fast schon verzweifelt. »Und wenn die Welt zum nächsten Vollmond untergeht, will ich vorher geheiratet haben.«

Rumpelstilzchen seufzte leise. »Dann werden wir Euch eben einen Ehemann besorgen, wenn das Eure Bedingung ist.«

»Natürlich«, rief der Feenrich voller Sarkasmus. »Weil die Männer, die eine hässliche, verfluchte Prinzessin mit null Manieren heiraten wollen, ja auch auf den Bäumen wachsen! Warum verlangt Ihr nicht gleich, dass wir Euch einen Schönling kneten, und zwar genau so, wie Ihr ihn Euch wünscht, Prinzesschen? Ein bisschen Feenstaub drüber und fertig ist der Zaubermann.«

Die Prinzessin verdrehte die Augen. »Ich kann gar nicht verstehen, weshalb mein Vater so scharf darauf ist, euch Lichtwesen mit uns Menschen zu vereinen. Ihr seid naseweise Besserwisser. Und besonders höflich seid ihr auch nicht gerade.«

»Ha! Das sagt ja genau die Richtige«, rief der Feenrich mit hochrotem Kopf.

»Wieso? Ich bin nett und umgänglich«, erwiderte die Prinzessin beleidigt.

»Umgänglich? Ihr seid ein verhätscheltes Prinzesschen und eine verlogene Rüpeline noch dazu. Nun erzählt schon, wo wir Saphira finden können! Schließlich haben wir Euch auch den Kuchen besorgt«, brüllte der Feenrich nur mühsam kontrolliert.

»Streitet nicht«, versuchte Rumpelstilzchen zu schlichten. Seine Wunde am Rücken, die sich durch die Feuerzungen der Schlossmauer tief in die Muskeln gebohrt hatte, ließ ihn innehalten. Schmerzerfüllt lehnte er sich gegen den Pfosten des Himmelbettes.

Überrascht blickte die Prinzessin ihn an. »Ich werde euch das Versteck schon noch mitteilen, aber vorher brauche ich einen Ehemann.«

Stöhnend fasste sich der Feenrich an den Kopf. »Ist das Euer letztes Wort?«

»Ja, und ich rate euch, mein Angebot anzunehmen. Ihr könnt nämlich gar nichts gegen mich ausrichten. Oder was wollt ihr tun, wenn ich es euch nicht verrate? Werdet ihr mich in einen Frosch verzaubern?«, fragte die Prinzessin herausfordernd. »Oder verschleppt ihr mich dann in die Unterwelt?«

»Sehe ich so aus, als könnte ich Euch tragen?«, erwiderte der Feenrich, der gerade mal so groß war wie die Hand der Prinzessin. »Oder glaubt Ihr ernsthaft, dass ich Unruhe in die Unterwelt bringen wollen würde, indem ich ausgerechnet Euch Rotznase dorthin bringe?« Er schüttelte den Kopf. »Abgesehen davon, würde ich niemals meinen Feenstaub dafür verschwenden, Euch für wenige Stunden in einen Frosch zu verwandeln.«

Die Prinzessin rümpfte die Nase. »Wozu hast du deinen Feenstaub denn dann?«

Theatralisch seufzend ließ sich Rumpelstilzchen rücklings aufs Bett der Prinzessin fallen. »Leute, streitet nicht herum! Wir haben Wichtigeres zu tun. Beim Teufel, warum sind Menschlinge nur so streitsüchtig?« Für einen kurzen Moment wurde ihm schwarz vor Augen. Das Gift der Wunde breitete sich in seinem geschwächten Körper aus.

»Meister, was habt Ihr?«, fragte der Feenrich mit wachsender Sorge.

Rumpelstilzchen zeigte stöhnend auf seinen Rücken.

»Was hat er?«, fragte nun auch die Prinzessin.

»Feuerzungen«, sagte der Feenrich nur.

»Feuerzungen sind kein Grund, sich auf mein Bett zu legen, Rumpelstilzchen. Du machst es dreckig. Steh sofort wieder auf!«

»Er ist verletzt, Göre!«

Die Prinzessin verdrehte die Augen. Dann ging sie zu ihrem Schrank und holte ein Fläschchen heraus. Laut krachend platzierte sie es auf dem Nachtschrank.

»Du hast ein Gegenmittel?«, fragte der Feenrich pikiert.

»Ja, aber glaub nicht, dass ich sein ekliges Fell anfasse!«

Der Feenrich schnitt eine Grimasse. »Dann tupft es mir wenigstens auf ein Tuch!«

Stöhnend opferte die Prinzessin ein Stück Stoff und legte es getränkt auf den Nachtschrank.

Der Feenrich wagte es nicht, Flugpulver darüber rieseln zu lassen, um die Wirkung nicht zu beeinflussen. Also zog er mit aller Kraft an dem Tuch herum, aber es war viel zu groß und schwer für ihn.

Die Zofe eilte herbei und nahm ihm das Tuch ab. Vorsichtig rollte sie Rumpelstilzchen auf den Bauch und tupfte seine

Wunde ab. Augenblicklich trat Linderung ein und nach einer ganzen Weile, die die Zofe liebevoll die Wunde versorgte, ließen das Gift und der brennende Schmerz in seinem Körper nach.

»Bitte sagt uns, wo wir seine Braut finden«, flehte der Feenrich die Prinzessin an. »Seht doch nur, wie ihn der Verlust schwächt!«

Die Prinzessin stöhnte genervt und ließ sich neben dem Männchen aufs Bett plumpsen. »Das kann ich nicht«, knickte sie plötzlich ein.

»Warum nicht?«, flüsterte Rumpelstilzchen.

»Vielleicht hat der Fluch einen Knoten in ihre Zunge geschlungen«, zischte der Feenrich leise. »Das geschähe ihr ganz Recht.«

Die Prinzessin fing plötzlich aus heiterem Himmel an zu weinen. Staunend betrachtete Rumpelstilzchen das Menschlingskind. Ihr Anblick war so traurig, dass ihm das Herz brechen wollte.

»Erstaunlich, dass sie Gefühle hat«, sagte der Feenrich noch immer reichlich verschnupft und hielt sich die Augen zu. »Vielleicht könntet Ihr mit dem Weinen aufhören? Von Menschentränen bekomme ich eine fiebrige Erkältung.«

Leise schniefte die Prinzessin. »Ich lebe seit achtzehn endlos langen Jahren in diesem Turm. Ich habe kaum Kontakt zu anderen Menschen, bin noch nie über eine Wiese gelaufen oder habe in einem See gebadet. Andere Mädchen in meinem Alter sind längst verliebt oder sogar schon verheiratet. Nur ich hänge hier fest und jeder, der mich ansieht, rennt schreiend davon.«

»Was wohl eher an Eurem Fluch liegt, als an Eurem wahren Äußeren«, bemerkte Rumpelstilzchen.

»Glaubt ihr, ich weiß nicht, dass der Fluch der Täuschung auf mir liegt? Jeder, der mich ansieht, nimmt Reißaus, weil er denkt, ich sei der Teufel höchstpersönlich«, jammerte die Prinzessin und trocknete sich die Tränen.

»Ihr seht schlimmer aus als der Teufel, Prinzesschen!«, warf der Feenrich ein. »Was ja nicht so schlimm wäre, wenn Ihr wenigstens nett wäret!«

Die Prinzessin schnitt eine Grimasse und streckte ihm die Zunge heraus.

»Wem Ihr den Fluch zu verdanken habt, wisst Ihr aber schon, oder?«, warf der Feenrich ein.

»Natürlich! Maximus ist schuld.«

»Wie kommt Ihr denn darauf?«

»Vor drei Jahren bekamen wir Besuch vom Prinzen Gustav und seinen Eltern aus Sonnenstein. Das Königspaar war auf der Suche nach einer Frau für ihren Sohn. Ihr Besuch gestaltete sich als äußerst schwierig, denn während das Königspaar mein wahres Äußeres sehen konnte, sah der Prinz meine verfluchte Fratze. Es hat ihn elendig gebeutelt, bis er schließlich schreiend aus dem Turmfenster sprang und mir dabei fast das Haar herausriss.«

»Und warum könnt Ihr uns das Versteck nicht verraten?«, fragte der Feenrich pikiert.

»Weil ihr meine letzte Hoffnung seid und die alles verschlingende Vollmondnacht immer näher rückt«, wisperte die Prinzessin.

»Ich dachte, es ist Euch egal, wenn die Welt untergeht.« Der Feenrich runzelte die Stirn.

»Natürlich nicht. Aber wenn die Welt untergeht und ich habe noch nicht einmal einen Mann geküsst, wird das der schrecklichste Weltuntergang aller Zeiten.«

Der Feenrich rümpfte die Nase. »Ach, und das ist alles, woran Ihr denkt, wenn die Welt versinkt?«

»Nein. Wenn die nächste Vollmondnacht hereinbricht, wird Maximus die königliche Feenfamilie töten und meinem Vater die Zauberkräfte rauben. Mein Vater jedoch glaubt, dass er Maximus bestechen kann. Sein Zauberlehrling hat mir verraten, dass der König vorhat, mich zu opfern.«

»Der König will Euch dem Riesen übergeben?«, fragte der Feenrich schockiert. »Seine eigene Tochter?«

»Er ist blind vor Rache und verzweifelt.«

Ächzend richtete Rumpelstilzchen sich auf und ließ sich ein paar Weintrauben zur Stärkung von der Zofe reichen.

»Ich habe ihn angefleht, nur das Fellmädchen zu opfern, welches er am Fuße des Berges gefunden hat, und mich zu verschonen, aber er ließ sich nicht erweichen«, jammerte die Prinzessin.

»Ihr seid so selbstlos, dass es wehtut«, murrte der Feenrich leise.

»Er soll meine Braut an den Riesen überreichen?«, fragte Rumpelstilzchen fassungslos.

»Und wenn wir vor dieser Vollmondnacht einen Mann finden, der Euch ehelicht, wird er niemanden opfern, richtig?«, hakte der Feenrich nachdenklich nach.

»So die Aussage des Zauberlehrlings meines Vaters«, sagte die Prinzessin.

»Die Nettigkeit scheint ja in Eurer Familie zu liegen«, sagte der Feenrich schnippisch. »Durch Eure Adern muss Metall fließen und statt eines Herzens habt Ihr offensichtlich einen Stein in der Brust.«

Rumpelstilzchen räusperte sich. »Habt Ihr Euren Vater denn schon einmal nach dem Verbleib meiner Braut gefragt, Eure Hoheit? Wisst Ihr, wie es ihr geht?«

»Sie soll von dem schwarzen Zauber stark geschwächt sein.«

»Geschwächt?« Fassungslos klappte dem Rumpelstilzchen der Unterkiefer herunter. »Wir müssen sie finden, Jakob!«

»Ihr werdet sie nicht finden, sie ist getarnt worden.«

»Das soll wohl ein Trick sein, was? Verzauberte Wesen können nämlich nur von Lichterfeen aufgespürt werden. Ist ja klar, dass er damit eine Fee fangen will, und zwar mich. Bestimmt hast du längst gepetzt, dass ich hier bin, Mistkröte!«

Die Prinzessin druckste herum. »Nein, das habe ich nicht. Aber als ich meinem Vater sagte, dass die Fremde von ihrer Spezies gesucht wird und er damit in Gefahr sei, beruhigte er mich. Er meinte, dass niemand herausfinden wird, dass er sie in verzauberter Gestalt in seiner Magierwerkstatt im Schlosskeller gefangen hält und Experimente mit ihr anstellt.«

Ungläubig schaute der Feenrich die Prinzessin an.

Hatte sie Saphiras Versteck absichtlich verraten?

Oder litt sie an unsäglicher Dämlichkeit?

»Sie ist in der Magierwerkstatt im Schlosskeller?«, platzte der Winzling heraus.

Erschrocken blickte die Prinzessin ihn an. »Woher weißt du das?«

Der Feenrich rümpfte die Nase. »Das habt Ihr doch gerade gesagt.«

»Das habe ich nicht«, beharrte die Prinzessin.

Die Zofe kam herüber und fasste der Königstochter an die Stirn. »Ihr seid fiebrig, Eure Majestät! Eure Kuchenallergie zeigt die ersten Symptome.«

»Das ist ein Scherz, oder?«, fragte der Feenrich verwirrt.

Die Zofe schüttelte den Kopf. »Nein, nein, die Kuchenvergiftung wirkt wie ein Wahrheitsserum und bringt hohes Fieber mit sich. Die Prinzessin hat zu viel von dem Gebäck genascht.«

»Dann habe ich das Geheimnis gerade selbst verraten?«, fragte die Prinzessin und warf sich voller Verzweiflung bäuchlings aufs Bett. »Jetzt bin ich verloren und werde niemals in den Armen eines Jünglings liegen!«

»Die Magierwerkstatt im Schlosskeller soll ein Hochsicherheitstrakt sein mit Hunderten von magischen Barrieren, die jede für sich zu einem qualvollen Tode führen soll«, erklärte der Feenrich seinem Meister leise.

Die Prinzessin hatte gute Ohren. Schluchzend winkte sie ab und sprach ins Kopfkissen: »Vergesst jegliche Befreiungsversuche! Der Schlosskeller ist mit Tausenden von magischen Barrieren versehen, nicht mit läppischen hundert. Niemand, außer dem König, kommt auch nur eine Treppenstufe hinunter in den Schlosskeller, ohne schwere Qualen zu erleiden und elendig zu krepieren. Und wem es doch gelingt, der wird spätestens vor der Tür seiner Werkstatt von dem Drachen aufgefressen.«

Der Feenrich ließ sich stöhnend neben der Prinzessin aufs Bett fallen. Diese räusperte sich pikiert, doch das störte den Flieger nicht. Er drehte sich auf die Seite und stützte seinen Kopf auf einen Arm, um sie anzusehen. »Was habt Ihr denn noch alles für Wahrheiten, die Ihr ausplaudern könntet, Prinzesschen? So eine Kuchenvergiftung finde ich ganz amüsant. Gibt es vielleicht ein Schlupfloch durch die magischen Barrieren? Oder kann man den Drachen irgendwie besänftigen?«

»Ja, das kann man…oh, verschwinde, du hinterhältiges Feenmonster!«, berappelte sich die Prinzessin, erschrocken über ihre Redseligkeit.

Der Feenrich grinste so frech, dass die Prinzessin schnaufend aufsprang und Jagd auf ihn machte. »So wirst du niemals einen Mann für mich finden, du faule Fee. Auf auf, geh mir einen Mann suchen!«, rief die Prinzessin aufgebracht.

»Wieso? Wir wissen doch bereits, wo sich die Braut meines Meisters befindet«, neckte der Feenrich die Prinzessin.

»Aber ihr wisst nicht, wie ihr die Barrieren überwinden und den Drachen austricksen könnt. Es gibt nämlich einen Geheimweg in den Keller, den nur ich kenne«, pfefferte die Königstochter dem Lichtwesen entgegen.

»Ist das auch wieder so eine List?«, hakte der Feenrich nach.

Die Prinzessin schnappte sich das Marmeladenglas und lief dem Feenrich hinterher. »Natürlich nicht, du freches Ding!«

»Wo ist dieser Geheimweg in den Keller?«, rief der Feenrich.

»Erst besorgt ihr mir den Mann«, würgte die Prinzessin hervor. »Und frage mich nicht noch einmal, ob ich euch den Weg verrate, bevor ich einen Ehering am Finger trage. Ich werde euch das Schlupfloch schon noch sagen, denn dann muss ich mich wenigstens nicht mehr mit dir neunmalkluger Fee herumschlagen.«

»Ich bin ein Feenrich, keine Fee«, blubberte der Feenrich.

»Wir brechen auf, Jakob! Wir suchen einen Mann für die Prinzessin«, sagte Rumpelstilzchen entschlossen.

Nur mühsam kam er auf die Beine.

»In dem Zustand, mein Meister?« Der Feenrich runzelte die Stirn. »So schafft Ihr es nicht einmal den Turm hinunter. Am besten fliege ich los und besorge den Nächstbesten.«

»Ich will aber keinen dahergelaufenen Streuner! Und du, kleiner Naseweis, würdest mir den gruseligsten Fleischklops von Mann besorgen, den es im ganzen Königreich gibt.«

»Natürlich, Liebchen! Für Euch nur das Beste!«, konterte der Feenrich.

»Ich komme mit«, platzte die Prinzessin heraus.

»Niemals.«

»Doch.«

»Ich glaube, wir sparen tatsächlich Zeit, Jakob, wenn seine Hoheit uns begleitet«, schlug Rumpelstilzchen vor, der keine Kraft für die Streitereien der beiden hatte.

Der Feenrich platzte lachend heraus. »Macht Ihr Witze, mein Meister? Wie soll das gehen? Sie wird unsichtbar, sobald sie den Turm verlässt.«

»Das macht nichts. Wenn sie einen Mann gewählt hat, locken wir den Jüngling auf den Turm, damit er die Prinzessin bis zur Vollmondnacht heiraten kann«, entgegnete Rumpelstilzchen.

»Entschuldigt, mein Meister, aber der müsste blind sein. Schon vergessen? Sie leidet unter dem Fluch der Täuschung oder wollt Ihr ihm bei der Eheschließung die Augen verbinden?«, rief der Feenrich mit wachsender Verzweiflung.

»Das wäre in der Tat eine Lösung, Jakob!«

»Was macht Euch da so sicher, mein Meister?«

»Zuversicht ist das A und O im Feen-ABC, oder nicht?«

Der Feenrich schluckte. »Sehr wohl, mein Meister!«

»Wann starten wir?«, fragte die Prinzessin.

»Morgen früh. Heute müssen meine Wunden erst einmal aufhören zu bluten«, sagte Rumpelstilzchen und ließ sich auf dem Teppich vor dem königlichen Bett zu Boden gleiten.

»Nun, einen riesigen Vorteil hat es, wenn die Prinzessin uns unsichtbar begleitet«, warf der Feenrich schnippisch ein. Er versuchte, die Blutungen seines Meisters zu stoppen, aber das gelang ihm mehr schlecht als recht.

»Welchen?«, fragte die Prinzessin neugierig.

»Niemand wird schreiend davonrennen, weil der Fluch Euch noch hässlicher macht, als Ihr ohnehin schon seid«, sagte der Feenrich.

Verärgert warf die Prinzessin einen Pantoffel nach ihm. »Zu dumm, dass ich außerhalb des Turms keine Schuhe auf dich werfen kann, du freches Ding!«

»Glück für mich, Pech für Euch, Prinzesschen«, jodelte der Feenrich, der gerne das letzte Wort hatte.

♛♛♛

»Boah, ich kann gar nicht glauben, dass diese eingesperrte Schönheit so ein ausgebufftes Luder war!« Schnaufend griff ich zur Schokolade und stopfte mir gleich einen ganzen Riegel auf einmal in den Mund. »Aber dass der König dem Ganzen noch die Krone aufgesetzt hat, indem er die entführte Saphira getarnt hat und sie opfern will, ist unfassbar.«

»Die Prinzessin war einsam«, sagte Rumpelstilzchen Junior, »und ihr Vater war verzweifelt.«

»Ach, und das ist eine Entschuldigung?«

»Wir alle würden erfinderisch werden, um uns die Langeweile zu vertreiben«, sagte der Junior.

Wirklich?

Würde ich in Verzweiflungstaten ausbrechen, wenn ich mich rächen wollen würde?

Ich dachte an die blöden Kühe in meiner Klasse.

Denen hätte ich gerne mal Kaugummi in die Haarpracht geklebt, die falschen Fingernägel abgerissen und ihre Smartphones in die Farbeimer meiner Mom getunkt. Aber natürlich war ich viel zu feige, um so etwas zu tun.

Würde ich anfangen, andere zu erpressen, um an Steven heranzukommen?

Nein, würde ich nicht.

Ich errötete.

Nun, zumindest hatte ich meiner Lieblingstante die Taschen vollgelogen, um an meine große Liebe heranzukommen.

Das war auch nicht viel besser!

»Ich glaube, mir würde so eine Gefangenschaft nichts ausmachen. Ich wäre immer noch genauso blöd und nett wie eh und je. Ich kann einfach nicht fies sein.«

»Sicher?«

Ich nickte.

Zu diesem Zeitpunkt wusste ich ja auch noch nicht, dass mich die Einsamkeit im Rahmen einer überraschenden Gefangenschaft selbst bald heimsuchen und ich meine Antwort schneller revidieren würde, als mir lieb war.

Rumpelstilzchen Junior blickte mir tief in die Augen. »Das ist der Grund, weshalb mein Herz für dich schlägt, Emma!«

Der oder keiner

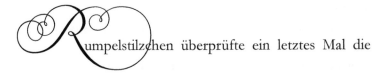umpelstilzchen überprüfte ein letztes Mal die
Sicherheit des Seils, welches er im Turmzimmer verankert
hatte, damit sich die Prinzessin abseilen konnte. Der gutmü-
tige Fellprinz wollte sein Versprechen wahrmachen und gemeinsam mit der schwierigen Königstochter durch die Stadt
gehen, damit sie endlich einen Mann finden und er seine
Saphira zurückbekommen würde.

»Denkt bitte daran, Prinzessin, die Knoten am Seil zu nut-
zen, um Pausen einzulegen. Wir haben das Klettern und
Abseilen zwar im Turmzimmer geübt, aber aufgrund Eurer
Gefangenschaft seid ihr nicht gerade das, was man eine
Sportskanone nennt«, warnte Rumpelstilzchen.

Die Prinzessin schnalzte mit der Zunge. »Nicht sportlich?
Ich bin beweglicher als ein Tausendfüßler. Ich kann bis unter den Deckenbalken klettern und von dort sogar auf den
Fußboden springen. Oder wie glaubst du, habe ich mich all
die Jahre fit gehalten?«

Rumpelstilzchen musterte die dünnen Ärmchen der Prinzessin - von denen sie nur zwei besaß und keine tausend -
und nickte nur. Sie war derart nervös, dass es keinen Sinn
machte, mit ihr zu diskutieren. Sie würde nur wieder aus der
Haut fahren und ihm den versprochenen Hinweis auf das
Schlupfloch der magischen Barrieren im Schlosskeller ver-
wehren.

»Meint Ihr wirklich, dass das Abseilen funktioniert, wenn sie
unsichtbar ist, mein Meister?«, fragte der Feenrich fast schon
verzweifelt. Er hielt immer noch nichts von der Idee, mit
dem zanksüchtigen Braten von Königstochter - und dann

auch noch im unsichtbaren Zustand - durch die Stadt zu laufen und nach Männern im heiratsfähigen Alter Ausschau zu halten. Er konnte sich den flauen Magen nicht erklären, aber er hatte überhaupt kein gutes Gefühl bei der Sache.

»Jakob, wo bleibt deine Zuversicht?«, fragte Rumpelstilzchen lächelnd.

Der Feenrich knickte ein. »Ich befürchte, im Feen-ABC war ich auch keine Leuchte, Meister!«

Rumpelstilzchen klopfte ihm auf die Schulter. »Das macht nichts. Das wird schon!«

»Nun schwingt keine Reden, sondern klettert voraus, damit ihr die üblen Fallen abfangt, die mein Vater magisch errichtet hat«, schnauzte die Prinzessin ihre beiden Begleiter an.

»Vielleicht sollten wir uns das doch nochmal überlegen, Meister! Die Prinzessin ist nicht nur aufmüpfig - woran ich mich ja schon fast gewöhnt habe - sie ist vor allem nicht sichtbar für uns. Wie sollen wir sie unter Kontrolle halten?«

Rumpelstilzchen winkte ab. »Sie wird schon nicht durchbrennen. Das würde auch gar keinen Sinn ergeben, Jakob, denn durch den Bann der Unsichtbarkeit ist sie nicht einmal in der Lage, Dinge zu bewegen.«

Die Prinzessin streckte ihren rechten Arm aus dem Fenster, der sofort unsichtbar wurde, und hob das Seil ein Stück weit an. Triumphierend blickte sie in die Runde. Doch sie hatte nicht mit der magischen Barriere unterhalb des Turmfensters gerechnet. Eine grüne Flamme schoss aus der Mauer und verbrannte im Nu ihre zarte Haut.

»Au, verdammt!«

Die Zofe eilte zum Schrank und holte eine Arznei heraus. »Das war nicht sehr umsichtig von Euch, Prinzessin!«

»Verflixt, das tut weh!«, jammerte die Prinzessin.

Mehr noch als die Wunde, verletzte sie jedoch die Tatsache, dass ihr Vater tatsächlich weitere magische Barrieren an der

Turmaußenmauer errichtet hatte, um sie davon abzuhalten, in die Stadt zu gehen.

Tapfer biss sie die Zähne zusammen.

Sie war fest entschlossen, sich von keiner einzigen magischen Sperre aufhalten zu lassen. Jetzt hatte sie die Chance, einen Mann zu finden. Und nichts und niemand würde sie von diesem Ausflug abhalten.

Ungeduldig ließ sie sich die Hand verbinden.

»Können wir gehen, Eure Hoheit?«, fragte Rumpelstilzchen.

Die Prinzessin checkte noch einmal ihre Kleidung. Sie hatte sich eigens für den Ausflug ein Kleid geschneidert.

»Wozu habt Ihr eigentlich so ein hübsches Kleid genäht, Prinzesschen, wenn Euch sowieso niemand zu Gesicht bekommt?«, knurrte der Feenrich missmutig.

Die Prinzessin versah ihn mit einem pikierten Seitenblick.

»Glaubst du ernsthaft, ich würde bei meiner Suche nach einem geeigneten Mann herumlaufen wie ein Vagabund?«

»Würde das einen Unterschied machen? Immerhin kann Euch niemand sehen«, konterte der Feenrich.

»Vielleicht hat der Bann ja einen Wackelkontakt«, zischte die Prinzessin das geflügelte Wesen an.

Der Feenrich grinste. »Macht Euch darüber mal keine Sorgen, Prinzesschen! Wenn der Bann tatsächlich einen Wackelkontakt haben sollte, was ich nicht glaube, dann seid Ihr hässlich genug, um den Angebeteten gleich in die Flucht zu schlagen, selbst wenn Ihr in einem Kartoffelsack stecken würdet.«

»Wie bitte?« Die Prinzessin holte scharf Luft.

»Euer Gesicht ist durch den Fluch so entstellt, dass der arme Kerl gar nicht so weit käme, Eure Kleidung zu mustern«, präzisierte der Feenrich mit einem noch breiteren Grinsen. Dann winkte er ab. »Aber tragt ruhig ein schickes Ballkleid. Vielleicht habt Ihr ja Glück, und der arme Tropf blickt gerade zu Boden, wenn der Wackelkontakt Euch erwischt.«

Verschnupft zog die Prinzessin die Nase kraus und wandte sich ab. »Dann lasst uns gehen!«

Dem Feenrich rutschten die Mundwinkel zeitgleich mit dem Herz herunter. Seufzend sagte er: »Ich mache das alles nur für Euch, mein Meister. Wenn es nach mir ginge, würde ich der Dame mal gehörig den Hintern versohlen und ihr den geliebten Kuchen entziehen. Und mitnehmen würde ich sie schon gar nicht. Sie hat unsere Hilfe nämlich gar nicht verdient.«

»Nein, das hat sie nicht. Aber darauf kommt es nicht an. Wir brauchen sie, um an Saphira heranzukommen. Und nun tarne mich bitte, damit ich ohne Aufsehen durch die Stadt wandern kann! Aber bitte verzaubert mich in einen Mann und nicht wieder in ein Weibsbild«, bat Rumpelstilzchen.

Peinlich berührt von dem letzten Zauberfehler beschwor der Feenrich den Zauberstab und schwang ihn fast ein wenig ängstlich durch die Luft. »Sehr wohl, mein Meister, aber mein Stab gehorcht mir immer so schlecht. Ich kann nur hoffen, dass es klappt.«

Es klappte.

Binnen einer Sekunde stand statt des Fellmännchens ein junger Adonis im Turm.

Die Prinzessin pfiff leise durch die Zähne. »Rumpelstilzchen, du siehst ja richtig gut aus! So würde ich dich auch heiraten. Zumindest, wenn ich nicht wüsste, dass so ein kleiner Hässling in dir steckt.«

»Mit innerer Hässlichkeit kennt Ihr Euch ja besonders gut aus«, brummte der Feenrich leise.

»Was hast du gesagt, Quälgeist?«, fuhr die Prinzessin das Lichtwesen an.

»Och, nichts.« Mit hoch erhobener Nase flog der Feenrich auf den Fenstersims.

»Ich finde auch, dass Euch diese Tarnung äußerst gut steht«, stimmte die Zofe ihrer Majestät zu und errötete heftig, als Rumpelstilzchen sie mit weit geöffnetem Herzen anlächelte.

»Das nehme ich mal als Kompliment für meine Zauberkünste.« Der Feenrich verneigte sich, dann flog er durch das Turmfenster hinaus.

»Kannst du mich nicht sichtbar zaubern?«, fragte die Prinzessin hoffnungsvoll, doch der Feenrich rief ihr nur ein barsches ›Nö!‹ zu.

Rumpelstilzchen kletterte als gut gebauter Mann zuerst an dem Seil hinunter und wehrte mithilfe von Jakobs Feenstaub sämtliche schwarzmagischen Barrieren ab.

Dann ließ er die Zofe folgen und zuletzt kam die Prinzessin. Das war nicht ganz unproblematisch, denn sobald die junge Adlige ihre Gliedmaßen aus dem Turmfenster geschoben hatte, war sie für niemanden mehr zu sehen.

»Seid Ihr bereit, Eure Majestät?«, fragte die Zofe leise, doch es kam keine Antwort.

»Prinzessin Anna?«, fragte Rumpelstilzchen angespannt.

Niemand antwortete.

»Das fängt ja gut an! Ich wette, das findet sie witzig«, knurrte der Feenrich. Kopfschüttelnd setzte er sich auf die Schultern seines Meisters.

»Eure Hoheit, wo seid Ihr?«, wiederholte die Zofe mit leichter Verzweiflung.

»Beruhigt euch«, kicherte eine zarte Stimme hinter der Zofe, »ich bin hier. Ich wollte euch nur narren.«

»Ich sagte doch, das widerspenstige Ding findet das urkomisch«, beschwerte sich der Feenrich und verließ Rumpelstilzchens Schulter. »Es wäre schön, wenn die eigensinnige Prinzessin bei uns bleiben könnte, denn leider haben wir keine Hundeleine dabei, um sie anzuketten. Und wenn sie weg ist, ist sie weg.«

Plötzlich stolperte der Feenrich im Flug und landete keuchend auf dem Blatt eines Dornenbusches. »Was sollte das denn?«, kreischte das Lichtwesen in die Richtung, in der er die Prinzessin vermutete. »Hast du mich etwa durch die Luft geschupst, du Braten?«

»Nur weil ich unsichtbar bin, heißt das nicht, dass du mich beleidigen darfst, du kleine Nervensäge«, polterte die Prinzessin los.

Der Feenrich bekam ein hochrotes Gesicht und schnaufte verächtlich. »Na, das kann ja heiter werden. Ich freue mich jetzt schon auf ein paar vergnügliche Stunden mit dir, du verzogene Göre!«

»Etwas mehr Respekt, Flieger!«

»Ich glaube, die zwei mögen sich«, sagte die Zofe leise zu Rumpelstilzchen. Aufrichtig lächelte sie den stattlichen Mann neben sich an und streifte kurz seine Hand.

Rumpelstilzchen zuckte erschrocken zurück.

Was waren das für sonderbare Gefühle, die da durch seinen Magen fuhren? Wie eine hungrige Schlange schlängelten sie sich durch seine Eingeweide und berührten schließlich sein Herz.

»Verliebt Euch bloß nicht in die Zofe, mein Meister«, rief der Feenrich leise. »Auch wenn Ihr rein äußerlich ein wunderschönes Pärchen abgebt. Aber das liegt an meinen hervorragenden Zauberkünsten, nicht an Eurer wahren Gestalt.«

Rumpelstilzchen lächelte der Zofe noch einmal zu und wandte sich dann kopfschüttelnd an sein Lichtwesen. »Natürlich nicht, Jakob. Wo denkst du hin? Sie ist ein Menschling. Ich bin ein Violentianer, auch wenn ich gerade als Jüngling getarnt bin. Außerdem habe ich mit Saphira den Bund der Ewigkeit geschlossen.«

»Auch die Ewigkeit hat mal ein Ende«, blubberte der Feenrich undeutlich.

Bevor Rumpelstilzchen etwas erwidern konnte, hatten sie ihr erstes Ziel, die Schmiede, erreicht.

»Menschen!«, ertönte die Stimme der Prinzessin. »Ich werd' verrückt! Hier ist alles voller Menschen! Wie wundervoll. Seht doch nur! Hier blüht das wahre Leben. Oh, ich will nie wieder weg hier!«

»Das hat mir gerade noch gefehlt«, knurrte der Feenrich. Seine zarten Augenbrauen zogen sich immer mehr zusammen. »Wir könnten die Königstochter nicht einmal gewaltsam in den Turm zurückschaffen, weil wir sie weder sehen, noch anfassen können. Und wenn der König dahinter kommt, dass wir gemeinsame Sache mit seiner Tochter machen, die nach Romantik strebt, dann wird er uns köpfen.«

»Niemand wird uns köpfen, Jakob«, versuchte Rumpelstilzchen seinen Feenrich zu beruhigen. »Nun entspann dich!«

»Entspannen? Ich entspanne mich, wenn die Göre unter der Haube ist.« Mit diesen Worten streckte der Feenrich ein letztes Mal seine Flügel und ließ sich schließlich auf Rumpelstilzchens Tasche nieder.

»Ich bin dann mal weg!«, rief die Prinzessin ausgelassen.

»Eure Hoheit, wartet!«, rief die Zofe ihr noch hinterher, doch die Prinzessin reagierte nicht mehr.

Rumpelstilzchen verdrehte die Augen. »Das wird ein interessanter Ausflug. Ich schätze, uns bleibt nichts anderes übrig, als vor jedem Haus auf ein Zeichen der Prinzessin zu warten, bis sie fertig ist mit ihrer Bräutigamschau.«

»Ist das Euer Ernst, mein Meister?«

»Hast du eine bessere Idee, Jakob?«

Der Feenrich verdrehte die Augen. »Nein.«

»Siehst du! Und nun husch in meine Tasche, Jakob! Auf Lichtwesen steht ein extrem hohes Kopfgeld. Wir können es nicht riskieren, dass dich jemand sieht.«

Seufzend verschwand der Feenrich in der Umhängetasche seines Meisters.

Die Zofe und Rumpelstilzchen setzten sich auf einen riesigen Findling, der vor der Schmiede als Sitzgelegenheit diente.

»Wie gefällt es Euch bei uns?«, fragte die Zofe leise und blickte ihren Sitznachbarn mit einem gekonnten Augenaufschlag an.

Rumpelstilzchen sah ihr direkt in die Augen und wurde durch ihr seltenes Blau sofort wieder an die Quelle der Unsterblichkeit - und damit an seine Braut - erinnert. »Wie aufmerksam, dass Ihr fragt!« Sein Herz hämmerte wild gegen seine Brust, ohne dass er irgendetwas dagegen tun konnte. Das junge Ding neben ihm sorgte für Hitzewallungen, wie er sie nur von seinen Treffen mit Saphira kannte.

Die Zofe errötete und schlug die Augen nieder.

»Ich sagte doch, sie ist Euch zugetan, mein Meister! Verliert bloß nicht Euer Herz an die Dame! Sonst ist der ganze Spuk hier umsonst, weil Ihr Eure Saphira dann gar nicht mehr zurückhaben wollt«, ertönte die gedämpfte Stimme des Feenrichs aus der Umhängetasche. »Oder weil der Bruch des Bündnisses Euch in Stücke reißt.«

»Sei still, Jakob«, zischte Rumpelstilzchen nervös. Dann wandte er sich an die Zofe. »Ich gewöhne mich langsam an die Umstände auf diesem Planeten, aber sobald ich Saphira wieder gefunden habe, werden wir aufbrechen und zu einem friedlicheren Planeten reisen.«

»Ohne Raumfahrtkapsel, mein Meister?«, meldete sich der Feenrich zu Wort.

Rumpelstilzchen zog den Kopf ein. Den Umstand, dass ihre Transportfahrzeuge zerstört waren, hatte er in all der Aufregung verdrängt. »Wir werden neue bauen.«

Der Kopf des Feenrichs erschien. »Ich bin ganz froh, dass Euer Gefährt kaputt ist, mein Meister. Was sollte sonst aus mir werden?«

Ein Passant drehte sich neugierig nach dem Pärchen um. »Habt Ihr etwas gesagt, mein Herr?«

Rumpelstilzchen schüttelte eilig den Kopf und stopfte den Feenrich zurück in die Tasche. »So langsam frage ich mich, wer von euch beiden aufmüpfiger ist, du, Jakob, oder die Prinzessin.«

Der Mann ging seines Weges und verschwand schließlich hinter einer Hausecke.

»Paul, der Sohn vom Schmied, ist absolut unmöglich«, ertönte die empörte Stimme der Prinzessin so dicht an Rumpelstilzchens empfindlichem Ohr, dass er einen Satz nach vorne machte. Dabei fiel er fast auf seine Umhängetasche.

»Müsst Ihr meinen Herrn so erschrecken?«, beschwerte sich der Feenrich, der in der Tasche hin und her purzelte.

»Stell dich nicht so an, kleiner Mann«, konterte die Prinzessin. »Pass halt besser auf!«

»Dann ist der Sohn des Schmieds also keine Option für Euch, Prinzessin?«, wisperte die Zofe leise.

»Nein. Nicht einmal, wenn er der letzte Mann auf diesem Erdball wäre«, entgegnete die Prinzessin ungehalten. »Er ist ein ungehobelter Holzklotz.«

Der Kopf des Feenrichs tauchte am Rande der Tasche auf. »Dann passt er doch ganz gut zu Euch!«

»Schweig still, du Naseweis! Streich ihn von der Liste, Rumpelstilzchen!«

»Große Worte, Eure Hoheit, vor allem, wenn man bedenkt, dass Ihr nur Erlösung durch eine Eheschließung findet«, sagte der Feenrich, bevor er wieder verschwand. »Ihr könnt es Euch gar nicht leisten, wählerisch zu sein.«

Etwas klatschte mit voller Wucht auf Rumpelstilzchens Tasche.

»Aua, du grobes Weibsbild«, schimpfte der Feenrich leise.

»Wagt das nicht noch einmal!«

»Was sonst?«

»Schluss jetzt!«, mischte sich Rumpelstilzchen ein.

Die Zofe lächelte still vor sich hin. Sie fand den Twist zwischen dem Lichtwesen und der Prinzessin ganz erfrischend.

»Wohin gehen wir jetzt?«, fragte die Prinzessin aufgeregt.

»Wir gehen zu Hans, dem Sohn des Schlachters. Dann steht Matthias, der Sohn des Bäckers, auf der Liste. Wir haben aber auch noch Kain, den Sohn des Schneiders, und Lupos, den Sohn der Blumenhändlerin, auf dem Zettel stehen.«

»Oh Mann, so lang ist die Liste?«, rief der Feenrich voller Entsetzen.

»Unsere Liste ist noch viel länger«, bestätigte Rumpelstilzchen. »Richte dich also auf einen langen Tag in meiner Umhängetasche ein.«

»Ich wusste, es war keine gute Idee, die Prinzessin auszuführen«, brummte der Feenrich.

Rumpelstilzchen bot der Zofe die Hand an, damit sie sich vom Stein erheben konnte. Kaum berührten sich ihre Hände, sprühten kleine Funken.

Erschrocken zuckte die Zofe zurück, doch Rumpelstilzchen blieb wie erstarrt stehen. Er versuchte, ihr in die Augen zu schauen, aber diese hielt den Blick gesenkt.

»Verzeiht!«, sagte sie leise.

Rumpelstilzchen schüttelte den Kopf. »Nein, nein, das war meine Schuld.« Gedankenverloren machte er sich gemeinsam mit der Zofe und der unsichtbaren Prinzessin auf den Weg durch die Stadt.

Wieso zeigten sich diese verräterischen Funken bei der bloßen Berührung ihrer Hände?

Bei Violentianern war das ein absolut untrügliches Zeichen für die wahre Liebe.

Aber wie konnte das sein?

Er hatte sein Herz doch bereits Saphira geschenkt!

Sollte es wirklich möglich sein, sein Herz für mehr als ein Lebewesen zu öffnen?

Das durfte ihm auf keinen Fall passieren!

Der Bund der Ewigkeit würde sich an ihm rächen und ihn zu Tode foltern.

Rumpelstilzchen wurde bei seiner Grübelei immer wieder durch das Quieken der Prinzessin aufgeschreckt. Sobald sie etwas entdeckte - und das kam recht häufig vor - versetzte sie ihm mit ihrem Ausbruch einen heftigen Schrecken.

Schließlich tanzte sie über eine Wiese. »Dieser Spaziergang ist das Schönste, was ich je in meinem bisherigen Leben getan habe.«

»Wen wundert's?«, platzte der Feenrich heraus. »Ihr müsst ja auch nicht in einer schaukelnden, dunklen Tasche gegen Reisekrankheit ankämpfen.«

»Sei still, kleiner Flieger«, sagte die Prinzessin fast schon liebevoll.

Die Zofe kicherte leise hinter vorgehaltener Hand. »Das ist das pure Leben, Eure Majestät!«

»Jaaaa, und es gefällt mir so unglaublich gut, dass ich es nie wieder missen will«, seufzte die Prinzessin wohlig. »Freiheit ist etwas so Großartiges, dass ich es kaum in Worte packen kann. Seht euch doch nur all die schönen Dinge an, die es in der Stadt zu sehen gibt! Fühlt das Quietschgrün dieser Wiese unter euren Füßen, welches wie weiches Gummi auf der Haut haftet!« Sie jauchzte leise. »Vom heutigen Tage an gehe ich jeden Tag spazieren.«

»Niemals!«, schrie der Feenrich entsetzt auf.

»Was beschwerst du dich, Winzling?«, kicherte die Prinzessin.

»Wenn ich keine Taschenwand vor der Nase hätte, könnte ich Eure Begeisterung sicherlich teilen, Prinzesschen!«

»Soll ich dir auch einen Bann auferlegen, damit du gemeinsam mit mir unsichtbar durch die Stadt wandeln kannst?«, feixte die Prinzessin ausgelassen.

»Bloß nicht!«, rief der Feenrich erschrocken.

»Welchen Namen haben wir noch auf unserer Liste?«, fragte die Königstochter übermütig.

Rumpelstilzchen zog den Zettel aus seiner Tasche und überflog die Namen. »Keinen. Wir haben alle Söhne dieser Stadt gesehen.«

»Im Ernst?«, jaulte die Prinzessin auf.

»Jetzt fangt bloß nicht an zu heulen«, brummte der Feenrich. »Ich kann Mädchen nicht weinen sehen. Davon kriege ich eine fiebrige Erkältung.«

»Dann läufst du ja keine Gefahr, schließlich bin ich unsichtbar und du in einer Tasche«, schniefte die Prinzessin.

»Aber wenn ich es höre, brechen mir glatt die Flügel ab. Hör also sofort auf zu weinen! Es gibt noch einen Mann, den du wie ein Stück Vieh begutachten kannst«, nörgelte der Feenrich.

»Wirklich?«, fragte die Prinzessin hoffnungsvoll.

»Ja, mich!«, feixte das Lichtwesen.

Etwas schlug auf Rumpelstilzchens Umhängetasche.

»Aua! Lass das, du undankbares Weibsbild!«

»Hört auf zu streiten, ihr zwei«, sagte Rumpelstilzchen. »Es gibt da wirklich noch jemanden. Jakob, warum hast du ihn nicht aufgeführt?«

»Ich finde, er ist zu gut fürs Prinzesschen«, antwortete der Feenrich wahrheitsgemäß.

»Na, vielen Dank auch, Nervensäge!«, platzte die Prinzessin heraus. »Wer ist es denn?«

»Findet Euch damit ab, Schätzchen, dass kein Mann für Euch dabei ist. Auf einen eingesperrten Topf mit Hässlichkeitsfluch passt eben kein netter Paradedeckel«, krächzte der Feenrich. Er war zutiefst beleidigt, dass die Prinzessin ihm auf den Kopf gehauen hatte.

Ein leises Schnaufen war zu hören. »Halt den Mund, Feenrich, sonst liefere ich dich doch noch dem König aus.«

»Mehr hast du nicht auf Lager, Prinzesschen?«, fragte der Feenrich, wagte jedoch nicht, den Kopf aus der Tasche zu schieben, aus Angst, die Prinzessin könnte ihre Drohung wahrmachen.

»Oh, sind wir nun zur respektlosen Ansprache übergegangen?«, war die Stimme der Prinzessin zu hören.

»Wer ist denn nun der Glückliche?«, unterbrach die Zofe die zwei Zankhähne.

»Ob es ein Glück für den armen Kerl ist, wage ich zu bezweifeln, aber es ist der Müllerssohn«, knurrte der Feenrich.

Die Zofe blickte Rumpelstilzchen an.

Dieser lächelte auf sie herunter. Er war auf dem besten Wege, sein bereits vergebenes Herz an die Zofe zu verlieren.

»Ich glaube, die zwei mögen sich wirklich«, sagte sie leise zu dem getarnten Jüngling und berührte verstohlen seine Hand. Wieder tanzten kleine Zauberfunken um ihre Finger herum.

Für einen viel zu langen Moment, bei dem Rumpelstilzchen sein Herz bereits davonfliegen sah, schauten sich die zwei in die Augen.

Doch plötzlich wurden sie von einem jähen Aufschrei unterbrochen. »Da vorne ist die Mühle! Wie schön sie ist«, quiekte die Prinzessin. »Wie heißt der Müllerssohn?«

»Valentin«, sagte Rumpelstilzchen leise.

»Der Müllerssohn ist viel zu gut für den königlichen Braten«, wisperte der Feenrich leise.

Rumpelstilzchen lächelte. »Ich glaube, sie passen ganz gut zusammen, Jakob. Der Müllerssohn wird ihr ein wenig Respekt und Anstand beibringen.«

»Ich besitze bereits Respekt und Anstand«, verteidigte sich die Prinzessin.

»Echt? Wo hast du die denn versteckt?«, brummte der Feenrich.

»Ach, sei still, Kleiner!« Die Prinzessin juchzte noch immer beim Anblick der Mühle.

»Nun hatte ich den tugendhaften Müllerssohn extra vergessen…«, sagte der Feenrich überhaupt nicht reumütig, was der nervösen Prinzessin jedoch entging.

»Macht nichts«, antwortete diese. »Fehler passieren.«

Ein leiser Pfiff ertönte aus Rumpelstilzchens Umhängetasche.

»Kam das wirklich gerade vom Prinzesschen?«

»Ich bin eigentlich sehr umgänglich«, war die Stimme der Prinzessin zu hören. Ihr schwang ein beleidigter Unterton mit.

»Den Tag trage ich mir knallrot in meinem Feenkalender ein«, sagte der Feenrich durch den Stoff der Tasche. »Die Prinzessin verzeiht gnädig einen absichtlichen Fehler ohne jegliche böse Bemerkungen oder die Androhung von Strafe. Und das, wo es doch um ihre Zukunft geht!«

»Nun reite nicht länger darauf herum, kleiner Gernegroß«, sagte die Prinzessin. »Sonst nehme ich dir deinen Patzer doch noch übel. Lasst uns zur Mühle gehen und den Spross unter die Lupe nehmen!«

»Der Müllerssohn ist viel zu nett für Euch«, sagte der kleine Flieger in Rumpelstilzchens Tasche.

Die Prinzessin kicherte leise. »Ich kann auch sehr nett sein.« Sie hob die Lasche der Tasche an. »Willst du eine Kostprobe?«

»Wo ist der Haken?«

»Hey, kleiner Mann, es gibt keinen Haken! Aber du könntest etwas mehr Dankbarkeit zeigen. Du hast doch alles, was das Leben so erfordert: Magische Fähigkeiten, einen Zauberstab…«, deutete die Prinzessin an.

»Der nicht intakt ist«, unterbrach der Feenrich die Prinzessin. »Und abgesehen davon sind meine magischen Fähigkeiten eher Schwächen als Stärken.«

»Egal. Die Zauberei funktioniert doch einigermaßen«, winkte die Prinzessin ab. »Du hast Flügel, die dich tragen - zusätzlich zu deinen Beinen und deinem klaren Verstand. Und eigentlich bist du ganz niedlich.«

»Meister! Meister!«, rief der Feenrich fast schon panisch.

Rumpelstilzchen blieb stehen und lugte in die Tasche. »Was gibt es, Jakob?«

»Ich glaube, wir müssen die Prinzessin zurück auf ihren Turm bringen. Sie wird langsam - nett! Ich meine, richtig nett! Sie hat mir soeben ein dickes Kompliment gemacht. Ich befürchte, ihr bekommt die Freiheit nicht.«

Rumpelstilzchen tätschelte den Kopf des Feenrichs mit einem Finger und schmunzelte. »Ich finde, dieser Charme steht der Prinzessin ausgezeichnet. Vielleicht bewirkt der Müllerssohn noch, dass sie liebreizend wird.«

Ein glockenklares Lachen ertönte von der unsichtbaren Prinzessin, so dass der Mann, der gerade vor ihnen auf einem Pferd auftauchte, erstaunt anhielt.

»Ah, der Müllerssohn«, rief Rumpelstilzchen überrascht.

»Kennen wir uns, mein Herr?«, fragte der Reiter verwundert.

Rumpelstilzchen deutete eine Verbeugung an. »Ihr habt meine Magd kennengelernt, als sie neulich zwei Säcke Mehl bei Euch gekauft hat. Für einen Kuchen«, fügte er hinzu.

»Beim heiligen König, er ist perfekt«, war das Flüstern der Prinzessin zu hören. »Seht ihn euch an! Was für ein Mannsbild!«

Der Müllerssohn sprang vom Pferd. »Richtig. Hat der Kuchen der hässlichen Prinzessin geschmeckt?«

Ein leises Kichern war aus der Tasche zu hören, während die unsichtbare Prinzessin empört schnaufte. »Das ist nicht witzig, Jakob«, knurrte sie. »Weiß denn niemand von meinem Fluch?«

»Wer weiß«, konterte der Feenrich.

»Keine Sorge, Eure Hoheit, Ihr seid alles andere als hässlich. Die wahre Liebe wird den Fluch aufheben«, versuchte die Zofe, die Prinzessin zu beruhigen.

»Der Kuchen hat der Prinzessin sehr gut gemundet, vielen Dank der Nachfrage! Sie hat die Mühe herausgeschmeckt, die Ihr Euch mit dem Transport gemacht habt, Valentin«, lobhudelte Rumpelstilzchen laut.

Der Feenrich steckte seinen Kopf aus der Tasche. »Warum schmiert Ihr dem Müllerssohn Honig um den Dreitagebart, mein Meister?«

»Weil er der Mann sein wird, der uns erlöst«, antwortete Rumpelstilzchen, ohne die Lippen zu bewegen.

»Dieser Mann ist einfach nur perfekt! Seine Augen sind so braun wie Schokolade, sein prinzenhaftes Haar wie für eine Krone gemacht und seine Muskeln sind größer als die der ganzen königlichen Garde«, geriet die Prinzessin ins Schwärmen.

»Ich habe auch Muskeln«, bemerkte der Feenrich.

Die Prinzessin schnalzte mit der Zunge. »Entschuldige, Feenrich, wenn ich das anzweifle. Aber sei es drum! Du bist ja nicht der neue Anwärter für den Posten des Prinzen, oder?«

»Nein, natürlich nicht«, rief der Feenrich empört. »Als wenn ich ausgerechnet eine verwöhnte Prinzessin heiraten wollen würde. Tsss!« Er verschwand wieder in der Tasche. »Sie findet ihn perfekt. Tsss!«

»Jaaaa, das ist er. Stell ihn mir vor, Rumpelstilzchen! Jetzt sofort!«, befahl die Prinzessin.

Der Feenrich räusperte sich. »Soll das ein Scherz sein, Prinzesschen? Ihr seid unsichtbar. Schon vergessen?«

»Mist!«, war das leise Fluchen der Prinzessin zu hören.

Rumpelstilzchen lächelte. »Ich möchte Euch ins Schloss einladen, Valentin. Als Dank für Eure Hilfe beim Mehl- und Kuchentransport.«

Der Müllerssohn winkte ab. »Das war doch selbstverständlich, mein Herr. Nicht der Rede wert.«

»Doch, doch«, beharrte Rumpelstilzchen. »Bitte kommt morgen bei Sonnenuntergang zum Schlossturm und seid unser Gast.«

»Zum Turm der Prinzessin?«, fragte der Müllerssohn erschrocken.

»Ja.«

»Ich habe momentan leider viel zu tun, mein Herr. Mein Vater ist krank und ich muss mich alleine um die Geschäfte kümmern«, bedauerte der Müllerssohn. Es war ihm deutlich anzusehen, dass er lieber einen großen Bogen um das Schloss, und vor allem um den Turm, machte.

»Der stattliche Typ hat Angst«, ertönte eine leise Stimme aus Rumpelstilzchens Tasche.

»Ich will diesen einen oder keinen«, wisperte die Prinzessin.

Unauffällig nickte Rumpelstilzchen. Er wusste, der Müllerssohn war seine einzige Chance, Saphira zu befreien. Also würde er alles daran setzen, dass er sich in die Prinzessin verliebte.

»Vielleicht können wir Euch noch eine Arbeitskraft zukommen lassen«, schlug Rumpelstilzchen also vor.

Der Müllerssohn zögerte. »Ich weiß nicht recht...«

»Bestecht ihn mit Gold«, wisperte die Prinzessin.

»Und wie sollen wir an die Schatzkammer des Königs herankommen, Prinzesschen, ohne unsere Haut einzubüßen, innere Organe zu verlieren oder sämtliche Gliedmaßen abzubrechen?«, wisperte der Feenrich.

»Verflixt, die magischen Barrieren!«

»Jap!«

»Dann dreht der Mühle eben das Wasser ab«, zischte die Prinzessin barsch.

Der Feenrich saß in der Tasche und verdrehte die Augen.

»Was für ein Akt der Nächstenliebe! Da ist sie wieder! Ganz

die Alte! Ich wusste doch, das Biest steckt noch in ihr drin. Wäre auch zu schön gewesen, wenn sie plötzlich zahm geworden wäre.«

»Sei still, du vorlauter Flieger«, zischte die Prinzessin zurück.

»Bitte denkt über mein Angebot nach und lasst mir eine Nachricht zukommen«, sagte Rumpelstilzchen mit einer angedeuteten Verbeugung zum Müllerssohn. »Ich schicke Euch morgen einen Boten vorbei!«

Der Müllerssohn zögerte, während er sich zurück aufs Pferd schwang. »Ich werde darüber nachdenken. Habt Dank, mein Herr!«

♛ ♛ ♛

»Das ist nicht Ihr Ernst, oder?«, platzte ich ungläubig dazwischen.

Mein Gegenüber, der die ganze Zeit über mit glasigen Augen dagesessen und die Geschichte seines Vaters erzählt hatte, versuchte, seinen Blick auf mich zu fokussieren. »Wie bitte?«

»Die Prinzessin will dem armen Müllerssohn doch nicht etwa das Wasser abdrehen, oder?«

»Doch. Das war ein guter Plan.«

Ich rümpfte die Nase und musste so blöd aus der Wäsche geguckt haben, dass Rumpelstilzchen Junior auflachte.

»Wo liegt das Problem, Emma? Manche Menschen muss man eben zu ihrem Glück zwingen.«

Warum schaute er MICH dabei so komisch an?

MICH musste man NICHT zu einem Date mit Steven zwingen.

Oder wollte ER etwa ein Date MIT MIR haben?

Ich angelte einen Schokoriegel aus der Tasche und riss die Packung etwas zu heftig auf. Leise fluchend sammelte ich den zerbröselten Riegel von meinem Schoß.

»Wenn es dich beruhigt, Schoko-Engelchen, ich fand den Plan auch absolut unmenschlich und ziemlich gemein«, ertönte eine leise Stimme neben mir.

Erschrocken sprang ich vom Sofa auf und bekam fast einen Herzstillstand, während die Schokoladenkrümel auf den Boden rieselten.

»Was ist das?«, quiekte ich.

Rumpelstilzchen Junior lachte leise. »Darf ich dir einen alten Freund der Familie vorstellen?«

»Alt? Ich bin doch nicht alt«, beschwerte sich die Stimme, die von dem Figürchen kam, welches auf der Sofalehne Platz genommen hatte.

Ich traute meinen Augen kaum.

Hatte das Ding etwa Flügel?

Mehrfach blinzelnd roch ich vorsichtshalber an dem Tee, den mir der Junior gekocht hatte und schaute noch einmal zum Sofa.

Das Dickerchen mit den schimmernden Flügeln hatte die Beine übereinander geschlagen und begutachtete fast schon desinteressiert seine zarten Finger. »Ich bin erst dreitausend Lichtjahre alt. Quasi im besten Feenalter. Und so ein engelsgleiches Blondinchen wie dich finde ich ganz besonders reizvoll.« Er blickte auf und zwinkerte mir keck zu. »Hast im Übrigen Ähnlichkeit mit der Prinzessin.«

»Doch wohl hoffentlich nur äußerlich«, bemerkte ich spitz. Ungläubig schloss ich meine Augen und öffnete sie wieder.

Es war ja schon ein Wunder, dass es Rumpelstilzchens Sohn - und damit auch Rumpelstilzchen selbst - tatsächlich gab - oder im Falle von Rumpelstilzchen ›gegeben hatte‹. Aber dass hier ein Feenrich neben mir saß, ließ mich so langsam daran glauben, dass mein Gastgeber Drogen in meinen Tee gekippt hatte.

Feen gab es doch nicht in echt!

»Natürlich gibt es uns wirklich, Süße! Was hast du denn gedacht? Dass wir Hirngespinste sind?« Der Feenrich schüttelte lachend den Kopf.

Konnte er etwa auch Gedanken lesen?

»Das ist Filius«, stellte Rumpelstilzchen Junior den Stöpsel vor, der kaum größer war als meine Hand.

»Stets zu Diensten, mein Meister.«

»Und ich dachte, Sie wollten die Geschichte Ihres Vaters mit einem frechen Lichtwesen nur aufpeppen«, platzte ich heraus.

»Nein, Feen gibt es wirklich.« Rumpelstilzchen Junior lächelte.

»Ja, wir sind echt. Bombenecht.« Aufreizend klimperte der Feenrich mit den Wimpern, für die ich schon fast eine Lupe brauchte.

Noch immer leicht geschockt ließ ich mich wieder auf das Sofa plumpsen.

»Willst du deine Schokoladenkrümel nicht aufsammeln, bevor jemand darin hängen bleibt, Süße?«, fragte der Feenrich mit einem pikierten Blick auf meine unmittelbare Umgebung.

Ich errötete - mal wieder -, klaubte ein Taschentuch aus meiner Tasche und sammelte die Krümel vom Boden auf.

»Ihr hattet Recht, mein Meister, sie kriegt wirklich bezaubernde Apfelbäckchen«, schmunzelte der Feenrich.

»Ja«, sagte Rumpelstilzchen Junior, »unwiderstehlich, nicht wahr?«

»Ähm, wo waren wir stehengeblieben?«, fragte ich, um von mir abzulenken.

»Du stehst nicht, du sitzt, Schätzchen«, feixte der Feenrich.

»Sind denn alle Feen so frech?«, fragte ich erstaunt.

»Nein. Frechheit ist eine meiner Stärken«, konterte das Lichtwesen.

Ich lachte leise auf. »So, so, eine Stärke ist das? Nun, zumindest bist du nicht auf den Mund gefallen, was in der Welt der Menschen ein sicherer Pluspunkt ist.«

»Ja, ich weiß. Auf den Mund gefallen bin ich wirklich nicht.«

»War der Königsbraten denn wenigstens netter und ausgeglichener, als sie von ihrem Ausflug zurückkam?«, fragte ich neugierig.

»Nee! Wenn man VORHER schon gedacht hatte, dass die Prinzessin eine Giftkröte war, so konnte keiner ahnen, wie teuflisch sie noch werden konnte. Ihre Laune war nicht nur am Boden, sie war tief unten in der Unterwelt. Und selbst dort sind die Wesen freundlicher als sie«, platzte der Feenrich heraus.

»Du warst in der Unterwelt?«

»Natürlich. Mein Meister hat dort sein zweites Zuhause.«

»Soll ich weiter erzählen?«, mischte sich Rumpelstilzchen Junior ein.

Ich winkte mit meinem Kugelschreiber. »Ja. Ich bin einsatzbereit.«

»Aber vergesst nicht, von den übellaunigen Attacken der Prinzessin zu berichten, Meister!«, forderte der Feenrich. Er beugte sich vor und lächelte mir zu. »Die lässt er nämlich gerne unter den Tisch fallen.«

»Warum?«, flüsterte ich zurück.

Der Feenrich zuckte mit den Schultern. »Weil sich sein Vater in die Zofe verliebt hatte. Darum hat der alte Herr die Geschichte gerne immer etwas abgeschwächt.«

Ungläubig blickte ich zwischen dem Winzling und meinem Gastgeber hin und her. »Ernsthaft?«

Der Feenrich nickte, aber Rumpelstilzchens Sohn schwieg sich aus.

»Ist aber irgendwie auch total romantisch, oder?«, sagte ich leise zum Feenrich.

Dieser grunzte. »Vielleicht.« Plötzlich erhellte sich sein Gesicht. »Findest du es auch romantisch, wenn ich dir meine Aufwartungen mache? Als Feendame würdest du dich prächtig machen. Vor allem mit deinem süßen Pferdepopo.«

»Wie bitte?«

Er zwinkerte mir zu und wackelte auffällig mit den kleinen Augenbrauen. Dann zückte er einen Zauberstab, den er unbeholfen durch die Luft wirbelte.

Vor Schreck vergaß ich glatt zu atmen. »Du würdest mich miniklitzeklein zaubern?« Fast ängstlich nahm ich wenige Millimeter Abstand. »Ich hoffe, du warst auch so ein schlechter Feenschüler wie dein Vater und es gelingt dir nicht!«

»War ich tatsächlich. Ich war sogar noch erbärmlicher in Verwandlungskunde als er. Aber dank unseres Prinzen konnte ich sehr oft üben und der Zauber geht nur noch selten schief«, erwiderte der Feenrich. Amüsiert beobachtete er mich. »Als Fee könntest du mir gut gefallen.«

Mir stand der Mund vor Schreck offen.

Erst lief ich einer unglaublichen Waldfee über den Weg - für die mein Herz noch immer an Geschwindigkeit aufnahm - und jetzt wurde ich auch noch von einem pummeligen Feenrich angebaggert, der mir einen waghalsigen Zauber aufdrücken wollte.

Das Interview war wirklich alles andere als langweilig. Was würde als nächstes passieren?

»Filius, lass das! Emma bleibt ein Menschling. Ihr Herz gehört einem hübschen Jungen aus ihrer Schulklasse«, sagte Rumpelstilzchen Junior empört.

Enttäuscht verstaute der Feenrich seinen Zauberstab wieder. »Aber sie würde ein phantastische Fee abgeben, mein Meister. Seht Euch doch nur ihr Goldhaar an und ihr engelsgleiches Gesicht! Sie ist so bezaubernd. Und im Gegensatz zur Prinzessin hat sie innere Schönheit.« Der Feenrich seufzte, als er den strengen Blick seines Meisters sah. »Ist ja gut! Euer Wunsch ist mir Befehl!«

»Dankeschön«, wisperte ich Rumpelstilzchen Junior zu. Ungeduldig scharrte dieser mit den langen Füßen. »Fahren wir fort!«

»Merculus, wie bist du durch das Portal gekommen?« Fragend blickte der Feenrich den König der Dunkelfeen an, der sich als Schwarzkäfer getarnt in das Reich der Menschen gewagt hatte.

»Maximus hat dem Menschenkönig eine weitere tote Fee auf den Felsen gelegt. Den Moment habe ich genutzt, um das Portal mit ein paar sehr tapferen Kriegern zu durchschreiten.«

»Das war sehr leichtsinnig von dir, mein Freund.« Der Feenrich blickte auf. »Musste eine Fee der königlichen Familie dran glauben?«

Der Käfer stellte seine Mundwerkzeuge auf, dann verwandelte er sich in einen Dunkelfeenrich. »Nein, deine Familie und auch Juna unterstehen meinem höchsten Schutz. Wenn ihnen etwas passiert, ist es aus mit uns allen, wie du weißt. Ich bin mir der Gefahr bewusst, in die ich mich mit dem Weltenwechsel begeben habe, aber ich musste es tun.«

Glücksselig dachte der Feenrich an seine Lieblingsfee. Doch dann konzentrierte er sich wieder auf Merculus. »Sprich, mein Freund! Was war so wichtig, dass du so kurz vor unserem Ziel so ein hohes Risiko eingehst, von Maximus erwischt zu werden?«

»Jakob, du musst mit dem Riesen einen Aufschub aushandeln. Bei der letzten Portalöffnung sind zu viele Dunkelfeen vom ihm niedergestreckt worden. Wir müssen erst neue Kämpfer ausbilden, sonst werden wir Maximus niemals ebenbürtig entgegentreten können.«

Grübelnd legte sich der Feenrich einen Finger an den Mund. »Einen Aufschub?«

Der König der Dunkelfeen nickte. »Ja. Biete ihm das Kind der Prinzessin an. Damit gibst du ihm einen Grund für eine zeitliche Verzögerung.«

»Dann müsste ich erst einmal den Müllerssohn dazu überreden, sich mit der Prinzessin einzulassen. Und damit das möglich ist, müsste ich König Laurentz besänftigen, der verständlicherweise etwas gegen eine Liaison hat.«

Der Dunkelfeenrich schnurrte leise. »Lass dich vom König einfangen! Er liebt euch Lichterfeen! Und dann bietest du ihm einen Pakt als Verbündeter an. Du weißt, wir Feen sind nicht in der Lage, das Portal zur Menschenwelt zu öffnen. Unsere Magie reicht nicht aus. Der König muss es tun. Und die Zeit, bis das Königskind geboren wird, nutzen wir zur Kampfausbildung neuer Rekruten. Wir müssen uns neu aufstellen und dann den Feenwald zurückerobern.«

»Ich soll noch mehr Zeit bei den Menschen verbringen?«
Der Feenrich stöhnte leise.

Der König der Dunkelfeen verschränkte die Arme vor der muskulösen Brust. »Es ist zum Wohle aller, Jakob! Du bist der Auserwählte!«

Die Lichterfee schnitt eine Grimasse. »Ich bin der schlechteste Feenschüler aller Zeiten. Ich bin in so gut wie jedem Fach durchgerasselt.«

»In einem Fach nicht, und das weißt du! Du verfügst über diese eine Gabe, die nur deine geliebte Urgroßmutter beherrschte, bevor Maximus sie in seinem unbändigen Zorn tötete. Deine Stärke ist unser Vorteil. Darauf musst du dich berufen! Du bist der einzige, der in der Lage sein wird, Maximus zu bezwingen! Dein Vater ist zu alt und schwach. Er hat nicht einmal mehr den Mut, sich gegen den Riesen aufzulehnen. Es wird Zeit, dass du seinen Platz einnimmst, mein Freund.« Lange blickte der König der Dunkelfeen den Feenrich an.

Schließlich nickte dieser. »In Ordnung. Zum Wohle unserer beiden Völker werde ich unsere Pläne ändern und Maximus um eine Gnadenfrist bitten. Ich kann nur hoffen, dass er mir auch zuhört.«

»Der dumme Riese wird auf dich hören, Jakob! Das hat er immer getan. Du bist der einzige, der Zugang zu ihm hat.«

Wieder nickte der Feenrich. »Ich weiß. Er vertraut mir. Das werden wir ausnutzen. Und kein Träumer ist zu klein, nicht wahr?«

»Exakt.«

»Dann flieg los und sieh zu, dass du heil zurückkommst!«

»Ich passe auf mich auf, mein Freund! Viel Glück!«

Unerquicklicher Besuch

»Mein Meister, das könnt Ihr nicht tun!«, flehte
der Feenrich. »Das ist Unrecht!«
Rumpelstilzchen hob einen langen Finger und wackelte mit
dem Kopf. »Doch, doch, Jakob. Die Idee ist großartig,
nachdem uns der Müllerssohn eine Abfuhr erteilt hat. Wir
haben nur noch vier Tage bis zum Vollmond. Die Zeit wird
langsam knapp. Dieser Staudamm verwehrt der Mühle das
fließende Wasser. Damit kann der Müller kein Mehl mehr
mahlen. Wir bieten ihm heute noch ein Säckchen Gold an,
was er garantiert nicht ablehnen wird. Das ist ein guter
Plan.«
»Es ist ein gemeiner Plan.«
»In der Liebe ist alles erlaubt«, konterte Rumpelstilzchen.
»Ich sehe, wir verstehen uns, Fellmännchen«, knurrte die
Prinzessin übellaunig.
»Euer Essen ist serviert, Eure Hoheit«, sagte die Zofe und
machte einen Knicks.
Wütend pfefferte die Prinzessin ihren Teller gegen die
Turmwand, dass der Teller in tausend Stücke zersprang. Die
herumfliegenden Scherben schossen in Richtung Feenrich,
der schreiend Reißaus nahm. »Pass doch auf, du verzogene
Göre!«
Drohend hob die Prinzessin ihre Gabel in Richtung Zimmerdecke. »Pass du auf, was du sagst, du aufdringliche Nervensäge! In einer Stunde kommt mein Vater und er wird
dich nicht nur zu Versuchszwecken in ein Marmeladenglas
sperren, wenn er dich zwischen die Finger kriegt. Er wird

dich, wenn du mir gegenüber frech wirst, zerquetschen wie eine Laus.«

»Das wird er nicht, denn ich bin vielleicht der Schlüssel zu seinem magischen Versuch, die Welten zu vereinen«, konterte der Feenrich, doch er zitterte am ganzen Leib.

Seitdem sie von dem Tagesausflug durch die Stadt zurückgekehrt waren, war die Prinzessin kaum noch zu ertragen. Sie fuhr alles und jeden an und lebte ihre schlechte Laune in vollen Zügen aus. Selbst der König war reichlich verwundert über ihr launisches Benehmen.

»Warum will mich der Müllerssohn nicht besuchen kommen? Wenn er mich heiratet, könnte er sorglos leben.«

»Er hat Angst vor Eurer Hässlichkeit«, sagte der Feenrich.

»Aber wenn er mich heiratet, sieht er meine wahre Gestalt und würde sich prompt in mich verlieben.«

»Vorausgesetzt, Ihr wäret netter zu ihm, als Ihr zu uns seid«, unterbrach der Feenrich sie schnippisch.

»Ich bin nett! Und hübsch. Ich habe wunderschönes Goldhaar, Augen wie eine Kornblume, eine romantische Figur…«

»Nett? Romantische Figur? Wovon träumst du nachts, Prinzesschen?«, unterbrach der Feenrich sie erneut. »Und nur weil deine Augen so blau sind wie Kornblumen, macht dich das nicht zu einem liebreizenden Mädchen.«

Wütend schnappte sich die Prinzessin das Einmachglas und stülpte es dem Feenrich kurzerhand über den Kopf.

Erschrocken, weil er den Angriff nicht hatte kommen sehen, holte dieser tief Luft. Er wollte protestieren, doch dazu kam er nicht mehr, denn im selben Augenblick ertönte unten am Turm die eindringliche Stimme des Königs. »Rapunzel, Rapunzel, lass dein Haar herab!«

»Lasst mich hier raus! Lasst mich sofort hier raus!«, befahl der Feenrich mit wachsender Panik.

»Nein, mir reicht's! Jetzt übergebe ich dich kleine Nervensäge endlich meinem Vater. Er wird mich dafür belohnen und mir die Heirat mit dem Müllerssohn genehmigen«, sagte die Prinzessin hoffnungsvoll.

»Das wird er nicht«, brüllte der Feenrich durch die dicke Glaswand.

»Er ist zu früh«, wisperte Rumpelstilzchen und blickte sich angsterfüllt nach einem Versteck um. »Der König ist zu früh dran!«

»Ach! Das fällt mir auch gerade auf die Füße, mein Meister!«, jammerte der Feenrich hilflos. Verzweifelt hämmerte er mit beiden Fäusten gegen den fest verschraubten Marmeladenglasdeckel.

»Wo kann ich mich verstecken? Wenn Euer Vater mich hier sieht, wird er mich ebenso mitnehmen und foltern wie meine Braut. Dann kann ich Euch nicht mehr helfen, Euren Müllerssohn für Euch zu gewinnen«, wandte sich Rumpelstilzchen hilfesuchend an die Prinzessin.

Nachdenklich blickte diese den Außerirdischen an.

»Rapunzel, nun wirf endlich dein Haar herunter!«, rief der König ungeduldig.

»Er ist nicht sonderlich gut drauf, Prinzesschen«, brüllte der Feenrich durch das dicke Einmachglas. »Und er wird Euch bestimmt bestrafen, weil Ihr mich seit Tagen in diesem Glas gefangen haltet, obwohl der König ein Gesetz erlassen hat, dass alle Lichtwesen im Schloss abzugeben sind.«

»Aber ich habe dich doch gerade erst gefangen genommen«, widersprach die Prinzessin.

»Das weiß aber Euer Herr Vater nicht, Prinzessin«, widersprach der Feenrich. »Sein letzter Versuch, das Portal zu öffnen, ist bereits ein paar Tage her. Ich hörte, er sei sehr streng und seine Strafen seien hart. Aber vielleicht reichen ihm die Daumenschrauben, um Euch Respekt vor dem König beizubringen.« Er zuckte scheinbar gleichgültig mit den Schultern.

Die Prinzessin verdrehte die Augen. »Also gut, was schlägst du vor?«

»Du lässt mich als erstes frei«, rief der Feenrich aufgebracht.

»Dich lasse ich als letztes frei, du Nervensäge!« Wütend platzierte die Prinzessin das Glas in ihrem Bett unter dem Kopfkissen, wo es nicht weiter auffiel.

»Und du«, sie schob Rumpelstilzchen zu ihrem königlichen Bett, »bleibst unter dem Bett. Kein Mucks gibst du von dir!«

»Und wenn ich niesen muss?«, fragte Rumpelstilzchen mit hängenden Ohren.

Aufregung stieg ihm immer gleich in die Nase.

»Dann unterdrückst du eben den Nieser.«

»Das geht nicht. Davon kann man sterben«, platzte Rumpelstilzchen heraus.

»Was ist da oben los? Wirf dein Haar herab, Anna!«, ertönte die verärgerte Stimme des Königs.

»Was schlägst du dann vor, Rumpelstilzchen?«, wandte sich die Prinzessin an den Fellprinzen.

»Nun, der König befindet sich innerhalb der Schlossmauern. Ihr könntet mich an Eurem Haar auf der anderen Seite des Turms herunterlassen, so dass ich mich verstecken kann«, flehte Rumpelstilzchen.

»In Ordnung.« Die Prinzessin wickelte ihr Haar ab, doch bevor sie es auf der Außenseite des Turms herunterwerfen konnte, steckte sie ihren Kopf aus dem Fenster und rief ihrem Vater zu: »Geduld, Vater! Ich hatte gerade ein Nickerchen gemacht. Ich ziehe mich schnell an.«

Doch der König hatte keine Geduld. Er befahl seinem Soldaten, ein Seil auf den Turm zu schießen.

»Vater! Ich bin halbnackt!«, schrie die Prinzessin mit wachsender Verzweiflung.

»Mein Kind, ich habe dich großgezogen. Glaubst du denn, ich weiß nicht, wie ein Weib aussieht?«, brüllte der König zurück.

Der Soldat überprüfte den Halt der Verankerung und ließ den König dann an dem Seil hinaufsteigen.

Wütend ballte die Prinzessin die Fäuste. »Was ist nur mit ihm los? So kenne ich ihn gar nicht!«

»Er vermutet einen Mann in Euren Gemächern, Hoheit!«, mischte sich die Zofe ein.

»Wo soll ich hin?«, fragte Rumpelstilzchen ängstlich.

Die Zofe öffnete den Kleiderschrank. »Prinz, kommt doch hier herein in meine Seite des Kleiderschrankes! Ich würde Euch auch meine Spielkugel geben, damit keine Langeweile aufkommt und Ihr keine Aufregung verspürt, die unweigerlich zu einem Nieser führt.« Liebreizend lächelte sie den kleinen Kerl an.

Dankbar nickte Rumpelstilzchen und versteckte sich im Kleiderschrank der Zofe.

Im selben Moment bestieg der König den Turm.

In den Händen hielt er einen Brief.

»Vater! Ihr seht so erzürnt aus«, begrüßte die Prinzessin ihn.

»Das bin ich auch. Erkläre mir das hier!« Er warf ihr einen Brief auf den Tisch und verschränkte die Arme.

Verstört beugte sich die Prinzessin darüber.

»Was hat es damit auf sich?«, fragte der König. »Wieso lädst du Männer ins Schloss ein - ohne meine Genehmigung?«, fügte er erbost hinzu.

Seine Stirn lag in Falten, seine braunen Augen waren fast schwarz und die Kauknochen biss er so fest zusammen, dass sein Gesicht bereits dreieckig war. »Sprich, Tochter!«

Hilflos blickte die Prinzessin zu ihrer Zofe. Im selben Augenblick wünschte sie sich, sie könnte den kecken Feenrich fragen, der nie um eine Antwort verlegen war. Aber der war in dem Glas gefangen, welches sie in ihrem Bett versteckt hatte.

Mit schreckgeweiteten Augen sah die Prinzessin, wie ihr Vater auf das Bett zuging und sich auf dem Kopfkissen, nur wenige Zentimeter von der Ausbeulung des Glases entfernt, niederließ.

Das Herz wollte ihr aus dem Leib springen, Schweiß brach ihr aus. Sie spürte plötzlich, dass es doch keine so gute Idee gewesen war, den Feenrich auszuliefern.

Sie rannte zu ihrem Vater und warf sich auf seine Knie. »Vater, was wäre so verkehrt daran, den Müllerssohn zu empfangen? Er ist eine gute Wahl. Findet Ihr denn nicht, dass ich heiraten und Euch einen Thronfolger schenken sollte?« Mit Tränen in den Augen blickte sie zu ihm auf.

Mit versteinerter Miene blickte der König auf sie herab, noch immer die Arme vor der breiten Brust verschränkt.

»Ich bin achtzehn«, flehte die Prinzessin. »Andere Mädchen sind in dem Alter längst verheiratet.«

»Schweig still, Anna! Was geht uns das niedere Volk an? Wenn ich sage, dass du zu jung bist für Romantik, ist das Gesetz. Ich bin der König, falls du das vergessen haben solltest.«

»Aber Vater…«

»Nein. Das ist mein letztes Wort. Du wirst weder den Müllerssohn treffen, noch irgendeinen anderen Kerl.«

»Der Müllerssohn ist doch ein fleißiger Mann, Vater! Bitte gewährt mir nur einen Abend. Er wird es ohnehin kaum aushalten in meiner Nähe, denn der Fluch der Täuschung lastet ja immer noch auf mir.«

»Nein, Anna! Ich habe deine Mutter viel zu früh verloren. Ich will dich nicht auch noch verlieren. Die Romantik muss noch ein paar Jahre warten.« Unnachgiebig starrte der König geradeaus und vermied jeglichen Blickkontakt. »Und jetzt belagere mich nicht länger, sonst lasse ich dich in den Kerker werfen.«

»Würdet Ihr Eure Meinung ändern, wenn ich Euch ein Lichtwesen geben könnte?«, fragte die Prinzessin kaum hörbar. »Quasi als Bezahlung für Eure Erlaubnis?«

Der König horchte auf. Eine Augenbraue wanderte in die Höhe und verzerrte seine eiskalte Miene, während er fast schon wie erstarrt auf sie herabschaute. »Wie bitte?«

Ängstlich zog die Prinzessin den Kopf ein. »Ihr versprecht doch dem Volk eine hohe Belohnung für jedes Lichtwesen, welches in unserer Welt auftaucht und bei Euch abgegeben wird, oder?«

Rumpelstilzchen saß im Schrank und hielt die Luft an.

Würde sie den Feenrich tatsächlich ausliefern?

War sie wirklich so verzweifelt?

Das Herz wollte ihm den Dienst verweigern, so angespannt war er. Nicht einmal die wunderschöne Silberkugel in seiner Hand konnte ihn mehr ablenken. Er spürte unaufhaltsam, wie der kribbelnde Nieser seine Nasenwand emporstieg.

♛ ♛ ♛

»Entschuldigen Sie, mein Fellprinzchen, aber ich bin so aufgeregt, dass ich mal ganz dringend pinkeln muss.«

Überrascht blickte Rumpelstilzchen Junior mich an. »Jetzt? So kurz vor einem Höhepunkt?«

»Mir ist auch ganz kalt bei dem bloßen Gedanken an das Einmachglas der Prinzessin«, erschauderte der Feenrich. Er saß noch immer neben mir auf der Sofalehne, war aber während der Erzählung um einige Zentimeter näher an mich herangerückt.

»War die Prinzessin wirklich so egoistisch, dass sie eure Väter dem bösen König ausgeliefert hat?«, fragte ich zitternd. Ein eiskalter Schauer lief mir vom Nacken den Rücken hinunter - und das lag nicht an der kühlen Waldhütte oder meiner übervollen Blase.

»Geh erst einmal Wasser lassen«, forderte Rumpelstilzchen Junior mich auf.

Ich schluckte. Aus seinem Mund klang das irgendwie fast wie eine Beleidigung. Ich war ja auch untröstlich, dass ich ausgerechnet JETZT auf die Toilette musste.

Ich beeilte mich und wollte nach dem Händewaschen das kleine Bad gerade wieder verlassen, als mich eine Stimme anzischte. »Hey, du!«

Erschrocken blickte ich mich um.

»Ja, du bist gemeint.«

Ich ging zum Fenster und beugte mich neugierig vor.

Auf der Fensterbank hockte ein Schmetterling.

Fragend zog ich die Stirn kraus.

Seit wann konnten Schmetterlinge reden?

Oder war das auch irgendein verzauberter Spion?

»Tsss, ich halluziniere wirklich. Vermutlich eine Nachwirkung von dem blöden Zaubertrank gegen Geisterliebe oder es sind doch Drogen im Tee.« Ich richtete mich wieder auf und war gerade im Begriff zu gehen, als die Stimme wieder ertönte.

»Hey, nun hau nicht ab!«

Ich wirbelte herum. »Wer ist da?«

»Ich.«

Super!

Das war jetzt wirklich hilfreich.

Ich legte mir einen Finger ans Kinn und beobachtete grübelnd die Umgebung, aber ich konnte beim besten Willen nichts Außergewöhnliches entdecken.

»Nimmst du mich mit zum großen Meister? Ich muss dringend mit ihm reden.«

Ich blickte zur Zimmerdecke und hätte mich fast auf meinen Mini-Ufo-Landeplatz gesetzt.

Ein…Ding…schaute auf mich herab.

Die Augen waren so groß wie Untertassen; die Zähne, die aus der Schmolllippe herauslugten, waren spitzer als die von einem Vampir - wenn es welche gäbe; die Nase war so was von breit, als hätte sich jemand draufgesetzt und die Haut war schuppiger als die eines Drachen.

Ich schüttelte den Kopf.

Es gab keine Drachen.

So ein Unsinn!

Oder doch?

Ich zeigte mit dem Finger auf die Kreatur.

Mein Griffel zitterten dabei gewaltig. Aber ich versuchte, das nicht großartig zu betonen, nicht das das Etwas sich von Angst ernährte. Dann wäre ich so richtig am…nun ja, Mini-Ufo-Landeplatz.

»Wer oder was bist du?«

»Ich bin ein Gargoyle.«

Waren das nicht diese fiesen Wasserspeier, die tagsüber versteinert waren und nachts zum Leben erweckt wurden?

»Natürlich«, lachte ich höhnisch, »und gleich erzählst du mir, du bist die verzauberte, liebreizende Großmutter von Rotkäppchen.«

Das Gargoyle-Teil über mir fing an, breit zu grinsen, als hätte ich den Witz des Jahrtausends gerissen. »Nicht schlecht, Blondchen, bin ich aber nicht.«

Boah ey, sind denn hier ALLE Wesen so respektlos?

Wieso nannte mich die gesamte (Unter-)Welt immerzu ›Blondchen‹?

Ich hatte einen Namen!

Einen hübschen sogar!

»Also«, sagte ich und verschränkte demonstrativ die Arme vor der Brust, »wer bist du?«

»Klarissa von Sonnenstein!«

»Ja, genau«, rief ich aus. »Und ich bin Lady Di!«

Wollte mir das Vieh da oben gerade weismachen, dass es irgendeine Adelstussi aus dem Königreich Sonnenstein war?

»Ich grüße dich, Lady Di!«

Ich stöhnte leise und schnalzte so laut mit der Zunge, dass der Gargoyle erschrocken den Halt verlor. An nur einer Klaue baumelte er jetzt an der Deckenlampe und war kurz davor abzustürzen.

»Ich - heiße - NICHT - Lady Di!«, brachte ich mühsam hervor. »Ich heiße Emma!«

»Dann bist du das Märchenmädchen!«

Mir schlug das Herz bis zum Hals.

Das Ding sah verdammt schwer aus und ich war mir NICHT sicher, wie mein Rücken den Akt der Nächstenliebe beim Auffangen des Gargoyles überleben würde. Außerdem war mir just in diesem Moment unklar, ob diese Wasserspeier nicht sogar giftige Haut hatten, ähnlich wie Pfeilgiftfrösche.

»Fall da bloß nicht runter!«, rief ich ängstlich.

Es klopfte an der Tür.

»Emma-Schätzchen, bist du in Ordnung?«, krächzte die Stimme von Rumpelstilzchen Junior.

»Nein. Hier hängt ein Gargoyle über mir kurz vor dem Absturz«, rief ich zurück. Ich war nahezu bewegungsunfähig, weil ich nicht wusste, wie ich mich verhalten sollte. Sollte ich das Ding da oben retten und den Rückenschaden des Milleniums riskieren oder es eiskalt auf den Boden klatschen lassen?

Die Tür wurde schwungvoll aufgerissen und hinter meinem Gastgeber tauchte Filius auf. Der kleine Feenrich schwang seinen Zauberstab und ließ Klarissa wie eine Feder sanft zu Boden trudeln.

Erleichtert atmete ich auf.

»Klarissa, was machst du denn hier? Hat Rotkäppchen dich hierher geschickt?«, fragte der Junior erschrocken.

Hä, was?

Rotkäppchen?

Ich verstand nur Bahnhof.

»Liebchen, mach den Mund zu, sonst werden deine humanoiden Zähne kalt«, wies der Fellprinz mich an und klappte mir doch allen Ernstes den Unterkiefer zu.

Ich erwachte aus meiner Starre und wollte mich gerade voller Empörung aufplustern, dass meine Zähne NICHT falsch, sondern bombenecht waren, als sich etwas ganz eng an mein Bein drückte.

Ich blickte an meiner Hose hinunter.

Schmuste das Drachenteil etwa mit mir?

Der Kopf des Gargoyles zeigte kleine lilafarbene, leicht abgerundete Zacken, die bis über den gesamten Rücken zum verlängerten Schwanz hinunter verteilt waren. Seine orangegelben Augen blitzten mich fast schon liebevoll an.

»Sie mag dich«, stellte Rumpelstilzchen Junior fest. »Was ich verdammt gut nachvollziehen kann.«

»Toll.« Ich versuchte zu lächeln. Ich war offenbar ein beliebtes Ziel für sämtliche nicht-wirkliche Wesen!

»Sie ist nicht giftig«, beantwortete der Feenrich meine unausgesprochene Frage. »Gargoyles sind recht treue Wesen. Sie beschützen ihren Schatz.«

»Sehe ich etwa aus wie ein Schatz?«, fragte ich ein paar Oktaven zu hoch.

Das Ding an meinem Hosenbein nickte heftig und brachte mich damit zum Lachen. »Was möchtest du denn von mir, Klarissa? Du wolltest doch zum Meister. Ich schätze, damit meintest du Rumpelstilzchens Sohn, oder?«

»Rumpelstilzchens Sohn?« Verwirrt blickte mich der Gargoyle an.

»Klarissa, was ist passiert, dass du deinen Wachposten verlassen hast? Du solltest doch aufs Rotkäppchen aufpassen«, quatschte mein Gastgeber dazwischen.

»Das habe ich auch, mein Meister«, sagte die Wasserspeierdame, die angefangen hatte, meinen Schuh abzuschlecken. Sie beugte sich vor. »Wieso faselt das Blondchen etwas von ›Rumpelstilzchens Sohn‹?«

Stirnrunzelnd verfolgte ich die Bewegung ihrer Zunge.

Ein leichter Zweifel rüttelte meine Synapsen wach.

Hatte ich es doch nicht mit Rumpelstilzchens Sohn zu tun? Stand etwa der leibhaftige Held vor mir?

»Sind Sie nicht Rumpelstilzchens Sohn?«, hakte ich vollkommen perplex nach.

»Erkläre ich dir später«, flüsterte mein Gastgeber.

»Das Rotkäppchen hat mich so lange angefleht, zu Euch zu gehen, bis ich nachgegeben habe«, erklärte Klarissa.

Rumpelstilzchen Junior - falls er es denn war - verdrehte die gelben Augen. »Mensch, Klarissa, du weißt doch, dass du Rotkäppchen nicht alleine lassen darfst. Der Prinz nutzt doch gleich die Situation aus, wenn du weg bist, und entführt das Rotkäppchen auf sein Schloss.«

Der Gargoyle fing an zu schluchzen. »Ich weiß, mein Meister. Aber hast du schon einmal einem bezaubernden Mädchen mit Schleifen in den geflochtenen Zöpfen und großen Kinderaugen widerstanden?«

»Was wollte sie denn, dass sie dich fortgeschickt hat?«, hakte Rumpelstilzchens ›Was-auch-immer‹ nach.

Klarissa schluckte und wischte sich mit der Pranke über das tränennasse Gesicht. »Überall heißt es, das Märchenmädchen stellt die Märchen richtig. Und so drängte mich Rotkäppchen, ich solle unbedingt zu ihr gehen und sie bitten, das Märchen vom wahren Rotkäppchen aufzuschreiben.«

»Meint sie damit etwa mich?«, platzte ich noch eine Tonlage zu hoch heraus. Schweiß stand mir auf der Stirn.

Rumpelstilzchen (Junior) musterte mich, dann wurde er von einem breiten Grinsen heimgesucht, welches sogar seine Ohren steil aufrichtete. »Ja, mit dem ›*Märchenmädchen*‹ bist du gemeint, Süßilein!«

Ich öffnete den Mund, um etwas zu sagen, aber sämtliche Intelligenz war soeben von mir gewichen. Meine Synapsen purzelten durcheinander, so dass ich nur ein dummes Loch in die Luft starren konnte. Selbst meine zehn Prozent der genutzten Hirnmasse waren lahmgelegt.

»Du bist berühmt«, witzelte der Feenrich und warf mir einen Luftkuss mit Glitzerstaub zu.

»Alle lieben dich, Emma«, kicherte der Fellprinz (Junior).

ICH war beliebt?

ECHTE Lebewesen kannten MICH?

»Wirklich? Die wahre Geschichte vom Rumpelstilzchen ist doch noch gar nicht veröffentlicht worden.«

Nicht einmal zuende niedergeschrieben, um genau zu sein.

»Tsss, das ist auch unwichtig«, sagte der Feenrich und wackelte mit den Augenbrauen. »Was meinst du, wie groß das Informationsnetz der Unterwelt ist. Du bist genauso bekannt wie Rumpelstilzchen.«

»Die Märchenwelt ist also ein Teil der Unterwelt? Woher sollten mich die Unterweltler denn bitte kennen?« Ich verschränkte die Arme vor der Brust und wartete auf eine Antwort. »Etwa von dem kurzen Besuch in der Muckibude?«

»Emma, du sitzt seit Tagen auf meinem Sofa. Sämtliche genetische Spuren inklusive der Information über die Nutzung deiner Hirnzellen werden vom Sofa auf einen

Computer in der Unterwelt übertragen«, erklärte mein Gastgeber zu meinem Schrecken.

»Wie bitte, was? Spuren? Sofa? Übertragen?« Ich konnte nur noch stottern. Ungläubig musterte ich das zwergenhafte Fellwesen vor mir, während der Gargoyle noch immer mit meinem Bein schmuste und nun auch noch anfing, den Stoff meiner Hose abzuküssen.

Moment mal!

Sagte ich gerade ›küssen‹?

Das Drachending KNABBERTE an meiner Hose!

Erschrocken zerrte ich an meinem Hosenbein. »Isst du etwa meine Hose?«

»Schmeckt echt lecker«, schmatzte Klarissa.

»Lass das!«, rief ich aufgebracht.

Meine Hose war neu und hatte ein Vermögen gekostet!

Schuldbewusst zog der Gargoyle den Kopf ein. »'Tschuldigung, aber Jeans schmeckt so schnurpsig gut.«

Ich blickte auf meine Hose, die bereits etliche Löcher zierte. Na, toll, die war nicht mehr zu retten!

Stöhnend winkte ich ab. »Gut, dann bring zuende, was du angefangen hast. Aber nur bis zum Knie. Guten Appetit!«

Ein Strahlen ging über das Drachengesicht. »Echt jetzt? Mmmh, lecker.«

Rumpelstilzchen (Junior) seufzte laut. »Wie sieht es aus, Emma-Liebes, wirst du die Geschichte vom Rotkäppchen auch noch aufschreiben, wenn wir hier fertig sind?«

Ich blickte auf den Gargoyle herunter, der mich mit flehenden Augen anschaute und sogar das Baumwollknabbern eingestellt hatte.

Auch wenn die Drachenaugen orangegelb waren, ich hatte noch nie, wirklich NIEMALS, bettelndere Augen gesehen und gab leise ächzend nach. »Also gut, ich werde auch Rotkäppchens Geschichte aufschreiben. Aber zuerst muss ich wissen, wie die Sache mit Prinzessin Anna und dem bösen König Laurentz ausgeht.«

Der Gargoyle blickte unsicher zu Rumpelstilzchen (Junior). »Das weiß sie noch nicht?«

Rumpelstilzchen (Junior) schüttelte den Kopf. »Nein. Und du wirst mein Ende nicht verderben! Halte bitte brav die Beißerchen zusammen!«

Klarissa zog den Kopf ein. »Geht klar. Darf ich trotzdem noch aufessen?«

»Nein, du musst zurück zu Rotkäppchen und darfst auf deinem Rückflug beten, dass die Sonne nicht aufgeht, bevor du zurück bist und Rotkäppchens Aufenthaltsort gesichert hast«, sagte Rumpelstilzchen (Junior) mit ernster Miene.

»Natürlich, mein Meister!« Der Gargoyle ließ von meiner Hose ab und streichelte noch einmal sehnsüchtig darüber.

»Wird sie wirklich zu Stein, wenn die Sonne aufgeht?«, fragte ich neugierig.

Der Feenrich setzte sich auf meiner Schulter nieder und himmelte mich an. »Ja.«

Versehentlich sog ich nicht nur Luft, sondern gleich Spucke an und hustete keuchend. »Ich dachte, das wäre ein Märchen.«

»Schätzchen, nutze die anderen neunzig Prozent! Klarissa ist ein Gargoyle. Die werden am Tage immer zu Steinwächtern«, erklärte Rumpelstilzchen (Junior). »Und nun hau ab, Klarissa! Die Arbeit ruft. Und viele Grüße ans Rotkäppchen.«

Der Gargoyle lächelte mir noch einmal zu und verschwand schließlich im Abfluss der Badewanne. Staunend blickte ich dem Drachending hinterher. »Wow, der dicke Körper passt durch das kleine Loch?«

»Natürlich«, sagte mein Gastgeber, wer auch immer er war. Er winkte uns aus dem Bad heraus. »Genug Pause gemacht. Die Arbeit ruft.«

»Muss ich etwa wieder auf dem Genabdruck-Scanner namens Sofa sitzen?«, fragte ich fast ein wenig ängstlich.

Rumpelstilzchen (Junior) grinste. »Natürlich. Was meinst du, warum die Unterwelt so viel Spaß an diesem Interview hat? Du bist das Paradebeispiel für ein Wechselbad der Gefühle.«

»Super! Ich bin also nur euer Versuchskaninchen«, murrte ich beim Hinausgehen.

Der Feenrich drückte mir im Flug einen Kuss auf die Wange. »Nein. Du bist der wundervollste Schreiberling, der je auf dem Gefühlsscanner gesessen hat.«

»Du meinst, der erste! Als wenn ein Kompliment die Angelegenheit besser machen würde.« Ich rümpfte die Nase, aber tief in meinem Innern spürte ich, wie meine eingekapselte Rose anfing, sich zu öffnen. Ich war auf einmal nicht mehr das unbedeutende Goldlöckchen von der Schaffarm.

Ich war wichtig.

UND ich wurde geschätzt.

Der Fellprinz drückte mir zu meiner Überraschung einen Lippenkuss auf die Hand und zwinkerte mir zu. »Komplimente sind wie Balsam, Süße. Und das hast du ganz besonders verdient!«

Spätestens jetzt war meine innere Rose am Aufblühen. Das Lächeln erreichte meine Augen, aus denen tiefste Glückseligkeit strahlte.

Als ich am Sofa ankam, zögerte ich jedoch. Langsam fuhr ich prüfend mit den Fingern über den Stoff. Als ich mich gerade hinsetzen wollte, ertönte ein überlautes »*Määäpp-määäpp!*«

Erschrocken zuckte ich zurück und sah meinen Gastgeber lachen. »Entschuldige, Emma, aber das war zu verführerisch! Los, setz dich! Nun geht es ans Eingemachte!«

»Erst erklären Sie mir noch, weshalb der Gargoyle nichts davon wusste, dass Sie Rumpelstilzchens Sohn sind!«

Rumpelstilzchen (Junior) schnitt eine Grimasse. »Es wissen nur sehr wenige, dass ich die Firma von meinem Vater übernommen habe. Wir haben es nicht an die große Glocke gehängt, damit es kein Chaos in der Unterwelt und Gerangel um die Herrschaft gibt.«

»Wieso? Werden Sie nicht akzeptiert?«

»Alle respektieren meinen Vater, aber ich bin der Grünschnabel mit der Eierschale hinterm Langohr«, erwiderte der Junior. »Ich muss mir von einigen den Respekt erst noch verdienen.«

»Verstehe! Und weil Sie Ihrem Vater ähnlich sehen, hat keiner den Rollentausch bemerkt.«

»Exakt.«

Seufzend nahm ich auf dem Scanner Platz und schickte ein fettes Dankeschön an den Gargoyle, dass er lediglich meine Hosenbeine angefressen hatte und nicht auch noch meinen Hosenboden. Ich war mir nicht sicher, wie sehr sich die Unterwelt über meinen nackten Mini-Ufo-Landeplatz auf ihrem Scanner amüsiert hätte.

♛ ♛ ♛

Während sich der Nieser in Rumpelstilzchens

Nase lauthals Platz machte, ließ die Zofe zeitgleich eine riesige

Porzellanschüssel fallen. Das Scheppern war so ohrenbetäubend laut, dass König Laurentz vom Bett aufsprang und mit seinem linken Arm das Kopfkissen der Prinzessin auf den Boden stieß.

»Was bist du für ein dummes Ding!«, empörte er sich. »Das wird dir vom Lohn abgezogen.«

»Verzeiht, Eure Majestät!«

Wütend drehte sich der König zu seiner Tochter um. »Wie stellt sie sich sonst an? Passiert das häufiger?«

Die Prinzessin schüttelte eilig den Kopf.

Sie mochte ihre Zofe, auch wenn sie recht still und zurückhaltend war. Und sie wollte sich nicht schon wieder an eine neue Kammerdienerin gewöhnen müssen.

»Nein, Vater. Emra ist eine sehr umsichtige Zofe. Ihr könnt sie ruhig weiterhin bei mir im Turm lassen.« Ihr Blick fiel auf das unbedeckte Marmeladenglas, in dem der Feenrich mit schreckgeweiteten Augen saß und voller Angst auf den König starrte. Zunächst sprang er mit flatternden Flügeln auf und ab, doch als er merkte, dass das nichts brachte, ließ er sich zu Boden sinken und schlug die Hände vors Gesicht.

Die Prinzessin bekam Mitleid mit ihm.

Eilig warf sie ihren Schal auf das Glas und hob das Kissen auf, um es liebevoll auf dem Bett zu drapieren und das Glas zu verdecken.

Der König bemerkte die Geste und zog das Kissen vom Bett. »Was ist das?«, fragte er mit schneidender Stimme.

Der Prinzessin blieb fast das Herz stehen.

Rumpelstilzchen spähte durch den Spalt in der Schranktür und sah mit schreckgeweiteten Augen, wie der König das Feenglas in die Hand nahm. Ehrfürchtig stierte der Monarch den Feenrich an. »Du hast eine Lichterfee für mich gefangen?«

Die Prinzessin war einer Ohnmacht nahe.

Sie hatte den Feenrich nur ärgern, ein bisschen ihren Frust an ihm auslassen, nicht jedoch ihn an den König ausliefern wollen. Er war ein Stück weit ihr Freund geworden, ein Verbündeter während ihrer quälend einsamen Gefangenschaft. Mit feuerroten Wangen blickte sie zwischen dem verzweifelten Feenrich und ihrem Vater hin und her.

Die Begeisterung war dem König ins Gesicht geschrieben.

»Anna, wie bist du zu der Lichterfee gekommen?«

»D-das ist ein Feenrich, Vater! Er tauchte heute hier auf.«

»Er hat die magischen Barrieren überwunden?«

»Ja, aber nur knapp, Vater! Ihr solltet die magischen Barrieren am Turm beseitigen, damit noch mehr Lichterfeen kommen können, ohne tausend Tode sterben zu müssen.«

»Das werde ich tun. Gleich heute noch. Ach, Anna, du hast die Fee gleich für mich eingefangen?« Liebevoll blickte der König auf seine Tochter herab. Plötzlich versteinerte sich seine Miene. »Dann ist bei dir auch ein fremdartiges Wesen mit Fell aufgetaucht? Mit langen Ohren?«

»M-mit Fell und l-langen Ohren?«, wiederholte die Prinzessin stotternd. »N-nein, was soll das sein? Etwa das Gegenstück von dem Wesen, von dem Ihr mir erzählt habt?« Lachend winkte sie ab. »Warum sollte die Kreatur bei mir auftauchen? Ich bin eine langweilige Prinzessin! Und der Turm dürfte viel zu hoch sein für solch einen Zwerg.«

Der König schnitt eine Grimasse. »Ich erzählte dir doch von dem fremdartigen Wesen, welches in meiner Werkstatt ist. Ich vermute, es muss noch mehr von ihnen geben, denn ich fand andersartige Fußabdrücke am Felsen.«

Die Prinzessin umfasste seinen Arm und klammerte sich an ihn. »Erzähl mir mehr von dem wundersamen Wesen, Vater! Hier im Turm ist es oft so einsam. Soll ich dir das Glas abnehmen?«

»Niemals! Den Goldschatz gebe ich nie wieder her!« Der König tätschelte ihren Arm und schob sie von sich. »Wenn du erst einmal einen Ehemann gefunden hast, wirst du nicht mehr einsam sein. Spätestens in ein paar Jahren, wenn...«

»In ein paar Jahren?«, unterbrach die Prinzessin ihn fassungslos.

Der König nickte. »Ja. Es ist nur zu deinem Schutz, wenn wir so lange warten.«

Aus den Augenwinkeln sah die Prinzessin, wie der Feenrich im Glas anfing zu glühen. Der Flieger war derart zornesrot angelaufen, dass das ganze Glas wie Feuer leuchtete.

»Sieh nur, wie schön er ist«, sagte der König ehrfürchtig.

Die Prinzessin nickte. Eilig schluckte sie die aufkommenden Tränen herunter. »Was hast du mit ihm vor, Vater?«

Der König schwieg.

»Vater?«

Der König blickte auf sie herab. »Spätestens in vier Tagen habe ich die beiden Welten wieder vereint, den Riesen getötet und die Lichterfeen befreit. Dann werde ich dir die ganze Anderswelt zeigen, mein Kind. Du wirst sehen, wie wundervoll Feen sind!« Er musterte den Feenrich ausgiebig. »Anna?«

»Ja, Vater?«

»Du hast einen Feenprinz gefangen!«

»Nein, Vater!« Die Prinzessin schüttelte den Kopf. »Das ist ein absolut untalentierter, einfacher Feenrich. Er ist noch dazu vollkommen ungeschickt. Und sieh doch nur, wie dick er ist. So sieht doch kein Feenprinz aus, Vater! Und müsste er nicht eine Krone tragen?«

»Ich könnte schwören, dass er ein Sohn von Horatio ist.«

»Ihr müsst Euch irren, Vater!«

»Meinst du?«

»Ja, das ist nur ein schnöder Feenrich. Niederes Feenvolk. Lasst ihn mir hier im Turm, damit ich ein bisschen Gesellschaft habe.«

Der König lächelte. Dann gab er seiner Tochter einen Kuss auf die Stirn. Die Prinzessin schöpfte Hoffnung und erwiderte das Lächeln.

Der König machte auf dem Absatz kehrt und ging mit dem Feenrich zum Fenster. Dort blickte er sich noch einmal um. »Ich nehme ihn mit. Er wird der Schlüssel zu meinem Erfolg sein.«

Ich spürte, wie mir die Tränen in die Augen stiegen. »Hat dein Vater die Gefangenschaft beim König überlebt?«

Der Feenrich schlug sich die Hände vors Gesicht. »Weint sie, mein Meister?«

Ich drehte mich eilig weg und tupfte mir die Augen trocken, aber die dummen Tränen purzelten trotzdem über meine Wangen. »Entschuldigt bitte!«

»Soll ich weiter erzählen?«, fragte Rumpelstilzchen Junior. Ich nickte schweigend, während sich der Feenrich unter einer Rettungsdecke verkroch.

» apunzel, lass dein Haar herab!«

»N-natürlich, Vater!« Mit zitternden Fingern wickelte die Prinzessin ihre langen Haare vom Kopf und ließ ihren Vater den Turm hinabsteigen. Einen Schluchzer unterdrückend schaute sie dem Feenrich hinterher, sah, wie sein Licht immer schwächer wurde. Dann war ihr Vater mit dem Winzling im Schloss verschwunden.

Wie paralysiert blieb sie am Turmfenster stehen. Ihr Herz wollte ihr brechen, so schwer lastete der Verrat auf ihr, den sie gegenüber dem Feenrich begangen hatte.

Wieso nur hatte sie ihn in dem dämlichen Glas gefangen?

»Er ist weg«, ertönte die leise Stimme von Rumpelstilzchen.

Die Prinzessin wagte nicht, ihn anzusehen.

»Jetzt hat der König beide in seinen Fängen: meine Braut und meinen Feenrich.«

»Es tut mir leid«, wisperte die Prinzessin.

Rumpelstilzchens Ohren hingen kraftlos auf seiner Schulter.

»Er wird nie wieder ein Wort mit mir reden«, flüsterte sie.

»Wenn er es überlebt, bin ich sicher, dass er sein ganzes Repertoire nutzen wird, um Euch zu beschimpfen«, beruhigte Rumpelstilzchen die Prinzessin.

Diese lächelte zaghaft. »Ja, das wäre toll.«

»Eure Hoheit?«

Die Prinzessin blickte tränennass zu dem Fellprinzen hinunter. »Ja?«

»Ich werde Euch jetzt verlassen.«

Ein Zucken ging durch den Körper der Prinzessin. Von einem Weinkrampf gebeutelt, schlug sie sich die Hände vors Gesicht.

Eine eiskalte Hand mit extrem langen Fingern berührte ihren Arm. »Prinzessin, ich komme wieder! Ich gehe jetzt zum Müllerssohn und werde ihn überzeugen, Euch zu besuchen.«

👑👑👑

»Ihr Vater ist ein Held! Großmütig hilft er der Prinzessin, obwohl sie den Feenrich verraten hat.« Ergriffen schüttelte ich meine klammen Glieder. »Es ist schon sehr spät!« Ich erhob mich vom Gefühlsscanner. »Kann ich jetzt gefahrlos zum Auto meiner Tante gehen oder wartet dort vielleicht noch ein Werwolf oder ein Vampir, der mir die Geschichte von ›*Hans im Glück*‹ oder ›*Dornröschen*‹ aufdrücken will, indem er mich durch den ganzen Wald hetzt?«

Rumpelstilzchen Junior schmunzelte. »Tut mir leid, dass ich dir einen Schrecken eingejagt habe, Süße! Ich habe nicht damit gerechnet, dass du vor mir weglaufen würdest, wenn du doch so ein Riesenfan meines Vaters bist.« Er sprang vom Sessel herunter und brachte mich in die Nähe des Jeeps meiner Tante. »Ich glaube, für heute haben genügend Wächter ihre Position verlassen, um das Märchenmädchen zu bezirzen. Einzig Holla, die Waldfee, könnte noch hinter einem Baum auf dich lauern.«

Ich lachte leise. »Vor Holla habe ich keine Angst.«

»Das solltest du aber, Süße«, deutete der Feenrich an.

Ich winkte ab. »Ach, was! Von Holla habe ich nichts zu befürchten.« Ich wandte mich zum Gehen. »Bis morgen! Vielen Dank für diesen wundervollen Tag!«

Beide verneigten sich vor mir.

Ich lief eilig zu meiner Tante und ließ mich nach Hause fahren. Natürlich musste ich auch heute wieder ein ganzes Spinnennetz aus Lügen erschaffen. Wenn das so weiterging, würde ich mir Notizen machen müssen, um nicht aufzufliegen.

Maskenzauber

»Das ist nicht dein Ernst, Mama!«

Fassungslos blickte ich meine sonst so obercoole Mom an, die mir wirklich ALLES erlaubte, damit ich aus meinem Schneckenhaus mal herauskam. Und jetzt stand sie doch tatsächlich vor mir und verbot mir, zu Rumpelstilzchen Junior zu fahren!

Okay, zugegeben, ich hatte ihr nicht gesagt, dass ich mit dem knuffigen Fellprinzen verabredet war. Aber das spielte jawohl keine Rolle, schließlich ging sie davon aus, dass ich mit Steven verabredet war - und sie wusste, was ich für ihn empfand!

»Es ist Sonntag und ich habe alle Hausaufgaben erledigt.«

»Du wirst Steven heute NICHT besuchen. Du hast dich zwei Abende bis Mitternacht bei ihm herumgetrieben. Du hast die Gutmütigkeit von Tante Ella ausgenutzt. Stundenlang musste sie im Auto hocken und auf dich warten«, schimpfte meine Mom.

»Das hat Ella gerne gemacht«, verteidigte ich mich.

»Außerdem ist deine Großmutter zu Besuch.«

Die jubelte auch gleich los. »Susannah, endlich greifst du mal durch. Rudere bloß nicht zurück! Verbote sind wichtig.«

Typisch, knurrte ich innerlich, dass die alte Hexe gegen jeden Spaßfaktor war. Das Erstaunliche aber war, dass meine Mom normalerweise ALLES erlaubte, was meine Großmutter verbot.

Warum nur tat sie es heute nicht?

»Mom, ich MUSS zu Steven. Was soll er denn denken, wenn ich ihn versetze.«

»Du hast ein Handy. Sag ihm ab!«

Wütend klatschte ich mein Handy auf die Fliesen. Ich hoffte, es zerstören zu können, aber es blieb heil.

»Tja, da staunst du, was?« Meine Großmutter lächelte hinterhältig. »Ich habe eine unzerbrechliche Hülle mitgebracht.«

Plötzlich brach der schlummernde Rebell aus mir heraus und ich warf das Handy ins volle Abwaschbecken, wo es gluckernd ertrank. »Ist sie auch wasserdicht?«

Innerlich zitterte ich wie Espenlaub.

Ich wusste, ich war einen Schritt zu weit gegangen.

»Emma, du hast Hausarrest«, platzte meine Mom heraus.

Ich stemmte die Hände in die Hüfte. »Rumpelstilzchen hat wohl meine ECHTE Mom ausgetauscht, denn DIE hätte mich NIEMALS eingesperrt.«

Geschockt blickte meine Mom mich an. »Emma, bitte entschuldige! Du hast Recht.«

»Susannah! Du ruderst jetzt nicht zurück!«, kreischte meine Großmutter. »Es wird Zeit, dass du deiner Tochter Grenzen aufzeigst. Hausarrest ist wichtig für ihre Entwicklung.«

Meine Großmutter hätte sich mit dem blöden König verbünden können, knurrte ich innerlich.

»Du bist jetzt mal still, Mutter! Wegen dir stehe ich total unter Druck. Ich habe meiner Tochter noch NIE Stubenarrest gegeben. Lass mich das alleine regeln!«

»Ich gehe auf mein Zimmer«, murrte ich.

»Emma, komm zurück, Schatz! Es war nicht so gemeint…«, rief mir meine Mom hinterher.

Ich hatte nicht vor, den Tag in meinem Zimmer zu verbringen. Wütend packte ich meinen Rucksack und stieg aus dem Fenster. So leise wie möglich zog ich es zu und wandte mich zum Gehen.

»Hallo, junge Dame!«

Mist!

Wieso dachten Erwachsene immer einen Schritt weiter als Teenager?

👑👑👑

»Emma-Liebes, du bist heil wieder bei uns angekommen! Keine Werwölfe getroffen? Holla hat dich nicht aufgehalten?«, witzelte der Fellprinz vor mir gut gelaunt.

Nee, aber fast hätte meine teuflische Großmutter meine Pläne durchkreuzt, grollte ich innerlich.

»Sie haben aber gute Laune«, stellte ich fest.

Es war meiner oberglorreichen Lieblingstante zu verdanken, dass sie mich am Fenster abgefangen und wie einen Spion durch die Gebüsche gelotst hatte, um mich in ihrem Kofferraum zu meinem Date zu schmuggeln.

SIE hatte vollstes Verständnis für meine Lage - im Gegensatz zu meiner Mom, die von ihrer Teufelsmutter mal wieder kirre gemacht wurde.

Und wer durfte das ausbaden?

Ich - MOI!

»Ja, aus gutem Grund, Emma. Komm herein!«

Ich betrat die Waldhütte und traute meinen Augen kaum.

Auf dem Gefühlsscanner namens Sofa saßen vier Wesen, die fast genauso aussahen wie Rumpelstilzchen Junior. Sie unterschieden sich einzig in ihrer Kleidung und der Haarpracht.

»Großes Familientreffen?«, fragte ich erschrocken.

Wie war das noch mit dem explodierten Planeten?

Rumpelstilzchen Junior grinste. »Der attraktive, ältere Herr mit der Lederhose ist mein Onkel Hans. Er lebt in Deutschland. Neben ihm sitzt sein Cousin Enrique…«

»Der vermutlich in Frankreich lebt«, feixte ich.

Überrascht schaute Rumpelstilzchen Junior zu mir auf. »Emma, du nutzt die anderen neunzig Prozent deines Verstandes? Phantastisch. Genau, sein Cousin Enrique lebt in Frankreich.«

»Und die anderen zwei sind Hans' Söhne?«

Enrique kicherte leise, während die zwei Angesprochenen eine Grimasse schnitten.

Mein Gastgeber schüttelte den Kopf und räusperte sich fast ein wenig verlegen. »Nein. Neben Hans sitzt seine Frau Samantha und meine Schwester Samira.«

»Oh! Prinzessin 14-003?«, hakte ich nach.

»Samira reicht, Schätzchen. Wir sind an die Menschlingsnamen gewöhnt«, sagte Samira lächelnd.

»Ich dachte, Ihr Vater ist alleine mit seiner Kapsel geflohen und niemand außer ihm hätte die Kollision mit der roten Sonne überlebt! Wie kommt dann Ihre Familie hierher?«, wandte ich mich flüsternd an Rumpelstilzchen Junior. Ich legte meinen Rucksack ab, in dem sich erneut drei Kilo Schokolade befanden, was aber sicherlich nicht reichen würde. Ich hatte ja nicht damit rechnen können, dass eine ganze Bande von Fellwesen plötzlich zum Interview erschien.

»Nun, meine Schwester ist wie ich hier auf der Erde geboren worden und Onkel Hans sowie Cousin Enrique und Tante Sammy sind ja gemeinsam mit meinem Vater geflüchtet«, erzählte Rumpelstilzchen Junior. »Alle paar Jahre treffen wir uns nun und feiern Mondwenden und Geburtstage.«

»Wir waren ein paar Jahrhunderte auf ›*Nimmdir*‹, aber das ist der Planet der Langweiler. Da ist überhaupt nichts los«, erzählte Onkel Hans mit einem extrem bayrischen Akzent. »Drum sind wir nu' bei den Menschlingen.«

Ich rümpfte die Nase.

Ich war zwar zur Hälfte Deutsche, aber ich konnte jegliche Art von Akzenten nicht ausstehen - und verstehen schon gar nicht, egal wie sehr ich meine neunzig Prozent bemühte.

Ich war irgendwie ›*Akzent-resistent*‹.

»Auf der Erde ist viel mehr los«, fügte Cousin Enrique mit französischem Akzent hinzu, was wiederum so niedlich klang, dass ich ihn am liebsten abgeknuddelt hätte.

»Gotthorst hat uns schon viel von dir erzählt«, sagte das Wesen mit dem Minizopf auf dem Kopf, das Rumpelstilzchen Junior als seine Schwester Samira vorgestellt hatte.

»Wirklich?«

Samira nickte aufgeregt.

»Hoffentlich nur Gutes«, feixte ich. »Wo soll ich mich denn hinsetzen, wenn heute deren Schokoladenpolster gescannt werden?«, fragte ich frei heraus.

Die vier blickten mich mit weit aufgerissenen Augen an, dann sprangen sie erschrocken vom Sofa auf.

»Du hast einen Scanner im Sofa eingebaut, Gotthorst?«, kreischte Tante Samantha. Sie trug nur einen kurzen Rock, der extrem hochrutschte, sobald sie sich setzte.

Der kleine Prinz neben mir lachte leise. »Nein, das war mein Vater. Er ist der Physiker der Familie.« Er zog mich zu sich herunter. »Tante Sammy ist eine Nervensäge. Ignoriere sie einfach!«

Ich musterte seine Tante.

Mit ihren zwei Zöpfen sah sie eigentlich ganz sympathisch aus.

Sie wackelte mit ihren extrem bunt angemalten Augenlidern und warf mir einen Luftkuss zu. »Danke, Schätzchen! Ich finde dich auch knuddelig.«

»Wühlt die etwa auch in meinen Gedankengängen herum?«, zischte ich Rumpelstilzchen Junior an.

Dieser zuckte mit den Schultern. »Da weißte mal, wie es mir geht, Emma-Schatz. Das macht sie mit mir schon, seitdem ich aus dem Windelalter raus bin.«

»Ihre Spezies trägt WINDELN?«

»Natürlich. Oder glaubst du, unsere Eltern wollen unentwegt das hässliche Gold wegmachen, welches wir separieren?«

Nun, ICH hätte nix dagegen gehabt.

Die letzte Schokoladenration hatte ich immerhin von dem Gold besorgt. Meine Mom war so nett gewesen und hatte es gegen Geld eingetauscht. Als ich ihr erzählte, das Gold stamme von Rumpelstilzchen, hatte sie mir lachend über den Kopf gestrubbelt und nicht weiter nachgefragt.

»Ich finde es toll, dass Sie noch Familie haben. Das bedeutet doch, dass Ihr Volk nicht ausstirbt.« Zögernd nahm ich neben Samira Platz, während sich die anderen drei auf den Fußboden plumpsen ließen.

»So, heute kommen wir zum Müllerssohn. Den armen Tropf musste mein Vater ganz schön bestechen, damit er ins Schloss kam. Haste Schokolade mitgebracht, Emma?«

Nickend überreichte ich ihm den Rucksack mit der Schokolade und hörte das scharfe Einatmen seiner Familie.

»Sind die etwa auch scharf auf Schokolade?«, fragte ich fast schon ängstlich.

»Die sind noch verrückter als ich.«

Das beruhigte mich natürlich ungemein.

Ich stöhnte leise.

Morgen würde ich also zehn Kilo Schokolade kaufen müssen. Vorher würde ich meiner Mom Berge von Gold und ebenso viele Lügen auftischen müssen, damit sie mir eine gültige Währung dafür auszahlte. Im Supermarkt werden sie mich angucken, als wenn ich vom Club der Anti-Diabetiker komme - oder die riefen gleich die Schokoladenpolizei.

Letzteres würde aber sicherlich auch meine Großmutter Ilse übernehmen, die seit gestern alle in den Wahnsinn trieb.

»Bereit?«, fragte Rumpelstilzchen Junior und versuchte, das leise Juchzen seiner Tante zu überhören.

Grinsend zückte ich meinen Stift. »Bereit.«

♛ ♛ ♛

»*G*eschafft!« Zufrieden betrachtete Rumpelstilzchen den Staudamm, den er im Wald nahe der Mühle errichtet hatte. Er hielt ausgezeichnet.

»Sitzt der auch felsenfest?«, fragte die Zofe.

»Natürlich! Er ist mit den Resten von Jakobs Feenstaub magisch versiegelt. Keine Menschenhand wird ihn je wieder beseitigen können.«

»Mir fehlt der kleine Kerl jetzt schon«, jammerte die Zofe leise.

Rumpelstilzchen seufzte aus tiefstem Herzen. »Mir auch. Aber wir werden ihn befreien. Wir lassen ihn nicht hängen!«

»Nein, mein Prinz! Wir werden ihn retten.«

»Momentan führt nur kein Weg in den Palast hinein. Der König hat seine magischen Barrieren verstärkt und seine Söldner aufgestockt. Außerdem hat er gerade erst ein paar jungzornige Drachen einfliegen lassen. Wir müssen unser

Ziel also auf anderem Wege erreichen und darum werden wir jetzt den Müllerssohn bestechen.«

»Ihr seid so klug, mein Prinz«, wisperte die Zofe ehrfürchtig. Rumpelstilzchen schlug das Herz bis zum Hals. Es waren nicht ihre Worte, die ihn so sehr berührten, sondern vielmehr die Liebe, die aus ihren Augen herausschaute.

Sie folgten dem Flusslauf, bis sie die Mühle erreichten. Das imposante Wasserrad, welches sich klackernd und klatschend im Strom des Flusses gedreht hatte, stand nun still.

Fluchend saß der Müller vor der Mühle.

»Probleme?«, fragte Rumpelstilzchen, der sich als Menschling getarnt hatte.

Der Müller blickte auf. Verzweiflung stand ihm ins Gesicht geschrieben. Fahrig wischte er sich den Schweiß von der Stirn. »Das seht Ihr doch, Fremder! Die Mühle steht still. Und ohne Wasserkraft kann ich kein Mehl mahlen und meine Familie ernähren.«

Sein Sohn tauchte auf. »Wenn es mal nur die Familie wäre«, deutete er an. Sein Gesicht sprach Bände.

»Wie meint Ihr das, junger Mann?«, wandte sich Rumpelstilzchen an den Müllerssohn.

»Unsere Vorräte sind alle. Mein Herr Vater hat die gesamten Einkünfte des letzten Monats beim Kartenspiel verspielt«, entgegnete er kaum hörbar, »und jetzt, wo das Mühlrad stillsteht, können wir das Getreide nicht einmal zum Müller in der Nachbarstadt bringen.«

»Oh!«

»Ja, oh«, bestätigte der Müllerssohn. »Was kann ich für Euch tun, mein Herr? Wolltet Ihr zu uns?«

Rumpelstilzchen ergriff die dargebotene Hand. »Ja. Ich bin der neue Staatssekretär«, erklärte er. »Und heute bin ich im Auftrag des Königshauses hier.«

Neugierig musterte der Müllerssohn ihn. »Was können wir für Euch tun, Herr Staatssekretär?«

Rumpelstilzchen lächelte. »Ich muss Euch leider mitteilen, dass das Wasser der Mühle vorerst nicht den Fluss hinunterfließen wird, bis Euer Herr Vater die Steuern bezahlt hat.«

Voller Verzweiflung warf der Müllerssohn seine Schürze in den Dreck und ließ sich darauf nieder. Leise vor sich hinfluchend stützte er den Kopf in beide Hände. »Ach, Vater, was soll nur aus uns werden, wenn du das ganze Geld zum Fenster hinauswirfst?«

»Ich werde den König um Aufschub bitten«, rief der Müller.

»Nein, ich fahre in die benachbarte Stadt zu Müller Erich«, warf der Müllerssohn ein. »Er soll uns das Mehl mahlen und einen Teil des Mehls als Lohn behalten.«

Das hatte Rumpelstilzchen nicht bedacht. Eilig schüttelte er den Kopf. »Das ist doch viel zu aufwendig. Ich habe eine bessere Idee. Ein Angebot sozusagen.«

Gespannt blickten die beiden Männer zu ihm auf.

»Was immer es ist, heraus mit der Sprache! Wenn es uns den Hals rettet, werden wir auf das Angebot eingehen«, sagte der Müller, nur sein Sohn blickte skeptisch auf den Staatssekretär.

»Ich gebe Euch einen Sack voller Gold, wenn sich Euer Sohn heute noch mit der Prinzessin trifft.«

Schweigend starrten die beiden Männer den vermeintlichen Staatssekretär an.

Es war, als wenn jemand die Zeit angehalten hätte.

»Niemals!«, rief der Müllerssohn plötzlich und sprang entschlossen auf. »Ich verabrede mich doch nicht mit einem Monster. Sie ist hässlich wie die Nacht!«

Rumpelstilzchen ächzte leise vor Schmerz. Tausende von Nadeln bohrten sich in seine Haut, ritzten sie auf und hinterließen ein heißes Brennen. Ihm war als wenn hungrige Feuerzungen durch seine Eingeweide leckten. Der Bund der Ewigkeit war weiter am Bröckeln.

»Mein Prinz!«, sagte die Zofe erschrocken und stützte Rumpelstilzchen ab.

»Es geht gleich wieder, Emra!« Keuchend wandte sich Rumpelstilzchen ab, während die beiden Mühlenmänner hitzig diskutierten.

Die Zeit drängte langsam.

Die Luft ging ihm wohl oder übel aus.

Der Müller hielt seinen Sohn am Ärmel fest. »Valentin, ein ganzer Sack voller Gold! Für ein einziges Treffen mit der Prinzessin!«

»Vater, ich möchte mich mit Kathaly, der Tochter der Schneiderin, verabreden. Sie ist wunderschön!«

»Das kommt überhaupt nicht infrage! Überlege doch nur, was wir mit so viel Gold anstellen können! Wir könnten nicht nur unsere Steuerschulden bezahlen, wir hätten auch für einige Zeit genug zu essen.«

»Sofern du nicht ins Wirtshaus gehst und alles verspielst, Vater«, konterte der Müllerssohn missvergnügt.

Der Müller wackelte mit dem Kopf herum. »Ich werde mich zusammenreißen, mein Sohn. Das verspreche ich dir hoch und heilig.«

Lange blickte der Müllerssohn seinen Vater an, dann wandte er sich seufzend an den vermeintlichen Staatssekretär. »In Ordnung. Ich werde mich mit der Prinzessin treffen.«

»Sehr gut. Heute Nacht bei Dämmerung wartet Ihr vor dem Turm an der Außenseite des Schlosses«, sagte Rumpelstilzchen. »Oh, und denkt an den Fluch, der auf ihr lastet! Dieser wird Euch die schrecklichsten Antlitze vorgaukeln, aber lasst Euch nicht anmerken, dass Euch ihr Anblick erschreckt.«

»Sehr wohl, Herr Staatssekretär. Wie lange wird das Treffen dauern?«, fragte der Müllerssohn tapfer.

»Bis die Turmuhr Mitternacht schlägt.«

Der Müllerssohn schluckte und fast schon tat er Rumpelstilzchen leid. Aber dann dachte er wieder an den Feenrich und seine Braut, die er unbedingt retten musste.

»Gut. Ich werde da sein zum Anbruch der Dämmerung.« Rumpelstilzchen machte auf dem Absatz kehrt.

»Und das Gold, mein Herr?«, rief der Müller ihm leise hinterher.

»Das bekommt Euer Sohn um Mitternacht, wenn er seinen Teil der Abmachung erfüllt hat.«

»Woher wissen wir, dass wir das Gold auch bekommen?«, fragte der Müllerssohn misstrauisch.

»Ihr habt mein Wort, Müller. Und das breche ich niemals.« Damit drehte sich Rumpelstilzchen um und ging zurück zum Schloss, um der Prinzessin die frohe Botschaft zu überbringen.

♕ ♕ ♕

»Ist das nicht romantisch?«, rief Tante Samantha dazwischen.

»Tantchen, bitte!« Rumpelstilzchen Junior seufzte laut. »Unterbrich mich nicht!«

»Ja, ja, ist ja schon gut. Aber das ist sooo aufregend! Hans, kommst du mit zum Menschling aufs Sofa? Ich habe so ein Kuschelbedarf, wenn ich romantische Geschichten höre.«

»Wenn es sein muss«, antwortete Onkel Hans und setzte sich fast auf meinen Schoß.

Seine Frau lächelte mich entschuldigend an und warf sich ihrem Mann ans Ohr.

♕ ♕ ♕

»So, du kleiner Feenrich, dann komm mal her!« Fast
schon liebevoll öffnete der König das Glas und versuchte,
mit seinen Riesenfingern die Lichterfee durch die kleine
Öffnung zu popeln.

Der Feenrich rückte von ihm weg.

»Nun stell dich nicht so an! Ich will dir doch nichts tun.«

Der Feenrich täuschte Skepsis vor.

Er hatte keine Angst vor dem König.

Und er wusste von Horatio, dass König Laurentz keiner Fee
auch nur ein Haar krümmen würde.

»Habe ich Euer Wort?«, fragte er.

Der König nickte. Mit leuchtenden Augen sah er, wie der
Winzling die Flügel streckte und schwerfällig durch die Öffnung flog.

»Du bist aber ein recht wohlgenährter Kerl.«

»Das täuscht, Eure Majestät! Das sind alles Muskeln.« Der
Feenrich streckte seine Glieder, dann verbeugte er sich. »Ich
bin Jakob, Eure Majestät! Stets zu Diensten!«

Erfreut tätschelte der König dem Kleinen den Kopf. »Bitte
nenn mich Laurentz, mein Freund!«

Der Feenrich blinzelte argwöhnisch.

Der König klopfte sich auf die muskulöse Brust. »Du
kannst mir vertrauen! Ich bin ein Freund der Feen - und von
Horatio!«

Der Feenrich verschränkte die Arme vor der Brust. »Gut.
Als erstes hätte ich gerne etwas zu essen.«

Lächelnd schob der König seinem Gast eine Schale mit
Nüssen und Früchten vors Stupsnäschen. Schmatzend bediente sich der Feenrich. »Was habt Ihr nun vor, Laurentz?«

Selig seufzend ließ sich der König auf einen Hocker fallen.
»In vier Tagen werde ich Maximus besiegen, und zwar mit
deiner Hilfe.«

»Und wie lautet Euer Plan?«

Der König stutzte und veranlasste den Feenrich, sich räuspernd zu erklären. »Nun, Maximus ist stärker als ein Bär und talentierter als jeder Zauberer der Welt. Wie wollt Ihr ihn überlisten?«

»Mit deiner Hilfe, kleiner Freund! Ihr Feen seid doch bekannt für euer Talent als Zauberer, Verwandlungskünstler und Heiler. Was soll mir da noch passieren?«

Der Feenrich stöhnte innerlich.

Wenn er dem König jetzt beichtete, dass er der schlechteste Feenschüler aller Zeiten war, wird er ihn vermutlich wieder in das vermaledeite Glas sperren und dort verrotten lassen. Er musste sich also etwas anderes einfallen lassen.

Der Feenrich zog die klitzekleinen Augenbrauen hoch. »Wie genau kann ich Euch helfen, mein König? Ich bin zwar der talentierteste Feenrich aller Zeiten, aber nicht einmal so groß wie Maximus' Fingernagel.«

»Ein geschicktes Lichtwesen ist doch schon der halbe Sieg, oder?« Singend stand der König auf und holte ein riesiges Zauberbuch hervor. »Ich habe das Portal schon mehrfach öffnen können, aber leider hielt der Zauber nie lange an. Maximus ist mir jedes Mal in die Quere gekommen. Aber in der Vollmondnacht werde ich ihn endgültig ausschalten.«

»Maximus schraubt täglich an dem Portal herum. Daher ändert sich das Passwort auch ständig«, bemerkte der Feenrich mit vollem Mund.

Stirnrunzelnd blickte der König auf. »Das erklärt natürlich, warum es mir nie gelingen will, das Portal mit ein und demselben Zauber zu öffnen.«

»Ich kann euch behilflich sein…«

Ein Lächeln breitete sich auf dem Gesicht des Königs aus, welches sogar seine Eisaugen erreichte. »Ich wusste, du bist der Schlüssel zu meinem Erfolg.«

»Ich stelle allerdings eine Bedingung«, überraschte der Feenrich den König.

»Ach! Und wie lautet deine Bedingung, kleiner Freund?« Er mochte den aufgeweckten Kerl, der so mutig war, einem wahren Zauberer der schwarzen Magie mit einer Forderung entgegen zu treten.

Der Feenrich ließ sich im Schneidersitz auf der Werkstattbank nieder und blickte sich seelenruhig um. »Wenn ich es recht überlege, ist es mehr als eine Bedingung.«

Dröhnend lachte der König auf und strich sich über den mächtigen Bart. »So, so! Du bist mir aber ein ganz forscher Winzling! Dann pack mal aus!«

»Mut ist eine meiner Stärken, Majestät! Sonst hätte ich die letzte Portalöffnung wohl kaum dazu nutzen können, in die Menschenwelt zu gelangen.«

Der König war begeistert von seinem Neuzuwachs. »Wohl wahr! Nun, gut, sprich!«

»Zunächst lasst Ihr das Fellmädchen in Ruhe. Keine Experimente mehr, keine Folter, kein Tötungsakt.«

Der König verschränkte die Arme vor der Brust. »Was hast du mit dem Fellmädchen zu schaffen?«

»Dazu kommen wir später«, winkte der Feenrich ab.

Eine Augenbraue des Königs wanderte interessiert nach oben.

»Als nächstes lasst Ihr mich wieder frei.«

Der König lachte. »Nein, nein, mein Freund, das kannst du vergessen!«

Der Feenrich lächelte und wartete, bis sich der König wieder beruhigt hatte. »Darf ich fortfahren?«

»Sicher!«

»Ihr werdet sämtliche schwarzmagischen Barrieren vom Turm beseitigen, und zwar heute noch.«

Der König stutzte. »Wieso?«

»Ihr werdet zulassen, dass sich der Müllerssohn mit der Prinzessin trifft, damit er sich in sie verlieben und ein Königskind zeugen kann.«

»Niemals!« Voller Empörung warf der König ein Trinkgefäß um. Der blutrote Inhalt tropfte auf den Boden, doch das beachtete der aufgebrachte König nicht. »Warum sollte ich das tun?«

Der Feenrich seufzte. »Wenn die Vollmondnacht hereinbricht, wird die Prinzessin froher Hoffnung sein und wir...«

»Niemals!« Der König sprang auf und lief wie ein eingesperrtes Tier durch seine Magierwerkstatt. Dabei trat er versehentlich - oder mit voller Absicht - gegen mehrere Metalleimer, die mit einem ohrenbetäubenden Scheppern durch die Gegend flogen.

Abrupt blieb der König stehen. »Warum sollte ich riskieren, meine Zauberkraft zu verlieren, bevor ich auch nur eine Chance hatte, Maximus zu töten?«

»In der Vollmondnacht werdet Ihr für mich das Portal zur Anderswelt öffnen, mein König. Und dann werde ich Maximus anbieten, dass er das Kind der Prinzessin bekommt als Ausgleich für Eure Zauberkraft und die Freiheit der Feen.«

Fassungslos starrte der König den Winzling an. »Das ist doch irrwitzig! Darauf lässt sich Maximus niemals ein! Er ist der klügste Riese, den ich kenne.«

»Ich weiß. Vertraut mir, mein König.«

»Ich soll mein eigenes Enkelkind ausliefern?«

»Für Euer Wohl und das der Feen, Majestät!«

Der Plan des Feenrichs und seine Forderungen waren haarsträubend, dennoch blitzte ein Funken Hoffnung in dem König auf, dass sie Erfolg haben könnten. »Wird Maximus darauf eingehen?«

»Er wird! Das Kind wird aussehen wir Euer verstorbenes Weib, mein König. Und Maximus hat Maria geliebt. Es ist ein guter Handel. Für ihn. Für Euch. Und für uns Feen.«

»Und warum sollte ich dich jetzt wieder freilassen? Woher weiß ich, dass du in der Vollmondnacht da sein wirst, um mir beiseite zu stehen?«

»Ich muss noch ein paar Dinge erledigen. Und nicht nur das Leben meiner Familie, sondern das meines ganzen Feenvolkes hängt von unserem Sieg ab, mein König. Ich habe keinen Grund, mein Wort zu brechen.«

»So sei es! Geh und lass dich abends wieder bei mir blicken!«

Lächelnd wandte sich der Feenrich vom König ab und holte einen Marienkäfer aus seiner Tasche. »Flieg zu Merculus und teile ihm mit, dass mein Plan aufgeht. Er soll eine Armee aus Dunkel- und Lichterfeen zusammenstellen und sich die nächsten Monate auf einen Sieg gegen Maximus vorbereiten.«

Der Marienkäfer nickte und flog durch einen Spalt im Fenster davon.

👑👑👑

Die Aufregung war groß, als der Feenrich plötzlich auf dem Fenstersims des Turmes saß und die Prinzessin anglotzte.

»Jakob! Was tust du hier? Wie konntest du dich befreien?« Die Königstochter wollte den Feenrich auf ihre Hände nehmen, doch dieser hob abwehrend beide Hände. »Geht hinfort, Weib! Ihr habt mich ausgeliefert! Ich sollte eigentlich nie wieder ein Wort mit Euch sprechen!«

Zerknirscht ließ die Prinzessin den Kopf hängen. »Bitte verzeih mir, mein kleiner Freund!«

Der Feenrich legte eine Bravour der Schauspielkunst hin, als er eine Grimasse schnitt. »Ich weiß nicht recht.«

Die Prinzessin kniete vor ihm nieder. »Bitte!« Sie legte all ihren Liebreiz in diesen einen Blick, um den Feenrich zu erweichen. »Ich war ein garstiges Biest, aber ich will mich bessern.«

Der Feenrich lächelte und flog auf ihren Kopf, um ihr die Haare zu zerzausen. »Okay, vergessen und verziehen!« Dann wandte er sich an seinen Meister. »Meister, kommt her! Ich verwandle Euch jetzt, damit wir Saphira befreien können.«

♛ ♛ ♛

»Filius«, unterbrach ich meinen Interviewpartner und blickte auf den kleinen Feenrich neben mir. »Dein Vater war ein Schlitzohr!«

»War er das?« Der Feenrich grinste spöttisch.

»Ja, er behauptete, ein grottenschlechter Feenschüler zu sein, aber in Wirklichkeit war er ein ganz Ausgebuffter.«

»Das hat er nicht nur behauptet, Emma! Seine Zeugnisse sind ein eindeutiger Beweis, dass er unterirdisch war in seinen Schulleistungen«, widersprach der Feenrich.

»Es gibt Zeugnisse an einer Feenschule?«, fragte ich überrascht.

»Natürlich. Bei Euch Menschen doch auch!«

Das stimmte.

»Mein Vater hatte ein Ziel. Er wollte sein Volk retten.«

»Und dafür hat er alle hinters Licht geführt?«

»Manchmal heiligt der Zweck die Mittel«, sagte Rumpelstilzchen Junior.

»Ach!«

»Genau. Und nur weil jemand schlecht in der Schule ist, heißt das noch lange nicht, dass er kein Held werden kann«, bemerkte der Feenrich.

»Und ein Feenvolk zu retten, rechtfertigt es, ein unschuldiges Baby zu opfern?« Ich hatte da so meine Zweifel.

»Es ist ein Leben für Tausende«, warf der Feenrich ein.

Oh, wie hasste ich solche Dilemmas! Wie konnte man sich gegen ein Leben entscheiden und es mit einer Vielzahl anderer Leben aufwiegen? Konnte man Leben überhaupt in Zahlen messen?

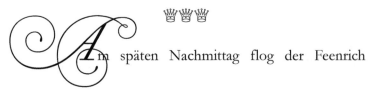

Am späten Nachmittag flog der Feenrich durch den Schlossgarten und versteckte sich auf dem Weg zum Treffpunkt mit dem König in den Büschen. In seiner Tasche schlummerte sein getarnter Meister.

Die Wachposten des Königs waren nicht eingeweiht in seine Pläne mit dem Monarchen und er konnte nicht riskieren, so kurz vor seinem Ziel durch irgendwelche Verräter - und es gab immer welche von den Aasgeiern - ausgebremst zu werden.

Der König hatte versprochen, ihn zur Stunde des Sonnenunterganges am vereinbarten Ort im Schlossgarten abzuholen. Nun war der Feenrich etwas zu früh dran, aber so konnte er die Zeit nutzen, um sich im Schlossgarten umzusehen.

Doch weit kam er nicht, denn als ein Söldner herbeigeeilt kam, stieß der Feenrich beinahe mit diesem zusammen.

Unkontrolliert purzelte er in einen Dornenbusch. Dort verfing er sich an einer Dorne und verlor schließlich den Halt. Wie ein Stein trudelte er zu Boden.

Bevor er seine Flügel ausbreiten konnte, war er bereits durch ein Gitter gefallen und landete vor einem reichlich verschmutzten Fenster.

«Autsch!» Ächzend rappelte er sich auf und spähte durch die Scheibe.

Was war das für ein merkwürdiger Raum?

Überall hingen Käfige unter der Decke. In ihnen saßen die unterschiedlichsten Lebewesen, von denen der Feenrich nur wenige erkannte. Auf den Werkbänken standen Gestelle mit Reagenz- und Kolbengläsern, in denen leuchtend bunte Flüssigkeiten vor sich hinbrodelten. Über einer Feuerstelle hing der schwarze Kessel des Königs, daneben lag sein imposantes Buch.

Er war am Fenster der Magierwerkstatt gelandet!

Neugierig drückte er sich an der dreckigen Scheibe die Nase platt, als plötzlich die Tür aufgerissen wurde und der König in seine Werkstatt stürmte.

Erschrocken zuckte der Feenrich zurück und versteckte sich hinter dem Fensterrahmen.

Vorsichtig spähte er durch die Scheibe.

Der König hatte das Feuer in der Feuerstelle entzündet und tanzte um den Kessel herum, in den er von Zeit zu Zeit Zutaten warf. Dabei sang er mit seiner dröhnenden Stimme:

>   »Heute back ich, morgen brau ich, übermorgen hole
>   ich der Prinzessin ihr Kind. Ach, wie gut, dass
>   niemand weiß, dass ich Maximus bald auseinander
>   reiß.«

Der Feenrich traute seinen Ohren kaum.

Was sollte das bedeuten?

Plötzlich fiel ihm etwas Schleimiges auf den Kopf.

Verärgert blickte er nach oben.

Eine Katze stand über dem Gitter und geiferte zu ihm herunter.

Verflixt, dachte er, wie sollte er nun zum vereinbarten Treffpunkt kommen, wenn das Katzenvieh dort oben stand und ihn als Beute betrachtete?

Eine gefühlte Ewigkeit später war er komplett durchgefroren. Seine Flügel fühlten sich an wie Eiszapfen.

Dann endlich verließ die Katze ihren Beobachtungsposten, so dass der Feenrich schwerfällig in die Lüfte steigen konnte. Nur mit Mühe und Not schaffte er es schließlich zum vereinbarten Treffpunkt.

»Jakob! Da bist du ja endlich!«, rief der König bang. »Ich habe mir schon Sorgen gemacht um dich!«

»Ihr solltet die Katzen einsperren, mein König. Fast hätte mich eine von den Schlosstieren gefressen«, beschwerte sich der Feenrich.

Der König nickte. »Das werde ich sofort veranlassen.«

Erschöpft plumpste der durchgefrorene Feenrich auf die Hand des Königs. »Ich bin vollkommen erledigt.«

»Ich werde dich erst einmal am warmen Kaminfeuer auftauen, kleiner Freund! Und die Katzen werden heute noch beseitigt.«

aum hatte der König die Werkstatt verlassen,

verwandelte der Feenrich seinen Meister, den er als Fläschchen noch immer in seiner Tasche trug, zurück. »Meister! Schnell! Uns bleibt nicht viel Zeit.«

Rumpelstilzchen schüttelte seine Ohren und flitzte zur Bahre, auf der ein Wesen lag, welches aussah wie ein Fellteufel.

»Das ist nicht meine Saphira.«

»Sie muss es aber sein. Der König hat sie lediglich getarnt, mein Meister.«

»Und wenn sie es nicht ist und wir ein wildes Tier befreien?«
»Sollten wir es nicht auf einen Versuch ankommen lassen? Ich sehe ihre Spuren auf der Bahre. Sie muss es sein.«
»Sagtest du nicht, du seist in Zauberkunde ein schlechter Schüler gewesen? Wie sollen wir ihr ihre wahre Gestalt wiedergeben? Ist es nicht klüger, darauf zu warten, dass der König sie zurückverwandelt?«
Der Feenrich schwang seinen Zauberstab. »Ach, was! Ich kriege das schon hin!« Aus der Spitze seines Stabes zischten Sternenfunken und rieselten auf das Fellteufelchen. Es macht ›Plopp‹ und das Etwas verwandelte sich in ein Huhn.
»Jakob!«
Der Feenrich blickte verwirrt auf seinen Zauberstab. »Verzeihung! Ich versuche es noch einmal, mein Meister. Nur keine Panik!«
Doch beim zweiten Versuch wurde aus dem Huhn eine Katze, die fauchend die Pfote gegen das Lichtwesen erhob.
Im selben Augenblick kam der König herein, sah die Katze, die seinen Feenrich bedrohte und schoss einen tödlichen Zauber auf das Tier ab.
Mausetot kippte das Vieh von der Liege.
Rumpelstilzchen, der sich eilig hinter einem Fass versteckt hatte, bekam fast einen Herzstillstand.
Hatte der König etwa gerade seine Braut eliminiert?
»Habt D-dank, mein König!«, stotterte der Feenrich.
Der König eilte zu ihm hin und setzte ihn auf die Werkbank. »Elendiges Katzenviehzeugs. Ich werde sogleich meine Diener aussenden und alle Katzen im Schloss töten lassen.«
»Vielleicht solltet Ihr ein paar nahe der Speisekammer am Leben lassen, damit sie die Mäuse wegfangen, die unsere Vorräte anknabbern und mich ebenso bedrohen«, schlug der Feenrich zitternd vor.
»Gut. Aber du passt ab jetzt besser auf! Nicht, dass es dich ebenso niederstreckt wie das Fellmädchen.«
»Wo ist eigentlich das Fellmädchen? Habt Ihr es soeben getötet?«, fragte der Feenrich so desinteressiert wie möglich.

Der König blickte auf die Lichterfee hinab. »Nein, sie liegt doch dort auf der Bahre.«

Der Feenrich runzelte die Stirn. »Ich kann eigentlich Tarnzauber aufspüren, mein König, aber ich sehe sie nicht.«

»Es ist ein besonderer Zauber. Maximus hat ihn mich gelehrt. Niemand kann das getarnte Wesen sehen außer dem Zauberer selbst.« Mit einer Handbewegung hatte der König Saphira sichtbar gezaubert.

Schlafend lag sie auf der Bahre.

»Wäre es nicht klüger, sie ein wenig in den Schlossgarten zu bringen, damit sie in der Sonne Kraft tanken und endlich aufwachen kann?«, warf der Feenrich fast beiläufig ein.

Der König schüttelte den Kopf. »Nein. Ich muss sie erst noch studieren. Darum habe ich sie auch mit einem Fluch belegt, damit sie diese Werkstatt nicht verlassen kann. Zumindest nicht lebendig.«

Der Feenrich schluckte.

Rumpelstilzchen, der hinter dem Fass kaum wagte zu atmen, seufzte innerlich. Saphiras Rettung gestaltete sich erheblich schwieriger als gedacht.

Stunden später empfing Rumpelstilzchen den Müllerssohn. »Seid gegrüßt, Sohn des Müllers!«

»Seid gegrüßt, Herr Staatssekretär«, ertönte die Stimme des Müllersohnes aus dem Unterholz.

Rumpelstilzchen lächelte. »Ihr habt den Weg ins Schloss gefunden? Wie schön.«

»Nun, das ist nicht sonderlich schwer, nicht wahr? Vor allem, wenn die Existenz davon abhängt.«

Bevor Rumpelstilzchen die Prinzessin rufen konnte, kam auch schon ihr langer Zopf geflogen.

Bewundernd strich der Müllerssohn über das feine Haar. »Was für schönes Goldhaar! Wem gehört es?«

»Es ist die Haarpracht der Prinzessin«, entgegnete Rumpelstilzchen. »Und nun kommt!«

»Da hoch?«, fragte der Müllerssohn verwirrt. »Wir klettern an dem einzigartigen Haar der Prinzessin den Turm hinauf? Gibt es denn keine Treppe?«

»Nein, die gibt es nicht. Sonst wäre der Turm ja kein Gefängnis und wir könnten Eure Verabredung außerhalb des Schlosses stattfinden lassen.« Rumpelstilzchen deutete auf das Haar. »Bitte, nach Euch! Aber seht Euch vor! Der Turm ist mit diversen magischen Fallen versehen.«

»Was soll das heißen? Dass ich auch noch meine Gesundheit aufs Spiel setze? Oder gar mein Leben?«

»Nun, so drastisch würde ich das jetzt nicht ausdrücken, auch wenn es dem recht nahe kommt«, wand sich Rumpelstilzchen.

»Was tue ich nicht alles, um die Existenz meines Vaters und die meiner Wenigkeit zu sichern!« Seufzend ergriff der Müllerssohn das Haar.

»Wenn Ihr in den Turm steigt, passt bitte auf, dass Ihr nicht rückwärts wieder herausfliegt! Der Anblick der Prinzessin wird Euch schlottern lassen. Nichtsdestotrotz müsst Ihr bis zum mitternächtlichen Glockenschlag oben im Turm aushalten. Und verliert kein Sterbenswörtchen über das Gold, welches ich Euch versprochen habe. Die Prinzessin muss denken, Ihr seid freiwillig bei ihr.«

Der Müllerssohn blickte ihn lange an, dann nickte er. »Sehr wohl, Herr Staatssekretär! So schwer wird das schon nicht werden.«

Sämtliche magische Barrieren waren vom König bereits entfernt worden, so dass der Müllerssohn unbeschadet oben ankam.

»Wo ist die Prinzessin?« Suchend blickte er sich im Turm um. Die Königstochter war nirgends zu sehen, obwohl das Turmzimmer nicht übermäßig groß war.

»Sie kommt gleich«, sagte die Zofe schüchtern.

Der König hatte auf Rat des Feenrichs hin extra für das Treffen seiner Tochter mit dem Müllerssohn einen Kuchen mit den magischen Zutaten der Blume der Illusion und den Beinen einer zehnfüßigen Spinne anfertigen lassen. Beide mussten davon essen, damit der Fluch der Täuschung für ein paar Stunden aufgehoben werden konnte.

»Darf ich Euch ein Stück Kuchen anbieten?«, fragte die Zofe.

»Nein. Ich bin nicht hungrig«, erwiderte der Müllerssohn schroff.

»Doch, Ihr wollt ein Stück Kuchen essen«, beharrte Rumpelstilzchen in der imposanten Erscheinung des Staatssekretärs.

Griesgrämig musterte der Müllerssohn den Mann. Dann streckte er widerwillig die Hand aus und nahm den Kuchen entgegen.

Eine Tür öffnete sich und die Prinzessin trat heraus. Sie trug ihr schönstes Kleid, ein Traum aus blauer Seide. Beim Anblick des glitzernden Stoffes fasste der Müllerssohn mutig den Entschluss, der Prinzessin ins Gesicht zu schauen - und erschrak fürchterlich beim Anblick der Fratze, die ihm der Fluch der Täuschung vorgaukelte.

Fast wäre er am Kuchen erstickt.

»Herr im Himmel«, sagte er und versuchte, seine Zähne zu kontrollieren. Er spürte den Drang, seine Beine in die Hand zu nehmen und wegzulaufen, doch an einem Fenster stand die Zofe, am anderen der vermeintliche Staatssekretär.

Der Müllerssohn mahnte sich zur Ruhe.

Denk an das Gold, sprach er sich selbst Mut zu und schluckte seine Furcht tapfer hinunter.

»Wir beginnen mit einem Spiel«, sagte die Zofe.

»Ein Spiel? Ehrlich gesagt, habe ich etwas gegen Spiele«, knurrte der junge Mann, der dabei an seinen glücksspielsüchtigen Vater dachte.

Rumpelstilzchen schmunzelte. »Es handelt sich herbei nicht um ein Glücksspiel, mein Lieber!«

»Oh! Gut.« Der Müllerssohn hielt den Blick gesenkt.

Die Prinzessin sah aus wie ein haariges Teufelsmonster.

»Wir werden Euch ein paar Fragen stellen, dann gewinnen wir Zeit, bis der Fluch der Täuschung weicht.«

Die Zofe pflanzte den Jüngling auf einen Stuhl. Dasselbe tat sie mit der Prinzessin. Rücken an Rücken saßen die zwei nun auf ihren Stühlen und warteten auf die Fragen.

»Lieblingsfarbe?«, fragte die Zofe.

»Blau«, platzten die Prinzessin und der Müllerssohn gleichzeitig mit der Antwort heraus.

Beide lächelten still vor sich hin.

»Lieblingsobst?«, fragte die Zofe und zwinkerte Rumpelstilzchen zu, der prompt in seiner menschlichen Hülle errötete. Wie Feuer brannten seine Wangen, so dass er verschämt die Augen niederschlug.

Er musste aufhören, sie anzuhimmeln. Sie war nicht für ihn bestimmt - und er nicht für sie. Er war einer anderen versprochen und durfte keine Gefühle für die Zofe zulassen.

»Birnen«, sagten die beiden wieder gleichzeitig und ihr Grinsen wurde breiter.

»Was ist Euer größter Wunsch?«

»Ist das eine Fangfrage?«, zischte die Prinzessin.

»Nein, Eure Hoheit!«

»Ich möchte die Mühle meines Vaters übernehmen, damit ich eine Frau suchen und eine Familie gründen kann«, antwortete der Müllerssohn aufrichtig.

»Und ich möchte den Fluch loswerden, der mich hier gefangen hält«, sagte die Prinzessin leise.

»Was für ein Fluch ist das, der auf Eurem Antlitz liegt, Prinzessin?«, fragte der Müllerssohn.

»Alle alleinstehenden Männer im heiratsfähigen Alter sehen nicht mein wahres Gesicht, sondern eine furchteinflößende Maske«, erklärte die Prinzessin.

»Wer hat diesen Fluch über Euch gebracht?«

»Maximus Grobian«, antwortete die Prinzessin, die es nicht besser wusste.

»Der Riese, über den es viele wundersame Geschichten gibt?«, fragte der Müllerssohn verwundert nach und wandte sich um. »Ich dachte, er sei eine frei erfundene Sagengestalt.« Er drehte sich wieder von der Prinzessin weg. »Bitte verzeiht, Eure Hoheit, aber ich kann Euch wirklich nicht länger in die Augen sehen. Ihr seht furchtbar aus!«

»Wie genau sehe ich denn aus?«, wollte die Prinzessin wissen.

»Wie ein Biest! Euer Gesicht ist über und über mit Fell bedeckt, Eure Augen leuchten gelb, ja fast schon orangerot und Eure Zähne erinnern an die Hauer eines Wildschweins.«

Erschrocken holte die Prinzessin Luft, dann fing sie an zu lachen. »Klingt ausgehfähig, oder?«

Der Müllerssohn lachte mit, doch plötzlich sprang er auf und fiel fast aus dem Turmfenster.

»Was ist nun?«, rief die Prinzessin erschrocken.

»Verzeiht, Eure Hoheit! Aber...« Ihm klapperten die Zähne so sehr aneinander, dass er nicht in der Lage war, weiter zu reden. »...d-der Fluch hat Euer Gesicht noch einmal verändert.«

»Wie sehe ich jetzt aus?«

»Rot wie der Teufel.«

Im selben Augenblick entfaltete der verzauberte Kuchen seine Wirkung und unterbrach den Fluch der Täuschung.

Staunend betrachtete der Jüngling die Prinzessin. »Warum seht Ihr auf einmal so...so...?

»Wie? Wie sehe ich jetzt aus?«, rief die Königstochter voller Panik.

Der Müllerssohn lächelte versonnen. »Euer Gesicht gleicht dem eines Engels, euer Haar schimmert wie Gold und Eure Augen sind tiefblauer als der schönste See von Lichtenwald. Ihr seid…wunderschön!«

Die Prinzessin errötete.

»Wieso seid ihr mit einem Mal so schön, Hoheit?«

»Das ist die Magie der Liebe«, flüsterte die Zofe.

»Quatsch, Emra! Der Fluch ist für kurze Zeit von mir gewichen und nun sieht der Müllerssohn mein wahres Gesicht.«

Die nächsten zwei Stunden saß die Prinzessin mit dem Müllerssohn am Tisch und spielte ›Feenquartett‹. Mit aufblühendem Herzen hielt der Müllerssohn durch, bis die Uhr Mitternacht schlug.

Beim letzten Glockenschlag verwandelte sich das Gesicht der Prinzessin wieder in die verfluchte Maske.

Erschrocken wich der Müllerssohn zurück, der ganz vergessen hatte, dass die Prinzessin mit einem Fluch belegt war.

»Es wird Zeit zu gehen, Eure Majestät. Ihr braucht Euren… ähm, Schönheitsschlaf«, stotterte er.

»Sehr witzig«, brummte die Prinzessin und brachte ihren Gast zum Lachen.

»Ich mag Euren Humor, Majestät!«, sagte er leise mit gesenktem Blick. »Habt Dank für Eure Gastfreundschaft!«

»Ich danke Euch für Euren Besuch. Ich hoffe, Ihr kommt bald mal wieder.«

»Sicher, Eure Hoheit! Gute Nacht!«

Rumpelstilzchen begleitete den Müllerssohn noch nach unten und überreichte ihm am Fuße des Turmes einen Sack voller Gold.

»Hat Hinnerk seine Separation wirklich genutzt, um den Müllerssohn zu bestechen?«, fragte Cousin Enrique.

»Natürlich. Sein Leben hing davon ab! Und das seiner Braut«, warf Rumpelstilzchen Junior ein.

Es entstand eine hitzige Diskussion über den Einsatz von Gold, bis ich zwei Finger in den Mund steckte und laut pfiff.

Erschrocken zuckten alle zusammen, der Junior und sein Onkel separierten sofort einen Haufen Gold.

»Emma, was soll das?«, fuhr Rumpelstilzchen Junior mich an.

Ich zuckte mit den Schultern. »Also, nur dass ich euch richtig verstehe…es ist in Ordnung, wenn ich ein Leben für Tausende opfere, aber es ist nicht in Ordnung, wenn ich Müll einsetze, um zwei Leben zu retten?«

»Der Menschling hat Recht«, sagte Cousin Enrique mit seinem französischen Akzent. »Es ist kein Problem, Vorteile zu erkaufen. Menschlinge stehen auf Gold.«

»Und wie wir das tun«, sagte ich.

Ich wackelte vielsagend mit den Augenbrauen. »Was meint ihr, womit ich die Massen an Schokolade bezahlt habe?«

»Sie nutzt definitiv mehr als zehn Prozent«, sagte Onkel Hans grinsend.

Rumpelstilzchen Junior lächelte stolz. »Was meinst du, weshalb ich sie ausgewählt habe? Bestimmt nicht, weil sie so dreist vor unsere Tür gepinkelt hat.«

Ich verdrehte die Augen, weil nun eine wilde Diskussion darüber entbrannte, wie viele Menschlinge tatsächlich in der freien Natur vor den Ein- und Ausgängen der Unterwelt ihr notdürftiges Geschäft erledigten.

Irgendwann hielt Rumpelstilzchen Junior die Langfinger hoch. »Jungs, Mädels, beruhigt euch! Es geht weiter.«

Onkel Hans und Cousin Enrique rutschten vom Tisch und legten sich mir zu Füßen auf den Boden, während Samira und ihre Tante weiterhin links und rechts von mir auf dem Gefühlsscanner saßen.

»Keine Angst vor illegalen Aufzeichnungen in der Unterwelt?«, witzelte ich.

Tante Samantha blickte mich prüfend an, dann zog sie ihren Rock tiefer. »Blondchen, dir sieht man bereits an der Nasenspitze an, was du mit dem Jungen deines Herzens alles anstellen möchtest.«

Fieberhaft ging ich meinen heutigen Morgen durch, als mir siedendheiß einfiel, dass ich mir vorgestellt hatte, wie Steven mich gleich bei unserem ersten Date küsste.

»Und da ist es wieder! Welches Rot trägt sie?«, rief Rumpelstilzchen Junior seiner Familienbande zu, als sei meine Gesichtsfarbe ein Rätselspiel.

Und schon musterten mich mehrere gelbe, grüne und violette Augenpaare. Ich musste mit ansehen, wie sich ihre Ohren aufstellten und dann auch noch ihre Zähne aufblitzten.

»Das ist ein phantastisches Schamrot, besser bekannt auch als Karminrot«, rief Onkel Hans erstaunt aus.

»Wie bitte?« Pikiert blickte ich den Fellzwerg zu meinen Füßen an.

»Schätzchen, du hättest gerne das, was wir Violentianer nur unter Verschluss unserer Gedankenkraft machen würden.« Cousin Enrique grinste in die Runde, rollte seine Augen und erntete Gelächter.

»Ach!«

»Ja. Und euch Menschlingen ist das immer so herrlich peinlich«, fügte er hinzu. »Das ist das Allerbeste daran.«

Ich verdrehte die Augen.

Natürlich war es peinlich, wenn andere wussten, was man mit dem Jungen seiner Träume alles anstellen wollte.

Samira tätschelte mir freundschaftlich das Knie. »Mach dir keine Sorgen, Süße! Ihr Menschlinge seid leider nicht in der Lage, eure Gedanken vor Gedankenlesern abzuschirmen.«

»Leute, wir wollen mit der Geschichte unseres Helden fortfahren«, rettete Rumpelstilzchen Junior mich.

Alle verstummten.

Ich fächerte mir Luft zu, damit mein ›*Karminrot*‹ endlich aus den Wangen weichen konnte. Dann schnappte ich mir meinen Stift.

Brennende Herzen

»Was soll das heißen, der Müllerssohn weigert sich, mich zu besuchen?«, fragte die Prinzessin fassungslos. Die Zofe reichte ihr das Frühstück, welches sie jedoch zurückwies. Sie verspürte keinen Hunger.

»Er sagte, der Abend sei zeitweilig sehr schön gewesen, aber Euer Fluch sei einfach zu schrecklich, um die Beziehung zu vertiefen«, berichtete Rumpelstilzchen. »Er würde sich lieber mit den hübschen Mädchen aus der Stadt verabreden. Da weiß er, dass diese nicht mit einem Hässlichkeitsfluch verunstaltet sind.«

»Finde dich damit ab, Prinzesschen, dass der Fluch dich zu einem Monster macht«, warf der Feenrich der Prinzessin an den Kopf. »Aber du könntest mich heiraten!«

»Sei still, Flieger«, blubberte die Prinzessin ihn an. »Wo kommst du überhaupt her?«

»Das interessiert mich auch«, sagte Rumpelstilzchen.

Der Feenrich lächelte verlegen. »Ich war auf einer Erkundungstour.« Er war die ganze Nacht über, wie mit dem König vereinbart, wohlbehalten in dessen Gemächern gewesen.

Frustriert stützte die Prinzessin ihr Gesicht auf beide Hände und starrte aus dem Fenster. »Bevor mein Vater die Welten nicht wieder vereint und den Riesen besiegt hat, wird der Fluch auf mir lasten. Wenn ich also keine hundert Jahre alt werden will, bis ich einen Ehemann finde, sollte ich mir etwas einfallen lassen.« Sie drehte sich um. »Rumpelstilzchen, überlege dir, wie du Valentin überreden kannst, damit er mich heute besucht. Schließlich willst du deine Braut wiederhaben! Der Staudamm hat den Müllerssohn nur dazu

bewegt, in die Nachbarstadt zu fahren, um dort sein Getreide mahlen zu lassen. Vielleicht könntest du ihm die Kutsche
wegpfänden. Dann kann er sein Getreide nicht mehr fort-
schaffen.«

»Wenn das Euer Vater erfährt, gibt es aber mächtig Ärger«,
wandte der Feenrich ein. »Die Mühle beliefert das Schloss
mit Mehl und wenn Ihr dem Müller auf Dauer den Hahn
abdreht, wird der König Wind davon kriegen, dass Ihr das
macht, um seinen Sohn zu ehelichen.« Das Lichtwesen putzte sich beiläufig die Fingernägel sauber. »In drei Tagen ist
Vollmond. Danach wird sich der König entspannen, Prinzessin!«

»Mein Vater ist ein alter Kauz, der keine Ahnung von der
Liebe hat«, blubberte die Prinzessin unwirsch.

»Seine Zauberkräfte sind futsch, wenn er die Heirat innerhalb der nächsten drei Tage genehmigt«, widersprach der
Feenrich.

»Das ist mir egal«, murrte die Prinzessin.

Dem Feenrich nicht!

Er wollte ein Königskind, aber keine Zauberkraft ver-
nichtende Eheschließung. Es blieb ihm also nichts anderes übrig, als sie von dieser Dummheit abzuhalten.

»Immerhin hat er sich laut Zauberlehrling bereit erklärt, einen Zaubertrank zu brauen, mit dem er den Fluch auch
heute für wenige Stunden aufhebt«, warf er ein.

»Das ist in der Tat ein überraschendes Zugeständnis«, ver-
teidigte Rumpelstilzchen den Monarchen. »Denn der alte
König hat vergessen, was es heißt, wenn einem das Herz vor
Sehnsucht brennt.«

»Mein Herz brennt auch. Und wen interessiert das?«, jammerte die Königstochter.

»Niemanden, Prinzesschen! Aber weil Ihr uns erpresst, tun
wir natürlich gerne so, als würde uns das mächtig interessie-

ren«, wisperte der Feenrich laut genug, damit die Prinzessin es am Rande wahrnehmen konnte.

»Ich kann an nichts anderes mehr denken als an Valentin. Ich möchte seine geschwungenen Lippen küssen, durch sein volles Haar fahren und ihm tief in die Schokoladenaugen blicken.« Während die Prinzessin schwärmerisch gen Himmel blickte, streckte der Feenrich angewidert die Zunge heraus.

»Ich möchte...«

»Stopp!«, rief der Feenrich. »Es reicht, um uns ein Bild von Eurer Gefühlsduselei zu machen, Prinzesschen. Verschont uns mit weiteren Ausführungen! Wenn Ihr ausschweifen wollt, dann mit dem Schlupfloch durch die magischen Barrieren. Vielleicht wollt Ihr noch einmal von dem köstlichen Kuchen probieren?«

»Pah, du glaubst wohl, ich plaudere auch das noch heraus! Da hast du dich getäuscht, mein Lieber. Aber wenn ihr mir helft, den Müllerssohn einzufangen, verrate ich euch die Lücke in den Barrieren auf dem Weg in den Schlosskeller.« Der Feenrich schnitt eine Grimasse. Natürlich ging er nur zum Schein auf die Erpressung der Prinzessin ein, denn tatsächlich brauchte er nur noch ihr ungeborenes Kind. Den Weg in die Magierwerkstatt kannte er ja bereits und das Schlupfloch hatte er längst gefunden. Aber das konnte er der Prinzessin nicht auf die Nase binden.

»»Einfangen«? Der Müllerssohn ist doch kein Vieh!«

»Man kann auch Männer einfangen«, erwiderte die Prinzessin bockig.

»Ihr wisst überhaupt nicht, wie wir heil in die Magierwerkstatt kommen können, oder? Ich war selbst dort und weiß, dass es nicht einen einzigen Winkel gibt, der nicht von todbringenden Pfeilen, verzehrenden Flammen, Feuerkäfern oder anderen Widerständen belegt ist. Mal ganz abgesehen von dem Drachen, der den Eingang bewacht. Ihr haltet uns nur hin, damit wir Euch helfen, weil Ihr alleine eine durchsichtige Nullnummer seid.«

»Nenn mich nicht ›Nullnummer‹, du verbannter Flieger!«

»Verbannt? Tsss, das sagt ja die Richtige«, konterte der Feenrich.

»Ich gehe jetzt zur Mühle und kläre das«, beendete Rumpelstilzchen den Streit. Eilig ließ er sich vom Feenrich tarnen.

»Schafft Ihr den Gang allein, Meister?«, fragte der Feenrich und war auch schon im Schlossinnenhof verschwunden.

Verwundert blickte Rumpelstilzchen dem Lichtwesen hinterher.

Was hatte er vor?

Wo wollte er hin?

Der Schlosshof war für den Feenrich doch viel zu gefährlich, schließlich war er dem König gerade erst entkommen!

anft landete der Feenrich vor dem Schwarzdrachen, der ihn schnaufend begrüßte. Lächelnd tätschelte der Feenrich dessen Nasenflügel. »Sei gegrüßt, mein Guter! Hältst du brav Wache vor der Magierwerkstatt?« Er atmete auf, denn er hatte die magischen Barrieren bereits zum zweiten Mal austricksen können.

»Du stellst dich verdammt gut an, vor allem, wenn man bedenkt, dass du ein miserabler Schüler warst!«

Der Feenrich wirbelte herum. »Merculus, was machst du hier unten im Schlosskeller? Wie bist du unversehrt hier hereingekommen?«

Der König der Dunkelfeen flog mit verschränkten Armen näher. Sein schwarzes, langes Haar glänzte im Schein der Fackeln. »Mich erkundigen, wie du vorankommst.« Er lächelte schief. »Und magische Barrieren können mir nichts anhaben. Schon vergessen, ich bin ein Wesen der Dunkelheit. Gegen Flüche bin ich immun.«

»Dafür habe ich dich schon immer bewundert.« Der Feenrich seufzte. »Es verläuft alles nach Plan. Mein Meister wird den Jüngling heute noch einmal zur Prinzessin bringen. Es ist nur eine Frage der Zeit, wann sie das Königskind empfängt.«

»Zeit haben wir nicht.«

»Es wird schon klappen.«

»Was macht dich da so sicher?«, fragte Merculus. »Hattest du eine Vision?«

Der Feenrich nickte. »Einer ganzen Kiste voller Gold kann kein Mensch widerstehen. Außerdem steht Zuversicht…«

»Ja, ja, ich weiß, …an oberster Stelle im Feen-Blablabla!« Der Dunkelkönig legte den Kopf zur Seite. »Seit wann beherrscht du die Sprache der Drachen?«

Der Feenrich grinste. »Seitdem mich kein Lehrer mehr mit Tierpflegekunde quält.«

Merculus schüttelte den Kopf. »Ich frage mich, warum du so eine Abneigung gegen die Schule hattest. Du hattest doch nie etwas auszustehen. Im Gegenteil, du warst aufgrund deiner Stellung im Feenwald der Liebling aller Lehrer.«

»Ich wäre der Liebling gewesen, wenn ich mich nicht so wahnsinnig dumm angestellt hätte. Glaube mir, Merculus, keiner der Lehrer hat mir eine Träne nachgeweint. Sie waren alle heilfroh, dass sie mir nicht mehr ins Gesicht lächeln mussten.«

Merculus lachte leise, dabei dröhnte seine Stimme so tief, dass der Drache unruhig hochschoss und fauchte. Ein Feuerstrahl kam aus seinem Maul und versengte um ein Haar das schwarze Dress des dunklen Feenkönigs. »Hey ho, junger Freund! Pass doch auf, wo du hinspeist!«

Der Feenrich lachte leise. »Drachen sind sehr sensible Geschöpfe.«

»Ich weiß das, Jakob. Ich besitze eine ganze Armee aus Drachen.«

»Wirst du es schaffen, in den nächsten Monaten eine neue Streitmacht aufzubauen? Wie kommst du voran mit der Rekrutierung?«

»Ich habe viele Jungfeen anwerben können, aber sie sind allesamt kampfunerfahren. Wir brauchen den Aufschub, um einsatzbereit zu sein. Alles hängt in drei Tagen von dir ab, mein Freund!«

Der Kopf des Feenrichs ruckte hoch. »Du musst gehen, Merculus! Der König kommt.«

Der König der Dunkelfeen blinzelte und flog den Bruchteil einer Sekunde später als Schwarzkäfer aus dem Schlosskeller.

D a die Zeit drängte, lief Rumpelstilzchen geschwind zur Mühle, um dem Müllerssohn eine ganze Kiste mit Gold anzubieten.

Als er die Mühle erreichte, platzte er mitten in ein Streitgespräch zwischen dem Müller und seinem Sohn.

»Vater! Du brauchst Hilfe! Du hast heute Morgen den ganzen Sack Gold beim Glücksspiel verloren. Wir können nicht einmal die Steuern bezahlen, die der Staatssekretär vom König bereits angekündigt hat. Sei froh, dass die Steuereintreiber nicht schon hier waren und kurzen Prozess mit uns gemacht haben.« Mit geballten Fäusten stand der Müllerssohn vor seinem Vater, der nur lachend abwinkte. »Was regst du dich so auf, Sohn? Die Prinzessin ist vernarrt in dich! Du musst dich also nur erneut auf sie einlassen und wir sind aus dem Schneider. Also geh lieber ins Schloss und schmiere der Dame Honig ums königliche Mündchen!«

»Hast du eine Ahnung, wie hässlich sie ist? Ich bin zwar nur ein armer Müllerssohn, aber ich habe auch Gefühle, Vater. Du hast Mutter aus Liebe geheiratet, aber ich soll ein Monster nehmen, nur damit du deiner Spielsucht frönen kannst?« Tränen stauten sich in den Augen des Jünglings auf.

»Es soll doch nur ein Fluch auf ihr liegen. In Wahrheit ist sie eine Schönheit«, versuchte der Müller seinen Sohn zu beruhigen. »Ich bin sicher, der Fluch wird irgendwann nachlassen.«

»Und wer sagt mir, dass der Fluch nicht den Rest ihres Lebens auf ihr lastet? Vielleicht wird sie immer schaurig anzusehen sein. Das könnte ich nicht ertragen.«

Der Vater legte seinem Sohn eine Hand auf die Schulter. »Valentin, es tut mir leid, aber ich komme einfach nicht dagegen an. Sobald ich nur an das Wirtshaus denke, gehen bei mir im Kopf alle Lichter aus und ich will nur noch eines: dem Druck in meiner Brust nachgeben und spielen. Immer in der Hoffnung, dass es gut geht und ich gewinne. Ich wäre ein reicher Mann, wenn mir das gelänge.«

Der Müllerssohn schob seine Hand weg. »Nein, Vater! Bevor du gewinnst, hast du alles verloren. Alles, was dein Urgroßvater aufgebaut hat, wird dann weg sein. Die Mühle ist unser Leben, Vater! Und du bist so bereitwillig dabei, alles aufs Spiel zu setzen.«

Rumpelstilzchen räusperte sich.

Die beiden Herren fuhren erschrocken zusammen.

»Vielleicht könnte ich helfen?«, bot Rumpelstilzchen an. Er deutete auf eine mittelgroße Schatztruhe, die er mit einer schnellen Handbewegung öffnete.

Mit riesigen Augen stürzte sich der Müller auf den Inhalt der Kiste. »Gold! Das ist Gold, oder? Ist das Gold? Echtes

Gold?« Die Gier stand ihm deutlich ins Gesicht geschrieben.

Rumpelstilzchen nickte. »Ja. Das ist echtes Gold. Ich biete es Euch an, wenn sich Euer Sohn ein weiteres Mal mit der Prinzessin trifft.«

Der Müller blickte flehend zu seinem Sohn auf, der die Augen verdrehte und sich verärgert abwendete. Mit verschränkten Armen stand er am stillen Wasserrad der Mühle und schwieg vor sich hin.

»Die Prinzessin ist doch nur hässlich, weil sie verflucht wurde«, versuchte der Müller, seinen Sohn zu überreden.

Der Müllerssohn holte tief Luft und ließ einen elendig langen Seufzer aus seinen Lungen entweichen. »In Ordnung, Vater. Ein letztes Mal will ich dir helfen. Aber das Gold werde ich verstecken, damit du es nicht gleich mit der ganzen Kiste ins Wirtshaus trägst.«

»Alles?« Der Müller blickte sehnsuchtsvoll auf das viele Gold. »Du willst alles verstecken?«

Der Müllerssohn nickte. »Alles. Wir haben Steuerschulden. Und es wird Zeit, dass sich das Mühlrad wieder dreht.«

Gemeinsam mit Rumpelstilzchen trugen der Müller und sein Sohn das Gold in die Mühle und versteckten es in einer Zwischenwand, die durch eine Geheimtür verschlossen wurde. Der Müllerssohn füllte zwei Säckchen Gold ab und verschloss die Truhe. »Mit diesem Gold werde ich zunächst die Steuerschulden begleichen. Hier, Herr Staatssekretär, nehmt es!«

Nur widerwillig nahm Rumpelstilzchen den Müll zurück.

»Und was machen wir mit dem Rest?«, fragte der Müller hoffnungsvoll.

»Den Rest nutzen wir, um ein paar Reparaturen an der Mühle durchführen zu lassen. Die Kiste bleibt vorerst unter Verschluss.«

Das Vorhängeschloss zur Geheimtür sicherte der Müllerssohn mit einem Schlüssel, den er unter den Augen seines Vaters in seiner Hosentasche verstaute. »Und der Schlüssel bleibt bei mir, Vater.«

Der Müller nickte betreten.

»Wann soll ich im Schloss sein?«, fragte der Müllerssohn den vermeintlichen Staatssekretär.

»Ihr könnt gleich mit mir mitkommen«, bot Rumpelstilzchen an. Er fürchtete, der Müllerssohn würde sonst vielleicht noch Reißaus nehmen.

Der Jüngling nickte tapfer. »Gut. Ich werde mir nur eben noch mein Sonntagshemd anziehen.« Er holte ein paar Goldnuggets aus dem Säckchen und verstaute sie in seiner Tasche. Dann wandte er sich an seinen Vater. »Und du brichst mit diesem Säckchen Gold und unserem Getreide auf, um in der Nachbarstadt beim Müller Erich Mehl zu mahlen. Wir müssen dringend das Schloss und den Stadtbäcker beliefern, Vater! Wir haben laufende Verträge einzuhalten.«

»Natürlich.« Mit leuchtenden Augen griff der Müller nach dem Säckchen, doch sein Sohn entzog es ihm noch einmal. »Und du fährst sicher zum Müller und nicht ins nächste Wirtshaus?«

»Natürlich, mein Sohn.«

»Die Kutsche steht bereits beladen vor der Mühle. Du musst nur noch das Pferd davorspannen«, sagte der Müllerssohn eindringlich zu seinem Vater.

Wieder nickte der Müller.

Der Müllerssohn beobachtete noch, wie sein Vater das Pferd vor den Karren spannte und abfuhr, dann begleitete er den vermeintlichen Staatssekretär zum Schloss.

»Ich muss Euch warnen, Valentin! Der Fluch wird Euch wieder erkennen und Euch das schaurigste Antlitz aller Zeiten präsentieren. Mit jedem Mal, welches Ihr die Prinzessin trefft, verstärkt sich die Täuschung.«

»Ich schaffe das«, sagte der Müllerssohn mutig. Es blieb ihm auch nichts anderes übrig, denn die Mühle stand still und das Gold des Staatssekretärs war ihre einzige Rettung vor dem sicheren Hungertod.

»Ein Zaubermeister hat sich allerdings dazu bereit erklärt, einen Trank zu brauen, der den Fluch für diesen Tag aufhebt.«

»Das lässt hoffen«, seufzte der Müllerssohn.

Sie erreichten den Turm, der noch immer ohne jegliche schwarzmagischen Barrieren war.

»Rapunzel, wirf dein Haar herab!«, rief Rumpelstilzchen leise.

Der lange Zopf kam geflogen und der Müllerssohn kletterte tapfer an der Turmmauer hoch.

Als er in den Turm kam, hätte es ihn fast rückwärts wieder aus dem Fenster geworfen. Doch Rumpelstilzchen war hinter ihm auf der Hut und bewahrte ihn vor einem Sturz.

Vor dem Müllerssohn stand das wohl abscheulichste Wesen, welches je auf diesem Erdball umhergewandelt war.

»Herr im Himmel, steh mir bei«, wisperte der Jüngling.

Die Prinzessin schlug die Augen nieder.

Sie war verzweifelt.

Wie sollte sie ihrem Liebsten beweisen, dass sie kein Monster war, wenn der Fluch sie so verunstaltete?

Rumpelstilzchen, der wusste, um wie viel hässlicher und scheußlicher die Prinzessin mit jedem Zusammentreffen wurde, nahm den Müllerssohn an der Hand und führte ihn an den Tisch. »Setzt Euch, mein Junge! Die Wirkung des Gebräus tritt jeden Moment ein.« Er wies die Zofe an, das Abendessen aufzutischen.

»Bitte verzeiht mir, Prinzessin, aber ich befürchte, nur der Tod ist schöner als Ihr«, sagte der Müllerssohn leise.

»Ich weiß«, entgegnete die Prinzessin. »Aber wenn mein Vater die Welten erst wieder vereint hat, werde ich erlöst sein.«

»Ist es so?« Der Müllerssohn nahm einen kräftigen Schluck des königlichen Gebräus.

Die Prinzessin nickte und noch während sie den ersten Bissen zum Mund führte, verflog der Fluch. Der Zauber entblößte ein Kleinod, welches schöner nicht sein konnte.

»Welch Augenweide Ihr plötzlich seid, Hoheit! Ich hoffe, der Trank hat nicht meine Sinne verhext und in Wahrheit seid ihr ein Biest.«

»Da kann ich Euch beruhigen«, mischte sich Rumpelstilzchen ein, »die Prinzessin hat die Schönheit ihrer Frau Mutter. Die schaurige Maske ist nur eine Auswirkung des Fluchs.«

Erleichtert atmete der Müllerssohn auf. »Die Königin war wohlwahr eine echte Wohlgestalt.«

Viel zu schnell verstrich die Zeit.

Als die Turmuhr Mitternacht schlug, musste der Müllerssohn gehen. Zu seiner Verwunderung spürte er einen klitzekleinen Stich der Enttäuschung.

»Gehabt Euch wohl, Majestät«, sagte er zum Abschied.

»Habt Dank für Euren Besuch, Valentin«, sagte die Prinzessin. »Und bitte nennt mich Anna!«

»Dann schlaft gut, holde Anna!« Mit diesen Worten warf der Müllerssohn einen letzten Blick auf die Prinzessin und erschrak fürchterlich, als er das Monster vor sich sah.

Mit wild klopfendem Herzen, erleichtert, der Prinzessin nicht länger ins Antlitz schauen zu müssen, machte er sich auf den Heimweg, wo eine Kutsche voller frisch gemahlener Mehlsäcke auf ihn wartete.

Dass sein Vater das Schloss aufgebrochen und in der Nachbarstadt die gesamte Truhe Gold verspielt hatte, bemerkte er nicht, als er übermüdet auf sein Strohlager fiel.

Mit einem Taschentuch tupfte ich mir die Tränen aus den Augenwinkeln.

»Na, Emma, ist das genug Romantik?«, feixte Rumpelstilzchen Junior.

Etwas regte sich zu meinen Füßen und ich bemerkte die Bande Violentianer, die mit meinen Hosenbeinen kuschelte.

»Ja, die Geschichte ist wunderschön«, schniefte ich. »Und wenn der Müllerssohn die Prinzessin noch einmal besucht, dann verliebt er sich bestimmt noch in sie und dann ist ihm der Fluch egal.«

»Und sie scheint richtig nett zu werden«, platzte Samira heraus.

»Leider war sie nicht immer nett«, bemerkte der Feenrich trocken. »Aber durch die Besuche ihres auserwählten Jünglings wurde sie etwas umgänglicher.« Mittlerweile hockte das Lichtwesen auf meiner Schulter und schmuste mit meinem Haflingerschweif.

Als ich pikiert auf ihn herunterblickte, zuckte er erschrocken zurück und rückte an den Anfang meines Schulterdaches. »'Tschuldigung! Ich habe mich wohl vergessen.«

»Ist schon okay«, winkte ich lächelnd ab.

»Was wird der Müllerssohn mit seinem Vater machen, wenn er herausfindet, dass dieser auch noch das Gold aus der Truhe entwendet hat, um seiner Spielsucht nachzugehen?«, fragte Onkel Hans und zupfte nachdenklich an seinem Langohr herum.

»Wir machen eine kleine Trinkpause und dann erzähle ich weiter«, schlug Rumpelstilzchen Junior vor und erntete leisen Beifall. »Ich könnte etwas Sumpfwasser gebrauchen.« Er blickte zu mir. »Süßilein, etwas Schlammbrühe?«

»Niemals! Ich bin vierzehn!« Ich hob meinen Rucksack an. »Aber wie wäre es mit einer Schokoladenrunde?«

Jubel brach unter den Violentianern aus und der Feenrich zwinkerte mir vergnügt zu. »Damit kannst du immer punkten, Süße!«

Die wahre Liebe

»Vater, wo ist das Gold?« Die Hände in die Hüften gestemmt, stand der Müllerssohn vor dem Bett seines Vaters. Er hatte sich vergewissern wollen, dass die Truhe in der Zwischenwand der Mühle noch gefüllt war und war bitterlich enttäuscht worden.

Müde fuhr sich der Müller übers Gesicht. »Gold? Wo? Wieso? Ist es weg?« Mit einem Satz saß er aufrecht im Bett. »Diebe! Räuber!« Er schlug die Bettdecke auf und rannte barfuß nach unten in den Keller der Mühle.

Genervt folgte sein Sohn ihm, sehr wohl ahnend, dass sein Vater eine Glanzleistung der Schauspielerei hinlegte.

Unten angekommen hockte der Müller vor der leeren Truhe und täuschte einen Weinanfall vor.

Sein Sohn blieb ruhig. »Vater, wo ist das Gold?«

Der Müller ließ den Kopf hängen und hielt zwei Finger hoch. »Ich stand so kurz davor, ein ganzes Schloss zu gewinnen, mein Junge!«

»Du hast die Geheimtür aufgebrochen und die ganze Truhe geplündert, um hier im Wirtshaus mehrere Kilo Gold zu verspielen? Von dem Gold hätten wir uns gleich zehn Mühlen kaufen können, Vater!« Kopfschüttelnd versuchte der Müllerssohn, die Beherrschung nicht zu verlieren.

»Ich war in der Nachbarstadt, um dort das Mehl zu mahlen. Auf dem Weg dorthin sah ich dieses wunderschöne, neue Spielhaus. Sie haben damit geworben, dass man mindestens das Doppelte wieder mit nach Hause nehmen kann, wenn man sein Glück versucht. Wie hätte ich da widerstehen können?« Wehklagend hockte der Müller auf dem Boden und gab eine jämmerliche Figur ab.

»Wenn du glaubst, dass ich die Prinzessin noch einmal besuche und mir diese Monsterfratze noch einen Abend lang antue, nur damit du all unser Hab und Gut verspielen kannst, hast du dich geschnitten, Vater! Du wirst den Staudamm mit deinen eigenen Händen beseitigen, und wenn es das Letzte ist, was du tust. Du wirst unsere Mühle retten!«

»Aber der Staudamm ist magisch versiegelt. Niemand kann ihn aufbrechen. Er dient dem Schutz des Schlosses«, widersprach der Müller.

»Das behauptet der Staatssekretär lediglich. In Wahrheit will mich die Prinzessin nur knechten«, erwiderte der Müllerssohn, der die Königstochter durchschaut hatte.

»Und wenn schon? Was ist so schlimm daran? Wenn du erst einmal König bist, musst du nie wieder als Müller arbeiten, mein Sohn.«

Der Müllerssohn schüttelte den Kopf. »Ich soll auf die wunderschönen Mädchen im Ort verzichten und eine Prinzessin heiraten, die ich nicht einmal für eine Sekunde lang anschauen kann?«

»Es ist doch nur ein Fluch, mein Junge. Der geht bestimmt vorüber.«

»So wie deine Spielsucht? Geht die auch vorüber?«

Der Müller ließ verzweifelt den Kopf hängen und schluchzte los. »Ich bin untröstlich, mein Sohn. Deine Mutter habe ich mit meiner Spielsucht schon vertrieben…und nun werde ich dich auch noch verlieren.«

»Vater, wenn du nicht aufpasst, wirst du nicht nur mich verlieren.« Mit diesen Worten machte der Müllerssohn auf dem Absatz kehrt und spannte das Pferd vor die Kutsche, um das Mehl auszuliefern.

Während er zum Schloss fuhr, schossen tausend Gedanken durch seinen Kopf. Schweigend belieferte er das Königshaus und war nach einer Stunde fertig.

Als er den letzten Sack Mehl abgeladen hatte und sich mit wenigen Silbertalern auf den Heimweg machte, sprang ihm der Staatssekretär vor den Karren. »Seid gegrüßt, Valentin!« Der Müllerssohn zügelte das Pferd und brachte die leere Kutsche zum Stehen. »Ich grüße auch Euch, Herr Staatssekretär! Wie geht es der Prinzessin?«

»Sie ist traurig«, antwortete Rumpelstilzchen. Seine Miene war äußerst bedrückt. Nicht, weil die Prinzessin tatsächlich alle wahnsinnig machte mit ihrer launischen Verliebtheit.

Es waren vielmehr tausend Nadeln, die ihn quälten, während seine Innereien bereits von Flammenzungen angegriffen wurden. Der Bund der Ewigkeit spielte ihm übel mit. Saphiras Abwesenheit und ihr schlechter Gesundheitszustand machten ihm zu schaffen. Er musste all seine Kräfte mobilisieren, um nicht zusammenzubrechen.

Und er musste den Müllerssohn dazu kriegen, die Prinzessin erneut zu besuchen, auch wenn er nun über eine ganze Truhe voller Gold verfügte.

»Das tut mir leid zu hören«, sagte der Müllerssohn aufrichtig. »Warum ist die Prinzessin denn traurig? Versteht mich nicht falsch«, wandte er mit erhobener Hand ein, »natürlich ist es eine Last, eingesperrt in einem Turm zu leben, aber bei ihrem Anblick ist das vielleicht auch besser so. Sie würde für Alpträume im ganzen Land sorgen. Vor allem die Kinder könnten nicht mehr schlafen. Ein anderer Mann als meine Wenigkeit hätte sie vermutlich schon längst im Fluss ertränkt, weil sie so grauslich aussieht.«

»Da könntet Ihr Recht haben. Aber Ihr seid anders, das habe ich gleich gewusst.«

Der Müllerssohn nickte lächelnd. Er nahm die Zügel wieder zur Hand. »Bitte richtet der Prinzessin Grüße von mir aus, werter Herr Staatssekretär.«

»Wartet! Was kann ich Euch anbieten, damit Ihr heute erneut zur Prinzessin geht?«, wagte sich Rumpelstilzchen vor. Der Müllerssohn zügelte das Pferd, welches soeben davonlaufen wollte. »Ihr wollt mir noch ein Angebot machen?«

Rumpelstilzchen nickte.

»Dann bietet mir eine ganze Kammer voller Gold an.«

♕ ♕ ♕

»Wieso sagt der Typ nicht einfach, dass sein Vater eine Spielratte ist und das ganze Gold futsch ist?«, warf Tante Samantha ein. Voller Wucht schlug sie ihre spitzen Zähne in die große Schokoladentafel, die ich ihr gegeben hatte.

»Es ist ihm peinlich«, versuchte ich, den sympathischen Müllerssohn zu verteidigen.

»Aber es ist doch nicht seine Schuld«, mischte sich Samira ein.

Rumpelstilzchen Junior nickte. »Das stimmt.«

»Ich finde, der Müllerssohn ist sehr mutig. Er kann sich doch gar nicht sicher sein, dass der Fluch jemals aufgelöst wird. Und ein Fluch, der sich verdoppelt oder verdreifacht und die Prinzessin so schaurig aussehen lässt, das muss man aushalten können«, überlegte ich laut.

Mit einem fetten Grinsen in den Spitzmäulern, zeigten fünf überlange Fellfinger auf mich.

»Exakt, Püppchen«, sagte Onkel Hans. »Ich sehe, Gotthorst tat gut, DICH auszuwählen. Du nutzt mehr als zehn Prozent…«

»…meiner Hirnmasse. Ich weiß. Danke!« Ich täuschte ein Lächeln vor.

»Hey, das war ein Kompliment«, verteidigte sich der ältere Bruder von Rumpelstilzchen.

»Natürlich. Darum gilt dir auch mein aufrichtigster Dank«, feixte ich.

Samira hüpfte aufgeregt auf dem Sofa herum. »Na los, Gotthorst, erzähle weiter! Was passierte dann?«

»Die Prinzessin kostete den letzten Nerv«, schnaufte der Feenrich.

Ich reichte ihm einen großen Schokoladenkrümel, den er dankbar entgegennahm.

Rumpelstilzchen Junior stopfte sich den letzten Rest seiner Schokoladentafel in den Mund und fuhr fort.

👑👑👑

»Was hast du als nächstes geplant, Feenrich?«

Warmherzig blickte der alte König auf seinen Verbündeten hinunter.

»Ich werde mich vom Müller fangen lassen.«

»Weshalb?«

»Vertraut mir! Das einzige, was Ihr tun müsst, ist den alten Mann in den Kerker zu werfen.« Er brauchte ein weiteres Druckmittel gegen den Müllerssohn und dessen Vater im Kerker war hierfür perfekt.

👑👑👑

Gelangweilt zupfte die Prinzessin an den Flügeln des Feenrichs herum und nahm ihn immer wieder am Fuß hoch, um ihn herumzuwirbeln.

»Könntest du mich endlich loslassen!«, schrie der Kleine.

»Wie heißt das Zauberwort?«, fragte die Prinzessin mit einem falschen Lächeln.

»Abrakadabra«, blubberte der Feenrich sie an. Im nächsten Moment quiekte er auf, weil die Prinzessin ihn wieder durch die Luft warf, um ihn gleich darauf aufzufangen.

»Falsch! Es heißt ›bitte‹.«

»Schnapp dir gefälligst einen Ball!«

Die Prinzessin ließ von ihm ab und plumpste auf einen Stuhl. »Mein Vater hat keine Zeit mehr für mich, Rumpelstilzchen ist ständig unterwegs und du bist auch kein angenehmer Zeitvertreib.«

»Verzeiht, dass ich weder ein Ball, noch ein Gummizug bin, der Euch Abwechslung bieten kann, Eure Hoheit«, knurrte der Feenrich. Er wischte sich den Staub von der Hose. »Vielleicht vertreibt Ihr Euch mal lieber die Zeit mit Putzen! Es sieht hier oben im Turm aus wie in einem Schweinestall.«

Die Prinzessin winkte ab. »Wozu soll ich das Turmzimmer sauber halten? Es besucht mich doch ohnehin niemand.«

»Dann willst du den Turm also die nächsten hundert Jahre verkommen lassen?«, fragte der Feenrich voller Entsetzen. »Na, das sind ja tolle Aussichten!«

Die Prinzessin blickte sich naserümpfend um. »Gott, hundert Jahre in diesem Turm? Ohne Aussicht auf Romantik?« Eine Träne kullerte ihr über die Wange und landete auf dem Kopf des Feenrichs. »Was für ein Leben soll das sein?«

Der Feenrich verdrehte die Augen.

Mädchentränen auf seiner Haut berührten nicht nur sein Herz, sie verpassten ihm eine ordentliche fiebrige Erkältung. Wenn er so kurz vor der Vollmondnacht ausgeschaltet wurde, nutzten all seine Pläne nichts.

»Könntest du bitte aufhören zu weinen?«

»Nö.«

»Na, toll! Jetzt bin ich patschnass von deiner Träne. Wer pflegt mich jetzt, wenn ich eine fiebrige Erkältung bekomme?«

»Niemand. Es hat doch ohnehin alles keinen Sinn mehr. In zwei Tagen soll ich geopfert werden.«

»Nicht, wenn Ihr vorher ein Kind zeugt, Prinzessin«, platzte der Feenrich heraus. »Der König würde Euch niemals opfern, wenn sein Enkelkind unterwegs ist.«

»Ein Kind? Der Müllerssohn wagt sich nicht einmal in meine Nähe und du glaubst ernsthaft, er würde sich mir hingeben? Von welchem Planeten kommst du?«, knurrte die Prinzessin das Lichtwesen an.

Entrüstet nahm der Feenrich auf dem Fenstersims Platz, doch der war so verdreckt, dass er sich den ganzen Anzug beschmuddelte. »Vielleicht könnte eine von euch Damen mal putzen? Ich kann mich nirgendwo mehr hinsetzen, ohne im Staub zu versinken.«

Die Prinzessin schenkte ihm nur einen kurzen Blick. Achselzuckend drehte sie sich von ihm weg. »Du hast Feenstaub! Nutze ihn doch mal für etwas Sinnvolles.«

»Benutzt Ihr lieber Eure Hände für etwas Sinnvolles«, konterte der Feenrich genervt.

»Geht nicht. Falls Valentin doch noch kommt, muss ich sauber aussehen und nicht abgekämpft und verschwitzt. Die die Zofe soll putzen«, erwiderte die Prinzessin trübsinnig.

»Eure Majestät, ich kann mit der Wunde nicht putzen, wie Ihr wisst.«

»Genau, Prinzesschen!«, verteidigte der Feenrich die Zofe. »Sie ist verletzt.«

»Du hast du doch noch neuneinhalb Finger übrig.«

»Für mich sieht es eher nach neun Fingern aus, Eure Hoheit«, widersprach der Feenrich.

»Rapunzel! Wirf dein Haar herab!«, schreckte sie die Stimme von Rumpelstilzchen auf.

»Endlich!« Der Feenrich flog aufgeregt zum Fenster. »Da ist mein Meister ja wieder!« Er flog zurück zur Prinzessin. »Los, los, wickele dein Haar ab!«

»Immer mit der Ruhe, Jakob«, erwiderte die Prinzessin mit betonter Gemütlichkeit. »Er wird sich jawohl einen kleinen Augenblick gedulden können.«

»Und wenn er Neuigkeiten vom Müllerssohn hat?«, köderte der Feenrich sie.

Die Prinzessin stutzte und wickelte das Haar plötzlich im Eiltempo vom Kopf. »Neuigkeiten? Von Valentin?« Sie warf das Haar übermütig aus dem Fenster und flog fast noch hinterher.

»Nicht so stürmisch, Anna, sonst seid Ihr tot, bevor sich der Müllerssohn in Euch verlieben kann«, warnte der Feenrich erschrocken.

«Ja, ja, ich passe ja auf.«

Erwartungsvoll standen drei Personen am Fenster und nahmen den kleinen Außerirdischen in menschlicher Tarnung in Empfang.

»Seid gegrüßt«, sagte dieser, erstaunt über die erwartungsvollen Gesichter. »Ist was?«

»Hast du Neuigkeiten, Rumpelstilzchen?«, platzte die Prinzessin heraus.

Plötzlich stöhnte der Feenrich laut und fiel auf der Stelle um.

»Jakob, was ist mit dir?«, fragte Rumpelstilzchen besorgt.

Der Feenrich schniefte. »Ich habe Menschentränen abbekommen, mein Meister. Menschentränen sorgen bei Feen für einen Ausbruch an fieberhafter Erkältung, die eine ganze Mondnacht lang anhalten. Aber wenn ich mich beeile, kann ich noch mit dem Müllerssohn sprechen, bevor das Fieber kommt.«

»In dem Zustand solltest du nicht fliegen, Jakob«, warnte Rumpelstilzchen. »Außerdem war ich schon…«

Doch der Feenrich war bereits mit letzter Kraft aus dem Fenster geflogen.

»…beim Müller«, beendete Rumpelstilzchen seinen Satz.

»Und?«, fragte die Prinzessin.

»Der Müllerssohn kommt, sobald die Sonne untergegangen ist. Jakob hätte sich den Weg sparen können. So ein Sturkopf!«

♕♕♕

So schnell ihn seine Flügel trugen, flog der Feenrich zur Mühle. Er musste dafür sorgen, dass der Müller im Kerker landete und ihm bis zum Vollmond nicht in die Quere kam.

Atemlos flog er zum Müllerssohn. »Ihr - müsst - noch - einmal - ins - Schloss - kommen.« Sein kleines Herz raste. Noch nie hatte er so einen schnellen Flug hingelegt.

»Bist du nicht die kleine Fee vom Staatssekretär?«, fragte der Müllerssohn verwundert.

»Ich bin ein Feenrich«, konterte der Feenrich empört. »Wann schwingt Ihr Euren Hintern ins Schloss, Valentin? Und ich will keine Ausreden hören!«

»Bei Sonnenuntergang.«

Der Feenrich wollte gerade losschimpfen, als die Nachricht bei ihm ankam. »Dann hat der Staatssekretär Euch bereits gefragt?«

»Ja, hat er.«

Der Müller kam und packte ihn am Schlafittchen. »Eine Fee! Eine echte Fee! Das gibt eine fette Belohnung!«

»Vater…«, erschrocken sprang der Müllerssohn nach hinten weg, »…was tust du da?«

»Ich habe einen Schatz gefangen, Sohnemann! Ich werde den Flieger beim König abgeben und mir die Belohnung von einer ganzen Truhe Goldmünzen abholen«, triumphierte der Müller.

»Bitte lasst mich gehen, sonst verspeist mich der König zum magischen Frühstück«, flehte der Feenrich.

»Vater, bitte lass ihn gehen! Wer weiß, was der König mit ihm anstellt. Sieh nur, wie klein und unbedarft er ist. Er kann sich doch gar nicht wehren. Du weißt, dass der König nicht zimperlich ist«, drängte der Müllerssohn, der Mitleid hatte mit der Lichterfee. »Außerdem treffe ich mich bereits heute Nacht mit der Prinzessin und bekomme noch mehr Gold.«

Doch der Müller schüttelte beharrlich den Kopf. »Nein, nein. Dieses kleine Wesen ist meine Rettung, mein Junge.«

»Die Bekämpfung Eurer Spielsucht wäre Eure Rettung, Müller«, platzte der Feenrich verärgert heraus.

»Sei still, du freches Ding!«, fuhr der Müller ihn an und umklammerte ihn eisern. »Dir wird der König dein forsches Mundwerk schon noch stopfen.«

Der Feenrich täuschte ein Ohnmacht vor, doch der Müller ließ sich davon nicht beeindrucken. Er verließ das Grundstück und rannte durch den Wald, als hinge sein Leben davon ab.

Der Müllerssohn sattelte unterdessen das Pferd und folgte seinem Vater. Als er die Schlossmauer erreichte, war sein Vater bereits im Begriff, die Zugbrücke zu überqueren.

»Vater, bitte warte!«

Doch der Müller hörte ihn nicht - wollte ihn nicht hören. Schnurstracks lief er auf das Schlossgebäude zu und bat dort um Gehör beim König.

»Ich habe ein Fee gefangen«, platzte er den Wachen gegenüber heraus, die sich sofort auf den Weg zum König machten.

Der Müller positionierte sich im spärlich beleuchteten Flur. Er bemerkte die Holztür nicht, die im Schatten der Fackeln lag und versperrte damit den Weg aus der Küche zum Speisesaal. Und so sah die dicke Köchin ihn dort nicht stehen, als sie einen riesigen Truthahn auf einem Silbertablett vor sich hertrug. Sie übersah den Müller und prallte mit voller Wucht gegen den Mann.

Verzweifelt versuchte sie, den Braten nicht auf den Boden krachen zu lassen. Der Müller, bis ins Mark erschrocken, ließ den Feenrich los und eilte ihr zur Hilfe.

Der Feenrich nutzte den Bruchteil der Sekunde, um sich in einer nahestehenden Ritterrüstung zu verstecken. Er hoffte, weder sein schnell schlagendes Herz, noch das helle Glitzern seiner Flügel würde ihn verraten.

»Müller, Ihr habt etwas für mich?«, begrüßte der König den Müller, der kurz zuvor noch wüst von der Köchin beschimpft worden war.

Der Müller verbeugte sich tief. Als er sich wieder aufrichtete, stellte er fest, dass er beim Zusammenstoß mit der Köchin die Lichterfee verloren hatte.

Verzweifelt suchte er die Halle ab.

»Meine Wachen teilten mir mit, dass Ihr eine Fee gefangen habt.« Der König zog die Lippen breit, aber man sah ihm deutlich an, dass seine Augen nicht mitlächelten.

»Ja…« Der Müller starrte auf seine leeren Hände. »Sie war eben noch hier. Sie steckte in meiner Brusttasche. Sie muss hier noch irgendwo sein.«

Misstrauisch beäugte der König seinen Mehllieferanten, der all die Jahre mehr oder weniger zuverlässig gewesen war. Es war kein Geheimnis, dass der Müller der Spielsucht verfallen war.

»Habt ihr zu viel Wein getrunken?«, fragte der König mit verbissener Miene.

Der Müller zuckte kaum merklich zurück.

Der König schnüffelte in seine Richtung. »Ihr ward im Wirtshaus, oder? Habt ihr gespielt?«

Der Müller war so geschockt, dass er keinen Ton herausbrachte.

Der König musterte ihn kurz, dann wies er seine Wachen an. »Sperrt ihn in den Kerker! Ein paar Tage werden ihm ganz gut tun. Da hast du Zeit, Müller, über dein schäbiges Verhalten nachzudenken, mich von meinem Abendessen abzuhalten mit irgendwelchen fadenscheinigen Versprechungen.«

Die Wachen packten den Müller und warfen ihn über einen barrierefreien Tunnel in den tiefsten Kerker des Schlosses.

Kaum war er verschwunden, verließ der Feenrich die Ritterrüstung.

»Was hast du nun vor?«, wandte sich der König an ihn.

»Vertraut mir, Laurentz! Alles verläuft nach Plan.« Fast alles, denn das Fieber schüttelte mittlerweile seinen ganzen Körper. Eilig versuchte er ein Keuchen zu unterdrücken.

»Was ist mit dir, Jakob?« Besorgt fing der König das Lichtwesen ein.

»Fiebrige Erkältung.«

»Ich werde dich sofort in meine Werkstatt bringen.«

Der Feenrich hob beide Arme. »Nein«, krächzte er, »lasst mich die Nacht über bei der Prinzessin bleiben, damit ich Sorge tragen kann, dass wir ein Angebot für den Riesen haben.«

»Nun gut.« Schweren Herzens ließ der König den Flieger los und schaute ihm seufzend hinterher.

Mit letzter Kraft schaffte es der Feenrich auf den Turm. Ächzend ließ er sich auf dem Kopfkissen der Prinzessin nieder. Seine Stirn glühte und sein Körper wurde von starkem Schüttelfrost gebeutelt.

»Wie siehst du denn aus, Jakob?«, fragte die Prinzessin erschrocken. Sie bettete sein Köpfchen und gab ihm einen Fingerhut Wasser. Erschöpft blieb der Feenrich liegen und hustete. Dabei kostete er den Moment über alle Maßen aus, in dem die Prinzessin so reizend zu ihm war.

»Ich war beim Müller«, hauchte er.

»Warum?« Die Prinzessin war so aufgeregt, dass sie anfing, dem kleinen Lichtwesen die Beine zu massieren.

Grinsend lag der Feenrich mit geschlossenen Augen auf dem Kopfkissen und genoss die wohltuende Geste der Prinzessin. »Der Müllerssohn wird gleich hier auftauchen, Prinzesschen«, sagte er mit geschlossenen Augen.

Die Prinzessin sprang auf und tanzte durch den Turm. »Das weiß ich doch längst.«

Rumpelstilzchen nutzte die Gelegenheit und beugte sich über seine Lichterfee. »Jakob, was genau ist passiert?«

»Der Müller hat das ganze Gold aus der Kiste verspielt, mein Meister«, flüsterte der Feenrich theatralisch. »Und um ein Haar hätte mich der König erneut gefangen.«

Erschrocken deckte Rumpelstilzchen den Feenrich mit einem Tuch zu. »Wie das?«, fragte er leise.

»Der Müller hatte mich dem König ausliefern wollen, aber ich konnte gerade noch fliehen.« Der Feenrich ließ einen gespielt überlauten Seufzer verlauten. »Weil ich ihm entwischen konnte, wurde der Müller vom König in den Kerker geworfen. Aber nun habt Ihr ein weiteres Druckmittel gegen den Müllerssohn.«

»Jakob! Das war sehr, sehr leichtsinnig von dir«, schimpfte Rumpelstilzchen.

Der Feenrich brummelte irgendetwas Unverständliches und war auch schon eingeschlafen.

Rumpelstilzchen warf eilig eine Prise Feenstaub über sich und verwandelte sich in den Staatssekretär. Dann kletterte er an dem Haar der Prinzessin die Außenmauer des Turmes hinab.

»Seid gegrüßt, Valentin!«

»Ja«, sagte der Müllerssohn nur. Verzweiflung stand ihm ins Gesicht geschrieben. »Ich grüße auch Euch, Herr Staatssekretär.«

»Geht es Euch nicht gut?«, spielte Rumpelstilzchen den Ahnungslosen.

»Um ehrlich zu sein, nein. Ich glaube, mein Vater hat eine schreckliche Dummheit begangen.«

»Eine?«

Der Müllerssohn blickte auf. »Mehr als eine. Er wird im Kerker gefangen gehalten.«

»Ich werde Euren Vater freilassen, wenn Ihr Euch erkenntlich zeigt«, sagte Rumpelstilzchen. Er hasste es, den liebenswerten Jüngling zu erpressen, aber ihm saß der bröckelnde Bund der Ewigkeit im Nacken.

»Ich habe Euch doch bereits gesagt, dass ich die Prinzessin heute besuchen werde. Für die Kammer aus Gold. Oder zieht Ihr Euer Angebot zurück und bietet mir meinen Vater stattdessen an?« Der Müllerssohn seufzte.

»Nein, nein. Aber für die Freiheit Eures Vaters könntet Ihr Euch anderweitig erkenntlich zeigen. Seid besonders nett zur Prinzessin! Sie wartet bereits auf Euch!«

Die beiden Männer blickten sich an, jeder mit seinem eigenen schnellen Herzschlag beschäftigt, der aus unterschiedlichen Gründen an Fahrt aufgenommen hatte.

»Ich schätze, ich soll die Prinzessin heiraten, oder?«

Rumpelstilzchen lächelte. Endlich nutzte der Menschling mehr als zehn Prozent seiner Hirnmasse. »So ist es. Und ein Thronfolger wäre günstig.«

Der Müllerssohn atmete tief durch, dann stimmte er zu. »So soll es sein. Befreit meinen Vater, füllt meine Kammer mit Gold und ich werde die Prinzessin beglücken.«

Ohne ein weiteres Wort kletterte der Müllerssohn das Haar hinauf auf den Turm und begrüßte die Prinzessin mit einem Kuss auf die Wange. Das Herz wollte ihm dabei aus der Brust springen, denn die Prinzessin sah aus wie ein Haifisch mit fünf Augen. Aber er biss tapfer die Zähne zusammen, denn der Gedanke, dass er bald sorgenlos sein würde, schenkte ihm Zuversicht. Er nahm einen Riesenschluck von dem Anti-Fluchzaubertrank und wartete geduldig, bis die Wirkung einsetzte. Dann legte er sich ins Zeug, um die Prinzessin zu hofieren.

Rumpelstilzchen widmete sich unterdessen der Zofe, die ihm, über alle Maßen dankbar, einen schnellen Kuss auf die Wange gab. Funken zischten zwischen ihnen hin und her und ließen Rumpelstilzchens Herz anschwellen.

In seinem Innern explodierte ein Feuerwerk der Gefühle - welches noch die Schmerzen übertünchte, die ihn langsam aufzufressen drohten. Er war dabei, seine gefangene, hilflose Braut und den geschlossenen Bund der Ewigkeit zu verraten, aber er konnte nicht umhin. Er war der Zofe von Kopf bis Fuß verfallen.

♕ ♕ ♕

»**W**ow!« Langsam ließ ich Luft ab. »Wow!«

»Das sagtest du bereits, Emma«, bemerkte Rumpelstilzchen Junior trocken. Amüsement zuckte um seine Mundwinkel.

»Ich weiß. Aber ich bin so überrascht. Ihr Vater hat sein Leben riskiert, weil er sich in ein ›Menschlingsmädchen‹ verliebt hat?« Kopfschüttelnd versuchte ich das eben Gehörte zu begreifen.

»Liebe sucht nicht ihresgleichen«, sagte mein Gegenüber nur und lächelte mich verträumt an, fast schon verliebt.

Unsicher erwiderte ich seinen Blick.

Konnte es möglich sein, dass er in mich verliebt war?

Wir waren doch so verschieden, wie man nur verschieden sein konnte!

Ich war ein ›*Menschlingsmädchen*‹ und er war...ein oberknuffiger Fellprinz.

Ich stutzte.

War ich etwa auch auf dem besten Weg, mich in ihn zu verlieben?

Kaum hatte ich den Gedanken gedacht, wallte auch schon Liebe in mir auf, als ich in seine gelben Augen schaute.

Sehnsüchtig betrachtete ich seine flauschigen Ohren und wünschte mir, ich könnte mich in sein Fell kuscheln.

Aber was war mit Steven?

»Oh, wo du gerade an Steven denkst, Emma«, unterbrach Rumpelstilzchen Junior meine Gedanken, »er wird morgen Abend hier vorbeikommen.«

Ich bekam Schnappatmung.

Steven kam HIERHER?

Unbewusst überprüfte ich meine Haare und tastete mein Gesicht nach möglichen Pickeln ab. Zum Glück hatte ich von meiner Tante Mascara bekommen und ein tolles, neues Outfit.

Ich versuchte, meinen Herzschlag zu drosseln und meine Atmung zu beruhigen. Eilig lenkte ich von meinen roten Bäckchen ab. »Ich schätze, Emra ist längst nicht mehr am Leben, oder? Schließlich war sie ein Mensch«, stotterte ich leicht außer Atem.

»Nein, ist sie leider nicht.«

Mitleid, ja sogar tiefste Traurigkeit breitete sich in meiner Brust aus wie ein unaufhaltsames Fieber. Ich ignorierte die Hitze, die es mit sich brachte und stand auf, um meinen Interviewpartner zu umarmen.

OMG - er war kuscheliger als unsere Lämmchen!

Schluchzend klammerte ich mich an dem Fellknäuel fest, bis er mich behutsam wegschob. »Emma-Süße, hab Dank für dein Mitleid! Aber wenn du nicht gleich aufhörst zu weinen, fange ich auch noch an und verliere wertvolle Flüssigkeit. Und während des Interviews wollte ich keine Schafe reißen gehen.«

»Sehr rücksichtsvoll«, sagte ich schniefend.

Dankbar nahm ich das dreckige Stofftaschentuch von Cousin Enrique entgegen und schnäuzte mir die Nase. Dann ging ich zurück zum Gefühlsscanner namens Sofa.

»Ich schätze, die Computer in der Unterwelt haben gleich einen Systemabsturz, oder?«, versuchte ich zu witzeln.

»Ach herrje, daran habe ich ja überhaupt nicht gedacht! Das ist nicht witzig, Liebchen! So ein Gefühlsausbruch sorgt da unten tatsächlich für ganze Überschwemmungen«, konterte Rumpelstilzchen Junior besorgt. »Ich gehe lieber mal nachsehen, nicht dass die Unterwelt absäuft, weil alle in Tränen ausgebrochen sind.«

»Ich komme mit! Holla wird mich sicherlich trösten.« Entschlossen stand ich auf.

»Nichts da!« Rumpelstilzchens Sohn hielt eine Hand in die Höhe. »Das fehlt mir gerade noch. Dann bricht da unten alles zusammen.«

»So wie ich«, sagte der Feenrich und plumpste von der Sofalehne aufs Polster.

Verwundert beugte ich mich über das kleine Lichtwesen. »Was hat er?« Fragend blickte ich zum Junior, der die Augen verdrehte. »Na, toll! Nun hat er eine fiebrige Erkältung. Er hat vergessen, sich vor deinen Menschlingstränen in Acht zu nehmen.«

Erschrocken schlug ich mir die Hand vor den Mund. »Im Ernst? Das war kein Scherz? Feen vertragen keine Menschentränen?«

»Nein.«

»Und wie lange dauert das an?« Liebevoll rückte ich die Beine der Fee zurecht. Ich traute mich gar nicht, das plötzlich so zerbrechlich wirkende Lichtwesen hochzuheben.

»Eine Mondnacht lang, Schätzchen.«

»Und wenn ich ihn mit meinen Händen wärme? Geht das dann schneller weg?«, schlug ich voller Verzweiflung vor. Ich fühlte mich ganz schuldig, dass es dem Feenrich schlecht ging.

Der kleine Flieger blinzelte. »Bestimmt.«

Bildete ich mir das Grinsen nur ein oder hatten seine Mundwinkel tatsächlich gezuckt?

»Ich bin gleich wieder da«, sagte Rumpelstilzchen Junior und ging zur Hintertür.

»Nimm uns mit!«, rief seine Schwester.

Doch der Juniorchef der Gleichgewichts-Muckibude winkte ab. »Ihr bleibt besser hier. Vielleicht braucht Emma Hilfe mit dem kranken Feenrich.«

Ich schluckte.

Fast machten sich die blöden Tränen wieder auf den Weg.

Ich versuchte, das Würgen in meiner Kehle hinunterzuschlucken, um nicht auch noch eine akute Lungenentzündung bei dem Feenwesen auszulösen.

Herr im Himmel, dieses Interview hatte es ECHT in sich!

Verrat

Vollkommen erschöpft ließ sich Rumpelstilzchen Junior Stunden später in seinen Sessel fallen. Erschrocken schlug ich die Augen auf. »Wie spät ist es? Bin ich eingeschlafen?«

»Bist du«, sagte Onkel Hans trocken.

Ächzend versuchte ich meine Haflingermähne zu bändigen.

Wie lange hatte ich geschlafen?

Eine ganze Nacht lang?

Gott, DAS würde den Ärger des Jahrtausends Zuhause geben! Und wenn wir bereits Montag hatten, hatte ich die Schule verpasst und Steven würde gleich hier auftauchen. Gemeinsam mit der Polizei und meiner Großmutter.

Gute Güte, das war eine Katastrophe!

»Was für ein Tag ist heute?«

»Sonntag, Schätzchen!«

Puh, Glück gehabt!

Ich hatte nur wenige Stunden geschlafen.

Ich entspannte mich.

Kraftlos ließ sich Rumpelstilzchen Junior von seiner Schwester mit Schokolade füttern. »Habt ihr nicht noch etwas Gras, Steine und Rinderbraten übrig?«

»Natürlich.« Seine Tante sprang auf und rannte in die kleine Küche. Sie holte einen riesigen Teller mit wunderschön aufgeschichtetem Gras, in deren Mitte ein großes, schwarzgebranntes Rindersteak lag und vor sich hinkokelte. Der Grasrand war mit rundgelutschten Steinen garniert.

»Wundervoll! Danke, Sammy!« Mein Prinz lächelte sie an.

Im selben Augenblick schlug der Feenrich auf meiner Hand die Augen auf, schloss sie aber gleich wieder.

»Wo bin ich?« Er krächzte und hustete leicht.

»Geht es dir besser?«, fragte ich besorgt.

»Nun glätte mal wieder deine Stirn! Die ist ja schon ganz faltig«, konterte der Feenrich mit einem breiten Grinsen. Er öffnete die Augen ganz und zwinkerte mir zu. »Danke für deine wärmenden Hände! Da werde ich doch glatt öfters krank.«

»Nun ja, vielleicht nicht ganz so oft.« Müde gähnte ich, um zu demonstrieren, wie gerädert ich war.

Rumpelstilzchen Junior verputzte den letzten Stein und rülpste laut. »Das war unglaublich gut, Sammy. Du bist nach wie vor die beste Köchin von ganz Violentia.«

»Wenn es noch existieren würde«, fügte ich hinzu. »Schließlich gibt es den Planeten ja nicht mehr.«

Vier ungläubige Gesichter starrten mich an, während sich Rumpelstilzchen Junior hinter seinem Teller versteckte.

»Was redest du denn da, Blondchen?«, fragte Onkel Hans.

»Hat sie gerade gesagt, ›wenn es noch existieren würde‹?«, fragte Tante Samantha ihren Mann.

Dieser nickte.

Fragend schaute ich in die Runde, doch die Fellfreunde vor mir waren starr vor Schreck.

Niemand sagte ein Wort.

Es war, als hätte jemand die Zeit angehalten.

Alle Langohren waren auf Empfang gestellt, als sich Rumpelstilzchen Junior schließlich räusperte. »Wollen wir zu unseren wahren Helden zurückkehren und mit dem Märchen fortfahren?«

»Welches Märchen?«, fragte ich mit hochgezogenen Augenbrauen. »Von Rumpelstilzchen oder von Prinz Gotthorst, der eine Planetenexplosion erfunden hat?«

»Gut gekontert, Liebchen«, platzte Onkel Hans heraus.

»Gotthorst?« Samira wandte sich an ihren Bruder. »Was hast du Emma bitte erzählt?«

»Das würde ich auch gerne wissen«, sagte Cousin Enrique, der langsam aus der Schockstarre erwachte.

»Nur das Übliche«, deutete Rumpelstilzchen Junior an.

»Emma?«

Wieder richteten sich vier Augenpaare auf mich.

Mit zitternden Fingern legte ich den Feenrich auf meinen Schoß und blätterte in meinen Aufzeichnungen, obwohl ich das nicht musste. Ich wusste auch so, dass mein Interviewpartner mir von einer doppelten Planetenzerstörung durch die rote Sonne erzählt hatte. Ich brauchte jedoch gar nicht zur Erklärung ansetzen, denn natürlich konnten die vier Fellwesen genauso Gedankenlesen wie Rumpelstilzchen Junior selbst.

»Du hast ihr erzählt, dass unser Planet EXPLODIERT ist?«, fuhr Samira wütend herum. Dabei stieß sie ein frisch eingeschenktes Glas mit Schafsblut um.

Bisher hatte ich das Getränk ausblenden können, aber jetzt, wo der zähflüssige, dunkelrote Saft über den Tisch auf den Boden kleckerte, wurde mir doch leicht übel.

Eilig beseitigte Samira das Malheur.

Rumpelstilzchen Junior war mittlerweile grün angelaufen, seine Langohren bekamen auffällig rote Schampunkte.

»Ja, schäm dich nur, Gotthorst! Da tischst du diesem leichtgläubigen Menschlingsmädchen solche Lügen auf!«, beschwerte sich Onkel Hans.

Kopfschüttelnd wandte sich Samira an mich. »Glaub ihm kein Wort, Süße! Das ist alles voll gelogen!«

»Gelogen?«, flüsterte ich leicht überfordert.

Ich hoffte, die fellartigen Wesen würden nicht vor lauter Wut platzen oder sich in zwei Teile reißen, wie es im ursprünglichen Märchen beschrieben wurde.

»Gotthorst, klär das auf!«, forderte Samira ihren Bruder auf.

Rumpelstilzchen Junior verdrehte die Augen, wagte aber beim Anblick seiner wütenden Fell-Gang keinen Widerstand.

»Die Vorbereitungen der Hochzeit von meinem Vater und Prinzessin Krustine waren in vollem Gange«, gab er zum Besten. »Er war vollkommen verzweifelt, denn er hatte bereits als Kind gleich nach dem ersten Zusammentreffen mit Saphira den Bund der Ewigkeit geschworen. Eine Vermählung mit Krustine hätte ihn auf der Stelle getötet.« Suchend blickte sich Rumpelstilzchen Junior um. »Könnte ich vielleicht etwas Schokolade bekommen?«

Ich warf ihm meinen Rucksack zu, aus dem er sich im Eiltempo bediente.

»Meine Großeltern waren unerbittlich, denn mein Vater war der Thronfolger und zudem war es in der Schwarzen Galaxie verboten, dass sich Wesen von unterschiedlichen Planeten miteinander verbanden. Von dem Bund der Ewigkeit wussten sie nichts.«

Ich meldete mich.

»Du musst dich nicht melden, Schätzchen. Wir sind doch nicht in eurer Menschlingsschule«, kicherte Samira.

Ich ließ die Hand sinken. »Darf ich trotzdem eine Frage stellen?«

»Schieß los!«, forderte Rumpelstilzchen Junior mich auf.

Voller Empörung blickten die anderen ihn an.

Er zuckte mit den Schultern. »Was? Das sagen Menschlinge so!«

»Sagten Sie nicht, dass Hans der große Bruder von Ihrem Vater sei? Bei uns Menschen ist es so, dass der Erstgeborene Thronfolger ist. Aber wenn Hans noch lebt, warum war Prinz Hinnerk dann der Thronfolger?«

Rumpelstilzchen Junior zeigte mit dem Langfinger auf mich. »Siehste, Emma! Da sieht man mal wieder, dass ihr Menschlinge nur zehn Prozent eurer Hirnmasse nutzt.«

»Dann wird das also auf Violentia anders geregelt?«

»Auf Violentia wird der jüngste Königsspross zum Thronfolger ernannt, weil man davon ausgeht, dass er aus den Fehlern der großen Geschwister gelernt hat«, erklärte Samira.

»Und wie ging es weiter?«, fragte ich.

»Am Abend vor der Hochzeit«, fuhr der Junior fort, »konnte sich mein Vater eine Raumkapsel schnappen und zu Saphira fliegen. Und den Rest der Geschichte kennst du. Sie wurden gefangen genommen, Violentioni kollidierte mit der roten Sonne und Chaos brach aus.«

»Jaaaaa«, mischte sich Tante Samantha ein, »aber die rote Sonne kam erst lange nach seiner Flucht, mein lieber Neffe!«

»Dann ist die angeblich letzte Kapsel nicht von der Zofe geklaut worden?«, wollte ich wissen.

»Doch, doch. Sie war eine Flüchtige, weil sie etwas gestohlen hatte, kurz bevor Violentioni explodierte«, bestätigte Onkel Hans.

»Dann gab es nur eine Explosion?«

»Genau.«

»Und wodurch explodierte nun der Nachbarplanet?«

»Die Mesos waren außer sich vor Wut, dass Hinnerk ihre Tochter mitgeschnackt hatte«, erzählte Tante Samantha, »und erklärten unserer Familie den Krieg.«

Erschrocken hielt ich die Luft an. »Es gab einen Krieg?«

»Nein, wo denkst du hin? Violentianer hassen Waffenge-walt. Unsere Familie hat den Nachbarplaneten vorher ausgelöscht«, sagte Onkel Hans. »Sie haben die Umlauf-bahn der roten Sonne ein wenig umgelenkt und *bumm*«, er klatschte einen Stapel Papier auf den Glastisch, »ist Vio-lentioni explodiert, bevor es Krieg geben konnte.«

»Wow! Dann gibt es also nur noch die sieben violentioni-schen Kinder, die Saphira vor ihrer Flucht gerettet hat?«

»Exakt. Sie leben auf ›Nimmdir‹«, antwortete Onkel Hans. »Dem langweiligsten Planeten des Universums.«

»Ich glaube, es würde mir schwerfallen, den Gedanken zu ertragen, dass wegen meiner Liebe zu einem anderen Le-bewesen ein ganzer Planet ausgelöscht wurde«, sagte ich leise.

Ich wagte es kaum, die anderen anzusehen.

»Das war für meinen Vater auch unerträglich. Darum ist er nie wieder nach Violentia zurückgekehrt«, flüsterte mein Fellprinz.

»Das kann ich gut verstehen.«

»Aber er war jederzeit auf unserem Planeten willkom-men«, sagte Onkel Hans einfühlsam.

»Ja, unsere Familie und unser Volk sind nicht nachtra-gend. Wir lieben unseren Prinzen 13-003 und die Familie, die er gegründet hat.« Tante Samantha lächelte ihren Nef-fen und ihre Nichte an. »Es wäre wirklich an der Zeit, dass ihr euren Heimatplaneten kennenlernt!«

Rumpelstilzchen Junior ergriff ihre Hand und drückte sie.

»Ich weiß, Sammy. Aber ich kann hier mittlerweile nicht mehr weg. Ich habe eine Firma zu leiten.«

Ich lächelte. »Das ist wirklich selbstlos von Ihnen.«

»Ich bin es meinem Vater schuldig.«

Ich schluckte.

Offenbar hatte Rumpelstilzchen sein Leben für uns ›Menschlinge‹ geopfert. Er war ein noch größerer Held, als ich bisher angenommen hatte.

Rumpelstilzchen Junior stand auf und hielt mir die Hand hin. »Und da du jetzt unser tiefstes Familiengeheimnis kennst und ich noch keine Braut habe, darfst du mich duzen.«

Samira schlug sich die Hände vors Gesicht. »Ich kann gar nicht hinsehen. Gib ihm nicht die Hand, Emma!«

Doch ich freute mich so sehr über das Angebot, dass ich auf den Handschlag einging.

Wie eine leuchtende Schlange fuhr ein Glitzerstrahl über unsere Hände, als wollte er uns aneinander schweißen.

»Wow! Wie krass ist das denn!« Ich war begeistert.

»Hat sie es getan?«, rief Samira mit verdeckten Augen.

»Sie hat«, sagte Onkel Hans trocken.

Grinsend ließ ich mich wieder auf dem Sofa nieder.

»Wie sieht sie aus?«, fragte Samira.

»Normal. Keine Veränderung«, berichtete Onkel Hans.

Verwirrt blickte ich die beiden an. »Verwandle ich mich gleich in einen Violentianer oder warum seid ihr so grün im Gesicht?« Ich lachte leise, doch keiner lachte mit.

So langsam nahmen meine Herzklappen an Geschwindigkeit auf.

Was ging hier vor?

»Lass dich nicht beirren, Schätzchen«, sagte der Feenrich. »Dir passiert nix.«

»Sicher?«, fragte Onkel Hans mit versteinerter Miene.

Samira nahm die Hände vom Gesicht. »Sie ist wirklich noch normal.«

»Könnte mich mal bitte einer aufklären!« Leichte Panik stand mir ins Gesicht geschrieben.

Alle Augen beobachteten mich, als würden mir gleich Fell und Langohren wachsen.

»Bekomme ich jetzt Flügel und werde zum Lichtwesen?«, witzelte ich. »Oder kriege ich Raketenohren?«

Samira räusperte sich. »Du bist den Pakt des Lichts eingegangen.«

Ich versuchte zu lächeln. »Klingt jetzt nicht so gefährlich, oder?«

Alle spitzten ihre Mäuler.

Oookay, vielleicht war es doch gefährlich!

So, wie die Steinstraße, die ich unterschätzt hatte.

Rumpelstilzchen Junior ließ sich schließlich zu einer Antwort herab. »Wir sind jetzt auf ewig miteinander verbunden.«

Das klang jetzt erstmal nicht so gefährlich.

»Und was bedeutet das?«, fragte ich höflichkeitshalber. »Ist doch kein Bund der Ewigkeit, oder?« Ich zwickte in meine Haut. »Keine tausend Nadeln stechen mich und meine Innereien sind noch vollkommen in Ordnung.«

»Wenn du Pech hast, kannst du niemals sterben«, flüsterte Samira.

»Aha!«, entfuhr es mir.

Nun ja, das war jetzt nicht sooo übel, oder?

Ich meine, die Aussichten einer unsterblichen Braut waren spätestens seit der ›Twilight‹-Saga ganz zuversichtlich.

»Deine Seele ist nun für immer in diesem Körper gefangen«, erklärte Onkel Hans.

»Egal, wie alt und schrumpelig er ist«, fügte seine Frau hinzu.

Nun, das dürfte vielleicht schon ekliger sein!

»Und wenn du ganz großes Pech hast«, mischte sich Cousin Enrique ein, während er sich die Schokolade vom Finger lutschte, »bist du gezwungen, durch den Pakt des Lichts die ganzen hundert Prozent deiner Hirnmasse zu nutzen.«

»Wow! Du meinst, ich bin dann der intelligenteste Mensch aller Zeiten?«, erwiderte ich ehrfurchtsvoll.

Die vier vor mir nickten bekräftigend.

»Ist nicht das Verkehrteste, oder?« Ich lachte vergnügt. »Ich wäre die beste Schülerin aller Zeiten. Und was ich mir mit meiner Intelligenz alles kaufen könnte! Die ganze Welt! Wahnsinn!«

»Nun ja«, sagte Onkel Hans, »unterschätze das nicht! Das ist ziemlich anstrengend.«

Ich sah der Gefahr gelassen entgegen.

Für mich hörte sich das alles nicht so schlimm an.

»Es sei denn…« Fragend schaute Samira zu ihrem Bruder auf.

Rumpelstilzchen Junior nickte lächelnd. »Es sei denn, ich befreie dich wieder von dem Pakt.«

»Och, ich melde mich, wenn ich deine Hilfe brauche, Gotthorst«, sagte ich grinsend. »Unsterblichkeit, Intelligenz, ewige Gesundheit und was-weiß-ich-noch-alles klingen ganz cool in meinen viel zu kleinen Menschlingsohren.«

»Sie weiß nicht, wovon sie spricht«, sagte Onkel Hans bierernst.

»Nee, wie denn auch. Sie ist ja auch erst seit ein paar Menschlingsminuten in dem Pakt gefangen«, entgegnete Samira fast schon verzweifelt.

Rumpelstilzchen Junior zeigte auf mich. »Steht ihr doch ganz gut, der Pakt des Lichts, oder? Vielleicht leuchten deine Augen heute Nacht, Süßilein, aber mehr als deine Eltern damit erschrecken, wird nicht passieren.«

Seine Schwester verdrehte die Augen. »Ich finde es nicht in Ordnung, dass du Emma so eine Last aufbürdest.«

»Können wir mit der Geschichte fortfahren, nachdem wir nun geklärt haben, dass Violentia noch existiert?«, fragte Cousin Enrique.

»Apropos Geschichte, der Rest der Story mit dem Müllerssohn und der Prinzessin entsprechen aber schon der Wahrheit, oder?«, warf ich in den Raum.

»Natürlich. Jedes Wort«, bestätigte mein Paktpartner.

Ich blickte zum Feenrich, der einen Daumen hob. »Na logo. Aber das Beste kommt wie immer zum Schluss.«

👑👑👑

»Ein Verräter ist Euch auf die Schliche gekommen, Prinzessin!« Keuchend hielt sich die Zofe den Bauch.

Stirnrunzelnd betrachtete Rumpelstilzchen seinen Lieblingsmenschling. »Nun beruhige dich erst einmal, Emra! Und dann erzähl in Ruhe!«

»In Ruhe? Die haben wir bald nicht mehr!«

Der Kopf des Feenrichs lief rot an. Er war kurz davor, sein Abendessen hervorzuwürgen. »Ein Verräter? Wer kann das sein?« Es war nur noch eine Nacht bis zum Vollmond und bisher war alles nach Plan verlaufen.

Die Zofe warf ihm einen merkwürdigen Blick zu, was ihn dazu veranlasste, den Kopf einzuziehen. Sicherheitshalber flog er zum Kopfkissen des königlichen Bettes und versteckte sich darunter.

Die Prinzessin war zu müde, um dagegen zu protestieren.

»Einer der Wächter wollte sich wohl einen Vorteil verschaffen und hat dem König gepetzt, dass Ihr noch vor dem Vollmond die Vermählung mit dem Müllerssohn plant.«

»Weiß er auch, dass ich mich hier verstecke?«, spielte der Feenrich den Angsterfüllten. Er musste heute dringend noch zum König fliegen, um ihn zu besänftigen. Andererseits musste er auch eine frühzeitige Hochzeit verhindern.

Die Prinzessin tätschelte dem Feenrich etwas zu heftig auf den Kopf, so dass dieser mit einem Riesenrülpser vom Bett flog.

»Ups, Verzeihung, Jakob!« Eilig hob die Prinzessin den blassen Flieger wieder auf. Sie klopfte ihm den Staub ab und setzte ihn zurück aufs Bett. »Dir wird schon nichts passieren. Selbst wenn die Wachen beobachtet haben, dass Valentin mich besucht, so weiß doch Vater nicht, dass du dich bei mir versteckt hast, nachdem du aus der Werkstatt fliehen konntest«, redete sie fast schon liebevoll auf den Feenrich ein.

»Meint Ihr?«

»Ja, sorge dich nicht! Selbst wenn der König nach dir fragt, werde ich dich verleugnen. Ich werde dich nicht noch einmal ausliefern.«

»Wieso bist du auf einmal so nett, Prinzesschen?«, fragte der Feenrich fast ein wenig misstrauisch.

Rumpelstilzchen strich sich lächelnd über den Mund. »Das ist eine Nebenwirkung der Liebe, mein Freund. Herzenswärme hat schon so manches Monster gezähmt.«

»Monster?«, empörte sich die Prinzessin. »Ich bin doch kein Monster!«

»Nun«, der Feenrich holte tief Luft, »zumindest hast du dir Mühe gegeben, dich wie ein rücksichtsloser Prinzessinnenbraten aufzuführen.«

Die Prinzessin verdrehte die Augen. »Das war früher.«

»Bevor sie sich verliebt hat«, fügte Rumpelstilzchen lächelnd hinzu.

»Genau.« Die Augen der Prinzessin leuchteten vor Glück.

»Meister, wir sollten den Trank anrühren, damit der Fluch heute Nacht noch einmal aufgehoben wird. Es wird Zeit, dass sich der Müllerssohn und die Prinzessin vereinen. Die Hochzeit muss bis nach dem Vollmond warten.«

Rumpelstilzchen verstand zwar die Eile nicht, die hinter der Zeugung eines Königskindes steckte, nickte seinem Feenrich jedoch zu.

er Feenrich schaffte es nicht, den König vor dem

Abend aufzusuchen, und so ertönte kurz vor dem Sonnenuntergang zu ungewöhnlicher Stunde der Ruf des Monarchen. »Rapunzel? Rapunzel, lass dein Haar herab!«

Verwundert schaute die Prinzessin aus dem Fenster in den Schlossinnenhof. »Vater, was macht Ihr hier?«

Sein Gesuch war so seltsam, dass ihr das Herz vor Angst bis zum Halse schlug. Mit zitternden Fingern wickelte sie ihren Zopf vom Kopf.

Der Feenrich verdrehte die Augen. Er hoffte, dass sich der alte Mann in seinem unbändigen Zorn beherrschte und die Prinzessin nicht gleich aus einem Affekt heraus tötete, um die Vermählung zu verhindern.

Zuzutrauen war es ihm.

»Ich habe etwas mit dir zu besprechen«, rief der König.

Die Prinzessin warf den Zopf hinunter und erwartete ihren Vater mit schweißnassen Händen. Diese versteckte sie hinter ihrem Rücken, damit das unkontrollierte Zittern ihre Furcht nicht verriet. Sie neigte den Kopf und deutete einen Knicks an. »Vater, was führt Euch zu mir?«

»Ich hörte, du hattest Besuch.«

Die Prinzessin hielt den Atem an. Prüfend blickte sie dem König in die Augen, doch diese erwiderten ihren Blick mit einer Eiseskälte, die keinerlei Gefühlsregungen außer unbändigen Zorn offenbarten.

»Sprich, Anna!«

»Ja, Vater.«

»Wer ist es?«

»Valentin, der Sohn des Müllers«, flüsterte sie so leise wie möglich, doch der König hatte sehr gute Ohren.

»Du hast einen Mann aus dem Volk gewählt?«

Die Prinzessin nickte vollkommen eingeschüchtert. Das Atmen fiel ihr schwer. Es war, als hätte der König mit seiner Anwesenheit eine tonnenschwere Last auf ihre Brust gelegt.

»Und du planst, ihn morgen zu heiraten, obwohl ich es verboten hatte?«

Die Prinzessin öffnete den Mund, aber es kam kein Ton heraus. Also nickte sie lediglich.

»Liegt dir etwas an dem Jungen?«

Erschrocken blickte die Prinzessin auf.

Was hatte er vor?

Würde er Valentin töten, damit sie nicht vor dem Vollmond heiratete?

Hitze schoss ihr in die Wangen, ihre Augen füllten sich langsam mit Tränen. Ihre Lippen wollten ihr kaum gehorchen, als sie schließlich fragte: »Was habt Ihr mit ihm vor, Vater? Bitte lasst ihn am Leben!«

Unvermittelt fing der König an zu lächeln. »Natürlich, mein Schatz!« Er ging einen Schritt auf sie zu. »Wenn du versprichst, ihn nie wieder zu treffen, werde ich ihn verschonen.«

Der Feenrich, der sich auf einem Dachbalken versteckt hielt, wagte es nicht, auszuatmen, aus Angst, er könnte dabei versehentlich laut aufschreien. Zitternd drückte er sich gegen das warme Holz. Der König war ein aufbrausender Dummkopf. Er hatte ihm doch erklärt, dass die Prinzessin bis zum Vollmond ein Kind erwarten musste. Wenn er jetzt einen von beiden tötete, würde Maximus sie töten, und zwar, ohne mit der Wimper zu zucken.

Die Mimik des Königs jagte dem Feenrich einen Schauer über den Rücken. Die Prinzessin zuckte kaum merklich zurück. Die Furcht vor ihrem Vater und seinem ungebrochenen Antrieb, die Welten zu vereinen und dabei alles aus dem Weg zu räumen, was ihn aufhielt, war einfach zu groß.

Der König berührte erst ihren Arm, dann zog er sie finster lächelnd in seine starke Umarmung. Er hielt sie fest und atmete ihren zarten Rosenduft ein. Seine Hand lag an dem Dolch, der an seinem Gürtel hing. »Mein geliebtes Kind! Ich will dich doch nur beschützen. Nur ein guter Mann ist gut genug für dich. Mir ist es doch egal, ob er ein Prinz oder ein Müllerssohn ist. Wenn er dich liebt, so werde ich ihn mit offenen Armen empfangen. Später. Wenn der richtige Zeitpunkt gekommen ist. Aber wenn er dein Herz bricht, werde ich ihn eigenhändig töten. Und wenn du meines brichst, wirst du dran glauben müssen.«

»Bitte lasst mich vor dem Vollmond heiraten. Morgen geht die Welt unter und ich würde sonst unverheiratet sterben.«

Die Prinzessin wagte es kaum zu atmen.

Wie würde er reagieren?

Würde er den Müllerssohn am Leben lassen?

Der König zog den Dolch aus der Scheide und hob ihn an. Er umklammerte den Griff, bereit, ihn seiner Tochter in den ahnungslosen Rücken zu stoßen.

Der Feenrich hielt es nicht länger auf dem Dachbalken aus. Er flog herunter und bremste scharf vor der Waffe ab.

»Majestät!«

Der König löste die Umarmung und die Prinzessin wirbelte erschrocken herum. »Jakob, nein!«

Der König ließ den Dolch sinken.

»Majestät«, wiederholte der Feenrich atemlos, »nehmt mich mit, aber verschont die Prinzessin und ihren Müllerssohn!«

Sie brauchten ihr Kind, aber das konnte er unmöglich vor der Prinzessin kundtun.

Mit schreckgeweiteten Augen stand die Prinzessin vor dem Feenrich und schüttelte immer wieder den Kopf. »Nein, Jakob! Du Dummkopf! Was tust du?«

»Ah, mein Feenrich! Hier steckst du also!« Wortlos streckte der König die Hand aus.

Die Augen des Feenrichs wanderten kurzzeitig zu dem Dolch, dann flog er auf die Handinnenfläche des Monarchen. Würde er ihn jetzt opfern? Ging sein Zorn so weit, dass er sich nicht mehr kontrollieren konnte?

Der König lächelte auf das kleine Lichtwesen herunter. »Ich dachte schon, ich sehe dich nie wieder!« Er schloss die Hand und verstaute den Feenrich in seinem Mantel.

»Vater…?«

Der König schob den Dolch zurück in die Scheide und machte auf dem Absatz kehrt. »Ich gehe davon aus, dass du mich richtig verstanden hast? Keine Hochzeit vor dem Vollmond! Ansonsten«, er wandte sich noch einmal um, »ansonsten muss dein kleiner Freund hier dran glauben.« Bösartig lächelnd kletterte er auf den Sims. »Und dein Müllerssohn würde die Sonne ebenfalls nicht mehr erleben.«

»Das habe ich verstanden, Vater«, sagte die Prinzessin kaum hörbar.

»Gut, dann wünsche ich dir einen vergnüglichen Abend.«

»Danke, Vater!« Die Prinzessin lächelte, aber es war kein aufrichtiges Lächeln, es war angsterfüllt.

Der König hob einen Finger. »Wenn du mich hintergehst, Fräulein, wirst du das bitter bereuen. Eine Hochzeit sollte niemals überstürzt eingegangen werden. In deinem Fall schon gar nicht. Du weißt, dass ich meine Zauberkräfte verlieren würde. Das kann ich nicht riskieren.«

»Natürlich, Vater.« Die Prinzessin fühlte ihr Herz in zwei Teile brechen.

Der kleine Feenrich hatte die Wahrheit gesagt. Ihr Vater war ein unbarmherziger, alter Mann, der über Leichen ging, um

sein Ziel zu erreichen und nicht einmal davor zurück-
schreckte, seine eigene Tochter zu töten.

Mit Tränen in den Augen hielt sie den Blick gesenkt. »Darf
ich dem Müllerssohn eine Nachricht zukommen lassen?«

»Natürlich, mein Kind. Schreib flink etwas auf! Ich werde
die Botschaft von meinem schnellsten Boten überbringen
lassen.«

Die Prinzessin kritzelte eilig eine Nachricht.

> ›Lebewohl, Geliebter! Die Hochzeit muss
> verschoben werden. Bitte lasst Euch nicht
> im Schloss blicken! Es ist zu Eurem Besten!‹

Zufrieden nahm der König die Worte zu Kenntnis und verstaute den Brief in seinem Umhang.

»Schwörst du beim Leben deines ungeborenen Kindes, dass
du ihn nicht heiraten wirst, solange du nicht meinen Segen
hast?« Mit ernster Miene blickte der König auf sie herunter.

»Vater, ich bin nicht guter Hoffnung«, widersprach die Königstochter.

»Nicht? Egal. Morgen ist Vollmond. Jetzt darf nichts mehr
dazwischenkommen.«

Die Prinzessin nickte. »Ich verspreche es«, flüsterte sie.

Zufrieden gab der König ihr einen Kuss aufs Haar und kletterte den Turm hinunter.

👑👑👑

»Ist das ein Scherz?«

»Was?«

»Exakt an DER Stelle unterbrechen Sie, ähm, unterbrichst
du das Märchen?«, platzte ich fassungslos heraus.

Mein Fellprinz lächelte. »Das nennt man Spannungsbo-
gen, Emma.«

»Ich pfeife auf irgendwelche Bögen«, sagte ich verstimmt. »Ich will wissen, wie es weitergeht. Was hatte der König vor? Hat er den Müllerssohn beseitigt? Oder den Feenrich?«

»Das ist doch logisch, Mädel«, sagte Onkel Hans.

»Ich glaube, der Pakt wirkt sich bei ihr doch nicht auf die Intelligenz aus«, bemerkte Cousin Enrique beiläufig.

Ich schnaufte vor Empörung. »Na, vielen Dank auch!«

»Der Pakt hat ja auch bei jedem Lebewesen andere Nebenwirkungen«, mischte sich Tante Samantha ein, die gerade ihre langen Krallen mit einem Tuch und etwas Spucke polierte.

»Okay, wenn der Fortgang der Geschichte also logisch ist, wie ging es dann weiter?«, wandte ich mich an Onkel Hans.

Dieser grinste und zeigte seine spitzen Schafreißerzähne, an denen noch etwas von seinem blutigen Mittagessen klebte. »Der König hat ihr einen Kuchen gebacken, einen Zaubertrank gebraut und nun wartet er darauf, dass er ein Königskind opfern kann.«

»Der Pakt wirkt vielleicht bei ihr gar nicht«, mutmaßte Cousin Enrique. Er stand auf und fing an, mich von Kopf bis Fuß abzuschnüffeln.

»Was machst du da?«

»Ich untersuche dich nach Spuren.«

»Was für Spuren?«

»Vom Pakt des Lichts.«

Ich verdrehte die Augen, als mir sein blutiger Atemgeruch in die Nase stieg.

Nun, die Violentianer waren immerhin so rücksichtsvoll und tranken das Schafblut aus blickdichten Kelchen, so dass ich die Suppe nicht mit ansehen musste. Aber dieser Atem war fast noch schlimmer als der eines Rauchers.

»Und?«, presste ich hervor.

»Was, und?«, fragte Cousin Enrique, dessen Gesicht nur wenige Zentimeter von meiner Nase entfernt war.

Ich spürte, wie mir langsam die Übelkeit aus dem Magen krabbelte und nach oben drängte.

»Spuren?«, würgte ich hervor. »Habe ich welche?«

Cousin Enrique kniff die Augen zusammen. »Ja, deine blauen Augen werden lila.«

»Echt jetzt?«, quiekte ich erschrocken auf.

Er lachte und klopfte sich mit den langen Fingern auf die knubbeligen Knie. »Nee, war nur ein Witz! Gut, oder?«

»Super Witz«, hauchte ich.

»Sie ist immun«, sagte mein Fellprinz und winkte seinen Großcousin von meiner Pelle runter. »Und jetzt lass sie in Ruhe, Enrique! Emma ist mein Mädchen!«

»Danke«, warf ich ihm entgegen, was er wohlwollend zur Kenntnis nahm. »Seht ihr, ich bin immun gegen sämtliche Nebenwirkungen vom Pakt des Lichts«, sagte ich grinsend und im nächsten Moment war mein Frühstück draußen. Es kam so schnell geschossen, dass ich es nicht einmal kommen gefühlt hatte.

Mit weit aufgerissenen Augen starrten wir alle auf das Malheur.

»Verzeihung!«

Eilig sprang Tante Samantha auf und holte Küchentücher, um die Schweinerei zu beseitigen.

»Sie ist doch nicht immun«, bemerkte Onkel Hans trocken.

»Nee«, bestätigte Cousin Enrique.

»Übelkeit ist eine typische Nebenwirkung«, sagte Tante Samantha. Sie schrubbte den Boden sauber und ich entschuldigte mich ungefähr einhundert Mal, bis unser Prinz im Bunde fortfahren wollte.

»Seid Ihr verrückt geworden?«, platzte der Feenrich

entgeistert heraus. »Das ist gegen unsere Abmachung!« Der Kopf des pummeligen Lichtwesens war fast kirschrot.

König Laurentz platzierte den Feenrich auf seiner Werkbank und stützte sein Gesicht auf seine Hände, um ihn aus nächster Entfernung anzufunkeln. »Was soll ich mit dir anstellen? Du hast mich hinters Licht geführt.«

»D-das h-habe ich nicht«, würgte der Feenrich hervor. Die Luft sackte ihm aus den aufgeblähten Lungen. Er versuchte, das Zittern seiner Gliedmaßen zu überspielen. »Die Prinzessin muss sich heute Nacht mit dem Müllerssohn vereinen! Das ist unsere einzige Chance gegen Maximus.«

»Sie darf aber nicht heiraten.«

»Das wird sie nicht.«

»Wer garantiert mir das?«

»Ich.«

Der König blickte den Feenrich lange an. Schließlich zuckten seine Mundwinkel und er lächelte. »Flieg los und sorge dafür, dass meine Tochter unser Druckmittel empfängt, nicht jedoch sich vermählt! Er soll ihr ein Kind machen, dann wird er beseitigt.«

Den Feenrich durchfuhr ein Schock. »Ich eile, mein König.«

»Liebster, was tust du hier? Bist du wahnsinnig?«

Der Müllerssohn küsste der Prinzessin aufs Haar. »Anna, ich bin nicht lebensmüde. Aber ich habe jemandem ein Versprechen gegeben.«

»Hast du denn meine Nachricht nicht bekommen?«

»Doch, aber ich wusste, du hast sie geschrieben, weil du musstest, nicht weil das Worte deines Herzens waren.«

»Emra«, wandte sich die Prinzessin an ihre Zofe. »Wo ist der Trank mit den magischen Zutaten?«

Die Zofe eilte zu ihrem Schrank und holte die verkorkte Flasche hervor. Sie füllte die blutrote Flüssigkeit in einen Kelch und reichte diesen dem Müllerssohn.

»Du willst den Fluch noch einmal überlisten?«

»Ja, trink das, Liebster!«, beharrte die Prinzessin. Heute Nacht wollte die Prinzessin ihren Fluch noch einmal irreführen und ein Königskind zeugen. Sie war wild entschlossen, so ihr Leben zu retten.

Der Müllerssohn trank den magischen Saft und sah nur wenige Augenblicke später das wahre Gesicht der Prinzessin. Fasziniert legte er eine Hand gegen ihre Wange. »Wie schön du bist, Anna! Ich kann mich niemals an dir sattsehen.«

Er kroch zur Prinzessin ins Bett und ließ sich von seinen Gefühlen übermannen.

Rumpelstilzchen löschte dezent das Licht im Turmzimmer und hielt am Fenster Wache. Er konnte nicht zulassen, dass der König oder einer seiner getreuen Bediensteten der Prinzessin zu nahe kamen.

Nicht heute, nicht jetzt.

Dabei wusste er natürlich nicht, dass der Feenrich bereits mit dem König abgesprochen hatte, der Zeugung nicht in die Quere zu kommen.

Als der erste Buchfink den Morgen begrüßte, war der rechtmäßige Thronfolger gezeugt. Die Vögel stimmten ihren Jubelgesang an, nicht wissend, was bald darauf folgen sollte.

Aufschub

»Ich muss mal.« Mit einem Hüpfer war mein Fellprinz von seinem Ohrensessel gesprungen und rannte ins Badezimmer.

»Was, JETZT?« Mit weit geöffnetem Mund starrte ich ihm hinterher. »Ist das dein Ernst?«

Onkel Hans musterte mich. »Musst du nicht?«

Mit hochgezogenen Augenbrauen erwiderte ich seinen Blick. »Nee, warum sollte ich?«

Samira grinste. »Weil ihr zwei den Pakt des Lichts eingegangen seid, Schätzchen.«

»Ach, und dann müssen wir wohl gleichzeitig pinkeln?« Ich grinste bis über beide - viel zu kurzen - Ohren.

Onkel Hans zuckte mit den Schultern. »Wäre zumindest möglich, Blondchen.«

Das Wasser rauschte und Rumpelstilzchen Junior kam zurück. Mit ihm schwebte eine Wolke feinsten Kirschduftes in den Raum.

»Mmh, das riecht aber gut.«

»Neueste Seifenkreation. Violentianer LIEBEN die Seife von Menschlingen«, verriet er mit einem breiten Lächeln. Er hielt mir demonstrativ seine Langfinger vor die Nase und ließ mich schnuppern.

»Riecht phantastisch, zum Anbeißen.«

Erschrocken zog er seine Hände zurück. »Was? Du würdest mich essen? Bist du kein Pflanzenfresser?«

»Nö. Ich bin ein Allesfresser.«

Lange starrten mich zwei gelbe Augen an. Fast konnte ich seine Gedanken lesen, die in Lichtgeschwindigkeit durch seinen Kopf zu sausen schienen.

»Keine Angst«, sagte ich und beugte mich zu ihm vor, was ihn dazu veranlasste, zurückzuweichen, »ich würde niemals das Wesen verspeisen, welches mit mir den Pakt des Lichts geschworen hat.«

Seine Fellbüschel über den Augen rutschten abwechselnd in die Höhe. Als ich seinen Arm berührte, stiegen kleine Goldsternchen zur Zimmerdecke.

Überrascht blickten wir alle auf das Funkeln.

»Emma!«

Mir fehlten die Worte.

»Soll ich Steven absagen?«, feixte mein Fellprinz.

»Niemals! Für ihn mache ich das hier doch alles. Die paar Sterne…« Ich dachte an meinen Adonis mit seinen wunderschönen Chameleonaugen und seufzte. »Steven ist der süßeste Typ aller Zeiten…auch wenn du dich klammheimlich in mein Herz geschlichen hast.«

Alle musterten mich argwöhnisch, während sich mein Paktpartner grinsend auf seinen Sessel fallen ließ. »Na, immerhin bist du nicht mehr wild auf Holla. Das mit euch hätte bestimmt ein böses Ende genommen!«

»Aber nein! Ich bin doch jetzt dein Paktpartner des Lichts«, widersprach ich. »Wenn ich untergehe, gehst du mit unter.«

Rumpelstilzchen Junior schluckte.

Seine Familienbande guckte fragend zwischen uns hin und her.

»Sie liebt ›Steven‹?«, ergriff Samira schließlich das Wort. »»Steven‹ ist der Junge, in den Emma verliebt ist? Gotthorst, antworte!«

Wieso sagte sie das so komisch?

Kannte sie den Mädchenschwarm aus meiner Schule etwa?

»Gotthorst, du hast ihr ein Rendezvous mit Steven versprochen?«, drängte Samira weiter.

Ich war verwirrt.

Worauf wollte das Fellprinzesschen hinaus?

»Sag ihr, was du für sie empfindest, Gotthorst«, wirkte Samira auf ihren Bruder ein. »Kämpfe um sie!«

Rumpelstilzchen Junior schluckte. Fast sah es aus, als würde er erröten, doch dann straffte er seine Schultern.

»Liebste Emma, von allen Menschlingen bist du mir das liebste Menschlingsmädchen der ganzen Welt! Du bist so unfassbar klug, so rücksichtsvoll und so wunderschön. Niemand ist schöner als du!«

Ich war vollkommen überwältigt.

»Wieso macht Gotthorst ihr eine Liebeserklärung? Ich dachte sie liebt Steven oder diesen Baumgeist?«, fragte Onkel Hans konfus.

»Holla ist out, ich habe Emma doch tonnenweise Sumpfwasser mit Schlangenpinkelextrakt verabreicht«, sagte mein Paktpartner.

Samira lächelte verschmitzt. »Jungs! Haben null Ahnung von der Liebe. Geisterliebe kannst du nur ganz schwer wegzaubern, Bruderherz!«

»Echt?«

»Dann habe ich das eklige Schlammgebräu umsonst getrunken?«

Mein Fellprinz angelte sich eine Tafel Schokolade und wich meinem Blick aus. »Ich würde sagen, ich fahre fort.« Er grinste. »Was dich nicht tötet, härtet dich ab, Süße! Kommen wir lieber zurück zur Geschichte.«

♛♛♛

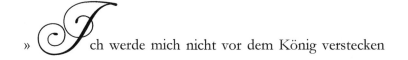

»Ich werde mich nicht vor dem König verstecken wie ein feiger Hund«, sagte der Müllerssohn entschlossen.

Er kniete vor der Prinzessin nieder und ergriff ihre Hände. »Anna, Liebste! Noch bevor der Fluch kurzzeitig vertrieben werden konnte, hat sich mein Herz deiner bedingungslosen Liebe geöffnet. Du vervollständigst mich. Ich liebe dein Lachen, deine glockenklare Stimme und deinen lieblichen Gesang. Ich liebe es, Zeit mit dir zu verbringen und kann mir ein Leben ohne dich nicht mehr vorstellen. Ich will für dich da sein und dir ein guter Ehemann und Vater unserer Kinder sein. Darum verspreche ich dir, dich heute noch zu heiraten, auch wenn wir den Segen deines Vaters nicht bekommen.«

Die Prinzessin wischte sich eine Träne aus den Augenwinkeln, schwer bemüht, nicht wieder in Tränen der Rührung auszubrechen. »Ja, wir werden heute heiraten.«

»Dann werde ich jetzt nach Hause gehen und alles für unsere heimliche Hochzeit vorbereiten, Liebste!«

»Bitte sei vorsichtig, Valentin! Heute Nacht ist Vollmond. Da kann alles passieren.«

Wie wahr!

Lächelnd mixte der Feenrich, der gerade rechtzeitig zurückgekehrt war, um Zeuge ihrer Unterhaltung zu werden, einen Schlafzauber in das Essen der Prinzessin, der Zofe und seines Meisters. Dann wartete er, bis sie vom Schlaf übermannt wurden. Er verließ den Turm und hielt auch den Müllerssohn davon ab, für den heutigen Tag eine Hochzeit vorzubereiten.

Was er nicht wusste, war die Tatsache, dass sein Meister nur so getan hatte, als würde er den Schlaftrunk zu sich nehmen.

*V*iele Stunden später straffte der Feenrich seine

Schultern und blickte zum König, der nervös die Ausrüstung prüfte.

»Heute steht nicht nur die Zukunft der Lichterfeen auf dem Spiel, Majestät. Wenn wir scheitern, wird Maximus die ganze Menschheit auslöschen. Sowohl Ihr, mein König, als auch die Prinzessin wird er zermatschen wie Fliegen, und es wird ihn kaum Mühe kosten.«

»Das wird er nicht wagen.«

Der Feenrich schnitt eine Grimasse. »Maximus hat eine ganze Herde Zentauren mit nur einem Todesfluch getötet. Seitdem ich mich erinnern kann, raubt er sämtlichen magischen Geschöpfen die Zauberkräfte, weil er selbst kein Zauberer ist.«

»Dann ist er nichts weiter als ein gewöhnlicher Dieb«, knurrte der König angespannt.

»Es ist unwichtig, wie Ihr ihn nennt, Majestät. Er ist der mächtigste Dunkelherrscher, der je existiert hat. Er tötet aus Freude, aus Langeweile und aus Habgier. Gerade weil für ihn nichts auf dem Spiel steht, ist er unbesiegbar.«

»Ich fürchte weder ihn, noch den Tod.«

Nur ein Dummkopf konnte so reden, dachte der Feenrich. Er fürchtete den Tod mehr als alles andere. Vor allem aber fürchtete er, Juna durch den Tod zu verlieren. Sie war die umwerfendste Fee, der er je begegnet war. Ein Leben ohne sie wäre wie ein Leben ohne Magie. Er musste heute den Aufschub beim Riesen erwirken, um den Herrscher gemeinsam mit Merculus' Armee besiegen und vor Juna glänzen zu können. Es war seine einzige Chance, damit er sie zur Frau nehmen konnte.

»Wenn er nicht auf unser Angebot eingeht, wird er sämtliche Feen zu Tode quälen, Majestät. Und er wird Eure Zauberkraft stehlen. Der einzige Grund, weshalb er das noch nicht längst getan ist, ist der, dass er Euch leiden sehen will.«

»Halt keine langen Reden, Feenrich! Wir müssen los!«

»Warum lässt Euch das alles kalt, Majestät?«

Der König blickte ihn lange an, dann sagte er: »Maximus hat eine Schwäche.«

Fragend zog der Feenrich die Augenbrauen hoch. Er als Seher kannte Maximus' Schwäche, aber er fragte sich, woher der König von ihr wusste.

»Er kann reizvollen Angeboten nicht widerstehen«, sagte der Monarch.

Der Feenrich schnitt eine Grimasse. Mangelnde Standhaftigkeit war für ihn keine wirkliche Schwäche.

Mit einer Notbesetzung an Soldaten schafften sie kurz darauf die magischen Utensilien zum Fuße des Berges.

Der Müllerssohn, der seinen Schlaftrunk nicht hatte trinken können, weil sein Vater ihm zuvorgekommen war, folgte ihnen heimlich.

Und noch jemand beschattete sie. Er war kaum größer als ein Kind, aber sein Herz hatte den Mut eines Helden.

Am Berg leitete der König die Portalöffnung ein, während die Soldaten um seine Sicherheit bemüht waren. Es waren tapfere Krieger, und das mussten sie auch sein, denn zu viele von ihresgleichen hatte der Riese schon getötet.

Der Müllerssohn hielt sich zunächst in einem der umliegenden Gebüsche versteckt.

Ebenso sein haariger Schatten.

Kaum hatte sich der Feuerwirbel geöffnet, trat der riesige Herrscher der Anderswelt auch schon aus dem Portal. Er tötete auf der Stelle mehrere Soldaten, doch bevor er weiter morden konnte, flog ihm der Feenrich vor die Linse.

»Maximus, halt ein!«

»Jakob, ich grüße dich! Wo hast du gesteckt?«

»Ich brauchte magische Zutaten für einen komplizierten Zauber. Dafür musste ich weit reisen. Hat man Euch das denn nicht ausgerichtet, Maximus?«

»Doch, mein Freund! Allerdings wusste ich nicht, dass du die Zutaten im Reich der Menschen suchen wolltest.«

»Das hat sich so ergeben.«

Der Feenrich bemerkte eine Armee von Schwarzkäfern unterhalb des Portals. Er musste den Riesen so lange ablenken, bis sein Freund, der König der Dunkelfeen, das Portal durchschreiten und sich mit seinem Gefolge in Sicherheit hatte bringen können.

Maximus blickte auf den König hinab. »Laurentz, du bist zu deiner Hinrichtung gekommen? Wie mutig, mein alter Freund!«

»Ich bin nicht dein Freund, Maximus!« Das Gesicht des Königs war vor Hass ganz verzerrt.

»Laurentz«, sprach der Titan den Monarchen an, »heute werden deine Zauberkräfte in der Quelle des Nichts versiegen. Auf diesen Tag warte ich schon so sehnsüchtig. Natürlich könnte ich dich auch auf der Stelle töten, aber das wäre zu einfach. Es würde mir eine viel zu kurze Befriedigung verschaffen. Wenn du tot bist, kann ich dich nicht mehr quälen. Und ihr Menschen seid in eurer zarten Seele so herrlich leicht zu verletzen. Ich werde dein schlimmster Alptraum sein, dir schlaflose Nächte bereiten…«

»Voller Ungeduld harre ich schon so lange aus, dich endlich wie eine Fliege zu zerquetschen«, rumpelte der König mit all seinen aufgestauten Emotionen. »Und ich fürchte weder schlaflose Nächte, noch dich.«

Der Riese hieb eine Faust durch die Luft und traf den König mit einem Zauber, als hätte er ihm einen Felsbrocken in den Magen geworfen.

Schwer verletzt landete der König auf dem Boden und keuchte. »Maximus…«

»Fürchtest du mich nun, mein Freund?«

»Nein.«

Der Riese holte erneut aus und fügte dem König Dutzende Schnittwunden zu.

Zorn wallte in dem König auf, doch der Pfeil der Emotion schoss ihm nur aus den Augen, sein Körper war zu verletzt, um sich zu erheben. Er feuerte einen Verletzungszauber auf den Riesen ab, aber der war zu schwach und sorgte lediglich für läppische Nasenbluten.

Der Riese verpasste dem König einen weiteren magischen Hieb und erntete einen Schnittzauber am Hals. Ein magischer Schusswechsel folgte, bis der Feenrich dazwischen flog. »Meine Herren, ein Vorschlag zur Güte!«

Bevor er das Wort fortführen konnte, sprang Rumpelstilzchen aus dem Gebüsch.

»Wusste ich es doch, dass es noch ein Fellmännchen gibt«, quetschte der König schmerzerfüllt durch seine zusammengepressten Zähne hervor.

Erschrocken schaute der Feenrich zu seinem Meister. Mit den Augen versuchte er, ihn von einer Dummheit abzuhalten. Er wagte es nicht, ihn anzusprechen, um sich gegenüber Maximus - und dem König - nicht zu verraten. Sein Meister schwebte in höchster Lebensgefahr, denn auch wenn dieser magisch sehr talentiert war, so war er dem Riesen in keinster Weise gewachsen.

Niemand war das.

Erst recht niemand, der es nicht gelernt hatte zu kämpfen.

»Wieso schlaft Ihr nicht, Meister?«, wisperte der Feenrich nun doch, weil Rumpelstilzchen seine warnenden Blicke nicht zu verstehen schien. Das Herz drohte, ihm aus dem Leibe zu springen.

Rumpelstilzchen musterte ihn lange und prüfend, dann räusperte er sich. »Jakob, mein Freund, ich tat nur so, als würde ich deinen Schlaftrank zu mir nehmen. In Wahrheit ahnte ich schon lange, dass du etwas plantest. Aber das ist viel zu gefährlich für dich! Du bist nur eine kleine Lichterfee. Und sieh dir den Riesen an! Du passt auf seinen Fingernagel. Er braucht dich nur anzuhauchen und du fliegst meilenweit davon. Er muss dich nur zwischen seinen Fingerspitzen zerreiben, um dich zu töten. Lass den König den Kampf alleine kämpfen!«

»Ein Monster der Feigheit hat sich mit dir verbündet, Jakob?«, dröhnte der Riese. »Dafür sollte ich dich augenblicklich töten.« Er schoss einen Zauber auf den Feenrich und brach ihm beide Flügel. Ächzend stürzte das Lichtwesen zu Boden.

»Niemand, der mir dient, verbündet sich mit Ungeheuern. Merk dir das, Feenrich!«

»Jakob!« Rumpelstilzchen rannte zum Feenrich und hob ihn vom Boden auf.

»Mein Meister...« Der Feenrich war verzweifelt. »Bitte geht! Es ist nur zu Eurem Besten! Ich kann auf mich alleine aufpassen. Aber Ihr könnt es nicht. Ihr seid kein Kämpfer!«

»Du kannst es auch nicht mehr mit zwei gebrochenen Flügeln. Gib auf, Jakob, bevor er dich tötet!«

»Aufgeben kommt nicht infrage, mein Meister. Ich muss nicht nur sämtliche Feen retten, ich muss vor allem Junas Herz gewinnen. Ich bin ein Niemand. Ein Nichts. Nur ein Sieg kann das ändern!«

»Ein Sieg nützt dir nur nichts, wenn du tot bist, mein Feenrich«, konterte Rumpelstilzchen.

»Er wird mich nicht töten, mein Meister. Er wird lediglich versuchen, mich zu brechen.«

»Was macht dich da so sicher?«

»Feen-ABC.«

Bevor Rumpelstilzchen darauf antworten konnte, hob der Riese einen Arm und schleuderte einen Todesfluch auf den außerirdischen Prinzen ab.

Niemand hatte den Zauber kommen sehen - außer dem Feenrich. In letzter Sekunde schwächte er den Strahl mit seinem Zauberstab ab, so dass Rumpelstilzchen lediglich schwer verletzt ins nächste Gebüsch geschleudert wurde. Allerdings landete der Feenrich nun, durch den Fluch ange-kokelt, auf dem Boden. Leichter Rauch stieg von seinem Körper auf.

Finster blickte der Riese den Feenrich an. »Jakob, du solltest dem König nur bei der Portalöffnung helfen. Du solltest dich nicht mit irgendwelchen haarigen Kreaturen verbün-den, deren Herkunft nicht einmal ich kenne. Du solltest auch keine Friedensverträge ausarbeiten, auch wenn das in deinem Gemüt als Lichterfee liegt!« Maximus schoss einen weiteren Zauber auf den Feenrich ab und brach ihm den Arm. Der Zauberstab glitt dem Feenrich aus den Händen.

»Maximus, Ihr müsst mir zuhören!«, presste er hervor.

»Muss ich das?« Der Riese grinste hämisch. Dann beugte er sich vor. »Ich werde dein Feenmädchen töten, Jakob. Als Strafe, dass du abtrünnig geworden bist. Entscheide dich jetzt, auf wessen Seite zu stehst und ich lasse deine Familie am Leben.«

»Auf Eurer Seite, Maximus! Das stand ich immer.« Der Feenrich atmete sorgenvoll ein.

Würde der Riese seine Lüge durchschauen?

Würde er die Drohung wahrmachen und Juna töten?

Er musste seine Fee warnen, nur wie? Er war weit entfernt vom Feenwald und so schwer verletzt, dass er nicht einmal darüber nachzudenken brauchte, durch das Portal in die Anderswelt zu fliegen.

Bevor er weiter darüber sinnieren konnte, griff der Riese mit einer Hand durch das Portal und holte eine bezaubernde Lichterfee heraus, die an Schönheit kaum zum übertreffen war.

»Sag Lebewohl zu Juna, Jakob!«, sprach der Riese.

»Neeeeeeeeiiiiiiin!«, schrie der Feenrich und fiel auf die Knie.

Ohne mit der Wimper zu zucken, löschte der Gigant das Leben der Lichterfee aus, die nicht größer war als sein Fingernagel. Dann warf er sie ins Feuer, auf dem der Kessel noch immer brodelte. Mit einem lauten Knall stob Feenstaub in den Himmel.

»Maximus«, würgte der Feenrich hervor.

Übelkeit nahm von ihm Besitz, kroch seine Speiseröhre hinauf wie ein Klumpen Gift. Er hatte seine körperlichen Funktionen kaum noch unter Kontrolle.

Der dunkle Herrscher hatte ihm alles genommen, wofür er diesen Kampf hatte ausfechten wollen: für die Liebe seines Lebens.

Wie sollte er jetzt noch stark bleiben?

Das Leben seiner Familie stand auf dem Spiel, aber sie zu beschützen, lag nun nicht mehr in seinen Händen.

Er war der untalentierteste Feenrich aller Zeiten.

Er war kein Held.

Es wurde Zeit, dass er das endlich begriff.

Es wurde Zeit, aufzugeben.

Sein Meister hatte Recht!

Er konnte diesen Kampf nicht gewinnen.

Sein Traum war zu groß und er, der Träumer, zu klein.

»Jakob«, rief der König, »steh auf! Halte dich an den Plan!«

Jakobs Augen suchten die des Monarchen. »Ich kann nicht. Ich bin eine Niete. Ich habe die Fee, der mein Herz gehörte, nicht beschützen können. Genauso wenig werde ich meine Familie schützen können. Es ist vorbei, mein König.«

»Das ist es nicht! Gib nicht auf! Rette das Leben meiner Tochter«, flehte der König ihn an. »Rette mich! Rette die ganze Menschheit!«

Mit letzter Kraft wandte sich der Feenrich an den Riesen. »Wie Ihr wisst, bin ich ein Seher, Maximus, und jeder Schritt, den ich tat, tat ich Euch zum Gefallen.« Er holte tief Luft und bemerkte, dass Merculus mit den anderen Dunkelfeen heil durch das Portal fliegen konnte.

»Mir zum Gefallen? Beweise es!«, donnerte der Riese.

»Ich sagte bereits, Ihr müsst mir vertrauen, Maximus. Wenn Ihr mich genauso tötet, wie Ihr das mit Juna oder meiner Urgroßmutter getan habt, wird niemand Euch mehr die Zukunft vorhersagen können. Und Ihr wisst doch selbst, dass Ihr zum seelischen Wrack werdet, wenn Ihr ins Unbekannte hineinleben müsst. Nichts quält Euch mehr als die Ungewissheit.«

Der Riese legte grübelnd einen Finger auf die Lippen. »Gut, dann sprich!«

Tapfer richtete sich der Feenrich auf. »Letzte Nacht haben sich die Prinzessin und der Müllerssohn vereint. Es wurde das langersehnte Königskind gezeugt. Sobald es geboren wird, werde ich es Euch übergeben. Es ist ein Abkömmling von Maria, der einzigen Frau, die Ihr je geliebt habt, mein Herrscher, und das Königskind wird ihr Antlitz haben.«

»Was versprichst du dir von dem Angebot, für das du nichts zu opfern hast, Lichterfee?« Aus großen Augen blitzte der Riese den Winzling an.

»Mein Opfer habt Ihr soeben ins Feuer geworfen, Maximus. Ein weiteres Opfer ist meine Familie, deren Schicksal in Euren Händen liegt.«

»Ein wahres Wort, Jakob!« Der Riese holte einen Käfig unter seinem Mantel hervor, in dem die königliche Feenfamilie gefangen gehalten wurde.

»Jakob! Was immer er von dir will, lasse dich nicht darauf ein«, rief Horatio, der Feenkönig, ihm zu.

»Schweig still, Horatio«, rief der Riese und zauberte die Käfiginsassen stumm.

»Maximus, das Königskind wird Euer Herz mit Glück und Liebe füllen, so wie es Maria hätte tun können. Kein anderes Wesen wird jemals in der Lage sein, Euch so zu erfreuen wie das Königskind«, sprach der Feenrich zitternd. »Mit ihr an Eurer Seite werdet Ihr der erfolgreichste, mächtigste Herrscher aller Zeiten sein.«

»Das ist deine Version?«, fragte der Riese zweifelnd.

Der Feenrich nickte. »Es ist eine starke Vision, mein Herrscher!«

»Du willst also deine Familie gegen das Königskind eintauschen, kleine Flügelratte?«

Der Feenrich schluckte die Beleidigung herunter. »So ist es.«

Der Riese fing an zu lachen und hielt sich den Bauch. Wie ein Gewitter dröhnte seine Stimme über den Berg. »Warum sollte ich das tun? Ihr Lichterfeen seid nicht nur unterhaltsam, sondern steckt auch voller Magie. Was wäre ich für ein Dummkopf, würde ich euch ziehen lassen!«

»Ihr wäret ein noch viel größerer Dummkopf, wenn Ihr die Feenvölker weiter geißeln würdet«, konterte der Feenrich mutig und erntete einen weiteren dunklen Zauber, der ihm das Bein brach. »Feen in Gefangenschaft verlieren ihre magischen Kräfte«, stöhnte er unter Schmerzen.

Der Riese hielt nachdenklich inne. »Du willst also einen Aufschub?«, schlussfolgerte er.

Der Feenrich nickte. »In wenigen Monaten wird das Königstöchterchen geboren. In der Vollmondnacht nach der Geburt werden wir es Euch aushändigen. Bis dahin lasst Ihr dem König die Zauberkräfte.«

»Gut, unter einer Bedingung.«

»Sprecht!«

»Der König findet den richtigen Spruch, um das Portal zu öffnen. Um es nicht zu einfach zu machen, nehme ich dem König bis dahin das Augenlicht.« Er feuerte einen Zauber auf den König ab, der ihn sofort erblinden ließ.

Maximus machte Anstalten, durch das Portal zurück in die Anderswelt zu gehen. »Neun Monate und ich bekomme das Kind der Prinzessin. Und wenn der König scheitert oder ihr mir das Kind nicht aushändigt, werde ich alle Feen«, er beugte sich vor, »und alle Menschen mit einem Schlag vernichten. Dich inklusive, Jakob.«

Der Riese hatte gerade ein Bein durch das Portal gestreckt, als der Müllerssohn aus seinem Versteck gesprungen kam. Mit einer Waffe, die er einem der toten Soldaten entrissen hatte, schoss er auf den Riesen, doch die winzig kleine Kugeln sorgten nur für Kratzer beim Riesen, obwohl sie mit Gift getränkt waren. »Du wirst mein Kind nicht bekommen, du Unhold!«

Verwundert wandte sich der Riese um.

»Valentin, geht hinfort!«, rief der Feenrich, der Böses kommen sah.

»Ich werde es nicht dulden, dass Ihr mein Kind für Eure Zwecke opfert. Niemand wird es in die Finger kriegen. Ich werde es beschützen, und wenn es das Letzte ist, was ich tue«, rief der Müllerssohn todesmutig. Seine Hände zitterten so stark, dass er die Waffe kaum noch halten konnte, doch er zielte damit dem Riesen auf den Leib.

»Dazu wird es nicht kommen, du Wurm!« Maximus holte aus und ehe die Anwesenden blinzeln konnten, hatte er einen Fluch auf den Müllerssohn abgeschossen. Dieser verlor augenblicklich sein Augenlicht und wurde an den Rand des Königreiches geschleudert.

♛ ♛ ♛

W ie eine Irre rannte ich um den Tisch und brüllte.

Die vier Besucher meines Gastgebers sahen mir skeptisch dabei zu.

»Eindeutig eine Nebenwirkung vom Pakt des Lichts«, brummte Onkel Hans trocken.

»Das glaube ich auch. Gotthorst«, Samira wandte sich an ihren Bruder, »löse den Pakt wieder auf! Er scheint ihr nicht gut zu bekommen.«

Doch der Sohn des violentianischen Thronfolgers winkte lässig ab. »Nö, nö. Ich kenne diese Ausbrüche bereits. Das ist ein Menschlingstanz gegen aufgestaute Wut.«

»Ein Tanz?«, fragte Cousin Enrique.

Ihm war das Menschlingsmädchen - also ich - höchst ungeheuer, und das war ich momentan wirklich: Mein Kopf hatte ein, sagen wir mal, bissiges Feuerrot angenommen, meine Haflingermähne stand wild vom Kopf ab, als hätte mich jemand mit einem Luftballon geärgert und mein Mund war weit geöffnet - was nicht weiter schlimm war, denn als Enkelin eines Zahnarztes mit einer ›Anti-Bonbon-Großmutter‹ hatte ich 1A-Zähne.

»Lässt das wieder nach?«, fragte Tante Samantha leise.

»Klar.« Rumpelstilzchen Junior grinste.

Nach einer weiteren Runde ließ ich mich vollkommen erschöpft auf den Gefühlsscanner fallen. »Ich schätze, meine Wut sorgt jetzt in der Unterwelt für ein super Lagerfeuer, oder?« Ich lächelte, aber niemand konnte die Pointe meines Witzes teilen.

»Schätzchen, hast du schon einmal ein Feuer in der Unterwelt erlebt?«, fragte Onkel Hans mit lebloser Miene.

»Nee.«

Onkel Hans nickte. »Es ist ein Inferno. Das möchtest du nicht erleben. Nicht einmal als Schützling des Paktes des Lichts.«

Schweigend blickte ich jedem einzelnen ins Gesicht. »Echt jetzt?«

Alle nickten.

»Gut«, ich täuschte ein Lächeln vor, »dann werde ich mich jetzt ganz schnell wieder beruhigen.«

»Sie nutzt mehr als zehn Prozent«, deutete Cousin Enrique schmatzend an. »Eindeutig. Vielleicht kommt sie noch auf hundert.«

Samira hob den Langdaumen. »Eindeutig eine Nebenwirkung vom Pakt.«

»Hey, ich war schon immer so schlau«, murmelte ich leise und sortierte meine Notizzettel, die allesamt auf dem Boden gelandet waren. Glücklicherweise hatte ich Seitenzahlen notiert. Sonst hätte ich das Märchen von Rumpelstilzchen vermutlich versehentlich von hinten aufgerollt. Beim Aufsammeln meiner Blätter warf ich einen Blick auf meine Armbanduhr und stellte fest, dass es schon zu spät war, um fortzufahren.

»Könnten wir morgen nach der Schule weitermachen?«, fragte ich ängstlich.

Rumpelstilzchen Junior blickte mich nachdenklich an, doch dann nickte er. »Natürlich, Emma! Wir treffen uns morgen nach der Schule. Am Abend kommt dann ohnehin Steven dazu.«

👑👑👑

Mir zitterten die Knie, als ich Steven am nächsten Mittag in der Schlange an der Essensausgabe entdeckte.

Er sah mal wieder unglaublich gut aus mit seinen breiten Schultern, den dunklen Haaren und dem sexy Schokoladenpolster namens Knackpopo.

Hatte er meine Einladungskarte erhalten?

Sollte ich ihn ansprechen?

Ängstlich blickte ich mich um, ob meine Erzfeindin irgendwo zu sehen war, aber Anastasia war nicht da.

Also nahm ich all meinen Mut zusammen und dachte mir, wenn ein so kleiner Feenrich die Tapferkeit besaß, gegen einen Riesenherrscher zu kämpfen, obwohl er gerade einmal so groß war wie der Fingernagel des Giganten, dann würde ich es jawohl schaffen, Steven eine simple Frage zu stellen.

Heute gab es mein Lieblingsessen: Spaghetti Bolognese. Kaum hatte ich meine extragroße Portion abgeholt, eierte ich durch die Schulkantine und stellte mein Tablett auf den letzten freien Platz an Stevens Tisch.

»Hallo Steven«, sagte ich mit brüchiger Stimme.

Ich versuchte sowohl mein Herzklopfen, als auch die neugierigen Blicke der anderen zu ignorieren.

Steven lächelte mich an. »Hi Emma!«

Nach einem weiteren kraftschöpfendem Atemzug platzte ich mit meiner Frage heraus: »Hast du meine Einladungskarte bekommen? Kommst du zu meiner Party?«

Plötzlich baumelte eine Karte vor meiner Nase herum.

Erschrocken drehte ich mich um.

»Suchst du die hier? Hast du verloren, Emma Schafbraut!«

Anastasia funkelte mich boshaft an. Bevor ich ihr mitteilen konnte, dass die Einladung nicht für sie bestimmt war, hatte sie sie mir auch schon ins Limoglas gestopft.

Lächelnd schnappte sie sich meinen Teller und stülpte ihn mir über den Kopf. Genussvoll rieb sie mein Shirt mit der Pampe ein.

Ich sah die erschrockenen Gesichter meiner Mitschüler, einige schlugen sich die Hände vor die lachenden Münder. Es kostete mich richtig viel Kraft, aber ich nahm eine Nudel und steckte sie in meinen Mund. »Mmh, schmeckt gut. Danke, Anastasia, so habe ich meine Spaghetti noch nie gegessen.« Ich beugte mich vor. »Ich schätze, DU liebst Steven. Mir fällt nämlich kein anderer Grund ein, weshalb ich nie in seine Nähe kommen darf.«

»Quatsch!« Überrascht, dass ich zum ersten Mal Widerworte gegeben hatte, stutzte meine Erzfeindin, hatte sich in der nächsten Sekunde jedoch wieder im Griff. Sie nahm sich den nächsten Teller und knetete den Nudelmatsch derart fest in meine langen Haare, dass ich augenblicklich wusste, dass die Haarwäsche des Jahrtausends auf mich wartete.

Aus den Augenwinkeln sah ich, wie sich Steven die Hand vors Gesicht hielt.

Ich hatte mich mal wieder blamiert.

Tränen stiegen mir in die Augen, als Anastasia sich vorbeugte und mich anzischte: »Lass deine Griffel von Steven! Er hat kein Interesse an dir, du Schäfchenhüter!«

Ich machte auf dem Absatz kehrt und rannte aus dem Schulgebäude.

Meiner Mutter tischte ich Zuhause eine Lüge auf und sprang unter die Dusche, damit ich noch rechtzeitig zum Interview mit Rumpelstilzchen Junior kam.

»Jakob, was spielst du für ein Spiel?«, wandte sich der König an den Feenrich, kaum dass der Riese verschwunden war.

»Mein König, was glaubt Ihr, riskiere ich tagtäglich, um Eure Haut zu retten? Und die Eures ganzen Königreiches? Ich muss mich in sämtliche feindliche Richtungen drehen, um alle zu beschützen. Das könnt Ihr mir doch nicht ernsthaft vorwerfen!«

Der König runzelte die Stirn. »Ehrlich gesagt, hatte ich gerade den Eindruck, dass du dich mit Maximus verbündet hast und dazu noch dem Fellwesen dienst. Auf wessen Seite stehst du eigentlich?«

»Wir haben keine Zeit, über solche Belanglosigkeiten zu diskutieren, mein König. Wir haben nur neun Monate Zeit, um uns gegen den Kampf zu rüsten, der unser aller Leben aufs Spiel setzt. Das Fellwesen ist tot und damit unwichtig geworden«, log er. »Aber Maximus ist stärker als je zuvor.« Der Feenrich stöhnte vor Schmerz. »Befehlt Euren Soldaten, uns ins Schloss zu bringen. Wir brauchen dringend einen Heiler, der unsere gebeutelten Körper versorgt.«

Der König nickte schweigend. Dann befahl er seinen Soldaten, außer den magischen Utensilien auch noch ihn und den Feenrich auf die Kutsche zu laden und ins Schloss zu bringen.

»Wieso dienst du Maximus?«, kam der König noch einmal auf das Thema zurück, während die Kutsche vor sich hinrumpelte.

Jeden Stein spürte der Feenrich in seinen gebrochenen Knochen. Doch das war nichts im Vergleich zu seinem Herzen, welches der Riese brutal zweigeteilt hatte.

»Nur zum Schein, mein König. Wenn ich mir das Vertrauen des Riesen nicht erschlichen hätte, hätte ich niemals den Aufschub erwirken können. Das war mein einziges Ziel.«

»Das will ich hoffen, Feenrich!«, sagte der König mit Eisesstimme. »Eines verstehe ich allerdings noch nicht…«

»Was, mein König?«

»Weshalb bereitest du dich im Reich der Menschen für einen Kampf gegen den Riesen vor, wenn du in der Armee doch im Feenwald trainieren müsstest?«

Der Feenrich seufzte leise. »Zum einen hat Maximus den Feenwald mit einem Fluch versehen, der es allen Feen unmöglich macht, Magie anzuwenden oder sich kämpferisch zu betätigen. Und andererseits benötige ich das Enkelkind der verstorbenen Königin, um den Riesen einzulullen, damit wir ihn überrumpeln und töten können.«

Das war dem König Antwort genug.

»Ich will, dass du mich heilst«, befahl der König dem Feenrich. »Gib mir mein Augenlicht zurück! Wozu habe ich eine Lichterfee!«

»Majestät, das ist unmöglich. Diesen Fluch kann ich nicht aufheben. Außerdem bin ich selbst so schwer verletzt, dass keinerlei Magie mehr möglich ist. Bestellt den Heiler!«

Nur widerwillig kam der König der Aufforderung nach.

Noch während sich der Hofarzt um König und Lichtwesen kümmerte, brütete der Feenrich vor sich hin.

Er hatte keine Kraft mehr, gegen den Titan zu kämpfen. Es machte auch längst keinen Sinn mehr, denn Juna war tot. Somit war es ihm egal, ob nun auch noch der Rest der Lichterfeensippschaft ausgelöscht werden würde oder gar die Menschen. Er würde ohnehin ein Leben in Dunkelheit fristen müssen.

Siedendheiß fiel ihm ein, dass sein Meister noch schwer verletzt im Gebüsch lag. Er konnte ihm jedoch nicht helfen. In seinem jetzigen Zustand war es unmöglich, ihn - und auch den Müllerssohn - zu retten.

♛♛♛

»Du meine Güte!« Mir quollen fast die Augen aus dem Kopf. »Der arme Müllerssohn. Der blöde König. Und Rumpelstilzchen…« Ich stammelte unzusammenhängend und erntete fragende Blicke.

»Was bist du nur so aufgewühlt, Prinzessin?«, fragte Rumpelstilzchen Junior so einfühlsam, dass meine Wut mit einem Augenaufschlag verpuffte.

»Das ist der Pa-akt«, sang Samira leise.

Die anderen Violentianer nickten heftig.

»Prinzessin?« Ich blickte den haarigen Prinzen an und empfand auf einmal so viel Liebe für den Zwerg, dass ich aufstand, mich ihm an den Hals warf und versuchte, ihm ins Langohr zu kriechen.

Keuchend wehrte sich Rumpelstilzchen Junior, bis er vom lauten Gelächter seiner Schwester abgelenkt wurde.

Sie kugelte sich auf dem Boden und hielt sich den Bauch. Als die anderen drei Violentianer verstanden, was los war, folgten sie Samira und lachten sich das Gold aus dem Leib.

Verwirrt hielt ich inne. »Was ist los?«

»Nebenwirkung!«, brüllte Onkel Hans nur und klatschte sich auf die Oberschenkel. Das sah äußerst merkwürdig aus, denn seine Hände waberten gleichzeitig mit seinen komischen Zehenfüßen wie Gummi durch die Luft.

»Nebenwirkung?« Ich verstand kein Wort.

»Es ist NICHT Intelligenz«, jaulte Cousin Enrique und bekam kaum Luft vor Lachen.

Ich setzte mich auf den Schoss meines Fellprinzen und kraulte nachdenklich seine Elefantenohren.

Genießerisch schloss mein Opfer die Augen und fing fast schon an zu schnurren.

»Ne-ei-ein«, wieherte Tante Samantha, »es ist…«

Mit großen Augen sah ich auf den Haufen lachender Fell-knäule hinunter. Dann blickte ich Rumpelstilzchens Sohn an und Herzenswärme durchfuhr mich wie ein Blitz.

»Liebe«, sagte mein Paktpartner grinsend. »Ich hätte es schlechter treffen können, oder? Immerhin habe ich mir das schönste Menschlingsmädchen der ganzen Schule ge-angelt.«

Machte er Witze?

ICH sollte das schönste Mädchen der Schule sein?

Es brauchte mehrere Tage und Nächte, bis die Knochen des Feenrichs verheilt waren. Unter größten Schmerzen lag er in der Magierwerkstatt und sinnierte über den Sinn des Lebens.

Wozu sollte er die Welt retten, wenn es nichts mehr gab, wo-für es sich zu leben lohnte?

Zumal es absolut todesmutig war, gegen Maximus anzutreten. Der Riese hatte einmal mehr bewiesen, dass er unbezwingbar war und er als klitzekleines Flügelwesen mit null magischem Geschick keine Chance gegen ihn hatte.

»Jakob?« Der König tastete sich blind durch die Werkstatt. »Du musst mir helfen, den Zauber zu finden!«

»Wozu?«, murmelte der Feenrich demotiviert.

»Was sagst du, mein Freund?«

»Mein König, ich bin zu stark verletzt. Ich werde Euch keine große Hilfe sein können. Aber natürlich werde ich mich bemühen, wenn Ihr das wünscht«, rappelte der Feenrich lustlos herunter.

Der König hielt inne. »Ich weiß, dass dein Herz gebrochen ist, mein Feenrich. Und ich kann deinen Schmerz nachempfinden. Maximus nahm auch mir die Liebe meines Lebens. Darum ist es umso wichtiger, Marias Tod zu rächen. Und nun auch den Mord an Juna.«

»Rache ist kein guter Begleiter, mein König.«

»Zu dumm, dass es euch Feen nur einmal auf der Welt gibt«, sagte der König nachdenklich.

»Wie meint Ihr das, Majestät?«

»Nun, gäbe es Zwillingsfeen, bestünde eine Chance, dass Maximus die falsche Fee getötet hätte. Das sähe ihm nämlich ähnlich. Aber da noch nie eine Zwillingsfee geboren wurde, ist dein Kampfgeist mit Junas Tod verständlicherweise im Feuer erstickt worden.«

Ächzend rappelte sich der Feenrich auf. »Aber es gibt Zwillingsfeen, Majestät! Juna ist zufälligerweise ein Zwilling.«

»Wäre es dann nicht möglich, dass Maximus die falsche Fee getötet hat? Immerhin bist du durch deine hellseherischen Fähigkeiten für sein Seelenheil verantwortlich. Ich kann mich täuschen, aber ich schätze meinen alten Freund so ein, dass er deinen Willen nur brechen wollte, um seine Macht zu demonstrieren. Da er dich aber noch braucht, wird er die echte Juna sicherlich irgendwo im Feenwald gefangen halten, um dich weiterhin erpressen zu können.«

Plötzlich war dem Feenrich, als wenn sich die Sonne einen Weg in die dunkle Werkstatt gesucht hatte und ihn mitten ins Herz traf.

Hoffnung keimte in ihm auf.

Was war, wenn Juna tatsächlich noch lebte?

» $\mathcal{M}$ eister? Meister, wacht auf!«

»Jakob?« Ächzend richtete sich Rumpelstilzchen auf und strich sich die Ohren glatt. »Was ist passiert? Wo bin ich?«
»Ihr seid beim Felsen. Maximus hat Euch niedergestreckt. Um ein Haar hätte er Euch getötet. Es war auch wirklich leichtsinnig, mir in die Quere zu kommen«, schimpfte der Feenrich. Er hatte alle Hände voll zu tun, die blutenden Wunden seines Meisters zu heilen. Da er eine Niete in der Heilkunst war, beschränkten sich seine Fähigkeiten lediglich auf das Schließen der Wunden. Wegzaubern konnte er sie nicht.
Benommen schüttelte Rumpelstilzchen den Kopf, dass seine Ohren nur so durch die Luft geschleudert wurden. »Vielleicht hättest du mich besser in deine Pläne eingeweiht, statt den Doppelagenten zu spielen.«
»Ich bin kein Doppelagent, mein Meister«, verteidigte sich der Feenrich.
»Ach, was bist du dann?« Die gelben Augen des Fellprinzen bohrten sich förmlich in die tiefen Seelenspiegel des Lichtwesens. »Vermutlich hast du mich in allem belogen und bist nicht einmal der schlechteste Feenschüler aller Zeiten.«
Der Feenrich seufzte und ließ den Kopf hängen. »Doch, der bin ich wirklich. An dem Tag, als ich mein Abschlusszeugnis in den Händen hielt, wusste ich, ich muss ein Held werden, um Juna heiraten zu können. Ich war gerade auf dem Weg ins Schloss des Feenkönigs, als mich Maximus am Rande des Feenwaldes abfing. Um meine Haut zu retten, bot ich ihm meine Dienste an.«
»Als was? Als Held?«, fragte Rumpelstilzchen pikiert.
Der Feenrich schnalzte mit der Zunge. »Ihr habt durch den Zauberschlag zumindest nicht Euren Humor eingebüßt,

mein Meister! Ein gutes Zeichen.« Er schüttelte den Kopf.
»Nein, als Seher! Ich bin der einzige im ganzen Feenwald.«
»Du kannst die Zukunft vorhersagen?«
»Ja. Das ist eine seltene Gabe, die allerdings sehr viel Übung
und Geschick erfordert.«
»Was du nicht hast.«
»Ich mag zwar ein absolut untalentierter Feenrich sein,
Meister, aber im Hellsehen bin ich kunstfertig. Mir fehlt nur
ein wenig Routine.«
Rumpelstilzchen verdrehte die Augen. »Hilf mir bitte auf,
mein Freund!«
Der Feenrich ließ etwas Feenstaub über seinen Meister rie-
seln, damit dieser aufstehen konnte.
»Und warum bist du wirklich aus der Anderswelt geflohen?«
»Ich brauche das Kind der Prinzessin, um den Riesen aus-
schalten zu können.«
»Und dann werden wir Saphira befreien können?«
»Ja.«
Rumpelstilzchen blickte ihn lange an, schließlich nickte er.
»In Ordnung, ich helfe dir.«
Der Feenrich musterte seinen Meister. »Auch wenn das be-
deutet, dass Ihr kämpfen müsst?«
Rumpelstilzchen schluckte. Er war ein Violentianer - und
die kämpften nicht. Niemals. Nicht einmal im Angesicht des
Todes. »Dann wirst du wohl auf meine Hilfe verzichten
müssen. Ich bin ein Violentianer, ich kämpfe nicht. Das ist
gegen meine Natur.«
Der Feenrich nickte nur.
Er hatte mit dieser Antwort gerechnet.

Tödlicher Plan

Ein übler Klingelton riss uns aus der Erzählung.

»Was ist das?«, kreischte Tante Samantha. Wie von der Tarantel gestochen sprang sie auf und versteckte sich hinter ihrem Neffen.

Ein hässlicher Teufelsschrei drang durch die Waldhütte und veranlasste die Violentianer, sich die empfindlichen Ohren zuzuhalten.

Mein geliebter Fellprinz verdrehte die Augen. »Emma! Kannst du das neumodische Menschlingsding nicht ausschalten?«

»Es ist wirklich erstaunlich, dass ihr Menschlinge solche Apparate benutzt, um zu kommunizieren«, sagte Onkel Hans.

»Womit kommunizieren denn Violentianer? Per Gedankenübertragung? Oder hackt ihr euch ins Satellitennetz?« Ich lachte leise, aber niemand lachte mit. Ich war heilfroh, dass ich mein heiliges Telefon im Jeep meiner Lieblingstante wiedergefunden hatte. Ich musste es dort verloren haben, bevor ich Steven die Einladungskarte hatte überreichen wollen.

»Natürlich per Telepathie, Liebchen«, sagte Cousin Enrique.

NATÜRLICH, ich Doofi!

Wir ›Menschlinge‹ fanden uns unglaublich fortschrittlich und cool, weil wir Handys mit Touchscreen hatten. Dabei lachte das halbe Universum über uns, weil die nämlich bereits Hologramme benutzten, die sich einfach in der Luft auftaten und dort auch bedienbar waren.

»Wer ruft dich denn an?«, fragte Samira. Ängstlich zeigte sie auf das hässliche Bild in meinem Telefon.

Rumpelstilzchen Junior fielen fast die Augen aus dem Kopf. »Luzifer? Woher hast du sein Abbild?«

Ich grinste. »Das ist ein Bild aus dem Internet. Teufelsbilder findet man dort überall.«

»Ruft dich der Teufel etwa gerade an?« Samira war reichlich verwirrt.

»Hat Luzifer überhaupt Empfang in seiner Höllenfeuerbude?«, überlegte Onkel Hans stirnrunzelnd.

»Nee.« Alle Violentianer waren sich einig.

»Wer ruft dich dann an, Emma-Liebes?«

»Das ist meine Großmutter«, platzte ich heraus.

Während mich fünf Violentianer fassungslos anstarrten, streichelte Samira mitfühlend meinen Arm. »Du bist ein Kind des Teufels? Das ist ja schrecklich! Mein oberallerherzlichstes Beileid! Da ist deine Kindheit sicherlich kein Zuckerschlecken gewesen.«

Ich lachte höhnisch auf. »Mein Leben ist das reinste Höllenfeuer, wenn sie uns besucht.«

Wimmernd biss sich Tante Samantha eine Kralle ab. »Ich habe solche Angst vor Luzifer und seiner Familie! Sie sind…«

»…elendig gnadenlos«, half Onkel Hans ihr aus.

Alle nickten einstimmig.

»Ich frage mich nur«, sagte Cousin Enrique mit seinem französischen Akzent, »wie Luzifers Braut SO eine wunderhübsche Enkeltochter hinkriegen konnte. Ich meine, wir alle wissen, dass der Teufel und seine Frau ECHT hässlich sind. Dagegen sind wir knuddelige, hochattraktive Schäfchenbeißer.«

Ich holte tief Luft, um zur Erklärung anzusetzen, doch Rumpelstilzchen Junior hob eine langfingrige Hand.

»Süße, du musst dich nicht entschuldigen. Wir lieben dich so, wie du bist. Wir alle können nichts für unsere Herkunft. Aber dafür, dass deine Großmutter des Teufels Braut ist, bist du ECHT gut geraten.«

Nun musste ich doch lächeln. »Meine Großmutter ist ein Mensch.«

»OH GOTT, auch das noch!« Samira schlug sich die Hände vors Gesicht. »Der Teufel ist fremd gegangen!« Rumpelstilzchen Junior schüttelte fassungslos den Kopf. Onkel Hans kniff emphatisch die Lippen zusammen und seine Frau wagte es nicht einmal mehr, mich anzusehen.

»Ich wusste gar nicht, dass sich Luzifer mit Menschlingen einlässt. Vermutlich war deine Großmutter auch so ein hübsches Ding wie du und darum hat er sich gedacht, die vernascht er mal ganz galant«, sagte Cousin Enrique. »Nun, die Fleischeslust kann schon ein Himmelreich sein und selbst einen Teufel aus dem Höllenfeuer locken.«

Ich spürte, wie sich ein Lachkrampf langsam meine Kehle emporarbeitete. Unaufhaltsam kroch er hoch, ließ mich erst wie einen stotternden Motor glucksen und schließlich in einen hemmungslosen Lachanfall ausbrechen.

»Der Pakt des Lichts?« Ratlos blickten sich die Violentianer an.

Ich lachte und lachte.

Die Vorstellung, dass der weit gefürchtete Teufel aus seiner Höllenfeuerbude kam, nur um meine Horror-Oma zu vernaschen, war so abstrus, dass ich gar nicht mehr aufhören konnte zu lachen.

»Der Teufel«, versuchte ich zwischen den einzelnen Lachattacken zu sagen, »hätte sich an meiner Oma«, wieder musste ich lachen und Luft holen, »sämtliche Zähne ausgebissen.«

»Ist sie ein Dämon?«, fragte mein Fellprinz fassungslos.

323

Ich versuchte mich zu beruhigen. »Meine Großmutter ist der unbarmherzigste Menschling, der je über diesen blauen Planeten gewandelt ist. Tyrannischer noch als der König und seine Tochter zusammen. Schokolade ist bei mir zuhause verboten, wenn sie da ist. Und das kommt ungefähr alle zwei Monate vor. Wir alle sind dann, ähnlich wie die Prinzessin, ihre Gefangenen. Keine Bonbons, keine Schokolade, kein Spaß, keine Partys. Unser Haus ähnelt dann einem Friedhof.«

Durch fünf offene Münder blitzten mir extrem spitze Zähne entgegen. Keiner fand Worte für das, was ich gerade gesagt hatte.

»Keine Schokolade?«, krächzte mein Fellprinz schließlich mit brüchiger Stimme.

Ich schüttelte den Kopf.

Er stand auf und kam mit ausgebreiteten Armen auf mich zu. »Emma-Süßilein, du Liebe meines Lebens! Warum hast du nichts gesagt?« Er fiel mir um den Hals und ich spürte, wie meine Schultern nass wurden.

Ich wagte es nicht, auf mein hellblaues Oberteil zu gucken, da ich nicht wusste, ob das Tränenflüssigkeit oder Blutreste von seinem Frühstück waren - aber ich betete, dass es Tränen waren, denn ich trug heute mein Lieblingsshirt.

Rumpelstilzchen Junior wandte sich an seine Familie. »Und JETZT werde ich den Pakt des Lichts ganz bestimmt NICHT mehr rückgängig machen. NIE WIEDER! Wie könnte ich auch? Emma hat als Hybrid von Luzifer und ihrem Großmutterfeldwebel ein grausames Leben durchzustehen.«

»Natürlich nicht, Gotthorst«, pflichtete Samira ihm bei, »sie hat genug zu ertragen. Ihr müsst den Pakt zu ihrem Schutz beibehalten.«

Wieder klingelte mein Telefon.

Mist, meine Großmutter war verdammt hartnäckig. Ich verwettete meine nächste Schokoladenration darauf, dass sie auf meinen Hausarrest pochte, während meine Mom die Strafe eigentlich zurückgenommen hatte.

Bevor ich das Gespräch wegdrücken konnte, hatte sich Rumpelstilzchen Junior mein Handy geschnappt. Ich wusste nicht, woher ER wusste, wie man ein neumodisches Mobiltelefon bediente, aber er fand sofort den richtigen Knopf und nahm das Gespräch entgegen. Er stellte es auch gleich auf Lautsprecher, damit seine gesamte Sippschaft mithören konnte - inklusive meiner Wenigkeit.

»Emma! Du hast Hausarrest, auch wenn deine Mutter wieder zurückgerudert ist. Du bist NICHT mehr in deinem Zimmer. WO steckst du?«

Ja, DAS war meine Großmutter!

DIE hätte Rotkäppchens Wolf gerne mal verschlingen können, aber vermutlich hätte er sich den Magen verdorben und sie in hohem Bogen wieder ausgespuckt.

»DEIN Großvater hat sich MAL WIEDER in den Kopf gesetzt, euch zu besuchen. ICH war ja überhaupt nicht scharf darauf, STUNDENLANG im Flieger zu sitzen, ekelhaften Kantinenfraß in mich hineinzustopfen und die ÖDEN Filme auf dem Minibildschirm im Flugzeug über mich ergehen lassen zu müssen. Nur Luzifer weiß, wie ich das Fliegen hasse! Und das alles NUR WEGEN EUCH! Und nun muss ich miterleben, wie meine eigene Enkeltochter sich widersetzt. Ich habe eine Rebellin in der Familie und das macht mir GROSSE Sorgen.«

Pause.

»Emma?«

Alle hielten den Atem an und schauten zu mir.

Ich sollte Wortwahl und Tonfall nach all den Jahren eigentlich gewohnt sein, aber ich war gerade so was von sprachlos, dass mir rein gar nix dazu einfiel - vielleicht war auch der Pakt schuld!

»Bist du fertig, Teufelsbraut?«, riss mich mein Fellprinz aus der Gedankenleere.

»WAS?«, war das Kreischen meines Omavogels zu hören.

»Wer spricht da?«

»Jetzt will ich dir mal was sagen, Teufelsgroßmutter, die es wagte, aus reinem Egoismus ein Kind der Liebe zu zeugen zwischen einem Menschling und dem Teufel höchstpersönlich«, fuhr mein Fellprinz mit ungewohnt hoher Stimme fort.

»WER spricht da?«

Ich glaube, meiner Großmutter standen spätestens jetzt die Haare zu Berge.

Mein Fellprinz hielt den Hörer kurz zu und wandte sich an mich. »Besonders intelligent ist sie aber nicht, oder? Nutzt sie ÜBERHAUPT zehn Prozent ihrer Hirnmasse?«

Ich schüttelte nur den Kopf, was ihm zu reichen schien.

»Es ist unfassbar, dass du deine Tochter nicht nur zwei Jahrzehnte lang auf ÄUSSERST ungesunden Schokoladen-entzug gesetzt hast. Es ist auch ein Ding der UNMÖG-LICHKEIT, dass du es wagst, auch noch deine Enkeltoch-ter mit deiner Impertinenz zu belästigen. Das werde ich NICHT dulden, denn ich habe mit deinem Enkel den Pakt des Lichts geschlossen. Und das bedeutet, sie steht unter meinem GANZ PERSÖNLICHEN SCHUTZ.«

KRASS!

Meine Augen leuchteten auf vor Glück.

Nie wieder löse ich diesen dämlichen Pakt auf!

Das war allerbestes Kino!

»Ich warne dich nur ein einziges Mal…«

»Ich rufe jetzt die Polizei. Und ich werde Sie finden, Sie…Sie Unhold!«

Mein Fellprinz verdrehte die Augen und flüsterte: »Sie ist unfassbar dämlich.«

Seine Fellgäste nickten zustimmend.

Die Rache meiner Großmutter für diese patzigen Aussagen am Telefon trieben mir jetzt schon den Angstschweiß auf die Stirn.

»Kriege ich auch nur EIN EINZIGES MAL mit, dass du deine Enkeltochter weiterhin so RESPEKTLOS behandelst und sie NICHT als götterhafte Hybridin auf Händen trägst, werde ich deinen Liebhaber aufsuchen und ihm BEFEHLEN, dich zurück ins Höllenfeuer zu holen.«

»Emma? Bist du da irgendwo? Bist du entführt worden? Wer ist dieser Mann?«

Meine Mundwinkel zuckten.

Ein weiterer Lachanfall stand kurz bevor.

»Emma?«

Ich spitzte die Lippen, bemüht, dem Druck meiner Lungen nicht nachzugeben, doch es half alles nichts. Ich platzte lachend heraus und landete kugelnd auf dem Boden.

»Sie brauchen die Polizei nicht einzuschalten. Die können meine Waldhütte ohnehin nicht betreten, ohne elendig zu verglühen«, sagte mein Fellprinz in oberhöflichem Ton.

»Susannah, wir rufen SOFORT die Polizei und lassen Emmas Handy orten«, schrie meine Großmutter.

Es raschelte.

»Emma Schatz, hier spricht deine Mutter. Wieso bist du nicht wie vereinbart in deinem Zimmer?«

»Mom…« Ich hielt mir den Bauch.

»Erzähl mir nicht, dass du bei Steven bist, obwohl ich es verboten hatte!«

»Mom, bitte…«

»Du kommst jetzt SOFORT wieder nach Hause«, keifte meine Großmutter.

»Sie bleibt hier«, sagte mein Fellprinz. Seine Augen leuchteten orangefarben auf. Seine Langfinger hatten sich zu einer Faust zusammengerollt.

Wäre ich ihm so zum ersten Mal gegenübergetreten, hätte ich mir vor Angst in die Hosen gemacht. Fast schon stieg Rauch aus seinem Kopf auf, so düster blickte er drein.

»Emma, WAS ist da los?«, rief meine Großmutter durchs Telefon.

»Ich hatte dich gewarnt, Teufelsbraut. Aber offenbar bist du belehrungsresistent«, knurrte mein Fellprinz. Sein Bauch gurgelte und er separierte einen Riesenhaufen Gold. »Sobald ich Emma meine Geschichte erzählt habe, nehme ich mir Zeit für dich. VIEL Zeit! Ich werde dich ins Höllenfeuer jagen, du unbarmherzige Großmutter! In diesem Tonfall kannst du dich gerne mit Luzifer unterhalten. Der wird dir mal ordentlich einheizen und dir den Kopf zurechtrücken.«

»Susannah, WER ist das da bei deiner Tochter? Ist das Emmas Freund?«, fragte meine Großmutter meine Mom.

»Sie hat Hausarrest. Hol sie SOFORT zurück! Verbiete ihr den Umgang mit diesem ungehobelten Klotz!«

»Ich finde es eigentlich ganz vielversprechend, was er da ankündigt, Mutter«, hörte ich meine Mom sagen.

»Emma!«, rief sie nun, »bist du bei Steven? Ist das Steven, der da so mit deiner Oma spricht?«

Mist, was sagte ich jetzt?

Samira nickte heftig. »Ja, das ist Steven«, ahmte sie meine Stimme perfekt nach und grinste.

Starr vor Staunen klappte mir der Unterkiefer herunter.

»Susannah! Das solltest du NICHT dulden.« Die Empörung meiner Großmutter war deutlich zu hören.

»Emma-Schätzchen«, rief meine Mom von weitem, »hör nicht auf deine Großmutter! Bleib du mal bei deinem Freund! Ich glaube, er gefällt mir jetzt schon.«

»Das kommt ÜBERHAUPT NICHT infrage«, meldete sich meine Großmutter zu Wort. »Ich rufe jetzt UMGEHEND die Polizei. Und wenn man mit dir nicht vernünftig reden kann, Susannah, dann schnappe ich mir eben deinen Mann. DER wird bestimmt nicht wollen, dass seine Tochter unter die Räder kommt.«

»Mutter, das will ich auch nicht. Aber Emma ist NUR bei einem Klassenkameraden! Und er scheint nett zu sein.«

»Ja, und wenn sie wiederkommt, ist sie bestimmt schwanger. Nächtelang treibt sie sich bei ihm herum!«

»Schwanger werden kann sie auch am helllichten Tag, Mutter«, konterte meine Mom.

»Ach, und das akzeptierst du? Sperre sie in den höchsten Turm des Landes ein, bis sie achtzehn ist«, rief meine Großmutter.

Die Langohren meines Fellprinzen stellten sich auf. Aus großen Augen schaute er mich an. »Sie will, dass wir Kinder machen?«

»NEIN!«, brüllte meine Großmutter erschrocken. »Natürlich wollen wir das NICHT!« Sie schnaufte. »Also, jetzt reicht's mir. Ich fahre sofort zur Polizei und lasse dein Handy orten, Emma. Und wenn deine Mutter nicht mitkommt, fahre ich eben alleine.«

»Ich finde es ganz amüsant, dass Emmas Freund dich in die Unterwelt zum Teufel bringen will, Mutter. Da würde ich mich glatt bereit erklären, dich sicher und wohlbehalten bei ihrem Freund abzugeben«, rief meine Mom lachend und wir hörten, wie sie davongejagt wurde.

»Emma! Bleib, wo du bist! Ich hole dich!«

Mein Fellprinz beendete das Gespräch und streichelte meine Wange. »Deine Oma soll ruhig kommen! Ich bin bereit. Ex-Freundinnen von Luzifer sind ÜBERHAUPT KEIN Problem für mich.«

» $\mathscr{I}$ ch kann nicht glauben, was passiert ist«, jammer-

te die Prinzessin zum unzähligsten Mal. »Wie soll Valentin da draußen in der Wildnis überleben, wenn er blind ist?«
»Ich werde ihn wiederfinden, Prinzesschen! Und nun regt Euch nicht so auf! Das ist schlecht fürs Baby«, versuchte der Feenrich die Königstochter zu beruhigen.
»Mein Kind wird seinen Vater niemals zu Gesicht kriegen«, jaulte die Prinzessin weiter.
Der Feenrich verdrehte die Augen. »Wenn Ihr weiter so leidet, wird das Kind gar nicht erst das Licht der Welt erblicken, weil es vor lauter Unglücklichsein das Weite sucht.«
»Ich werde den Vater meines Kindes vielleicht nie wieder sehen«, murrte die Prinzessin weiter.
Das war momentan das geringste Problem, dachte der Feenrich. So wie es aussah, würde nicht einmal die Prinzessin ihr Kind je zu Gesicht kriegen, weil sie alle sterben würden, wenn der König weiterhin so miserabel im Aufspüren des richtigen Öffnungszaubers war.
»Jakob, du bist doch ein hervorragender Spurenleser«, sagte Rumpelstilzchen, brach aber ab, da ihm der Schmerz den Leib zerreißen wollte.
»Meister, was ist mit Euch?«
»Saphira! Sie wird zunehmend schwächer. Der Bund der Ewigkeit scheint sich langsam aufzulösen. Kannst du nicht

in die Magierwerkstatt fliegen und ihr einen Heilzauber zukommen lassen?«

»Das will ich versuchen, mein Meister.«

Die Zofe ließ sich erschöpft auf einen Stuhl fallen und legte ihre Hände auf den Tisch.

Rumpelstilzchen blickte zu ihr hinüber. »Emra, habt Ihr Schmerzen?«

Die Zofe nickte und hob ihre Hand, an der noch immer der Verband klebte, als wäre er festgewachsen.

Rumpelstilzchen versuchte, die Stiche tausender Nadeln zu ignorieren und den feurigen Schmerz in seinen Eingeweiden auszuklammern. Er erhob sich mühevoll und ging zur Zofe. »Ich habe leider keine Idee, wie wir sie aus der Magierwerkstatt schmuggeln sollen, solange der Fluch auf ihr liegt. Aber wir werden sie retten, sobald wir den Riesen besiegt haben. Vorher müssen wir noch den Müllerssohn aufspüren. Ohne unsere Hilfe ist er dem Tode geweiht.«

Die Zofe nickte. »Dann brechen wir am besten morgen früh auf.«

Rumpelstilzchen wandte sich an den Feenrich. »Kommst du mit, Jakob?«

Traurig schüttelte der Feenrich den Kopf. »Ich muss zurück zum König. Ich habe einen Zauber gefunden, der ihm sein Augenlicht wiedergibt. Und mehr als eine Flugstunde pro Tag gewährt er mir ohnehin nicht an Ausgang. Aber ich werde Euch eine Wegekarte anfertigen, damit Ihr seiner Spur folgen könnt.«

»Jakob, Merculus schickt mich!«

Der Feenrich blickte auf und sah dem Boten der Dunkelfeen neugierig entgegen. »Weshalb?«

Der Dunkelfeenrich reichte der Lichterfee ein abgegriffenes Buch. Mit großen Augen nahm der Feenrich es entgegen.

»Das ist ja Junas Heilzauberbuch!«, stellte er fest.

Der Dunkelfeenrich nickte. »Merculus meinte, du wirst es brauchen, um dem König das Augenlicht zurück zu geben.«

♛♛♛

»*D*erflixt!« Kraftlos sank der König auf einen

Stuhl. Er überhörte das Stöhnen seiner Gefangenen absichtlich und blickte frustriert auf die blauen Zauberfunken. Dank des Heilzaubers von seinem Feenrich konnte er wieder sehen.

»Ist es Euch wieder nicht gelungen, mein König?«, fragte der Feenrich abgehetzt. Sorgenvoll schaute er zu Saphira, die sich schmerzerfüllt auf ihrer harten Pritsche hin und her wälzte. »Ihr müsst den Heiler holen, Majestät!«

»Für die da?«, fragte der König mit einer Kopfbewegung.

Der Feenrich schluckte.

Er hatte nicht übel Lust, dem König einen Fluch an den Hals zu hetzen. Seit der Begegnung mit Maximus war er nicht nur extrem übellaunig, er war vor allem ungerecht und umbarmherzig. Jeder, der ihm querkam, wurde kurzerhand eingesperrt oder getötet. So langsam überkam ihn der Gedanke, dass Maximus gut daran tat, den König zu quälen.

Der Monarch erhob sich schwerfällig.

»Wo geht Ihr hin, Majestät?«

»Weg. Du bleibst hier.«

»Sehr wohl, mein König.«

Kaum war der Monarch verschwunden, suchte der Feenrich die ganze Werkstatt ab, um Heilmittel für Saphira zu finden. Er blätterte in Junas Heilzauberbuch herum, welche Kräuter er für Fluchwunden zusammenstellen musste und wurde schließlich fündig.

»Wir verraten dich, wenn du uns nicht freilässt«, quakte eine helle Stimme aus einem der Käfige, die unter der Decke hingen.

»Genau«, stimmten die anderen Gefangenen zu.

Erschrocken blickte der Feenrich auf.

Ein Frosch grinste bösartig zu ihm hinunter.

Der Feenrich zückte seinen Zauberstab und lächelte. Dann feuerte er einen Schweigezauber auf den Frosch ab, der sich gewaschen hatte. Triumphierend blickte er in die Runde.

»Möchte noch jemand eine Kostprobe?«

Alle Gefangenen zogen sich ängstlich an die hinteren Gitterstäbe zurück und schüttelten schweigend die Köpfe.

»Prima!« Leise singend machte sich der Feenrich ans Werk und mischte eine Heilpaste an, von der er hoffte, dass sie die Hand der Braut seines Meisters nicht abfaulen ließ. Vorsichtig umwickelte er die verletzte Hand mit einem Verband und versteckte diese unter einem Unsichtbarkeitszauber, damit der König ihm nicht auf die Schliche kam.

♔ ♔ ♔

»Emma, ich bin ja nicht so der Freund von Menschlingen, aber seitdem ich weiß, wer deine Großmutter ist, empfinde ich unsägliches Mitleid«, sagte Onkel Hans mit bedrückter Miene.

»Danke, das ist sehr großherzig, Hans. Meine Mom passt ganz gut auf mich auf. Und gegen meinen Paps wagt meine Oma es auch nicht, das Wort zu erheben«, sagte ich lächelnd, aber das schien niemanden aufzumuntern.

»Schätzchen, wir wissen, dass du Angst hast. Deine Großmutter ist eine Ex-Braut des Teufels. Das ist wirklich

333

hart. Wir haben daher beschlossen, die letzte Schokoladentafel für dich aufzuheben«, sagte mein Fellknuddel.

Wie bei einem feierlichen Akt hielten mir fünf langfingrige Hände eine fünfhundert-Gramm-Tafel unter die Nase.

»Ich weiß gar nicht, was ich sagen soll«, stammelte ich.

»Nichts. Ich will weiter erzählen, bevor deine Großmutter hier auftaucht«, sagte Rumpelstilzchen Junior grinsend. »Ab jetzt geht es ans Eingemachte. Daher würde ich an deiner Stelle die Nervennahrung annehmen. Du wirst sie brauchen!«

Ich schluckte und nahm die Schokolade dankend entgegen.

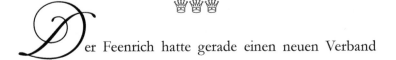

er Feenrich hatte gerade einen neuen Verband um den Finger der Braut seines Meisters angelegt, als der König in der Magierwerkstatt auftauchte.

»Es ist auf einmal unglaublich still hier«, stellte dieser fest und blickte hoch zu den Käfigen. Die Gefangenen, die normalerweise einen enormen Radau veranstalteten, saßen zusammengekauert auf den Käfigböden und wagten es nicht, nach unten zu schauen.

Der Feenrich blickte dafür warnend nach oben zu den Käfiginsassen, die seinen Blick spürten und sich noch weiter zurückzogen.

»Es ist die Ruhe vor dem Sturm, mein König«, sagte der Feenrich.

»Vermutlich hast du Recht.«

Der König ging zur Liege und riss die außerirdische Prinzessin hoch.

Dem Feenrich blieb fast das Herz stehen. Mit dieser abrupten Geste hatte er nicht gerechnet.

Was hatte er vor?

Als der König einen Dolch mit extrem langer Klinge aus der Scheide zog, drehte sich dem Lichtwesen der Magen um. »Majestät, was gedenkt Ihr zu tun?«, flüsterte er.

»Ich werde sie töten. Sie nützt mir überhaupt nichts. Seit Monaten liegt sie wie tot auf dieser dämlichen Pritsche und nimmt nur Platz weg. Ich spüre zwar, dass sie magische Fähigkeiten hat, aber diese sind in ihrem schlechten Zustand unbrauchbar. Ihre negativen Schwingungen sind der Grund, weshalb mir der Öffnungszauber nicht gelingen will.«

»Das kann nicht sein«, wandte der Feenrich ein. »Maximus hat angedroht, einen kniffligen, kaum lösbaren Zauber für die Portalöffnung zu kreieren. Das hat mir ihr nichts zu tun. Lasst Sie am Leben!«

»Nein, nein. Sie ist schuld, dass es nicht klappt.«

»Überlegt es Euch gut, mein König. Ich hörte, sie besitzt die einmalige Fähigkeit, Wünsche zu erfüllen.«

Der König machte ein nachdenkliches Gesicht, legte den Dolch jedoch nicht weg.

Der Mund klappte dem kleinen Feenrich auf, als die Waffe schließlich doch auf die Gestalt heruntersauste. Voller Entsetzen hielt sich das Lichtwesen die Augen zu. Er konnte nicht mit ansehen, wie der König die Braut seines Meisters tötete.

Was sollte er seinem Meister nur sagen?

Das Herz wollte dem Feenrich nicht mehr gehorchen, so sehr bummerte es gegen seine Brust.

Der Prinz war sein allererster Meister. Er war bereits ein schlechter Feenschüler gewesen. Wenn er nun nicht einmal mehr seine Meisterprüfung machen konnte, weil sein Meister einen qualvollen Tod sterben würde, wird er als geächtete Lichterfee in Dunkelheit leben müssen.

Das durfte er nicht zulassen.

Er musste sich dringend etwas einfallen lassen.

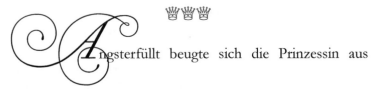

Angsterfüllt beugte sich die Prinzessin aus dem Turmfenster, um herauszufinden, woher das merkwürdige Geräusch kam. Als sie die Ursache des Lärms ausmachen konnte, stolperte sie rückwärts und wäre mit dem mächtigen Bauch fast gegen die Tischkante gestoßen.

»Wer ist das?«, fragte Rumpelstilzchen nicht weniger zähneklappernd.

»Der König.«

Seit Monaten hatte sich der Monarch nicht mehr im Turm blicken lassen, und das war nicht nur der lang anhaltenden Blindheit geschuldet gewesen. Er hatte seine Besuche in derselben Nacht eingestellt, in der auch der Müllerssohn verschwunden war, weil er fieberhaft nach dem Öffnungszauber für das Portal suchte.

Rumpelstilzchen warf eine Prise Feenstaub über sich und verwandelte sich augenblicklich in ein Stück Stoff. Eilig hob die Prinzessin es auf und legte es auf das Kopfkissen.

»Anna!«

Die Prinzessin fuhr herum. »Vater!«

Sie zitterte vor Angst, Schweiß bildete sich auf ihrer Stirn und ihr Bauch war so hart, dass sie das Gefühl hatte, er würde jeden Augenblick platzen.

»Wie ich sehe, bist du guter Hoffnung. Du hast dich also meiner Anweisung widersetzt?« Unerbittlich blickte der König auf sie herab.

Die Prinzessin schluckte.

Würde er sie jetzt bestrafen, in den Kerker werfen lassen oder sie gar töten? Würde er ihr das Kind aus dem Leibe reißen?

»Ich habe dafür gesorgt, dass dich dein potentieller Ehemann nicht mehr besuchen kann. Schließlich wollen wir ja nicht, dass du auf dumme Gedanken kommst und ihn ehelichst, bevor ich Maximus töten konnte. Und wie mir ein Spion verriet, hattest du die Hochzeit für den Tag vor der Vollmondnacht geplant gehabt, obwohl ich es ausdrücklich verboten hatte.«

»Was habt Ihr getan, mein König?« Die Prinzessin wagte es nicht, ihrem Vater in die eiskalten Augen zu blicken. Sie trug Leben in sich, Hoffnung. Sein Blick war wie eine tödliche Waffe.

Die Augen auf den Boden gerichtet, stand sie vor ihm.

»Ich habe ihm das Augenlicht genommen und ihm gesagt, dass ich sein ungeborenes Kind töten werde. Dann habe ich ihn am Rande des Königreiches ausgesetzt. Diese Strafe erschien mir besser als der Tod.«

Wenn der Feenrich ihr nicht bereits hundertmal von dem Zusammentreffen mit dem Riesen und Valentins waghalsigem Eingreifen in der schicksalsträchtigen Vollmondnacht berichtet hätte, hätten die Worte des Königs tiefer in ihren Leib geschnitten, als es ein Schwert je zu tun vermocht hätte. Aber nun, wohlwissend, dass Maximus den Müllerssohn verletzt hatte und nicht ihr verlogener Vater, legte sie eine Bravour der Schauspielkunst hin, als sie mit einem leisen Aufschrei auf die Knie fiel. »Vater, wie konntet Ihr das tun? Bitte lasst mein Kind am Leben!«

»Wieso sollte ich, Anna! Du hast dich mir widersetzt. Ich hatte dir gesagt, dass du zu jung bist zum Heiraten und Kinderkriegen. Und nun hast du dir ein Kind andrehen lassen, ohne überhaupt verheiratet zu sein. Du hast Schande über die Familie gebracht. Ich sollte dich gleich auf der Stelle töten.«

Als sich seine Worte wie ein Dolch in ihren Verstand bohrten, fing der Boden unter ihr an zu schwanken. Sie war dem Zorn ihres Vaters schutzlos ausgeliefert. Niemand konnte ihr jetzt mehr helfen. Selbst wenn der Feenrich hier gewesen wäre, würde er sein eigenes Leben aufs Spiel setzen müssen. Und nicht einmal das wäre eine Garantie für ihr Überleben.

»Eure Majestät«, ertönte plötzlich die zarte Stimme der Zofe.

Verwundert über die Unterbrechung wandte der König den Kopf. »Emra? Ich glaube kaum, dass ich dir das Wort erteilt habe.«

»Bitte verzeiht, Eure Majestät, aber Eure Frau würde sich im Grabe umdrehen, erführe sie von Eurem tödlichen Plan! Sie ließ ihr Leben für das Leben Ihrer Tochter. Wie könnt Ihr es nun stehlen und damit das Antlitz Eurer verstorbenen Frau beschmutzen?«

Sie hatte sehr, sehr leise gesprochen, doch dem König fuhr jedes einzelne Wort eiskalt den Rücken herunter. Es war, als hätte die Zofe damit jedes einzelne seiner Nackenhaare schmerzvoll in die Höhe gezogen.

Normalerweise hätte er das Kammermädchen für diese Frechheit köpfen lassen, doch nun stand er wie vom Donner gerührt vor seiner weinenden Tochter und spürte die Wucht der Worte in sich nachhallen.

Der Gedanke an seine Frau, die ihr Leben für seine Tochter gelassen hatte, rührte ihn zu Tränen. Mitleid schwappte in sein Herz als sei es ein Krug, der am Brunnen viel zu schnell gefüllt wurde und nun drohte, auseinander zu brechen.

Er wandte sich ab, konnte den angsterfüllten Blick seiner Tochter nicht länger ertragen.

»Vater, bitte verschont mein Leben! Verschont das Leben meines Kindes! Wir sind Geschenke des Himmels, ein Zeichen wahrer Liebe.«

Der König schloss die Augen. Als er sie wieder öffnete, waren sie von Weichheit gezeichnet. »Ich werde dich verschonen, aber sobald dein Kind geboren ist, werde ich es mitnehmen. Ich habe keine andere Wahl.«

Die Prinzessin schüttelte den Kopf. Tränen des Schmerzes und der Aussichtslosigkeit rannen ihr die Wangen hinunter. Sie konnte - sie durfte ihr Kind nicht hergeben. »Vater, bitte…«

»Das ist mein letztes Wort.« Mit diesen Worten legte er einen Finger auf den Tisch und stellte einen Kelch daneben.

Rumpelstilzchen erkannte den Finger sofort, auch wenn er momentan als Stofftuch stark eingeschränkt war und nur verschwommen sehen konnte. Wenn er es in diesem Zustand gekonnt hätte, hätte er lauthals geschrien und seiner Verbitterung Luft gemacht. Aber weder Zorn, noch Trauer waren in seiner transformierten Gestalt möglich.

»W-was ist das, V-vater?«

»Ein Finger und ein Kelch.«

»D-das sehe ich. A-aber wem gehört das?«

»Dem fellartigen Wesen aus der Anderswelt, dessen Herkunft ich leider nicht klären konnte, denn leider musste ich sie heute töten. Sie war nutzlos für mich. Aber ich glaube, du hast Kontakt zu dem männlichen Gegenstück, welches am Portal aufgetaucht ist, als ich mit Maximus verhandelte. Leider ist er unauffindbar und wir haben Fußspuren gefunden. Das lässt mich vermuten, dass er den Todesfluch von Maximus überlebt hat. Niemand hat das bisher. Darum muss ich untersuchen, warum er überlebt hat. Richte dem feigen Hund aus, dass ich ihn sehen will!«

»Ja, Vater!«

Ein aufmerksamer Beobachter hätte den nassen Fleck auf dem Kopfkissen der Prinzessin bemerkt, den das Stück Stoff verursachte. Es zappelte und wackelte, aber nichts tat sich, und das war auch gut so, denn der König hätte keine Gnade walten lassen, hätte er von Rumpelstilzchens Anwesenheit im Turm gewusst.

Der König hob eine Hand zum Gruß, nicht in der Lage, seine Tochter noch eines weiteren Blickes zu würdigen, und ging.

♔ ♔ ♔

Ich spürte, dass mein Gesicht tränennass war und sah den kleinen Feenrich neben mir eingemummelt in einer riesigen goldenen Rettungsdecke liegen. Mit hochgezogenen Augenbrauen deutete ich auf das verschnürte Paket.

»Warum tut er das?«

»Du sitzt seit einer Stunde hier und weinst dir die Augen aus dem Kopf, Schätzchen! Das würde die fiebrige Erkältung des Jahrtausends werden, wenn er sich nicht rechtzeitig in eine Rettungsdecke gehüllt hätte«, entgegnete Rumpelstilzchen Junior.

Eilig wischte ich mir die Wangen trocken.

Gott, ich war verheult?

Ausgerechnet heute, wo Steven kommen wollte!

»Nebenwirkung«, sagte Onkel Hans und erwiderte den bestätigenden Blick seiner Nichte.

Ich stöhnte innerlich.

Mir war es total wurscht, ob ich ›Nebenwirkungen‹ von irgendeinem dusseligen Pakt hatte.

»Gibt es denn gar kein Happy End? Ich bin so unglaublich traurig, dass es der Prinzessin so schlecht ergangen ist.«

»Geduld, Emma«, sagte mein Fellprinz.

»Wem gehörte eigentlich der Finger?«, warf Onkel Hans in den Raum.

Ich schluckte. »Das war Saphiras, oder?«

Mein Fellprinz nickte.

»Ist der Eigentümer des Fingers tot?«, bohrte Onkel Hans weiter.

»Geduld«, sagte Rumpelstilzchen Junior.

👑👑👑

»*P*rinzesschen, was ist geschehen?« Besorgt beugte sich der Feenrich über das Antlitz der Prinzessin. Sie versuchte zu antworten, doch sie wurde noch immer von einem nicht enden wollenden Weinkrampf geschüttelt.

»Der König war hier«, erklärte die Zofe.

›Plopp‹ - es knallte leise.

Erschrocken sprang der Feenrich hoch und hätte fast seine Flügel ineinander verhakt. »Was war das?«

Rumpelstilzchen schüttelte sich. »Ich bitte um Verzeihung! Ich glaube, ich werde mich nie wieder in ein Stück Stoff verwandeln. Das ist die schlimmste Form der Transformation, die man sich vorstellen kann. Ich habe halluziniert.«

»Mein Meister, was kam Euch denn in den Sinn?«

»Ich glaubte ernsthaft, dass der König Saphiras Tod mit ihrem Finger bewiesen hat.«

Der Feenrich zog Flügel und Kopf gleichzeitig ein. Er wusste, dass der König die Braut seines Meisters getötet hatte. »Was fühlt Ihr, mein Meister? Löst Euch der Bruch Eures Ewigkeitsschwurs bereits auf? Oder kann ich einen Heilzauber versuchen?«

»Der König hat sie getötet, nicht wahr, Jakob?«

341

Der Feenrich zog schuldbewusst den Kopf ein. »Ich konnte ihn nicht daran hindern, mein Meister.«

Rumpelstilzchens Augen waren auf den Tisch gerichtet. Nur nebenbei bemerkte er den Kelch mit der erloschenen Quelle der Unsterblichkeit.

Er stürzte zum Finger und tickte dagegen.

Er war steinhart.

»Ich könnte einen Heilzauber für Euch aussprechen, mein Meister. Auch wenn ich nicht weiß, ob ich ihn hinkriege.« Der Feenrich blätterte sich in Junas Buch die Finger wund. »Hier! Hier steht etwas!« Eilig flog er zum Kräuterschrank der Zofe und mixte etwas zusammen.

Rumpelstilzchen war, als hätte jemand sämtliche Nervenstränge abgeschnitten. Er spürte nicht einmal die verzweifelten Versuche seines Feenrichs, ihn mit der Heilpaste einzubalsamieren. Es war, als täte sich die Erde unter ihm auf. Es fiel ihm schwer zu realisieren, dass seine geliebte Braut, das Weib, mit dem er den Bund der Ewigkeit geschlossen hatte, nicht mehr unter den Lebenden weilte, weil der König sie aus reinem Egoismus getötet hatte.

Sein Blick richtete sich zum Himmel, der so wolkenlos blau war, als sei nichts passiert. Dabei müsste der Himmel doch weinen, sich in einem tobenden Sturm verwirbeln und die Welt in den Untergang treiben.

Eine große Leere breitete sich in seiner Brust aus und umschloss sein Herz wie ein eiserner Ring. So musste sich das Nichts anfühlen, von dem die Ältesten auf seinem Planeten berichtet hatten. Als sei die Welt zuende und ein Leben schlichtweg nicht mehr möglich. Jeder Atemzug war eine Qual.

Rumpelstilzchens Lippe zitterte unkontrolliert. Energie rauschte ihm durch den gebeutelten Leib. Sein Magen verknotete sich, während sich eine nie erlebte Zorneshitze in seinem Innern ausbreitete. Nie zuvor hatte er den Wunsch verspürt, ein anderes Lebewesen zu verletzen. Nie zuvor war es ihm in den Sinn gekommen, sich gegen jemanden aufzulehnen. Der Übelkeit bescherende Wunsch, den König in Stücke zu zerreißen, kroch in seiner Speiseröhre hoch wie tausend Ameisen und schnürte ihm gleichzeitig die Luft ab.

Er war ein Violentianer.

Violentianer kämpften nicht.

Sie lehnten sich nicht einmal auf.

Er stürzte zum Fenster und versuchte Luft zu holen.

»Ich habe das Gefühl, der König hat mir den Frieden aus meiner Brust gerissen«, japste er.

»Meister, das nennt man Rachegelüste.«

Rumpelstilzchen blickte den Feenrich an. »Weihe mich ein in deine Pläne! Ich werde an deiner Seite kämpfen.«

»Meister, Ihr seid ein Violentianer! Ihr kämpft nicht.«

Wütend schlug der außerirdische Prinz auf den Sims ein, dass die Mauersteine abbröckelten. »Jetzt nicht mehr. Ich lebe unter den Menschlingen und ich werde kämpfen wie ein Menschling. Kriegerisch und ohne Gnade. Und nichts und niemand wird mich von meinem Entschluss abbringen. Ich hole mir meinen inneren Frieden zurück, koste es, was es wolle.«

Der Feenrich schluckte. »Gut. Ich könnte vielleicht wirklich etwas Hilfe gebrauchen.«

Nach einer Weile legte sich eine Hand auf Rumpelstilzchens Schulter. Er wandte sich um und blickte in die quellblauen Augen der Zofe. »Prinz Hinnerk…«

»Emra…«

»Wir müssen aufbrechen, wenn wir den Müllerssohn retten wollen«, drängte die Zofe. »Ihr habt jetzt keine Zeit, unter den Folgen des zerstörten Bundes zu leiden oder gar tot umzufallen, mein Prinz!«

»Ja, wir werden Valentin zurückholen. Und dann retten wir die Prinzessin und ihr ungeborenes Kind. Mein Verlust ist nicht wieder rückgängig zu machen. Der Tod ist die stärkste Macht des Universums und unwiederbringlich. Ich werde mich noch einen Augenblick sammeln, dann brechen wir auf. Wer weiß, wie lange ich jetzt noch zu leben habe.«

Die Zofe nickte schweigend und packte ihre Tasche.

Der Feenrich flog zu seinem Meister und reichte ihm einen Fingerhut mit Medizin.

Stirnrunzelnd nahm Rumpelstilzchen die Brühe entgegen und roch da dran.

»Trinkt das, mein Meister! Es wird Eure Schmerzen lindern und den Bruch des Bündnisses aufhalten.«

Rumpelstilzchen trank und kippte gleich darauf um.

Die Zofe verdrehte die Augen. »Jakob, was bist du nur für ein miserabler Heiler!«

Der Feenrich warf eilig etwas Feenstaub über seinen Meister und schwang voller Panik den Zauberstab.

Rumpelstilzchen erwachte, schüttelte sich und richtete sich wieder auf. »Mann, das war starke Medizin, Jakob!«

Erleichtert, dass er seinen Meister nicht getötet hatte, reichte der Feenrich ihm einen Wegeplan. »Hier werdet Ihr den Müllerssohn finden! Er muss wie ein blinder Frosch durch das Königreich geirrt und in einer Höhle in die Tiefe gestürzt sein. Mein Feenstaub reicht nicht aus, um ihn dort herauszuholen. Aber Ihr seid stark genug, mein Meister.«

»Dann beeilen wir uns lieber«, sagte Rumpelstilzchen, der befürchtete, in den nächsten Tagen nicht mehr stark genug für eine Rettung zu sein. Er kletterte gerade aus dem Turmfenster, als die Prinzessin plötzlich schmerzerfüllt zusammenbrach. Es knallte und eine Wasserlache bildete sich auf dem Holzfußboden.

»Das Königskind kommt«, rief der Feenrich erschrocken.

»Planänderung! Wir brechen auf, sobald die Prinzessin ihr Kind geboren hat«, entschied Rumpelstilzchen.

»Aber in drei Tagen ist Vollmond, mein Prinz«, warnte die Zofe.

Während sich Rumpelstilzchen am Fenster vor Schmerzen krümmte, half die Zofe der Prinzessin aufs Bett.

Die Medizin des Feenrichs wirkte nur langsam, aber sie wirkte, und bald ließen die Schmerzen nach.

Rumpelstilzchen konnte sich allmählich etwas entspannen.

Zur selben Zeit erblickte die kleine Prinzessin das Licht der Welt.

Doch kaum war das Königskind geboren, tauchte der König wie aus dem Nichts auf. »Anna, gib mir dein Kind!«

Mit schreckgeweiteten Augen starrte die Prinzessin auf ihren Vater, umklammerte das kleine Bündelchen und schüttelte ununterbrochen den Kopf. »Nein, Vater, bitte nicht!«, flehte sie den König an. »Bitte lasst mir mein Kind!«

»Denkt an Eure Frau«, mahnte die Zofe mutig und erntete einen hasserfüllten Blick. »Schweig still, Zofe!«

»Vater, bitte lasst mir mein Kind! Sieh nur, sie hat Mutters Augen«, sagte die Prinzessin voller Verzweiflung, obwohl sie ihre Mutter nur von Bildern her kannte.

Der König atmete tief ein, dann sprach er: »Du hast drei Tage Zeit, mir zu sagen, mit welchen Worten ich das Portal öffnen kann. Scheiterst du beim dritten Versuch, wird deine Tochter sterben.«

Keinen anderen Ausweg sehend, nickte die Prinzessin. »Gut, Vater! So soll es sein.«

♛ ♛ ♛

»Jetzt kommt Licht ins Dunkel«, sagte ich heiser. »Im Märchen der Gebrüder Grimm heißt es doch, dass die Prinzessin Rumpelstilzchens Namen finden musste und dafür drei Versuche hatte«, erklärte ich den fragenden Gesichtern vor mir.

»Wovon spricht sie?«, fragte Samira.

Rumpelstilzchen Junior hob einen Langfinger. »Im falschen Märchen kommt Vater als hässlicher Zwerg zur Müllerstochter und spinnt ihr aus reiner Nächstenliebe Stroh zu Gold. Als Lohn bekommt er einen Ring und eine Halskette…«

»Pfui, was soll unser Vater mit Goldschmuck wollen? Das ist Abfall«, platzte Samira dazwischen.

Rumpelstilzchen Junior zeigte mit dem Finger auf sie. »Exakt.«

»So etwas Unsinniges können sich auch echt nur Menschlinge ausdenken«, knurrte Onkel Hans verächtlich.

Ich nickte. »Es ergibt auch viel mehr Sinn, wenn der böse König seiner Tochter sagt, sie müsse den richtigen Zauberspruch finden und hat dafür drei Tage Zeit.«

»Ich sagte doch, es wird Zeit, dass mit den Vorurteilen aufgeräumt wird«, sagte mein Fellprinz.

»Es tut mir sehr, sehr leid, dass Saphira getötet wurde«, sagte ich nach reiflicher Überlegung. Ich empfand es immer schon als Bürde, irgendjemandem mein Beileid auszusprechen. Denn der Tod eines Lebewesens war endgültig und über den Verlust war mit keinem einzigen Wort hinwegzutrösten. Aber jetzt hatte ich das Gefühl, etwas sagen zu wollen.

Mein Paktpartner warf mir einen Luftkuss in Form eines funkelnden Sterns zu.

Überrascht fing ich ihn auf.

Er war richtig warm.

»Irgendwie ist er doch süß, der Pakt des Lichts, oder?«, sagte Samira leise und lächelte verträumt.

Die anderen nickten.

Rumpelstilzchen Junior räusperte sich und fuhr fort.

Drei Versuche

» **W**ieso muss ausgerechnet ich den Zauberspruch

finden, der das Portal öffnet? Ich bin ein Jungfeenrich, der gerade mit der Feenschule fertig ist. Und die habe ich nicht einmal mit Bravour abgeschlossen. Ich habe noch nicht einmal meine Meisterprüfung abgelegt und soll schon in den Tod ziehen?«

Der Feenrich schimpfte leise vor sich hin, während er zum Berg flog, um an der Grenze zur Anderswelt mit Merculus Kontakt aufzunehmen.

»Und eine Braut werde ich in diesem Feenleben wohl auch nicht mehr finden, denn Juna ist tot und ich bin der einzige Feenrich in diesem kriegerischen Menschenland.« Wütend kickte er einen Kieselstein vom Wegesrand und hielt sich gleich darauf schmerzerfüllt den Fuß. Er sammelte einen Marienkäfer vom Blatt, um eine Botschaft an Merculus zu übermitteln. Hoffnungsvoll blickte er dem roten Winzling hinterher.

Während der Feenrich auf eine Antwort von

Merculus wartete, liefen Rumpelstilzchen und die Zofe durch den dunklen Wald des Königreiches und folgten den Spuren des Müllersohnes. Da sie in drei Tagen zurück sein mussten, wenn sie das Schlimmste verhindern und das Kind der Prinzessin retten wollten, ermächtigten sie sich des Müllers Pferdes, welches im Stall der Mühle stand und von niemandem beachtet wurde.

Nach einem Tagesritt kamen sie endlich an die besagte Höhle, in der der Müllerssohn verweilen sollte.

Sie suchten die ganze Höhle ab, fanden den Jüngling aber nicht. Erschöpft ließ sich die Zofe auf dem Boden nieder. Jeder Atemzug fiel Rumpelstilzchen schwer; allein vom Überlebenstrieb getrieben, schlichtete er Feuerholz auf und entzündete ein Lagerfeuer, an dem sich die Zofe wärmen konnte. Er hatte alles verloren, was ihm kostbar war, nun wollte er sich zumindest um das Wohl der Zofe kümmern - und den Müllerssohn retten.

In der Nähe läutete ein Uhu die Nacht ein.

Die Zofe erzitterte und suchte Rumpelstilzchens Nähe.

»Ich weiß, dass dein Herz blutet«, sagte sie einfühlsam. Sie blickte zu ihm auf und berührte seinen Arm.

Funken tanzten zwischen ihnen hin und her und bezeugten die starken Emotionen, die sie einigten.

In ihrem Blick lag so viel Verbundenheit, dass Rumpelstilzchen ganz schwummrig wurde im Kopf. Er schwankte zwischen einem aufkommenden Gefühl von tiefer Zuneigung und dem Zweifel, wie ein gebrochenes Herz noch in der Lage sein sollte, Liebeswallungen zu empfinden.

»Wie kann ich dir so zugetan sein, wenn ich mein Herz doch einer anderen versprochen habe?«

»Liebe fragt nicht nach Versprechen und dein Herz schon gar nicht«, sagte die Zofe und drückte sich enger an ihn heran, obwohl das Feuer stark genug war, um sie zu wärmen.

»Du bist der wundervollste Menschling, dem ich je begegnet bin, liebste Emra. Aber ich bin in den Augen eines Menschlings ein hässliches Monster. Und nur weil dich meine Tarnung anspricht, werde ich nicht zu einem hübschen Gleichgesinnten«, sagte Rumpelstilzchen.

»Warum geht Ihr immer davon aus, was Ihr nicht seid, mein Prinz? Eigentlich müsste ich bangen, weil ich nicht die richtige Gestalt mitbringe, um Euer Herz zu erobern.« Die Zofe lächelte ihn aufrichtig an und traf ihn damit mitten ins Herz.

Seufzend lehnte er sich gegen ihr kleines Ohr und genoss den Augenblick. »Du hast Recht. Wir sollten nicht nach Unterschieden, sondern nach Gemeinsamkeiten suchen«, schlug er versöhnlich vor.

Die Zofe nickte lächelnd. »Und morgen retten wir den Müllerssohn.« Sie schloss die Augen und war bald darauf in seinen Armen eingeschlafen.

»Dann hat dein Vater sich ernsthaft in ein menschliches Wesen verliebt?«, fragte ich kaum hörbar. »Wie romantisch ist das denn!«

Mein Fellprinz lächelte verlegen. »Fragt Liebe denn nach der Herkunft? Ich habe mich schließlich auch in dich verliebt. Und wir sind genauso grundverschieden.«

Ich errötete heftig, nicht wissend, was ich darauf sagen sollte. Mein Herz schlug auch für ihn, obwohl ich doch so sehr in Steven vernarrt war. Nicht einmal Holla löste momentan annähernd so viele Gefühle in mir aus wie mein Fellprinz.

»Nebenwirkung?«, platzte Samira heraus.

Die anderen Violentianer schüttelten die Köpfe.

»Gewohnheit«, sagte Paktpartner grinsend.

»Du hattest dich ernsthaft in einen Baumgeist verliebt?«, fragte Onkel Hans ungläubig. »Ich dachte, das war ein Witz!«

Ich schnaufte abfällig, um die Sache herunterzuspielen. »Das war halb so wild.«

»Sie wollte Holla heiraten«, verriet mein Fellprinz.

Petze!

Vier offene Münder und acht vor Staunen riesengroße Augen stachen mir entgegen.

»Echt jetzt?«, fragte Samira leise.

Ich grinste verschämt. »Passiert.«

»Sie wollten sogar Kinder machen«, platzte mein Interviewpartner heraus.

Oberpetze!

Ich warf ihm einen vorwurfsvollen Blick zu.

Musste er wirklich ALLES hinausposaunen?

»Okay, bevor unser Prinz noch alles breittritt, sollten wir uns lieber wieder dem Märchen widmen, welches ja mit den Halbwahrheiten aufräumen soll.« Ich wackelte mit den Augenbrauen.

»Och, ich finde deine Geschichte mit dem Baumgeist auch ganz interessant«, feixte Onkel Hans.

»Hans LIEBT Liebesgeschichten«, verquatschte sich seine Frau.

»Da haben wir ja was gemeinsam«, sagte ich lächelnd und erntete ein Augenzwinkern von Rumpelstilzchens Bruder.

»Gut, dann wollen wir mal zum Höhepunkt kommen«, kündigte mein Gegenüber an.

»Also, Anna, wie lautet der Zauberspruch?«

Die Prinzessin umklammerte ihre Tochter, die ihre Angst zu spüren schien und augenblicklich anfing zu weinen.

»Pax unore«, wisperte die Prinzessin, die den Tipp vom Küchenjungen bekommen hatte.

Der König lächelte - aber es war kein freundliches Lächeln, denn es erreichte seine eiskalten Augen nicht. »Falsch. Ich komme morgen wieder. Du hast noch zwei Versuche.«

Mit rasenden Herzklopfen sah die Prinzessin, wie der König die Turmmauer wieder hinabkletterte.

Erschöpft legte sie sich auf dem Bett nieder und war bald darauf neben ihrem Töchterchen eingeschlafen.

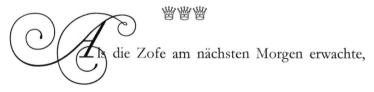

Unterdessen flitzte der Feenrich von einem Busch zum anderen, immer in höchster Alarmbereitschaft, falls der Käfer mit einer Antwort von Merculus eintrudeln sollte. Stündlich wuchs die Verzweiflung in seinem pummeligen Feenbauch, denn er war nun schon einen Tag hier und es war noch keine Erleuchtung in Sicht.

Plötzlich kam sein Marienkäfer wie aus dem Nichts geflogen. Kurz bevor er den Feenrich erreichte, fing er an zu schlingern. Dann stürzte er ab.

Der Feenrich schoss zu Boden.

Ächzend rollte er den toten Käfer auf den Rücken. Eine Botschaft konnte er nicht mehr übermitteln.

Als die Zofe am nächsten Morgen erwachte, war das Feuer nur noch ein glühender Kohlehaufen.

»Möchtest du etwas essen, Lieblingsmenschling?«

Die Zofe angelte sich ein paar Beeren aus seinen Händen.

»Habt Dank, mein Prinz!«

»Dann lass uns weiter suchen! Die Zeit drängt.«

Mit einer brennenden Fackel inspizierten sie jede Spalte und jeden Winkel der Höhle, bis sie an ein unscheinbares Loch kamen.

»Valentin, seid Ihr da unten?«, rief Rumpelstilzchen.

Niemand antwortete.

»Valentin?«, rief nun auch die Zofe.

Es kam wieder keine Antwort.

»Müllerssohn, seid Ihr da unten?«, riefen beide nun gleichzeitig.

»Ja, ich bin hier unten«, ertönte eine tiefe Männerstimme.

Rumpelstilzchen hockte sich an den Rand und warf ein Seil hinunter. »Valentin, hier kommt ein Seil! Bindet es Euch um die Hüfte. Wir ziehen Euch heraus!«

Der blinde Müllerssohn tastete eine Weile nach dem Seil, bis er es endlich gefunden hatte. Dann wickelte er es sich um die Hüfte und verknotete es fachmännisch.

»Fertig.«

Rumpelstilzchen zog den Müllerssohn mühelos an dem Seil aus dem Loch. Zitternd und tropfnass stand der Jüngling mit verbundenen Augen vor ihnen. Er war bis aufs Mark durchgefroren und hatte entsetzlichen Hunger. Mehr jedoch als seine unerfüllten, menschlichen Instinkte bewegte ihn die Sorge um die Prinzessin.

»Wie geht es Prinzessin Anna? Lebt sie noch?«

»Sie ist wohlauf«, sagte die Zofe.

»Noch«, fügte Rumpelstilzchen hinzu. »Wir müssen uns beeilen und sie aus dem Turm befreien. Gemeinsam mit deinem Töchterchen.«

»Sie hat mein Kind geboren?« Der stattliche Mann vor ihnen brauchte keine Antwort. Eine Welle aus Glück und

Angst überschwappte ihn. Augenblicklich fing er an zu weinen. »So lange irre ich schon herum?«

Rumpelstilzchen zog ihn am Ärmel aus der Höhle. »Weinen könnt Ihr später, mein Junge! Wir haben jetzt keine Zeit für Sentimentalitäten. Der König hat gedroht, Eure Tochter zu töten, wenn die Prinzessin ihm bis morgen nicht den richtigen Zauberspruch für die Portalöffnung nennen kann.«

»Wie soll die Prinzessin das anstellen?«, wisperte der Müllerssohn. »Sie hat doch mit Magie nichts am Hut.«

»Wir dürfen die Hoffnung nicht aufgeben«, sagte Rumpelstilzchen. »Lasst uns aufbrechen!«

»Wir haben nur ein Pferd, mein Prinz«, sagte die Zofe bestürzt.

»Ich werde laufen«, bot der Müllerssohn an, doch Rumpelstilzchen winkte ab. »Nein, Ihr seid viel zu geschwächt. Und blind noch dazu.«

»Aber wie sollen wir sonst innerhalb von einem Tag zum Schloss zurückkommen?«, fragte die Zofe.

Rumpelstilzchen holte ein Säckchen Feenstaub aus seiner Tasche und ließ es über sich rieseln. »Ich werde mich wohl oder übel in ein Stückchen Stoff verwandeln müssen, damit wir am schnellsten zum Schloss kommen.« Damit fiel er als Tuch zu Boden.

Die Zofe hob es auf, drückte es kurz gegen ihre Wange und verstaute es dann sicher in ihrer Rocktasche. Gemeinsam mit dem Müllerssohn ritt sie dem Schloss entgegen.

👑👑👑

»Ich habe Eisfüße.«

Fünf Violentianer schauten mir augenblicklich auf meine Füße.

»Keine Nebenwirkung«, bemerkte Onkel Hans trocken und die anderen schüttelten die Köpfe. »Nee. Menschlinge werden so geboren. Es ist wirklich ein Wunder, dass sie damit laufen können, ohne umzufallen.« Samira grinste frech.

»Nun, zugegeben, wir müssen viel üben, wenn wir klein sind und es dauert recht lange, bis wir nicht mehr hinfallen.«

»Siehst du, Püppchen, ich sagte doch, unsere Greiffüße sind hundertmal praktischer.« Mein Fellprinz warf mir mehrere Sternchenküsse herüber, die sich auf meine Füße absenkten und sie augenblicklich wärmten.

»Wahnsinn!«

»Weiter geht's…« Mein Fellprinz zwinkerte mir zu.

»*S*ana orbis«, hauchte die Prinzessin.

Sie hatte am frühen Abend eine Nachricht am Fuße einer Eule gefunden, die ein Freund geschickt haben musste. Die Prinzessin hatte keine Ahnung von Magie, durfte aber den zweiten Versuch nicht verstreichen lassen.

Der Feenrich war noch immer nicht zurück. Vermutlich hatte er sie längst im Stich gelassen. Was sollte so ein kleines Feenwesen auch ausrichten können?

Der König schüttelte den Kopf. »Auch dieser Zauberspruch ist falsch. Ich habe ihn bereits vor Monaten getestet.«

Die Prinzessin drängte ihre Tränen zurück und schluckte ihre Furcht tapfer herunter. Sie hatte nur noch einen Versuch. Wenn es dem Feenrich nicht gelang, etwas herauszufinden, war sie fest entschlossen, mit ihrer Tochter gemeinsam in den Tod zu gehen.

»Ich komme morgen wieder«, sagte der König und verschwand.

Nachdem die Zofe die Wachen vor dem Schloss
ausgetrickst hatte, kletterten der Müllerssohn und die Zofe
am Turm hinauf.

»Anna, wo bist du?«, rief der blinde Müllerssohn leise.

Die Prinzessin fiel ihm weinend um den Hals.

»Valentin, mein Geliebter! Du bist hier? Du lebst!«

»Ja, Liebste! Ich lebe.«

»Oh Valentin, wo hast du nur all die Monate gesteckt? Ich
dachte, du seist tot!«

»Liebste Anna«, mit fahrigen Fingern tastete er das Gesicht
seiner Braut ab, »der Riese schleuderte mich ans andere
Ende des Königreiches, nachdem er mir mein Augenlicht
genommen hatte. Seit Monaten versuche ich, dich zu finden,
aber es ist überall Nacht.«

Das Königskind gab glucksende Geräusch von sich, als
wollte es auf sich aufmerksam machen.

»Ist sie das? Ist das unsere Tochter?«, fragte der Müllerssohn
aufgeregt.

Die Prinzessin nickte und führte ihren Liebsten zur Wiege.
Behutsam näherte sich der Müllerssohn dem Baby und tastete das feine Gesichtchen ab. »Sie ist wunderschön, ganz
wie ihre Mutter.« Lächelnd richtete er sich auf.

Die Prinzessin umarmte ihn und nahm ihm schließlich die
verdreckte Augenbinde ab, um seine Wunden zu betrachten.
Still verlor sie Tränen der Trauer über seine Blindheit, zeitgleich aber auch des Glücks, dass er wieder zu ihr gefunden
hatte. Eilig tupfte sie sich die Tränen mit der Augenbinde
ab.

»Bevor der König seine Drohung wahrmachen kann, werde
ich sie im Wald verstecken«, sagte der Müllerssohn entschlossen.

»Daraus wird leider nichts«, ertönte die Stimme des Königs hinter ihnen.

Der Müllerssohn drehte sich nur langsam um.

Erschrocken wirbelte die Prinzessin herum. »Vater! Was macht Ihr hier?«

»Aufpassen, dass ihr zwei meinen Schatz nicht klaut«, erwiderte der König barsch.

Der Müllerssohn tastete nach seiner Braut und legte ihr schützend einen Arm um die Schultern. Mit der anderen Hand tastete er nach der Wiege.

Das veranlasste den König zu einem hämischen Lachen. »Müllerssohn, wie einfältig du doch bist! Glaubst du wirklich, du kannst als blinder Mann eine echte Prinzessin beschützen und für deine kleine Familie sorgen?«

»Ich frage mich, wer hier einfältig ist«, entgegnete der Müllerssohn waghalsig.

»Nicht«, wisperte die Prinzessin kaum hörbar, doch der Müllerssohn spürte unbändigen Zorn in sich aufsteigen, der seine Zunge löste, und so sprach er: »Glaubt Ihr wirklich, dass es Euch bei der Vereinigung der Welten nützt, Euer eigenes Enkelkind zu opfern? Glaubt Ihr wirklich, dass der Riese dieses Opfer annehmen wird, um Euch zu verschonen? Er wird das Kind nehmen und Euch anschließend töten.«

Der König antwortete nicht. Mit einer Handbewegung zauberte er den Jüngling stumm. Dann nahm er das Königskind und ging zum Turmfenster. Dort wandte er sich noch einmal um. »Wenn die Sonne aufgeht, hast du deinen dritten Versuch, Anna. Weißt du den richtigen Zauberspruch nicht, wird deine Tochter sterben.«

Aussichtsloser Kampf

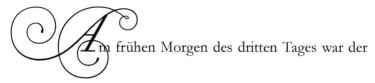 **A**m frühen Morgen des dritten Tages war der

Feenrich derart konfus, dass er in einen ausgehöhlten Baumstamm flog. Um seinen Hungerschmerz zu betäuben, knabberte er an einer Himbeere, als plötzlich sein Augenmerk auf eine Feennotiz fiel.

Sein Käfer musste sie hier verloren haben.

«Nanu, was ist das?» Der Feenrich legte die Himbeere beiseite und hob die Nachricht auf.

> ›Combinate comisca,
> Merculus‹

Unter dem Signum prangte das Wappen des Königs der Dunkelfeen.

Der Brief war also echt.

Der Feenrich konnte sein Glück nicht fassen.

Vor lauter Aufregung vergaß er seinen knurrenden Magen und ließ die angeknabberte Himbeere zurück. So schnell ihn seine geschwächten Flügel trugen, flog er ins Schloss zurück.

Er wollte gerade laut schreiend seine frohe Botschaft verkünden, als er um den Turm herum etliche Wachposten postiert sah.

Das Gefängnis der Prinzessin ähnelte einer besetzten Festung, nicht jedoch dem Heim einer kleinen Familie.

Ängstlich verkroch sich der Feenrich im Gebüsch und überlegte fieberhaft, wie er unbemerkt in den Turm kommen sollte.

Er wartete und wartete und wartete und sah die Sonne bereits am Horizont aufgehen. Bald würde sie ganz aufgegangen und damit der dritte Versuch der Prinzessin, ihr Kind zu retten, fruchtlos verstrichen sein. Er musste auf diesen Turm hinauf, koste es, was es wolle.

Aber wie?

Er wollte sich gerade auf den riskanten Flug machen, vor den Augen wachsamer Soldaten auf den Turm fliegen, als neben ihm eine riesige Eule glucksende Geräusche von sich gab. Es klang fast, als gurgelte sie ihm etwas zu.

»Redest du mit mir?«, fragte der Feenrich verwundert.

Normalerweise verstanden Lichterfeen die Sprache der Tiere, aber er war derart miserabel in Tiersprachkunde gewesen, dass er die Eule nur fragend anstarren konnte.

Diese erwiderte seinen Blick ohne zu blinzeln. Dann drehte sie sich um und wackelte mit dem Schwanz.

»Was versuchst du mir zu sagen? Ich verstehe dich leider nicht«, bedauerte der Feenrich. »Warum nur war ich so ein schlechter Feenschüler?«

Hilflos schaute er auf den gefiederten Schwanz, der noch immer auffordernd vor seiner Nase herumwackelte.

»Du meinst, ich soll auf deinen Rücken steigen und du bringst mich zur Prinzessin?«, fragte er leise.

Die Eule wackelte erneut mit dem Schwanz und der Feenrich kletterte vorsichtig auf ihren Rücken. Kaum saß er, hob die Eule ab. Sie flog an den Soldaten vorbei direkt auf das Turmfenster zu.

»Schießt auf die Eule!«, befahl einer der Soldaten plötzlich.

»Es ist nur eine Eule«, erwiderte ein anderer.

»Wir sollen auf alles schießen, was in oder aus dem Turm kommt«, beharrte der Befehlshaber.

Die Soldaten legten daraufhin ihre Gewehre an und feuerten auf das Tier mit seinem kleinen Reiter.

Der Freudenjauchzer, dass sie den Turm fast erreicht hatten, blieb dem Feenrich im Halse stecken. Bevor er sich versah, wurde sein linkes Bein von der Kugel eines Gewehres durchbohrt. Auch die Eule wurde getroffen. Strauchelnd flog sie höher und landete schließlich mit letzter Kraft auf dem Dach.

»Wie soll ich denn vom Dach in das Turmzimmer gelangen?«, fragte der Feenrich verzweifelt.

Sein Bein schmerzte höllisch. Die Bleikugeln waren mit einem magischen Zauber manipuliert.

Die Eule deutete mit dem Kopf auf ein Loch in einer der Dachschindeln.

Eilig humpelte der Feenrich auf das Loch zu und verschwand darin. Nach einem verbissenen Kampf durch die kratzige Dachwolle, die das Turmzimmer vor Kälte schützen sollte, hatte er es endlich geschafft. Erschöpft ließ er sich durch das Dach auf das gemütliche Bett der Prinzessin fallen. »Prinzesschen, ich habe den Zauber gefunden!«

»Jakob!« Als die Prinzessin ihn entdeckte, fing sie ihn auf und drückte ihn fest an sich. »Du bist wieder da!«

»Hilfe, du erdrückst mich, Prinzesschen«, quakte der Feenrich, genoss jedoch die Streicheleinheiten von seiner Lieblingsprinzessin.

»Du bist ja verletzt!«, rief die Prinzessin erschrocken. Zärtlich streichelte sie über seinen Kopf. »Ich werde dein Bein schienen. Kennst du einen passenden Heilzauber?«

»Nein, aber Ihr könntet mir Junas Heilzauberbuch geben.«

Vorsichtig setzte die Prinzessin den kleinen Flieger auf ihre Handinnenfläche. »Halt still!«

Mithilfe der Zofe schiente die Prinzessin das verletzte Bein des Feenrichs und versorgte die Wunde mit einer Heilpaste, deren Anleitung sie in dem Buch der Lichterfee gefunden hatte.

»Hast du den Zauberspruch finden können?«, fragte sie fast beiläufig, obwohl ihr die Frage die ganze Zeit über schon auf der Seele brannte.

»Ja, er lautet: Combinate comisca.«

»Bist du sicher?«

»Absolut feensicher. Merculus irrt nie!« Erschöpft plumpste der Feenrich auf ihre Hand und lehnte sich gegen ihre Finger, während die Prinzessin überglücklich mit ihm durch das Turmzimmer tanzte. »Ach, Jakob, ich weiß gar nicht, wie ich dir danken soll! Unter Einsatz deines Lebens hast du meines und das Leben meiner Tochter gerettet.«

»Wer soll mir denn sonst auf die Nerven fallen, wenn Ihr nicht mehr da seid?« Der Feenrich grinste schief.

Die Prinzessin hielt inne. »Wirst du Maximus töten können, bevor er mein Kind mitnimmt?«

Der Feenrich schluckte. So war sein Plan, aber ob ihm das gelingen würde, stand auf einem anderen Blatt. In der Kampfkunst war er eine Niete. Und auch seine Zauber-Erfolgsrate war miserabel. Er musste darauf hoffen, dass sein Tarn- und Angriffszauber gelang und dass Merculus die letzten Monate hatte nutzen können, um geschicktere Feen als ihn auszubilden. Er setzte all seine Hoffnungen in den König der Dunkelfeen, der ein Meister des Kampfes war.

»Ich werde alles in meiner Macht Stehende tun, um ihn zu besiegen und Euer Kind zu retten, Prinzesschen.«

»Bist du denn gut genug vorbereitet? Ich habe dich noch nie so viel in deinem Buch lesen und deinen Zauberstab schwingen sehen, Winzling.«

»Das will ich hoffen.« Plötzlich verlor der Feenrich den Halt und purzelte rücklings in die Rocktasche der Prinzessin.

Bevor er wieder herausklettern konnte, ertönte die tiefe Stimme des Königs. »Anna, wie lautet die Lösung?«

Erschrocken drehte sich die Prinzessin zum Fenster.

Starr vor Schreck brachte sie keinen einzigen Ton heraus.

»Keine Antwort? Gut, dann hast du damit das Todesurteil deiner Tochter unterschrieben.«

»Nein, Vater, warte!« Die Prinzessin preschte ihrem Vater hinterher und verlor dabei den Feenrich. Dieser landete unsanft in einer Nische zwischen der Wand und einer Kommode. Ächzend klammerte er sich an einem hervorstehenden Nagel fest, darauf bedacht, sich nicht auch noch das andere Bein zu brechen. Bei dem Versuch, sich hochzuziehen, verheddert er sich mit seinem Gürtel am Nagel.

Er war seit drei Tagen nicht mehr beim König eingekehrt. Hier durfte er sich auf keinen Fall blicken lassen.

»Wie lautet der Zauberspruch?«

»C-combinate c-comisca!«, stotterte die Prinzessin, die halb gelähmt war vor Angst. »Bitte gebt mir mein Kind zurück!«

»Falls es der falsche Zauber ist, werde ich es leider töten müssen.«

»Das war so nicht ausgemacht, du schwarzmagisches, hinterhältiges Scheusal«, schimpfte der Feenrich leise, während er verzweifelt versuchte, nicht tiefer in die Nische zu rutschen.

Die Prinzessin sank auf die Knie. Sie hatte das Gefühl, als habe ihr Vater ihr ein Schwert ins Herz gestoßen, es zweigeteilt und herausgerissen. Kein Wort der Welt konnte ihren unsagbaren Schmerz beschreiben, der ihr die Luft zum Atmen nahm. Nichts gab das Ausmaß ihrer Sorgen um ihr Neugeborenes wieder.

Der König kletterte am Turm herunter und war verschwunden.

»Helft mir, Prinzesschen!«, rief der Feenrich verzweifelt.

Die Prinzessin angelte das Lichtwesen aus der Spalte und setzte es auf die Kommode.

»Er hat sein Wort gebrochen«, schimpfte der Feenrich über alle Maßen verzweifelt. »Es war nie die Rede davon, das Kind zu töten.«

»Ich werde unser Kind zurückholen, Anna«, sagte der Müllerssohn. Entschlossen tastete er nach seiner Augenbinde und wickelte sie sich um den Kopf.

Kaum berührte das tränennasse Tuch seine verletzten Augen, stiegen kleine Sternchen von seinem Kopf auf.

Der Feenrich starrte den Müllerssohn entgeistert an. »Prinzessin, seht doch nur!«

»Valentin, nimm die Binde noch einmal ab«, forderte die Prinzessin ihn auf.

Der Müllerssohn tat wie ihm geheißen. Er nahm das Schmuddeltuch von den Augen und erblickte die aufgehende Sonne, die den Himmel am Horizont in sanftes Rot tauchte.

»Wieso kann ich wieder sehen?«

»Es war getränkt mit den Tränen der Prinzessin«, erklärte der Feenrich grinsend. »Die Liebe und ein klitzekleiner Heilzauber aus Junas Buch haben den Fluch geheilt!«

»Helft mir, mein König!«

Verwirrt drehte sich der Monarch um und suchte nach der Ursache des Geschreis.

»Ich bin hier! Hinter dem Schrank Eurer Werkbank!« Der Feenrich schickte einen Stoß Feenstaub in die Luft und wies dem König den Weg. Mit letzter Kraft hatte er sich durch das Loch im Dach gequält und von der Eule im Schlossgarten vor dem Fenster der Magierwerkstatt absetzen lassen.

»Jakob! Seit drei Tagen suche ich dich verzweifelt. Was ist mit deinem Bein passiert?«

»Ich bin von einem Eurer Soldaten angeschossen worden. Mit letzter Kraft habe ich mich auf die Werkbank geschleppt. Dann muss ich ohnmächtig in die Spalte hier gerutscht sein«, log der Feenrich.

Die Käfiginsassen blickten finster auf den Lügner herunter, doch keiner wagte es, sich gegen ihn zu erheben.

Kritisch untersuchte der König das Bein, von dem der Feenrich Schiene und Heilverband entfernt hatte.

»Der Knochen lässt sich heilen, aber das dauert ein paar Tage«, sagte der Feenrich und wies den König an, eine Heilpaste anzurühren. »Wenn Ihr sagt, ich bin seit drei Tagen weg, dann muss doch heute Vollmond sein«, bemerkte der Feenrich nebenbei.

Der König nickte mit ernster Miene.

Erschrocken schlug sich der Feenrich eine Hand vor den Mund. »Und der Zauber? Habt Ihr ihn gefunden?«

Der König deutete auf die rötlichen Spuren seines Versuchszaubers.

Das Gesicht der Lichterfee erhellte sich. »Ihr habt ihn gefunden, mein König! Das ist ja großartig!«

Ein Baby unterbrach ihr Gespräch mit seinem Geschrei.

»Ihr habt bereits das Kind der Prinzessin geholt?«, fragte der Feenrich scheinbar konfus.

»Ja. Wir können aufbrechen.«

D er Vollmond erleuchtete die Nacht, in der ein

Feuer nahe des großen Berges entzündet war, um einem Kessel mit Zauberzutaten einzuheizen. Vor der Blubbermasse stand der König und rührte darin herum, als wollte er mit dem erzeugten Nebel eine Nachricht in den Himmel schreiben. Über dem Geschehen hingen schwere Gewitterwolken und kündigten das bevorstehende Unheil an. Immer wieder schoben sie sich vor den Mond und schluckten das Licht.

Neben dem Feuer stand die Wiege mit dem Königskind, welches durch die Hitze selig schlief.

Soldaten bewachten in verschiedenen Abschnitten das gesamte Territorium, waren jedoch so weit verstreut, dass niemand sie auf einen Streich erledigen konnte. Außerdem hatte der König sie dieses Mal mit magischen Waffen ausgerüstet, die der Feenrich hatte bauen lassen.

»Bereit, mein König?«, fragte der Feenrich, dessen Flügel im Schein des Feuers heller funkelten als der Mond.

Monatelang hatte er Bücher gewälzt, um sich auf den Kampf vorzubereiten und nicht kläglich zu versagen.

Monatelang hatte er Pläne geschmiedet, um Junas Tod zu rächen. Ob ihm das nützen würde, blieb abzuwarten, zumal er kaum laufen konnte.

Aber sein gebrochenes Bein sollte ihn nicht daran hindern, gegen den Riesen zu kämpfen. Er war nicht mehr der kleine, unbedeutende Feenschüler, dem nichts mehr gelang. Er war in den letzten Monaten über sich hinausgewachsen und das würde er nun unter Beweis stellen.

Der König nickte nur.

Angespannt presste er beide Kiefer zusammen.

Von den nächsten Minuten hing sein Leben ab.

Und nicht nur seines, das der ganzen Menschheit.

Nun war die Stunde der Abrechnung gekommen.

Würde er dem Riesen gewachsen sein?

Oder würde Maximus ihn zermalmen wie einen Käfer und den Planeten mit all seinen Bewohnern mit einem einzigen Augenzwinkern auslöschen?

Der König nahm all seinen Mut zusammen und sprach: »Combinate comisca!«

Mit der letzten Silbe entstand über dem Feuerplatz direkt über dem mächtigen Felsvorsprung des roten Berges ein Feuerkreis, welcher wie ein glühender Lichtwirbel durch die Luft zischte.

Der König hatte das Portal geöffnet.

Furchtsam hielt er den Atem an. Sein Herz aktivierte seine Muskeln zur Kampfbereitschaft, während ihm das Blut durch die Adern rauschte. Für den Bruchteil einer Sekunde schloss er die Augen, um sich für den bevorstehenden Kampf zu sammeln.

Nun war endlich die Zeit gekommen, sich an Maximus zu rächen für all das Leid, welches der Riese ihm beschert hatte. Er würde für einen raschen Tod des Riesen sorgen und damit auch gleich die Lichterfeen befreien, und wenn es das Letzte war, was er tat.

Als der Herrscher aus dem Portal stieg, wurde er von den ersten Soldaten schwer verletzt, bevor er sich wehren und einige von ihnen töten konnte.

Auch der König stand nicht tatenlos herum und feuerte einen Fluch auf den Riesen ab, der ihn in der Körpermitte traf und keuchend zurückweichen ließ.

Wie ein lebendig gewordener Steinhüne richtete sich der bärtige Titan nur wenige Sekunden später wieder auf und blickte finster lächelnd auf König hinab. »Gib mir das Königskind und wir können unsere tödlichen Pläne begraben«, schlug er fast schon versöhnlich vor.

»Nimm es dir, aber behandele es gut«, sagte der König mit verbitterter Miene.

Der Riese beugte sich vor, ohne den Monarchen aus den Augen zu lassen und nahm das Kind samt Wiege in seine Pranken. »Und sie wird wirklich Marias Antlitz haben?«

Der Feenrich, der nur mit einem heilen Bein auf des Königs Schulter stand, sah Merculus, der seinen Zinken aus dem Portal hielt und die Lage prüfte.

Dann war der Dunkelkönig wieder verschwunden.

»Das Königstöchterchen wird Marias Ebenbild sein«, sagte er mit fester Stimme.

Der Riese nickte und verstaute die Wiege in einer Art Tragetuch, welches ihm am Gürtel hing.

»Merculus, komm heraus!«, rief der Riese mit dröhnender Stimme.

Überrascht beobachtete der Feenrich, wie sein ältester Freund, der König der Dunkelfeen, durch das Portal flog und den Zauberstab auf ihn richtete.

»Töte ihn!« Maximus deutete auf das ahnungslose Lichtwesen, dem einzigen Seher des ganzen Feenwaldes.

Der Feenrich zückte zur Verteidigung seinen Zauberstab und traf zunächst den Riesen am Auge und dann Merculus am linken Arm. Doch der Dunkelkönig war ein Kämpfer und ließ sich von einer verletzten Gliedmaße nicht aufhalten.

»Merculus, was…?« Weiter kam der Feenrich nicht, denn sein langjähriger Freund feuerte einen mächtigen Zauber in seine Richtung, der ihn traf und wie einen Stein zu Boden trudeln ließ.

Regungslos blieb die Lichterfee liegen.

Zufrieden nickte Maximus dem König der Dunkelfeen zu, der sich daraufhin zurückzog.

König Laurentz riss ein langes Koboldschwert aus der Scheide und stellte sich dem Riesen in den Weg. »Du wagst es, den Thronfolger der Lichterfeen zu töten, obwohl ich dir Marias Enkelkind übergeben habe? So hältst du also deine Versprechen?«

«Ich schenke dir dein Leben, Laurentz. Das ist mehr als du verdienst.«

»Wir hatten eine Vereinbarung«, beharrte der König. »Das Königskind für meine Zauberkräfte und die Freiheit der Feen. Wir hatten nicht vereinbart, dass du im Gegenzug für mein Enkelkind die königliche Feenfamilie auslöschst.«

»Er war nur ein Prinz!«

»Er war der Hoffnungsträger einer ganzen Generation«, wisperte der König fassungslos und drängte die aufkommenden Tränen zurück.

Er liebte die Lichterfeen fast mehr als sein Leben.

»Was bist du nur töricht, kleiner König«, lachte der Riese donnernd, doch durch eine Handbewegung des Königs hatten weitere Soldaten, die im Hinterhalt auf ein Zeichen gewartet hatten, bereits auf den Riesen geschossen.

Für diesen Angriff hatte der König die Bleikugeln mit Gift versehen, um den Riesen in höchstem Maße zu schwächen.

Verletzt sank Maximus auf die Knie und begutachtete die Einschusslöcher. »Du wagst es, das Feuer gegen mich zu eröffnen?« Er nahm die Wiege aus seiner Gürteltasche, die durchlöchert war. »Und riskierst damit nicht nur den Tod deines Enkelkindes, sondern auch die Frucht eines Friedenspaktes?«

Blut quoll dem Riesen aus dem Leib.

»Was soll das für ein Friedenspakt sein, bei dem nur du auf deine Kosten kommst?« Dennoch gab der König seinen Soldaten ein Zeichen, innezuhalten.

Weitere Riesen, Zyklopen und andere Dunkelwesen kamen durch das Portal in die Welt der Menschen, um ihrem Anführer beiseite zu stehen. Die nicht-magischen Hünen postierten sich um Maximus herum und machten ihn nahezu unangreifbar. Dabei metzelten sie mit ihren Waffen alles nieder, was ihnen in die Quere kam. Nur wenige von ihnen konnten durch die vergifteten Kugeln der königlichen Garde ausgeschaltet werden.

Im Zeitlupentempo stellte der Riese die Wiege ab.

Zeitgleich ließ der Tarnzauber des Feenrichs nach und statt eines Babys lag nun ein ausgewachsener Fellprinz in der Wiege.

Rumpelstilzchen kletterte heraus und stürmte zunächst auf König Laurentz zu.

Bevor der Monarch reagieren konnte, holte er aus und schlug dem König mit solcher Wucht in den Magen, dass dieser mehrere Meter weit flog.

Maximus war derart erschrocken über die Verwandlung des vermeintlichen Königskindes, dass er den Zauberstab für den Bruchteil einer Sekunde sinken ließ. Auch die anderen Dunkelwesen hielten inne und beobachteten das Schauspiel.

«Nehmt das für meine Braut, die Ihr aus purem Egoismus getötet habt!« Der Fellprinz prügelte zornentbrannt auf den am Boden liegenden König ein.

»Aber…sie ist…«, versuchte sich der Monarch zu verteidigen.

Just in diesem Augenblick nutzte eine Armee von Lichterfeen das Ablenkungsmoment und schlüpfte durch das noch immer geöffnete Portal. Sie leuchteten in solcher Übermacht, dass die kämpfenden Riesen und Zyklopen geblendet die Augen abschirmen mussten.

Überrascht von dem Angriff der Lichtwesen, ließ Rumpelstilzchen vom König ab und erinnerte sich an den Plan seines Feenrichs. Er eilte zur Wiege und nahm die hochexplosive Sprengkugel heraus.

»Und das ist für meinen getöteten Freund, den mutigsten Feenrich aller Zeiten. Stirb, du elendiger Verräter!« Mit Leichtigkeit warf er die kiloschwere Waffe Maximus an den Kopf.

Geblendet von der Explosion riss dieser seine Arme hoch und versuchte, seine Augen zu bedecken, doch die Druckwelle versengte Haut und Haar. Der Zauber, den der Feenrich in dem Schießpulver der Kugel eingearbeitet hatte, sorgte augenblicklich dafür, dass Maximus erblindete.

Merculus, der König der Dunkelfeen, nutzte die Gunst des Zaubers und winkte seine schärfste Waffe herbei: seine Armee, bestehend aus den finstersten Dunkelfeen, den mächtigsten Kämpfern der gesamten Anderswelt.
Zu Tausenden flogen sie durch das Portal und griffen Maximus und seine treuen Gefährten an.
Der Herrscher feuerte blindlings Todesflüche durch die Gegend und traf nicht nur seine eigenen Kämpfer, sondern versehentlich auch seinen langjährigen Feind und früheren Freund, König Laurentz, der sich soeben wieder aufgerappelt hatte.
Der Riese kämpfte nun nicht mehr nur gegen seinen Mangel an Sehvermögen an. Er bombardierte auch die Feenarmee, um sich gegen ihre schwarzmagischen Angriffe zu verteidigen - und unterlag.

♛ ♛ ♛

Heute würde ich ihn fragen. Nie zuvor war ich so fest entschlossen gewesen, um mein Glück zu kämpfen.

Mit dem Mut eines Feenprinzen marschierte ich zielstrebig durch die Schulkantine und hielt am Tisch von Steven an. Die Plätze neben ihm waren besetzt, aber ich nutzte mein entwaffnendes Lächeln und fragte Erik, den Captain der Football-Schulmannschaft: »Dürfte ich bitte neben Steven sitzen?«
Der Hüne war so perplex, dass er sein Tablett weiterschob und den Platz räumte.

»Herzlichen Dank!« Ich stellte mein Tablett neben Steven ab und setzte mich. Dann blickte ich meinem Schwarm in die blauen Augen. »Steven, hast du meine Einladungskarte bekommen?«

Steven schluckte und errötete heftig. Er wollte gerade antworten, als mich etwas am Kragen packte, was ich nicht einordnen konnte. Es war, als würde mich eine zugstarke Baggerschaufel hochheben.

»Wage es nicht, Steven anzusprechen«, zischte eine mir sehr bekannte Stimme in mein Ohr.

Mein Herz wollte mir davongaloppieren, doch dann musste ich an den mutigen Feenrich denken, der sein Leben geopfert hatte, um den mächtigsten Dunkelherrscher der Anderswelt zu bekämpfen.

Ich war nicht mehr das schüchterne Blondchen von der Schaffarm. Ich war Emma Valentino, Trägerin des Pakts des Lichts und Verbündete von Rumpelstilzchen Junior. Ich wurde geliebt und von der gesamten Unterwelt bewundert - na gut, vielleicht nicht von sämtlichen Unterweltlern, aber immerhin von einigen.

Ich strampelte mich frei und schlug die starken Hände weg. »Fass mich nicht an!«

Erschrocken wich Anastasia zurück.

Ich ließ ihr keine Zeit zum Reagieren und stürmte auf sie zu. Während ich das tat, schnappte ich mir den Teller mit dem Kartoffelbrei meines Banknachbarn und klatschte ihn ihr ins verhasste Gesicht.

Dann drückte ich sie gegen einen Pfeiler. »Wenn du deine Langfinger nicht von mir fernhältst, werde ich meiner Freundin Holla Bescheid sagen. Sie freut sich außerordentlich, dich und deine Zicken über dem Höllenfeuer zu braten.«

Anastasia schnappte nach Luft. »Wie bitte?«

»Wage es nicht, mich noch einmal anzufassen oder zu-
rückzupfeifen, nur weil ich mich mit Steven unterhalten
will«, brüllte ich so laut durch die ganze Schulkantine,
dass alle Schüler aufhörten zu essen und neugierig zu uns
herüberblickten.

Ich warf sie zu Boden und ging direkt zu Steven. Dann
zog ich ihn von der Bank hoch und blickte ihm tief in die
Augen. »Kommst du zu meiner Party, oder nicht?«

Steven war stumm vor Schreck und nickte nur.

Ich lächelte und gab ihm einen waghalsigen Kuss auf den
Mund, den er sogar erwiderte. Die winzig kleinen Sternchen zwischen uns bemerkte ich in der Aufregung nicht.

»Prima! Ich freue mich sehr auf dich!«

Die Schüler johlten laut und einige klatschten begeistert
Beifall. Grinsend ließ ich mein Essen stehen und verließ
die Schulkantine mit einem glücksgefüllten Bauch, der
meine Lungen fast zum Platzen brachte.

♛♛♛

»Emma-Süße, du strahlst ja so!«, wurde ich von meinem Fellprinzen begrüßt.

Lächelnd streichelte ich ihm über sein Langohr. »Ich hatte
einen phantastischen Schultag. Und nun will ich das Ende
hören.«

»Na, dann setz dich mal, mein Märchenmädchen!«

ach der ersten Schocksekunde blies Merculus

in sein Siegeshorn. Alle noch lebenden Kämpfer der dunklen Seite hielten erschrocken inne und registrierten erst jetzt, dass ihr Anführer gefallen war. Augenblicklich legten sie ihre Waffen nieder und neigten ihr Haupt vor dem König der Dunkelfeen, dem neuen Herrscher der Anderswelt.

Merculus flog zu seinem langjährigen Verbündeten, dem Sohn von Horatio und Thronfolger der Lichterfeen, der noch immer leblos am Boden lag.
Staunend beobachtete Rumpelstilzchen, wie der dunkle Feenrich einen goldenen Zauber auf seinen Freund nieder- rieseln ließ. Nur wenige Augenblicke später öffnete die Lichterfee die Augen.

Erleichtert beugte sich Merculus über ihn. »Jakob, du lebst, der Göttin sei Dank! Bitte verzeih mir den Angriff! Ich hat- te keine andere Wahl.«
Der Feenrich schüttelte benommen den Kopf. »Beim Feen- könig, ich dachte ernsthaft, mein letztes Stündlein hätte ge- schlagen und du würdest mich töten!«
Merculus musterte den Feenrich, dann zog er ihn in seine Arme und klopfte ihm freundschaftlich auf den Rücken. »Niemals! Du bist mein Freund!«
»Ist Maximus dir etwa auf die Schliche gekommen?«
Merculus nickte. »Er zwang mich, in seine Dienste zu treten. Ich musste die Armee heimlich bei Nacht und Nebel trainieren in den Stunden, in denen der Riese schlief.«
»Hab Dank, dass du nur den Schein-Tötungszauber ange- wandt hast, mein Freund! Das war ein mächtiger Zauber! Du hast dir diesen Sieg redlich verdient! Es ist mir eine große Ehre, die Herrschaft der Anderswelt nun in deinen Händen liegen zu sehen!« Die Lichterfee rappelte sich ächzend auf.
»Wir beide haben diesen Sieg mit Bedacht vorbereitet und zu Recht erkämpft. Der Thron des Herrschers würde eben- so dir gebühren«, widersprach Merculus.

Der Feenrich schüttelte lächelnd den Kopf. »Nein, mein Freund, ich muss diese große Aufgabe leider ablehnen. Ich habe andere Pläne. Ich bin sicher, du wirst dich als Herrscher hervorragend machen.«

Horatio, der Vater von Jakob und König der Lichterfeen, flog herbei. Er neigte sein Haupt vor den beiden Jungfeen. »Das war eine wahre Glanzleistung, Merculus! Jakob, mein Sohn, ich bin so unsagbar stolz auf dich, dass mir die Worte fehlen!«
Der Feenrich fiel seinem Vater in die Arme. »Vater, bitte verzeih, dass ich dich als Sohn enttäuscht habe…«
Horatio lächelte. »Das hast du nicht, Jakob. Niemand sagt, dass ein Held gut in der Feenschule sein muss, oder? Du hast unser aller Leben gerettet, obwohl mir zunächst das Herz brechen wollte, als ich erfuhr, dass du zum Feind übergelaufen warst. Ich ahnte nicht einmal, dass du diesen Kampf nur vorbereitet hast. Bitte verzeih einem alten Dummkopf, dass ich deinen Plan, Maximus zu besiegen, nicht durchschaut habe!«
»Vater, da gibt es nichts zu verzeihen. Die Gabe der Vorsehung obliegt nun einmal nur mir. Und ich hätte keine einzige Lichterfee einweihen können, ohne dass ich euer aller Leben gefährdet hätte. Es ist doch Allgemeinhin bekannt, dass Lichterfeen nicht lügen können.«
Horatio grinste. »Ja, mein Sohn, auch diese Fähigkeit hast du von deiner Urgroßmutter geerbt. Sie war eine glanzvolle Lügnerin.«
Der Jungfeenrich neigte den Kopf. »So ist es, mein König.«
»Es wird nun Zeit, dass du nach Hause kommst und den Thron besteigst, Jakob.«
»Vater, ich kann nicht. Ich habe noch nicht einmal meine Meisterprüfung abgelegt«, widersprach der Feenrich.

Horatio tätschelte seine Schulter. »Mein Sohn, deine Beteiligung am schwersten Kampf unserer Geschichte ist mehr als eine Meisterprüfung, die du mit Bravour bestanden hast. Die Lichterfeen sind stolz, einen solchen König ihr eigen zu nennen.« Er zwinkerte seinem Sohn zu, der ihn ergriffen in seine Arme zog.

👑👑👑

» W as ist?«, platzte ich heraus.

Fünf bunte Augenpaare starrten mich an.

»Habe ich grüne Antennen bekommen? Oder eine pinke Nase? Schöne Langohren?«, versuchte ich einen Scherz zu machen.

»Sie sieht irgendwie verändert aus«, stellte Samira fest.

»Das ist der Pakt«, bemerkte Onkel Hans trocken.

Ich lächelte bis über beide Zwergenohren. »Es ist mir total egal, ob das eine Nebenwirkung vom Pakt des Lichts ist. Ich habe mich heute in der Schule gewehrt. Endlich. Anastasia hat richtig alt ausgesehen. Noch nie zuvor habe ich mich so stark gefühlt.«

Staunend blickten mich die Violentianer an.

»Du hast dich gegen Anastasia gewehrt?«, fragte Samira perplex.

Ich nickte stolz.

»Dann hat dich der Pakt wirklich sehr stark gemacht«, sagte sie hochachtungsvoll.

»Das war nicht alleine der Pakt«, widersprach ich. »Es wurde einfach Zeit, dass ich mir nicht mehr alles gefallen lasse.«

Mein Fellprinz räusperte sich. »Wollen wir trotzdem noch zum Ende der Geschichte kommen? Schließlich denkt die ganze Menschlingswelt, dass mein Vater sich am Ende zweigeteilt hat…«

as Atmen fiel Rumpelstilzchen schwer, als er

ohne seinen Feenrich, übervoll an Neuigkeiten, endlich am Turm ankam.
Wann würde der Tod ihn abholen kommen?
Hatte sein nun sterbliches Leben überhaupt einen Sinn ohne Saphira und seinen kleinen Feenrich?

Saphira war tot und Jakob hatte sich für ein Leben im Feenwald entschieden. Der Verlust der beiden war schier zu ertragen, sein Herz fing regelrecht an zu stolpern vor Kummer.
»Rapunzel, wirf das Seil herab«, rief er kraftlos.
Die Prinzessin blickte aus dem Fenster und stand dort in ihrer wahren Gestalt - ohne Fluch der Täuschung und ohne Bann - vollkommen sichtbar als außergewöhnliche Schönheit.
In ihren Armen hielt sie überglücklich ihr Kind.
»Rumpelstilzchen! Du lebst!«
Sie warf das Seil hinab, doch statt darauf zu warten, dass der Fellprinz nach oben kletterte, reichte sie ihr Töchterchen an den Müllerssohn weiter und schwang sich aus dem Fenster. Sie ließ sich am Seil herunterrutschen und fiel dem Fellprinzen überglücklich um den Hals. »Rumpelstilzchen, du hast uns alle gerettet! Wie kann ich dir jemals danken?«
Rumpelstilzchen errötete. »Nicht der Rede wert«, winkte er ab. »Das war nicht mein alleiniger Verdienst. Ohne die Ar-

mee der Lichter- und Dunkelfeen wären wir Maximus elendig unterlegen gewesen.«

»Obwohl es für dich durch den Tod deiner Braut keinen Grund mehr gab zu kämpfen, hast du meine Familie und das Leben aller Menschen gerettet. Du bist ein wahrer Held! Du und mein entzückender Feenrich.« Sie blickte sich um. »Wo steckt die Nervensäge überhaupt? Ich will ihm danken.«

Rumpelstilzchen blickte zum roten Berg hinüber, wo noch immer eine schwarze Rauchsäule in den Himmel stieg und den rosafarbenen Sonnenaufgang störte.

Plötzlich durchfuhr die Prinzessin ein furchtbarer Gedanke. Erschrocken schlug sie sich die Hand vor den Mund. »Beim Merlin, ist Jakob…ist er…tot?« Tränen stiegen ihr in die Augen.

»Nein, er lebt, Majestät! Aber sein Zuhause ist in der Anderswelt. Er wird im Feenwald die Thronfolge antreten«, sagte Rumpelstilzchen traurig.

»Jakob ist…tatsächlich ein Prinz?«, platzte die Prinzessin erschrocken heraus. »Jakob ist der Sohn von Horatio?«

»Das ist er«, sagte Rumpelstilzchen lächelnd.

»Beim Merlin!« Die Prinzessin erzitterte. »Ich bin sichtbar. Bann und Fluch sind gebrochen. Bedeutet das, dass mein Vater, unser König, tot ist?«

Rumpelstilzchen nickte erneut. Er fand keine Worte für das, was auf dem Schlachtfeld passiert war.

Der Müllerssohn, der den Turm mit seiner Tochter heruntergeklettert war, umarmte seine Braut, die sich verstohlen eine Träne aus den Augenwinkeln wischte. »Es ist Zeit, nach vorne zu blicken, Anna. Wir haben eine Hochzeit und eine Taufe vorzubereiten. Trotz allem werden wir deinem Vater ein Denkmal errichten.«

»Ja, Liebster! Gib mir einen Tag Zeit zum Trauern, dann wollen wir Hochzeit feiern.«

Sie wandten sich zum Gehen, als plötzlich ein abgehetzter, pummeliger Feenrich auftauchte. »Soll hier etwa ohne mich gefeiert werden, Prinzesschen?«

Entgeistert wirbelte die Prinzessin herum und fing das Lichtwesen ein. »Jakob! Was machst du hier? Ich dachte, du hast uns verlassen!« Viel zu grob drückte sie ihn an ihre Brust.

Der Feenrich konnte kaum sprechen, weil sein Gesicht an der Haut der Prinzessin klebte. »Lasst mich heil, Lieblingsprinzessinnenbraten! Heimat ist dort, wo das Herz ist, oder nicht?«

»Doch. Aber Blut ist dicker als Wasser. Und deine Familie lebt im Feenwald«, erwiderte die Prinzessin.

»Irrtum, meine Familie ist hier und Juna ist tot. Mein Herz schlägt nur noch für Euch und meinen Meister! Wie könnte ich euch da verlassen, Prinzesschen?«

»Pass auf, ich lasse dich nie wieder los, Nervensäge!«

»Das wäre auf Dauer vielleicht etwas unbequem.«

Die Prinzessin setzte den verletzten Feenrich auf ihre Schulter. »Komm mit, mein Held! Auf uns wartet ein Berg an Arbeit. Und einen talentierten Feenrich kann ich dabei sehr gut gebrauchen.«

👑👑👑

»Filius!« Staunend blickte ich auf den kleinen Feenrich hinunter. Ich war schwerstens bemüht, den zwiebelnden Schmerz zwischen Nase und Tränensäcken in den Griff zu kriegen. »Dein Vater hat sich entschieden, bei den Menschen zu bleiben, auch wenn das für ihn hieß, dass er niemals eine Feenfamilie haben würde?«

Der Feenrich nickte.

»Aber wenn du sein Sohn bist, muss er doch noch eine Frau gefunden haben«, schlussfolgerte ich.

»Sie nutzt eindeutig hundert Prozent«, sagte Onkel Hans.

»Warte ab, Emma!«, drängte mein Fellprinz.

Eilig hielt ich mir ein Taschentuch vors Gesicht, um die Tränen der Rührung zu verbergen.

»Nebenwirkung?«, murmelte Cousin Enrique.

»Ja, sie quillt über vor Liebe, die Ärmste!«, hörte ich Samira schniefen.

Der Feenrich legte sich zwei Finger auf die Lippen und ließ einen ungewöhnlich lauten Pfiff erklingen.

Erschrocken zuckte ich zusammen und versuchte, meinen Herzschlag zu drosseln.

Was passierte denn jetzt?

Augenblicklich schoss eine Schar von Lichterfeen aus einer riesigen Amethystdruse hervor, die ich schon die ganze Zeit über bewundert hatte, denn der lilafarbene Stein funkelte wie ein Meer aus Tausend Feenflügeln.

Mit weit aufgerissenen Augen sah ich die Flügelwesen herannahen. »Was ist das?«

»Das ist ein Portal zur Anderswelt, Emma«, erklärte mein Paktpartner. »Über die Druse pendeln die Feen zwischen den Welten.«

»Darf ich vorstellen, Emma: Das ist meine Familie«, sagte Filius stolz.

Der älteste Feenrich kam herbeigeflogen und verbeugte sich. Obwohl seinen linken Flügel klitzekleine Löcher zierten, war er ein Meister der Flugkunst. »Ich grüße dich, Märchenmädchen! Ich bin Jakob, schlechtester Feenschüler aller Zeiten und König der Lichterfeen vom Feenwald.«

👑👑👑

ämtliche schwarzmagische Barrieren rund um das

Schloss hatten sich mit dem Tod des Königs in Luft aufgelöst. Alles Leben, was zitternd in den engsten Ritzen Zu-
flucht gesucht hatte, kam nun herausgekrochen, mutig und
mit neuer Lebensenergie der Sonne entgegen.

Kleine Blumen reckten ihre Hälse, neugierig, wer nun das
Schloss mit Leben füllen würde. Vögel, Käfer und andere
Wesen kamen aus ihren Verstecken und atmeten erleichtert
auf.

»Nun seid Ihr endlich Königin von Lichtenwald,
Prinzesschen!«, sagte der Feenrich überglücklich nach der
Krönungszeremonie, der nicht nur die Bewohner von Lichtenwald, sondern auch die der benachbarten Königreiche bei-
gewohnt hatten.

Königin Anna von Lichtenwald nickte, zu überwältigt, um
ihre Gefühle in Worte auszudrücken.

»Leider habe ich überhaupt keine Ahnung, welchen neckischen
Spitznamen ich Euch nun verpassen soll. Aus einer Königin
lässt sich kein ›Prinzesschen‹ machen.« Der Feenrich wischte
sich eine Träne der Rührung von der Wange.

Die Königin lächelte. »Du darfst mich weiterhin ›Prinzesschen‹
nennen, prinzenhafte Lieblingsnervensäge!«

Der Feenrich schnitt eine Grimasse. »Wie edelmütig von
Euch, mein Königsbraten!«

Rumpelstilzchen räusperte sich. »Königin, das Volk wartet
darauf, dass Ihr die Statue freilegt und den Tag zum Volks-
feiertag erklärt.«

Die Königin nickte. Andächtig zog sie ein schweres Tuch
von einer Bronzestatue, die den König, einen Feenrich und
einen Fellprinzen zeigte, und wandte sich an ihr Volk: »Diesen drei Helden ist es zu verdanken, dass wir alle noch am
Leben sind. Eine dunkle Macht war kurz davor, uns alle zu

verschlingen wie ein Tasmanischer Teufel seine Beute. Vom heutigen Tage an wollen wir diese drei Vorbilder an unserem Ehrentag feiern und stets die Arbeit niederlegen. An diesem Tag ist es niemandem gestattet, zu dienen und zu schaffen. Ein Hoch auf die Retter unserer Welt!«

Das Volk jubelte den Berühmtheiten und seinem neuen Königspaar zu, welches das frisch getaufte Töchterchen in den Armen hielt.

Verlegen schlüpfte Rumpelstilzchen, der getarnt als Staatssekretär hinter dem Königspaar stand, in die Hand der Zofe. Dabei legte er all seine Liebe in seinen Blick. Die Zofe beugte sich zu ihm herüber und gab ihm einen Kuss auf den Mund.

Kaum hatte Rumpelstilzchen seinen Lieblingsmenschling mit aller Leidenschaft, die sich in ihm aufgestaut hatte, zurückgeküsst, löste sich die Zofe in Luft auf und war wie vom Erdboden verschluckt. Er selbst war so geschockt, dass er auf der Stelle tot umfiel.

👑👑👑

Ungläubig starrte ich Rumpelstilzchen Junior an. »Das hast du dir nur ausgedacht, um uns länger auf die Folter zu spannen«, wisperte ich erschrocken.

»Lieblingsmenschling, manchmal müssen wir die Dinge so akzeptieren, wie sie sind, auch wenn sie uns das Herz zerreißen. Der Verlust durch den Tod ist hierbei die bitterste Medizin von allen, weil er unsere Liebsten entreißt, um diese weiterziehen zu lassen.« Mein Fellprinz schaute mich fast mütterlich an.

»Aber…er darf nicht tot sein.« Tränen glitzerten in meinen Wimpern. »Er ist mein Idol! Und das meiner Mom! Sag, dass du dir das nur ausgedacht hast!«

»Liebchen! Genau so ist es passiert. Aber vielleicht solltest du dich mehr in Geduld üben. Schade, dass der Pakt des Lichts deine Ungeduld noch verstärkt hat.«

Ich verdrehte die Augen. »Er war mein Vorbild und jetzt ist er TOT? Das kann nicht sein! Das darf einfach nicht sein! Meine Mom wird das umhauen!« Eilig schnappte ich mir ein Taschentuch und bedeckte meine tränennassen Augen. »Ich hatte doch so sehr gehofft, ihm nach dem Interview endlich einmal zu begegnen. Seitdem ich ein kleines Mädchen war, habe ich mir gewünscht, den wahren Rumpelstilzchen zu treffen«, hauchte ich.

Ich schüttelte den Kopf und versuchte, den Kloß in meinem Hals hinunterzuschlucken, aber der war lästig wie ein Klumpen Kleister. Auch meine Tränen purzelten unkontrolliert über meine Wangen und rissen gleich noch Sturzbäche an Nasenschnuddelei mit sich. Fix angelte ich mir zehn Taschentücher auf einmal aus meinem Rucksack und verbuddelte mein Gesicht darin.

»Gotthorst, mach was!«, befahl Samira streng.

Mein Fellprinz stand seufzend auf und verpasste mir einen fetten Kuss auf die Augen, der augenblicklich alle biologischen Vorgänge in meinem Körper abbrach.

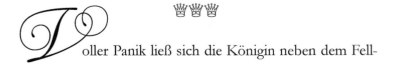

oller Panik ließ sich die Königin neben dem Fell-

prinzen nieder. »Valentin, mach doch was! Hol den Hofarzt! Jakob, zaubere ihn wieder lebendig!«

Der Feenrich flog von ihrer Schulter herunter auf den Bauch seines Meisters. Behutsam legte er seine Hand auf die Brust und fühlte nach dem Herzschlag. »Meister, mein

Meister! Ihr dürft nicht sterben!« Er blickte auf, vollkommen geschockt. »Sein Herz schlägt nicht mehr, Majestät!«

»Jakob!« Eine Lichterfee tauchte abgehetzt auf und landete neben dem Feenrich auf dem Bauch des Fellprinzen.

»Juna? Juna, du lebst?« Fassungslos starrte der Feenrich auf die geflügelte Schönheit.

»Ja, ich lebe!« Die Fee verneigte sich vor dem Feenprinzen. »Mein geliebter Jakob, meine Zwillingsschwester und ich waren Gefangene des dunklen Herrschers. Er tötete sie bei der letzten Portalöffnung, um dich glauben zu lassen, dass ich tot sei. Merculus konnte mein Heilzauberbuch in die Menschenwelt schmuggeln mit einer Botschaft von mir auf der vorletzten Seite. Aber offensichtlich hast du sie nicht gefunden.«

»Nein. Aber wie konntest du entkommen?«

»Mit Maximus Tod wurden meine Ketten gesprengt und ich konnte deiner Spur folgen.«

»Juna, mein Herz!« Der Feenrich sank auf die Knie und ergriff die zarten Hände der Fee. Zutiefst dankbar küsste er ihre Fingerspitzen und versuchte, das unkontrollierte Schluchzen in seiner Brust zu unterdrücken. »Du lebst!«

»Dann ist noch ein Plätzchen in deinem Herzen für mich frei?«, fragte die Lichterfee, die nervös vor dem Feenrich herumflatterte.

»Juna, meine Lieblingsfee! Wie kannst du so etwas fragen? Natürlich! Du bist mir das Kostbarste auf der ganzen Welt! Du bist meine Magie!«

»Du kennst sie?«, platzte die Königin verwundert dazwischen.

»Wir haben zusammen die Schulbank gedrückt«, erklärte der Feenrich. »Juna ist nicht nur die Liebe meines Lebens, sie ist auch die talentierteste Heilerin des ganzen Feenwaldes.«

Juna umarmte den Feenrich und gab ihm einen Kuss auf den Mund. Augenblicklich stob eine Wolke aus goldenen Funken hoch in die Lüfte.

Der Königin war, als hörte sie ein Feenglöckchen klingeln.

Staunend blickte der Feenrich dem Funkenstaub hinterher. Dann lächelte er Juna an. »Ich bin der glücklichste Feenrich der Welt mit dir an meiner Seite, Juna.«

Die Fee zwinkerte ihm zu. »Ich bin so unfassbar stolz auf dich. Zu groß war meine Sorge, als du dich heimlich aus dem Staub gemacht hattest und mir nur eine Nachricht hinterließest, dass du die Welt retten musst.«

»Bitte verzeih!«

»Da gibt es nichts zu verzeihen! Aber noch allerhand zu tun.« Sie beugte sich hinab und legte ihre Hände auf die Brust des Fellprinzen.

Licht stob aus ihrem Körper und strömte über ihre Hände in das Herz von Rumpelstilzchen. Nach wenigen Sekunden brachte die Lichterfee sein Herz wieder zum Schlagen.

Alles eine Täuschung?

»Gleich kommt Steven!«, unterbrach mein Fellprinz das Märchen.

»Und Emmas Großmutter«, platzte Filius heraus, der die Gabe der Vorhersehung von seinem Vater geerbt hatte.

»Was?«, rief ich aus.

Meine Großmutter konnte ich hier gerade ÜBERHAUPT NICHT gebrauchen, vor allem nicht, wenn Steven ebenfalls kam.

Wie würde er auf mich reagieren, nachdem ich ihn vor der gesamten Schule geküsst hatte?

Angst und Aufregung teilten sich den Platz in meiner Brust und ließen mein Herz fast davongaloppieren. Augenblicklich schwammen meine Hände in Angstschweiß.

Herrje, wie sah ich aus?

Ich war total verheult und meine Haare waren die reinste Katastrophe.

Inmitten meiner Panik hielt ich inne.

Wenn mein Jugendschwarm gleich hier auftauchte, was machte ich dann mit meinen Gefühlen für den Fellprinzen? Musste ich mich dann für einen der beiden entscheiden? Wie sollte ich das anstellen?

»Gotthorst, erzähl noch eben das Ende«, drängte Samira.

»Nein«, verkündete mein Fellprinz, »Emma bekommt gleich Besuch!«

»Erzähl den Schluss oder wir quälen dich mit Schokoladenentzug«, empörte sich Tante Samantha.

»Genau, Steven muss warten«, entschied ich. »Und meine Großmutter auch.«

$\mathcal{D}$as Herz wollte dem Feenrich vor lauter Aufre-

gung aus dem Leibe springen.

Spielte denn das Schicksal verrückt?

»Ich denke, wir können mehr als nur ein Leben retten«, sagte Juna leise. »Komm!« Sie reichte ihm ihre Hände. Als der Feenrich sie berührte, durchfuhr ihn eine starke Vision. »Ja, du hast Recht!«

Der neue König nahm den Fellprinzen auf seine Arme und brachte ihn ins Schloss. Dort legte er ihn auf eine lange Chaiselongue.

Die Königin folgte ihm mit den beiden Lichterfeen. Vor der Tür zum Schlosskeller bog der Feenrich ab.

»Wo willst du hin, Jakob?«

»In die Magierwerkstatt«, rief er der Königin zu.

Er besänftigte den Drachen, der noch immer treu den Eingang bewachte. Mit einem gelungenen Zauber öffnete Juna die Tür der Magierwerkstatt.

Sobald sie den Raum betreten hatten, brüllten die Gefangenen in den vielen Käfigen los.

»Holt uns hier heraus!«

»Befreit uns!«

»Wir haben Hunger und Durst!«

Erschrocken blickte sich Juna um. Da sie eine Meisterschülerin gewesen war, brauchte sie nur einige kurze Schwünge ihres Zauberstabes und hatte alle Wesen befreit.

»Geschwind nach oben mit euch«, rief die Fee. »Lasst euch Essen und Trinken bringen! Heute ist ein Feiertag, da soll niemand hungern und darben.«

Als der letzte Gefangene den Raum verlassen hatte, wirkte dieser wie ausgestorben. Nur das leise Blubbern der schrillbunten Flüssigkeiten in den vielen Reagenz- und Kolbengläsern erinnerten daran, dass der einstige König hier herumgewerkelt hatte.

»Was sucht ihr hier, Jakob?«, fragte die Königin, die ihnen gefolgt war.

»Kommt mit, Prinzesschen! Wir retten jetzt Rumpelstilzchens Braut«, rief der Feenrich zuversichtlich.

Neugierig folgte die Königin den beiden Lichterfeen.

»Ist sie das? Ist das Rumpelstilzchens Braut?« Fast schon liebevoll streichelte die Monarchin der außerirdischen Prinzessin über den Kopf.

Der Feenrich nickte.

»Ist sie…wirklich tot?«, flüsterte sie.

»Nein, aber sie ist stark geschwächt. Helft mir, sie zu retten! Und damit auch Rumpelstilzchen.«

Juna ließ sich auf der Brust der Prinzessin nieder und ließ gleißendes Licht aus ihren Händen in das Herz der Verletzten strömen.

»Ich tue alles«, versprach die Königin. »Was soll ich tun?«

Der Feenrich deutete auf den echten Kelch auf der Werkbank, der so hell erstrahlte, dass es in den Augen wehtat.

»Wir müssen ihr etwas von der Quelle der Unsterblichkeit verabreichen.«

Die Königin tat, wie ihr geheißen und flößte Saphira etwas von der Lebensquelle ein.

Gespannt blickte der Feenrich auf das leblose Gesicht.

»Gebt Ihr noch einen Schluck, Prinzesschen.«

Die Königin nickte und verabreichte Saphira noch etwas von der Quelle der Unsterblichkeit.

Der Atem des Feenrichs verweigerte seinen Dienst, als die Fremde plötzlich die Augen aufschlug.

Auch Juna zuckte zurück und hielt inne.

»Sie lebt«, rief der Feenrich erleichtert und drückte Junas Hand.

»Wo bin ich? Was ist passiert?« Die Fellprinzessin blickte sich verwirrt um.

»Ihr seid von einem mächtigen Zauber getroffen worden, Prinzessin«, sagte der Feenrich.

»Stell dich ihr vor«, wisperte Juna.

Der Feenrich nickte und deutete eine Verbeugung an. »Ich bin Jakob, Thronfolger der Lichterfeen vom Feenwald und Freund Eures Bräutigams.«

»Ich weiß, wer du bist«, sagte die Fellprinzessin überraschend. »Jakob, mein Freund! Hab Dank, dass du meine Wunde an der Hand geheilt hast. Das Gift des Fluches breitete sich unaufhaltsam in meinem Körper aus und ließ mich von Tag zu Tag schwächer werden. Du hast mich unter Einsatz deines Lebens geheilt.«

»Das war nicht der Rede wert, Saphira. Aber nun müsst Ihr uns helfen! Es geht meinem Meister schlecht.«

Saphira griff sich an die Brust. »Ich weiß. Ich spüre tausend Nadeln, die wie Feuer in meine Haut ritzen.«

Die Königin deutete auf die Reptilienschuppen auf den Gliedmaßen der Fellprinzessin. »Sind das wirklich Wunschflecken auf Eurem Körper, Prinzessin Saphira?«

Diese stutzte. »Ja, aber woher wisst Ihr von ihnen? Sie sind ein lang gehütetes Geheimnis.«

Die Königin lächelte. »Das ist jetzt nicht wichtig. Ich wünsche mir, dass wir Rumpelstilzchens Leben retten.«

Ächzend setzte sich Saphira hin. Sie konnte sich kaum aufrecht halten. »Euer Wunsch ist mir Befehl!«

»Gut, und nun kommt mit!« Zur Überraschung aller buckelte die sonst so barsche Königin die Braut vom Fellprinzen auf ihren Rücken und folgte dem Feenpärchen in den Schlosssaal.

Dort sank die außerirdische Prinzessin auf die Brust ihres Prinzen. »Hinnerk, mein Liebster!«

»Prinzessin Saphira, mein Meister hat mir von dem Stein des Lebens erzählt. Er soll Tote zum Leben erwecken können.« Der Feenrich deutete auf den Kelch mit dem roten Stein, den er aus der Magierwerkstatt mitgenommen hatte.

«Ja, das kann er.« Eilig griff Saphira nach dem Kelch. Sie rieb etwas von dem Stein ab und ließ es in den Mund des Fellprinzen rieseln. »Schluck das, mein Prinz!«

Der Bauch des Fellprinzen fing an zu gurgeln, dann plötzlich röchelte er. Hustend und prustend riss er schließlich erschrocken die Augen auf. »Saphira?«

»Hinnerk, mein Liebster!«

»Saphira, du lebst?«

Die außerirdische Prinzessin streichelte seinen Kopf und umschlang ihr Ohr mit seinem. »Dein Feenfreund hat mich gerettet. Nachdem der König meinen vergifteten Finger entfernt hatte, löste Jakob das Gift des Fluches auf, welches meine Sinne raubte, und heilte meine Wunde an der Hand. Der König hatte meinen Tod nur vorgetäuscht, um dich herbeizulocken.«

»Du hast Saphira geheilt, mein Freund?« Mit großen Augen richtete sich Rumpelstilzchen an seinen kleinen Feenrich. Dieser pustete die Bäckchen auf. »Ach, das war nicht der Rede wert, mein Meister! Ein leichter Heilzauber«, log er.

»Hab tausend Dank!« Mühsam richtete Rumpelstilzchen sich auf.

Erleichtert fiel die Königin dem Fellprinzen um den Hals. »Ich bin ja so erleichtert, dass du noch lebst, mein Rumpelstilzchen! Du glücksbringendes Monsterchen hättest mir doch sehr gefehlt.«

Der Prinz lächelte breit und entblößte seine spitzen Zähne. »Das bin ich auch, Königin Anna! Und da ich an der Seite meiner Braut unsterblich bin, werdet Ihr noch lange etwas von mir haben.«

Zufrieden lächelte die Königin ihn an. »Ihr habt mein Leben gerettet, du, Rumpelstilzchen und du, Jakob, meine kleine Nervensäge«, sagte die Königin. Sie drückte die Hand des Fellprinzen und tätschelte des Feenrichs Kopf. »Wie kann ich euch jemals danken?«

»Ihr könntet mir verraten, wo Eure Zofe ist! Wieso hat sie sich in Luft aufgelöst?«, fragte Rumpelstilzchen mit wild klopfendem Herzen. Fast ein wenig ängstlich schielte er zu Saphira, doch die schien ihm die Frage nicht übel zu nehmen.

»Mein kleiner Fellprinz, das kann ich dir nicht beantworten. Für mich ist es ebenso ein Rätsel, wohin meine Zofe verschwunden ist«, bedauerte die Königin.

»Vielleicht kann ich das aufklären.« Saphira hob lächelnd ihre Hand. Diese zeigte nur vier statt der üblichen fünf Finger. »Ich war die Zofe.«

»Du…warst die Zofe?« Fassungslos starrte Rumpelstilzchen seine Braut an.

»Ja, jemand musste doch auf dich aufpassen, mein Liebster!«, entgegnete Saphira. »Emra war mein Astralkörper.«

»Beim Jupiter, wie konnte ich nur deine Gabe vergessen?«, flüsterte Rumpelstilzchen kopfschüttelnd.

»Ich verstehe kein Wort«, sagte die Königin. »Wie konntest du in der Magierwerkstatt in einem totenähnlichen Schlaf liegen, während du mir andererseits quicklebendig als menschliche Zofe gedient hast?«

Rumpelstilzchen lächelte. »Das kann ich erklären, Majestät. Violentionis haben eine ganz besondere Befähigung. Sie sind in der Lage, mit einem Astralkörper ihrer Wahl dort aufzutauchen, wo sie gebraucht werden. Dieser Astralkörper ist nicht von einem energetisch manifestierten Körper zu unterscheiden und kann sogar seine Gestalt verändern.«

Unendliches Glück durchflutete den außerirdischen Fellprinzen, als er seine Braut voller Dankbarkeit in die Arme schloss.

»Saphira, du warst der schönste Menschling, dem ich je begegnet bin. Nun weiß ich auch, weshalb du mein Herz zum Erblühen gebracht hast. Ich bin so erleichtert!« Er stutzte. »Aber das hat dich zusätzlich geschwächt, nicht wahr?«

»Ja, mein Prinz! Aber deine Not hat mir keine andere Wahl gelassen.«

»Auf, auf, Schluss mit den Liebeleien!«, schlug die Königin plötzlich einen barschen Befehlston an.

Verwundert blickten sie mehrere Augenpaare an.

Die Königin lachte laut auf. »Wir wollen doch unsere Feier nicht verpassen, oder?«, fügte sie sanft hinzu.

»Anna, Liebste«, meldete sich der neue König zu Wort. »Du hast Recht, das Volk wartet. Lasst uns endlich feiern!«

»Feiern klingt phantastisch«, rief der Feenrich ausgelassen. »Und vielleicht gibt es bald eine echte Feenhochzeit.« Er zwinkerte Juna zu, die prompt errötete.

»Darauf freue ich mich jetzt schon, Nervensäge«, feixte die Königin mit einem breiten Grinsen.

»Ihr dürft uns gerne trauen, Lieblingskönigsbraten!«, konterte der Feenrich.

»Es wird mir eine Ehre sein!« Die zukünftige Monarchin winkte alle in den Schlossgarten, wo die Feier bereits in vollem Gange war. »Folgt mir! Heute feiern wir unseren Sieg und das Leben, welches drei tapfere Männer hart erkämpft haben.«

»Ein Hoch auf die Freiheit«, rief der Feenrich.

»Und auf die Liebe«, fügte Rumpelstilzchen hinzu, der einen Arm um Saphiras Schultern legte.

Der Königin folgte eine bunte Gesellschaft, die uriger - und glücklicher - kaum sein konnte.

Und da Märchenwesen in unseren Herzen unsterblich sind,

leben sie noch heute…

Holla, die Waldfee

»Dein Vater ist ein Held, mein Prinzchen, und niemand weiß das! Die gesamte Menschheit hält ihn für einen hässlichen Zwerg, der aus reiner Nächstenliebe Stroh zu Gold gesponnen und sich am Ende aus Wut und Habgier zweigeteilt hat.« Ich seufzte laut. »Dabei ist die wahre Geschichte so unfassbar romantisch.«

»Ich bin auch sehr berührt«, unterbrach mich Onkel Hans theatralisch seufzend.

Es hämmerte an der Tür und wir alle zuckten erschrocken zusammen.

»Öffnen Sie die Tür! Sofort!«

Filius tätschelte meine zitternde Hand. »Keine Angst, Emma. Mein Meister kümmert sich darum.«

»Das ist bestimmt meine Großmutter«, flüsterte ich.

Mein Fellprinz sprang auf. »Ich werde sie erst zu Luzifer bringen und dann Steven abholen.«

Augenblicklich hatte ich einen Puls von dreitausendfünfhundert. Mein Herz gehorchte mir nicht mehr und mein Atem war so flach, dass mir ganz schwindelig wurde. Ich war nur heilfroh, dass Anastasia hier ganz bestimmt nicht auftauchen und mein Date mit Steven sprengen konnte.

»Gotthorst, nun hör auf mit dem Theater! Kläre Emma endlich auf!«, mahnte Samira, doch er hörte nicht auf sie. Er lief aus der Hütte heraus und ließ die Tür so laut ins Schloss krachen, dass mir das überforderte Herz fast aussetzte.

»Ich bin sehr neugierig auf den Jungen, der Emmas Herz erobert hat«, sagte Onkel Hans leise.

Samira schnalzte mit der Zunge und verdrehte die Augen.

»Onkel Hans, du kapierst aber auch gar nix!«

»Wieso?«, fragte der alte Violentianer, doch Samira winkte ab.

Gespannt starrten wir alle zur Tür - außer Samira. Die saß total entspannt auf dem Sofa und beobachtete mich.

Als sich kurz darauf die Tür öffnete und Steven über die Schwelle trat, klappte mir der Unterkiefer herunter.

Gott, warum nur sah er so umwerfend gut aus, dass es mir jedes Mal den Atem verschlug?

Hätte er nicht hässlich sein können, damit mir die Entscheidung zwischen den beiden Jungs leichter fiel!

Wo war mein Fellprinz?

Wie hatte Steven die Tür alleine öffnen können?

Gab es doch keine magischen Barrieren?

»Hallo Emma!«, sagte er lächelnd.

Er sprach noch mit mir, obwohl ich ihn in der Schule vor Hunderten von Schülern geküsst hatte?

Seine Augen leuchteten blauer als ein Gletscher und sein Lächeln war so bezaubernd, dass ich fast in die Knie ging.

»Hi!« Mehr brachte ich nicht heraus.

Am liebsten hätte ich mich ihm an den Hals geworfen, ihm gesagt, dass ich ihn liebte, dass er mir schlaflose Nächte bereitete und mein Herz nie wieder für einen anderen schlagen würde.

Aber ein kleines Teufelchen in meinem Innern hielt mich davon ab, denn das entsprach nach dem mehrtägigen Interview mit meinem Fellprinzen nicht mehr der Wahrheit. Ich gab es nur ungerne zu, aber ich hatte mich bis über sämtliche Zwergenohren in Rumpelstilzchen Junior verliebt.

Als Steven mir die Hand reichte, war ich trotzdem einer Ohnmacht nahe. Kaum berührten sich unsere Hände, tanzte ein goldener Lichtzauber um sie herum, als wollte er uns für immer zusammenschweißen - ganz wie beim Pakt des Lichts, den ich mit meinem Fellprinzen geschlossen hatte.

Verwirrt und gleichzeitig vollkommen fasziniert blickte ich erst unsere Hände und dann Steven an.

Steven lächelte. In seinen Augen sah ich so viel Liebe, wie ich sie bisher nur von meinen Eltern kannte - und von meinem Fellprinzen.

»Was geht hier vor?«, flüsterte ich.

»Liebste Emma, von allen Mädchen im Universum bist du mir das Liebste! Du bist so unfassbar klug, so rücksichtsvoll und so wunderschön. Niemand ist schöner als du!«

Irgendwoher kamen mir die Worte bekannt vor.

Ich versuchte, die Gedanken in meinem Kopf zu sortieren.

»Du gehst mir in der Schule immer aus dem Weg! Du unterhältst dich nur mit Anastasia und den anderen Mädchen. Jedes Mal, wenn ich dich anspreche, flüchtest du…«

Steven streichelte meine Wange und sorgte für Goldfunken, die zur Zimmerdecke stoben. »Meine über alles geliebte Emma! Ich habe mich von dir fern halten müssen, weil ich nicht der bin, der ich vorgebe zu sein. Mit dir zu reden oder dich auch nur anzufassen, hätte für einen verräterischen Funkensturm gesorgt.«

Ich verstand noch immer kein Wort.

»Wie kann ich dir mein Herz zu Füßen legen, wenn ich nicht der Junge bin, den du dir erhoffst? Wenn ich nicht der Menschling bin, den du glaubst, in mir zu sehen?«, präzisierte er.

›Menschling‹?

Wovon sprach er bitte?

Wieso waren meine Synapsen pubertätsbedingt im Umbau, wenn ich sie gerade JETZT dringend benötigte?

»Wer bist du, Steven? Was willst du mir eigentlich gerade sagen?«

Ich war bis über sämtliche Herzkammern in ihn verliebt - UND in Rumpelstilzchen Junior. Verwirrt starrte ich den Jungen an, der meinen hormongesteuerten Körper zu Höchstleistungen antrieb.

»Liebst du mich auch, wenn ich…kein Menschling bin?«, fragte er leise.

Noch während ich darüber nachdachte, was er mir zu sagen versuchte, stiegen mir die Tränen in die Augen.

»Du bist kein ›*Menschling*‹?« Ich war so verwirrt, dass meine Synapsen im Kopf wild durcheinander purzelten.

Er beugte sich vor und gab mir einen zärtlichen Kuss auf den Mund - den ersten Intensivkuss meines Lebens und er wurde zu Recht mit einem Feuerwerk aus bunten Sternenfunken gekrönt, die unsere Köpfe verließen.

»Ein Funkensturm«, wisperte Samira ehrfürchtig.

»Du bist die Liebe meines Lebens, Emma. Mit keinem anderen Mädchen werde ich jemals den Pakt des Lichts eingehen. Für keine andere würde ich den Bund der Ewigkeit schwören«, sagte Steven.

»Steven, wer bist du wirklich?«, flüsterte ich, obwohl ich die Antwort längst ahnte.

Es machte ›*Plopp*‹ und aus Steven wurde Prinz 14-002 alias Rumpelstilzchen Junior mit dem grauslichen Menschlingsnamen ›*Gotthorst*‹. Er ging mir gerade mal bis zur Brust, hatte die süßesten Langohren, die ich je gesehen hatte und die schönsten Uhu-Augen der Welt.

Ein Schluchzer schüttelte mich - und ich wusste nicht, ob es Schock oder Erleichterung war. Ich zitterte von den Zehen bis in meine Oberlippe hinein. »DU bist…Steven?«

Mein Fellprinz nickte.

»Das ist so ergreifend«, jammerte Onkel Hans. »Wieso hat mir niemand erzählt, dass Gotthorst als Menschling zur Schule geht?«

»Haben wir, Onkelchen, aber du hörst nie zu«, verteidigte sich Samira.

»Warum hat Gotthorst ihr nicht viel früher gesagt, dass er als Menschling getarnt in ihre Schulklasse geht?«, fragte Tante Samantha leise. »Das hätte dem armen Mädel viel Herzschmerz erspart!«

»Genau. Ein Menschling und ein Violentianer können nicht zusammen sein«, bestätigte nun auch Cousin Enrique voller Empörung.

»Nun beruhigt euch alle mal«, mahnte mein Fellprinz alias Steven.

Ich wischte mir die Tränen von der Wange und lächelte ihn an. »Sind wir jetzt auf immer und ewig miteinander verbunden?«

»Ja. Wir sind Partner des Lichts.«

»Dann bin ich das glücklichste Menschlingsmädchen der Welt.«

Mein Fellprinz umarmte mich und schlang sein Langohr um mein Miniöhrchen, was mein Herz augenblicklich vor Liebe überquellen ließ.

»Es ist doch total egal, dass sie von unterschiedlichen Planeten stammen«, wisperte Samira. »Sie lieben sich!«

»Ja. Seht euch die zwei an! Ein Herz und eine Seele«, sagte nun auch Tante Samantha.

»Ja, und ich könnte kotzen«, ertönte eine Stimme hinter mir, die ich aus Millionen von Stimmen hätte heraushören können, so sehr hasste ich sie.

Langsam drehte ich mich um und blickte meiner Erzfeindin mitten ins Fieslingsgesicht. »Anastasia, was machst DU denn hier?«

»Zufälligerweise wohne ich hier, Schätzchen!«

»WAS?« Fassungslos starrte ich sie an.

»Du solltest doch draußen warten, bis ich dich hereinhole«, fuhr mein Fellprinz sie an.

Anastasia zuckte mit den Schultern. »Bruderherz, seit Jahren versuche ich, dich vor einer Dummheit zu bewahren! Und kaum sind unsere Eltern weg und ich für mehrere Tage in so ein blödes Schulprojekt eingebunden, nutzt du die Gelegenheit und schmeißt dich an deine große Liebe heran.«

HEILIGE SCHEISSE!

MEINE Erzfeindin war Stevens SCHWESTER?

»Das ist meine Sache«, knurrte mein Fellprinz. »Das geht dich überhaupt nichts an. Und nur weil du meine große Schwester bist, heißt das nicht, dass du mir oder meinem Herzmädchen das Leben zur Hölle machen darfst. Damit ist jetzt ein für alle mal Schluss!«

»Und ob es mich etwas angeht, schließlich hast du unsere geheime Existenz offenbart. Du hast riskiert, dass die Menschlinge uns in finstere Labore sperren, wo sie uns bis auf die letzte Ader sezieren«, verteidigte sich Anastasia.

»Niemals würde ich Euer Dasein preisgeben«, warf ich ein.

»Ich werde dich trotzdem vorsichtshalber in einen Frosch verwandeln, du kleine Hübschlingsmistkröte!«, rief Anastasia und warf eine Prise Feenstaub auf mein Haar.

Erschrocken hielt ich die Luft an, doch nichts passierte.

Verwundert blickte Anastasia mich an, während mein Fellprinz breit grinsend die Arme vor der Brust verschränkte. »Spar dir deinen Feenstaub!«

»Sag nicht, dass du den Pakt des Lichts mit ihr geschworen hast!«, maulte Anastasia ihn an.

»Doch, habe ich. Emma steht ab sofort unter meinem ganz persönlichen Schutz!«

Wütend machte Anastasia auf dem Absatz kehrt und verschwand hinter einer Tür, die ich bisher noch nicht einmal bemerkt hatte.

»Ich bin sprachlos«, sagte ich leise. »Anastasia ist deine Schwester Kyra, Prinzessin 14-001?«

Mein Fellprinz nickte bedröpst.

»Aber...sie ist ein Biest! Violentianer sind friedlich.«

»Sie hat zu viel Kampfgeist von unserer Mutter abgekriegt«, entschuldigte mein Lieblingsprinz sie. »Und Violentioni sind sehr kriegerisch.«

»Deine Eltern leben noch, oder?«, fragte ich.

»Sie nutzt weit mehr als zehn Prozent«, warf Onkel Hans anerkennend ein.

Ich atmete aus und wartete mit einem stark pumpenden Herzen auf die Antwort.

Bevor mein Fellprinz jedoch reagieren konnte, klopfte es so stürmisch gegen die Waldhüttentür, dass mir fast das erwartungsvolle Herz stehenblieb. »Herr im Himmel, wer ist das? Hast du noch mehr gemeine Schwestern? Bin ich im Märchen von ›Aschenputtel‹ gelandet?«

»Angst?«, witzelte mein Paktpartner.

»Nee, nee«, log ich verlegen, »du würdest mich doch beschützen, oder nicht?«

»Darauf kannst du Sumpfwasser trinken, Süße!« Mein Paktpartner gab mir einen schnellen Kuss auf die Hand und ging zur Tür.

Kaum hatte er sie geöffnet, flog ihm ein höchst attraktiver Mann um den Hals. »Mein Sohn! Wir sind wieder da! Endlich! Die Reise hat eine halbe Ewigkeit gedauert.«

Ich erkannte ihn.

Es war Stevens Vater.

Mein Fellprinz zwinkerte mir zu.

Nun trat eine bildschöne Frau über die Schwelle. Sie hatte Augen so blau wie der Drachensee und rotbraune Locken, die ihr sanft über die Schultern fielen.

Sie war Stevens Mutter, ich kannte sie vom letzten Sommerfest in der Schule.

»Endlich sind wir wieder zuhause, Emra.« Der Mann zog seine Frau in seine Arme.

»Ja, Hinnerk, das wurde auch Zeit!«

Stevens Eltern hießen ›Emra‹ und ›Hinnerk‹?

Aber…war Emra nicht eigentlich nur ein Astralkörper gewesen, der sich in Luft aufgelöst hatte?

Anastasia tauchte wieder auf.

Kaum schwang die Hüttentür zu, verwandelten sich Stevens Eltern mit einem lauten ›Plopp‹ in - nun ja - recht gewöhnungsbedürftige Wesen - die mich wiederum nicht mehr schockten. Ich war den Anblick der Fellwesen ja mittlerweile gewohnt. Vielmehr noch hatte ich mich bis über alle Herzklappen in sie verliebt.

Mein Fellprinz schnipste mit den Fingern und meine Erzfeindin verwandelte sich ebenfalls in ein Grummelmonster, welches ihrer Mutter wie aus dem Gesicht geschnitten war.

»Musste das sein, Gotthorst? Hättest du Emma nicht in dem Glauben lassen können, ich sei ein Menschling? Jetzt weiß sie, wie ich in der Realität aussehe!«

Die Tatsache, dass Anastasia tatsächlich eine Außerirdische und ein Ebenbild von Saphira war, schockierte mich derart, dass ich ohnmächtig aufs Sofa sank.

»Das ist deine Schuld«, hörte ich Anastasias Stimme in weiter Ferne.

»Jetzt beruhige dich mal, Schwesterherz! Du weißt doch genau, was ich für Emma empfinde! Du wusstest, dass ich sie eines Tages hierherbringen würde. Und du hast lange genug Krieg gegen sie geführt. Du hast verloren. Finde dich damit ab!«, hörte ich meinen Fellprinz kontern.

»Du hättest mich wenigstens vorwarnen können«, vernahm ich Anastasias Gemaule.

Ich war zwar wieder wach, aber mir fehlte jeglicher Antrieb, die Augen zu öffnen und in das Fellgesicht des Mädchens zu gucken, welches mich tagtäglich - in Gestalt eines Menschlings - triezte, nur um mich von Steven fernzuhalten.

Mein Fellprinz klopfte mir gegen die Wange. »Emma, Süße, steh auf! Ich möchte dir den Rest meiner Familie vorstellen!«

»Ich glaube, ich will sie gar nicht sehen«, sagte ich mit geschlossenen Augen.

Und ihren kriegerischen Charakter KENNENLERNEN wollte ich schon gar nicht!

»Das hast du verbockt, Kyra! Weil du dich in der Schule immer wie ein Monstertyrann aufführen musst, will sie von dir nichts mehr wissen. Und als nächstes geht sie MIR aus dem Weg, weil DU immer in meiner Nähe herumschlawenzelst«, beschwerte sich mein Fellprinz.

Nun musste ich wohl oder übel doch die Augen öffnen.

»Mein Herz wird immer für dich schlagen, mein Prinz«, sagte ich leise. Dann grinste ich breit. »Schließlich können wir nichts für unsere Herkunft, oder?«

Mein Fellprinz beugte sich über mich und küsste meine Stirn. »Kyra meint es nicht so. Sie ist nur darauf bedacht, dass uns kein Menschling auf die Schliche kommt.«

»Aber ab jetzt wird sie mich nicht mehr tyrannisieren, so wahr ich Emma Valentino heiße!« Kampfbereit richtete ich mich auf.

»Nein, du bist jetzt ein Teil unserer Familie«, bestätigte mein Fellprinz.

Prinzessin 14-001 stand mit verschränkten Armen vor mir und tippte mit dem Fuß auf den Boden. »Glaube nicht, dass ich netter zu dir werde, nur weil mein Bruder dich liebt! Du bist und bleibst ein Menschling.«

»Hast du nicht noch etwas vergessen, Kyra?«, fragte mein Fellprinz und wackelte mit dem Augenfell.

Das Fellmädchen verdrehte die Augen und zauberte ein Lämmchen aus dem Nichts hervor. Es hatte ein schwarzes und ein braunes Ohr und schwarz-braune Flecken auf der Nase. Seine krummen Beinchen waren gesprenkelt und es war noch hässlicher als mein ›Rumpel‹.

Widerwillig überreichte sie mir das lebendige Schaf. »Ist für dich! Tut mir leid, dass ich dein Lieblingsschaf geschlachtet habe.« Sie versuchte zu lächeln. »Es heißt übrigens ›Rumpel‹.«

Ehrfürchtig streichelte ich über das wollige Haar des Schäfchens. Dann blickte ich lächelnd auf. »Danke, Kyra!«

Ich vermied es absichtlich, sie mit ›Anastasia‹ anzusprechen. Zu tief waren die Wunden, die sie mir über die Jahre zugefügt hatte mit ihren ständigen Übergriffen.

»Öffnen Sie SOFORT die Tür!«, ertönte die Stimme meiner Mom.

Mir blieb fast das Herz stehen.

»Was macht meine Mom hier?«

Mein Fellprinz drückte mir einen Kuss auf die Wange.

»Emma-Liebes, keine Angst! Ich regele das!«

Er öffnete und meine Mom flog mit so viel Geschwindigkeit durch die Waldhütte, dass sie fast durch die Unterweltseingangstür auf der anderen Seite der Hütte wieder hinausflog.

Hinter ihr folgte meine Lieblingstante Ella.

»Mom! Ella!«, rief ich überrascht.

»Emma, was tust du hier? Oma meinte, du seist entführt worden! Geht es dir gut?« Fassungslos schaute sich meine Mom um. »Wer sind diese…?«

Ich nahm ihre Hand und deutete auf die Fellwesen.

»Mom, DAS ist Rumpelstilzchen mit seiner Familie.«

Wie vom Donner gerührt stand meine Mom in der Hütte und schüttelte den Kopf. »Nein, das kann nicht sein. Sie existieren nicht in echt, Emma. Was erzählst du da für Märchen?«

»Doch, Mom. Es gibt sie wirklich.«

Rumpelstilzchen kam näher und lächelte spitzzähnig.

»Er sieht phantastisch aus, Emma!«, flüsterte meine Mom ehrfürchtig und versuchte, die Tränen wegzublinzeln.

Rumpelstilzchen streckte die Hand nach ihr aus.

Meine Mom sackte auf die Knie und konnte nicht umhin, wie ein Schlosshund loszuheulen.

Liebevoll ergriff er ihre Hände. »Susannah!«

»Rumpelstilzchen…« Mehr brachte sie nicht heraus, in ihrem Hals klebten vermutlich eine Million Knoten.

»Susannah, nun beruhige dich! All die Jahre habe ich dich nie aus den Augen gelassen. Du warst mir immer das allerliebste Menschlingskind! Was bist du nur für eine schöne Frau geworden. Und du hast eine ganz bezaubernde Tochter«, fügte er augenzwinkernd in meine Richtung hinzu.

Nun war es vollkommen vorbei mit ihrer Beherrschung. Auch ich löste beim ganzen Feenvolk eine fiebrige Erkältung aus und versuchte, Herr meiner Tränen zu werden.

Verwirrt blickte Rumpelstilzchen seinen Sohn an. »Du hast doch nicht etwa den Pakt des Lichts mit deiner Emma geschworen, oder?«

Zerknirscht rollte der Junior mit den gelben Augen. »Nur ein bisschen, Papa!«

Kyra verdrehte die Augen. »Solange er nicht noch den Bund der Ewigkeit schwört! Das wäre ihm durchaus zuzutrauen.«

Rumpelstilzchen schnitt eine Grimasse. »Das wird er schon nicht. Aber bei den Feen werden die Menschlingstränen eine Jahrhunderterkältung auslösen! Wo steckt denn mein Freund überhaupt?«

Ein leises ›*Huhu*!‹ ertönte aus der verbeulten Rettungsdecke, unter der die ganze Feenkönigsfamilie steckte, um sich vor unseren Tränen zu schützen.

Schniefend zückte meine Mom ein Taschentuch und schnäuzte sich die Nase. »Es ist mir eine große Ehre, dich endlich persönlich zu treffen, Rumpelstilzchen«, sagte sie heiser. »Ich wusste doch, dass es dich wirklich gibt! Ich wusste es!«

Es klopfte an der Hintertür und meine Großmutter wurde von einer Schönheit in den Raum geschoben.

»Susannah, was ist hier eigentlich los?«, quakte meine Großmutter Ilse kraftlos.

»Hast du sie nicht harmonisieren können?«, warf mein Fellprinz dem Baumgeist an den Kopf.

»Sie ist ein besonders kriegerischer Menschling. Am besten wendet ihr einen Haufen Magie an, um ihre Erinnerungen zu löschen. Unten verursacht sie nur Chaos!«

»Na, super! Einen Giftzahn als Großmutter hat sie auch noch«, stritt Kyra schon wieder mit ihrem Bruder.

Mein Fellprinz zuckte mit den Schultern. »Du hast doch Übung im Runterputzen, Schwesterherz! Kümmere dich um Emmas Großmutter und lass den ganzen Tyrann aus dir heraus!«

»Danke, Gotthorst! Ich habe keine Lust, mit ihr zu streiten.« Kyra grunzte und verwandelte meine Großmutter in eine giftgrüne Flasche, die sie auf der Fensterbank platzierte.

Rumpelstilzchen streichelte liebevoll das Zwergenohr meiner Mom. »Susannah-Liebes, nun weine nicht mehr! Ich habe heute Geburtstag. Das wollen wir doch gebührend feiern. Mit Schokolade und ganz viel Sumpfwasser. Deine ganze Familie ist eingeladen. Wobei«, er blickte zum Fenster, »deine Mutter sollten wir ein Weilchen als stillschweigende Flasche dort stehenlassen, meinst du nicht?«

Meine Mom lächelte breit. »Das wäre phantastisch. Aber was passiert, wenn sie wieder ein Mensch ist?«

»Keine Sorge«, winkte mein Fellprinz ab. »Kyra schenkt ihr bestimmt noch einen gratis Vergessenszauber.«

Kyra verdrehte die Augen, dann verwandelte sie sich wieder in das Mädchen, welches mein Leben in der Schule zur Hölle machte.

Mein Fellprinz drückte mich glücklich an sich und gab mir einen Kuss auf die Hand. Ich zog ihn weg von Anastasia und rannte meine Mutter fast über den Haufen.

»Mom, darf ich dir meinen Freund Steven vorstellen?«

Meine Mom blickte mich verwirrt an. »DAS ist Steven? Der tollste Junge der ganzen Schule?«

»Ja.«

»Was, das ist Steven?« Fassungslos musterte meine Lieblingstante meinen Fellprinzen.

»Emma-Schatz, ich verstehe kein Wort. Seit wann geht Rumpelstilzchens Sohn in deine Schulklasse?«, fragte meine Mom verblüfft.

Ich grinste. »Rumpelstilzchen Junior geht als Mensch getarnt in meine Klasse. Das wusste ich aber nicht. Er hat sich mir eben erst offenbart. Ich habe ihn die letzten Tage interviewt, damit er mir ein Date mit Steven verschafft. Dabei hat er mir verschwiegen, dass ER eigentlich Steven ist.«

»Du hast Rumpelstilzchens Sohn INTERVIEWT?«

Ich glaube, die Gedankengänge meiner Mom waren noch langsamer als meine.

»Ja, und ich werde der Welt endlich das wahre Märchen von Rumpelstilzchen erzählen.«

»Ich kann kaum erwarten, es zu hören«, sagte meine Mom und gab mir einen Kuss aufs Haar.

Mein Fellprinz ließ eine Portion Feenstaub über sich rieseln und verwandelte sich in den Menschling, den ich nicht weniger liebte als meinen Fellprinzen.

Meine Mom reichte ihm die Hand. »Es freut mich außerordentlich, dich kennenzulernen, ›Steven‹!«

»Vielen Dank, die Freude ist ganz auf meiner Seite, Mutter meines Lieblingsmenschlingsmädchen.«

Rumpelstilzchen meldete sich zu Wort. »Wie ist das Interview gelaufen, mein Sohn? Ist sie so toll, wie du vorhergesagt hattest?«, fragte er leise.

Steven legte ihm einen Arm um die Schultern. »Ja, Vater, das ist sie! Sie wird deine Biografie mit Bravour schrei-

ben, und zwar so, wie sich die Geschichte wirklich zugetragen hat. Alle werden wissen, was du für ein Held bist.«
Zufrieden lächelte Rumpelstilzchen. »Das hast du sehr gut
gemacht, mein Junge.«
»Darf ich dir meine Mutter vorstellen, Emma?«, fragte
Steven so schüchtern, wie ich ihn aus der Schule kannte.
Ich verneigte mich vor Saphira, doch bevor ich aufblicken
konnte, hatte sie sich mir auch schon an den Bauch geworfen. »Sei gegrüßt, Lieblingsmenschling meines Soh-
nes! Ich freue mich, dich endlich kennenzulernen. Er hat
schon so viel von dir erzählt. Du musst ja ein ganz außergewöhnliches Mädchen sein. Jeden Tag kam er von der
Schule nach Hause und schwärmte uns die Langohren
voll.«
»Echt?«
Steven wurde tiefrot.
»Leider«, knurrte Anastasia.
Saphira streichelte ihrer Tochter über den Arm. »Nun sei
nicht so hart mit Emma und deinem Bruder. Liebe kann
man sich nicht aussuchen. Sie überfällt uns und kümmert
sich null um Andersartigkeit ihrer Träger. Sieh dir deinen
Vater und mich an! Wir hätten niemals den Bund der
Ewigkeit schwören dürfen. Wir kommen auch von unter-
schiedlichen Planeten.«
»Aber du bist kein Menschling, Mutter!«
»Das ist vollkommen unwichtig, Kyra«, beharrte Saphira.
»Lass Emma Luft zum Atmen und stelle deinen Bruder
nicht bloß! Es ist schwer genug für ihn, dass er sein Herz
an einen Menschling verschenkt hat.«
Zu meiner Überraschung rollte Anastasia zwar mit den
Augen, reichte mir aber versöhnlich die Hand. Eilig legte
Steven seine Hand darüber und sowohl meine Erzfeindin

als auch ich mussten mit ansehen, wie rosa Sterne zur Zimmerdecke aufstiegen.

»Was bedeutet das jetzt?«, fragte ich fast ängstlich.

Steven grinste. »Anastasia kann jetzt nicht anders, als auf ewig nett zu dir sein.«

»Klingt unglaubwürdig, aber ich lasse mich gerne überraschen.«

Anastasia rollte mit den Augen, lächelte aber.

Ich musterte Familie ›*Rumpelstilzchen*‹.

Es hatte Tage gegeben, da hatte meine Mom Rumpelstilzchen - oder vielmehr dem Abbild an ihren Zimmerwänden - ihr ganzes Herz ausgeschüttet und ihn angefleht, ihr zu helfen. Vor allem sollte er damals ihre teuflische Mutter erweichen, damit sie Schokolade und Bonbons essen durfte wie der Rest ihrer Freundinnen.

Aber er war nie aufgetaucht!

Rumpelstilzchen tätschelte meiner Mom die Hand. »Bei einem Gläschen Sumpfwasser werde ich dir all deine Fragen beantworten, Susannah-Liebes. Bitte verzeih, dass ich mich dir niemals offenbaren durfte!«

Meine Mom nickte und blinzelte die nächsten lästigen Tränen weg.

Rumpelstilzchen wandte sich an die anderen Violentianer.

»Ich wusste gar nicht, dass ihr alle kommen wolltet!«

»Wir durften deinen fünftausendsten Geburtstag doch nicht verpassen«, rief Onkel Hans grinsend.

Steven zog mich dezent beiseite. »Ich habe ein bisschen geschwindelt, was mein Alter anbelangt. Ich bin ein klitzekleines bisschen jünger, als ich mich ausgegeben habe. Ich bin, zumindest in Menschlingsjahren gerechnet, erst sechzehn.«

»Alter ist doch nur eine Zahl, sagt meine Großmamma. Und die hat immer Recht. Es ist also egal, ob du tausend Jahre alt bist oder jünger«, winkte ich kichernd ab. Ich stellte mich auf Zehenspitzen und küsste ihn.

Mein unsterblicher Prinz 14-002 von Violentia alias Steven zwinkerte mir zu. »Gib mir Bescheid, wenn du den Bund der Ewigkeit mit mir schließen möchtest, okay?« Er ließ seine Menschlingsfinger zärtlich über mein Zwergenohr gleiten.

»Tss!«, entfuhr es seiner Schwester. »Du bist echt größenwahnsinnig, Gotthorst!«

»Du meinst, wir sollten jugendlich leichtsinnig sein?«, provozierte ich sie, wohlwissend, dass sie ab jetzt immer nett zu mir sein musste.

Mein Prinz nickte grinsend. »Ja, das finde ich.«

»Klingt nach einem Plan!« Ich umarmte ihn und holte mir den Kuss des Jahrtausends ab. »Dann lass uns den Bund der Ewigkeit noch heute Nacht schließen!«

Zum Schrecken von Anastasia nahm Steven meine Hände und sagte kaum hörbar: »Ich schwöre hiermit feierlich, dir auf ewig mein Herz zu Füßen zu legen, in der Hoffnung, dass du niemals drauftreten wirst, liebste Emma.«

Ich grinste. »Und ich schwöre dir auf ewig meine Liebe.«

Ein Ring aus tanzendem Licht umschlang uns wie eine Schlange und für einen kurzen Moment fiel der Strom in der ganzen Hütte aus. Nur die Flasche auf der Fensterbank leuchtete grell.

Steven nutzte den Augenblick, um mir einen leidenschaftlichen Kuss auf die Lippen zu geben und besiegelte damit den Bund der Ewigkeit. »Vielleicht muss ich doch noch etwas revidieren«, deutete er verschmitzt an.

Es wurde wieder hell in der Hütte.

»Warum war der Strom weg?«, rief Rumpelstilzchen, der so sehr damit beschäftigt war, seine Familie zu umarmen, dass er den Bündnisschluss zwischen seinem Sohn und mir nicht mitgekriegt hatte.

»Jugendlicher Leichtsinn«, brummte Anastasia, aber niemand hörte ihr zu.

Ich umarmte meinen Prinzen. »Was musst du zurücknehmen?«, fragte ich leise.

»Deine Küsse auf den Mund sind phantastisch! Besser noch als ein Ohrenkuss.«

Grinsend klaute ich mir den nächsten Kuss. »Da bin ich aber beruhigt. Ich finde sie nämlich auch großartig.«

Ich fühlte mich wie neugeboren und stärker als ein Bär. Das Glücksgefühl in meiner Brust ließ mich schweben wie eine Fee.

DAS war mit Abstand der schönste Tag in meinem ganzen Leben!

Nach einer ganzen Weile, stieß Rumpelstilzchen zu uns.

»Emma?«

»Ja, Schwiegerpapa Rumpelstilzchen«, neckte ich ihn.

Argwöhnisch blickte er seinen Sohn an. »Oje, Gotthorst! Du hast doch nicht etwa den Bund der Ewigkeit ge…?«

Rumpelstilzchen Junior lächelte. »Was, wenn doch, Papa?«

»Sohn, sie ist ein Menschling!«

»Ich weiß, Papa. Der schönste Menschling der Welt. Und lieber sterbe ich einen qualvollen Tod, als auf sie zu verzichten.« Mein Prinz zwinkerte mir zu, wohlwissend, dass wir seit einigen Stunden Bündnispartner der Ewigkeit waren.

»Ich hatte gehofft, der Leichtsinn würde unsere Familie verlassen. Aber offensichtlich bist du nicht weniger verrückt als ich, mein Junge.« Er strubbelte ihm über die dunkle Haarpracht. Dann wandte er sich an mich. »Aber von Holla, der Waldfee, solltest du die Finger lassen, Emma! Sie ist nicht zu unterschätzen. Auch wenn du nun unter dem Schutz meines Jungens stehst.«

»Warum warnt ihr mich alle vor ihr? Sie ist bezaubernd!«, widersprach ich.

»Ja, solange sie etwas von dir will, ist sie das.«

»Geh ruhig zu ihr, Emma! Sie wird dir mal ordentlich einheizen«, platzte Anastasia dazwischen.

Mein Prinz legte mir einen Arm um die Hüfte. »Lass dich nicht von Anastasia necken! Sie ist bloß eifersüchtig, weil sie keine Ahnung von der Liebe hat.«

»ICH werde mir keinen Menschling suchen, um den Bund der Ewigkeit zu schwören«, knurrte sie.

»Ich finde es toll, dass ihr zwei den Schritt gewagt habt. Das ist SO romantisch«, mischte sich Samira ein und gab mir einen Kuss auf die Hand.

Etliche Stunden, einige merkwürdige Speisen, echten Anti-Geisterliebestrank von Saphira, literweise Sumpf-wasser (für die Erwachsenen), kiloweise Schokolade und Billionen von Küsse später ging ich mit meiner Familie zum Auto, um nach diesen geschichtsträchtigen Tagen nach Hause zu fahren.

Ich warf Steven einen letzten Luftkuss zu und winkte.

Ich freute mich bereits jetzt auf die Schule und konnte die erstaunten Gesichter kaum erwarten, wenn ich Hand in Hand mit Steven über das Schulgelände stapfte und Anastasia mir zahm aus der Hand fraß.

Leise vor mich hinsingend - ich schätze, der Bund der Ewigkeit war mir doch leicht zu Kopf gestiegen - öffnete ich schwungvoll die hintere Autotür und platzierte meine

Großmutter, die noch immer eine Flasche war, auf dem Rücksitz, als mich plötzlich eine Hand von hinten packte. Erschrocken wirbelte ich herum.

Als ich den Träger der Hand erkannte, atmete ich erleichtert auf. Lächelnd versuchte ich, den rasanten Pulsschlag in meinem Hals zu ignorieren. »Holla, die Waldfee! Du bist das! Du hast mich erschreckt!«

Holla lächelte mich liebreizend an und hatte mir so schnell einen Kuss verpasst, dass ich nicht einmal blinzeln, geschweige denn mich irgendwie hätte wehren können. Augenblicklich setzte sie alle Anti-Zaubertränke, die ich in den letzten Stunden hatte saufen müssen, außer Kraft und mein Herz quoll über vor Zuneigung.

»Ich habe dich vermisst, Schätzchen«, sagte die Baumgeisterin lächelnd.

»Jetzt, wo du das sagst…«, ich schluckte, »mir zerrisse es das Herz, wenn ich dich nie wiedergesehen hätte.«

»Genau das wollte ich hören!« Mit diesen Worten zog mich Holla mit sich und verschwand mit mir in einem Baum.

»EMMA«, hörte ich noch Stevens vertraute Stimme panisch rufen. Ich vernahm Schritte auf dem Kies, aber um mich herum war bereits alles dunkel.

»Holla? Holla, wo führst du mich hin?« Die Dunkelheit - und ihr Schweigen - waren beängstigend. »Holla?«

»Still! Zuerst wirst du dir meine Geschichte mit Schneewittchen anhören. Dann darfst du zurück zu deinem Fellprinzen.«

ENDE

410

Liebe Leserin, lieber Leser,

vielen Dank, dass du dich mit mir zusammen auf die Suche nach der Wahrheit gemacht und mit Rumpelstilzchen auf Abenteuerreise gegangen bist. Mir ist das kleine Männchen mit seinem frechen Feenrich mächtig ans Herz gewachsen.

Falls du mir eine besonders große Freude machen willst, dann schreibe doch bitte im Twentysix-Shop und/oder bei Amazon (oder einem Online-Buchhändler deiner Wahl) in einer Rezension, wie dir das Buch gefallen hat.

Egal, wie umfangreich deine Beurteilung ausfällt, als unabhängige Autorin ist es sehr wichtig für mich, Bewertungen zu bekommen.

Tausend Dank dafür!

Über die Autorin

Sobald Lilly Fröhlich das Schreiben und Lesen gelernt hatte, gab es kein Halten mehr. Nahezu jedes Buch wurde verschlungen und bereits in der dritten Klasse schrieb sie ihr erstes Kinderbuch. Jahrzehntelang schrieb sie für die Schublade, bis sie sich mit ihrem ersten Kinderbuch an die Öffentlichkeit wagte. Viele, viele literarische Schätze schlummern noch in ihrem Schreibtisch. Die nächsten Bücher dürfen also mit Spannung erwartet werden.

Mehr erfahrt ihr auf

www.lilly-froehlich.de

Über die Märchenschneiderin®

Es war einmal…so fangen Märchen an - so fing auch der Lebensweg von Nicole Küchler an, als sie zur Märchenschneiderin® wurde. Bei der Märchenschneiderin® kann man sich sein Kleid maßschneidern lassen - die Auswahl an Modellen ist riesig. Es gibt historische Kleider aus der Zeit des Barocks, Rokoko, Gründerzeit usw., aber auch märchenhafte Kleider, wobei die Märchenschneiderin® vor allem auf Modelle der Disney-Filme spezialisiert ist.

Kontakt:
Märchenschneiderin®
Inh. Nicole Küchler
Straße des Friedens 39
09337 Callenberg
Email: maerchenschneiderin@gmail.com
www.maerchenschneiderin.de

(Fotos: Ginie Wonderland)

Als Taschenbuch und E-Book im Handel erhältlich

Susannah-Bücher

Band 1 - Bänker sind vom Schnöselplaneten - Echt!
(ISBN: 978-3-740733261)

Band 2 - Und Clowns sind aus dem All - Echt!
(ISBN: 978-3-74074309)

Band 3 - Kinder sind vom Mars - Echt!
(ISBN: 978-3-740743604)

Susannah Johnson hat eine Pferdemähne wie ein Haflinger, einen Hintern so groß wie ein Mini-Ufo-Landeplatz und als Tochter einer wirklich biestigen Mutter nimmt sie so ziemlich jedes Fettnäpfchen mit. Sie glaubt fest an das (australische) Rumpelstilzchen und natürlich an (verschlafene) Sachbearbeiter im Universum, die ihr ständig die falschen Typen vor die Nase setzen.
Aber dann endlich findet sie ihren Traummann und natürlich macht auch das Familienglück vor diversen Pannen kein Halt.

Urkomische, romantische Liebeskomödien von Lilly Fröhlich für alle, die mal wieder so richtig lachen wollen!

Ebenfalls als Taschenbuch und eBook im Handel erhältlich

Ein Zwilling kommt niemals allein
ISBN: 9-783-740-75298-9

Melina Klein wird auf einer Musiksession von Amors Liebespfeil
vergiftet, nur leider hat Amor vergessen, die Adresse des Auserwählten an den Pfeil zu kleben. Benjamin Müller ist leider nicht nur Ehemann, sondern auch ein Zwilling. Als Henri Müller auf Melina trifft,
nimmt der Zwillingstausch seinen Lauf!

Du schon wieder
ISBN: 978-3-740-75312-2

Anabelle Hausstein, Lehrerin, könnte mal ein Blind Date vertragen,
findet ihr Bruder. Doch der Anvisierte, Phineas Thor Marvelin, Poli-
zist, ist alles andere als begeistert von dem schlagfertigen ›Nilpferd‹.
Finden die zwei trotz Fehlstart zueinander?

Millionär auf Abwegen
ISBN: 978-3-740-75315-3

Henrik Amandus Edmundus, Multimillionär, hat die Nase voll von
›Geldgeierladys‹ und trifft ausgerechnet auf Kathalea Pfennigbaum,
die es satt hat, alle Männer durchzufüttern. Aber schafft es der Sachbearbeiter im Universum, einen angeblichen Müllmann mit einer
›Millionärjägerin‹ zu verkuppeln?

Ebenso im Handel als Taschenbuch und eBook erhältlich

Mia-Kinderbuchreihe

Band 1 - Eine Patchworkfamilie für Mia
(ISBN: 978-3-740-747596)

Band 2 - Mia und die Regenbogenfamilie
(ISBN: 978-3-740-747954)

Band 3 - Mia und die Flüchtlingsfamilie
(ISBN: 978-3-740-748005)

Band 4 - Mia und die Zirkusfamilie
(ISBN: 978-3-740-748043)

Egal, ob es um die Trennung von Mias Eltern geht, um das neue Zwillingspärchen mit den zwei lesbischen Müttern, um die Flüchtlingsfamilien im kleinen Bärenklau oder den Zirkus, bei Mia ist immer etwas los!

Kindgerecht aufklärende Kinderliteratur von Lilly Fröhlich, die nichts rosarot malt und doch ein Lächeln in das Gesicht der Leser zaubert!

Schau doch mal rein!

Ebenso im Handel als Taschenbuch und eBook erhältlich

Mia-Kinder-/Jugendbuchreihe

Band 5 - Mia und die Pflegefamilie (Mobbing)
(ISBN: 978-3-740-745974)

Band 6 - Mia und die Teeniefamilie (Teenagerschwangerschaft)
(ISBN: 978-3-740-746148)

Band 7 - Mia und die Adoptivfamilie (Transgender)
(ISBN: 978-3-740-749750)

Band 8 - Mia und die Stieffamilie (Drogen)
(ISBN: 978-3-740-750527)

Mia wird größer und plötzlich sind Probleme wie Mobbing, Sexualaufklärung und Teenagerschwangerschaften sowie Transgender und Drogen ein Thema in Mias Schulklasse. Sind das auch Themen, die dich interessieren?

Auch die Jugendbücher von Lilly Fröhlich sind jugendgerecht aufklärende Bücher, die nichts rosarot malen und doch so geschrieben sind, dass die Leser die Geschichten mit einem guten Gefühl abschließen können.

Schau doch mal rein!

Zabzaraks Spiegel

(Fantasybuch)

Die Erde war einst ein Ort, an dem Menschen und Lichtwesen friedlich miteinander lebten. Doch eines Tages erklärte der machthungrige
Zauberer Tarek Su Zabzarak den Krieg. Er tötete das gütige Herr-
scherpaar Lady Tizia und Lord Kodron. Dann stahl er den Elben das
Lachen und die Musikinstrumente, so dass sie keine Menschen mehr
heilen konnten. Zabzarak krönte sich selbst und wurde zum Herrscher
über Zaranien. Etwa tausend Jahre später half ein Junge namens Merlin seinen Freunden bei der Suche nach einem Kater. Dabei durch-
brach er den Schleier des Vergessens. Jeremy und Lissy versuchten
ihn aufzuhalten und landeten mit ihm in Zaranien, dem Land der Elben und Feen. Sind die drei Freunde tatsächlich die Auserwählten?
Können sie es mit dem schwarzmagischen Zauberer und seiner Armee aufnehmen?

Das beliebte Fantasymärchen für Jung und Alt von Lilly Fröhlich!

ISBN: 978-3-740-745875

Rache der Formoren

(Fantasy)

Drei Jahre sind vergangen, seitdem Merlin und seine beiden Freunde, Jeremy und Lissy, Zaranien, das Land der Elben und Feen, von der Schreckensherrschaft des dunklen Zauberers Zabzarak befreit haben. Doch plötzlich tauchen Formoren überall in der Menschenwelt auf und wollen die Weltherrschaft an sich reißen. Die schwarzmagischen Wesen, halb Mensch, halb Tier, ernähren sich von der positiven Energie der Menschen und stiften überall Streit und Unruhe.
Als Lissy nun auch noch von dem Drachenmenschen Mars entführt wird, beginnt eine wilde Jagd. Können Merlin und Jeremy ihre Freundin befreien? Werden sie Balori, den Herrscher der Formoren bezwingen können?

ISBN 978-3-740-711801

Ebenfalls im Handel erhältlich als eBook und Taschenbuch

Antonio Hexenmacher, 36, Single, ist weder Zauberer noch Hexer. Eines Tages ist er es leid, von einem Bett ins nächste zu hüpfen. Er beschließt, den Hafen der Ehe anzusteuern. Doch Antonio will nicht irgendeine Frau. Er will eine Hexe. Als er Johanna auf dem mittelalterlichen Spektakulum zum ersten Mal begegnet, weiß er: Das ist sie! Johanna Orlando, 31, Single, ist eine freie und unabhängige - Hexe. Sie liebt und lebt die Traditionen der Wiccas im Kreise ihrer Familie nach den Regeln von Lady Gwen Thompson: ›Und schadet es niemand, tue, was du willst‹. Doch bevor die beiden endlich den Bund fürs Leben schließen können, bedarf es mehr als nur weiße Magie, um den schwarzmagischen Attacken von Tante Adelheide Mechthild Gardner auszuweichen, denn die alte Dame hat sich in den Kopf gesetzt, die Hochzeit ihrer Großnichte mit einem nichtmagischen Mann mit allen Mitteln zu verhindern.

Die hexenhaft, romantischen Liebeskomödien von N. Schwalbe!

Band 1 - Suche Hexe fürs Leben
(ISBN 978-1-518-715235)

Band 2 - Finde Hexe fürs Leben
(ISBN 978-1-518-715280)